KB150695

헬렌 켈러 자서전

＊이 책에 실린 점자는 '헬렌 켈러'라는 뜻입니다(편집자 주)

헬렌켈러 자서전
초판 1쇄 인쇄_ 2014년 7월 15일 | 초판 1쇄 발행_ 2014년 7월 20일
지은이_헬렌 켈러 | 옮긴이_WE GROUP | 감수_스티븐 전
펴낸이_진성옥 · 오광수 | 펴낸곳_꿈과희망
디자인 · 편집_김창숙, 박희진 | 마케팅_최대현, 김진용
주소_서울시 마포구 토정로 222 B동 1층 108호
전화_02)2681-2832 | 팩스_02)943-0935 | 출판등록_제1-3077호
http://www.dreamnhope.com| e-mail_ jinsungok@empal.com
ISBN_978-89-94648-68-2  03840
※ 책 값은 뒤표지에 있습니다.

# 헬렌
# 켈러
# 자서전

## 내 삶의 이야기
### The story of my life

헬렌 켈러 지음
WE GROUP 옮김 | 스티븐 전 엮음

"사흘만 세상을 볼 수 있다면……"

꿈과 희망

# Helen Keller

The story of my life

차례

# 내 삶의 이야기 : 발견 여행

"혹독한 비판도 달게 들을 수 있어요."

헬렌 켈러는 말했다.

"저도 다른 사람들과 똑같이 마음을 지닌 인격체로 대우한다면 말입니다."

켈러가 22살 때 출간한 이 책은 자신도 엄연히 독자로서의 마음을 가진 존재라는 젊은 여성의 자기 주장일 뿐만 아니라, 이 소녀가 어떻게 총명하고 정열적인 젊은 여성으로 성장할 수 있었는지 그 과정을 그린 얘기이기도 하다.

우리들 대부분은 헬렌 켈러를 단지 농맹아로서의 역경을 딛고 마침내 세계적인 저명인사로 성장한 소녀로만 알고 있다. 독자 여러분들은 아마도 켈러가 '물(WATER)'이라는 단어의 의미를 어렵사리 찾아가는 유명한 장면의 영화 〈기적은 사랑과 함께〉를 보았을 것이다. 또는 헬렌 켈러 조크를 말하거나 들어 본 적이 있을지도 모르겠다. 그러나 켈러의 삶은 이 책에서 말하고 있는 것처럼 기적도 조크거리도 아니었다. 오로지 위대한 성취 그 자체였다. 평생 암흑과 고립 속에 갇혀 살 운명 같았던 켈러는 설리번 선생님의 눈부신 도움에 힘입어 미국 전역의 존경과 인정을 받는 인물로 성장했다.

배움을 향한 결단력, 직접 체험하는 열정, 자신을 규정짓는 사회의 고정관념에 대한 단호한 거부 등은 모두 감동적인 단면들임에 틀림없지만, 동시에 으스스한 기분을 안겨 주기도 한다. 우리들 중에 누가 감히 헬렌 켈러처럼 강한 사람이 되는 걸 바랄 수나 있단 말인가? 그러나 켈러의 이야기를 읽어 보면 그녀 역시 우리와 똑같은 인간이었다는 걸 알게 된다. 그녀도 우리들처럼 뜻대로 할 수 없으면 화를 냈다. 사람들한테 무시 당하면 짜증을 내기도 했고, 심지어 학교 숙제를 두고 불만을 터뜨리기도 했다.

이 책은 다른 무엇보다도 발견 여행의 정수라는 사실이다. 언어는 헬렌 켈러가 세상을 발견해 가는 창구였고, 세상과 자신을 이해하는 과정에서 간절하게 의지했던 도구였다. '내가 누구인가?'라는, 사람이면 누구나 갖게 되는 가장 중요한 질문을 그녀 역시도 품었다. 켈러가 이 질문의 해답을 찾아낸 과정은 똑같은 과제를 안고 사는 우리에게 의미심장한 메시지를 선사한다.

## 헬렌 켈러의 생애와 활동

헬렌 켈러는 1880년 6월 27일에 앨라배마 주 터스컴비아에서 남군의 퇴역 대위이자 신문 편집장이었던 아버지 아더 헨리 켈러와 어머니 케이트 애덤스 켈러 사이에서 태어났다. 태어날 때는 모든 면에서 정상적인 아이였다. 그러나 19개월 때 병(아마도 성홍열 또는 뇌막염)을 앓은 후에 시각과 청각을 동시에 상실했다. 이로 인해 그녀는 기본적인 집안일을 익히고 더러는 몸짓을 통해 욕구를 표현할 때도 있었지만, 다른 아이들처럼 언어를 습득하지 못했다. 실제로 당시 대부분의 사람들은 농맹아에게 과연 교육이 가능할까 의구심을 품었다. 심지어 가족들마저도 그랬다.

켈러가 6살 때 켈러의 어머니는 퍼킨스 맹아학교 마이클 아나그노스 교장을 가까스로 접촉할 수 있었고, 교장은 켈러를 가르칠 선생님으로 이 학교 졸업생인 앤 설리번을 보내 주겠다고 했다. 설리번 선생님의 성공담은 레전드 자체이다. 설리번의 초창기 교육 1라운드가 끝났을 때 켈러는 이미 전국적인 유명인사 및 사회 운동가의 위상을 향해 순조로운 출발을 하고 있었다. 전국적인 유명인사 및 사회 운동가로서의 위상은 켈러가 이후 생을 마감할 때까지 지녔던 경력이었다.

라이트-휴메이슨 농아학교와 케임브리지 여학교에서 공부한 후에 켈러는 1900년에 래드클리프 대학에 입학했다. 1902년에 그녀는 여성잡지 〈레이디스 홈 저널〉에 글을 투고했는데, 이 기사들이 모아져 1903년에 〈내 삶의 이야기〉로 출간되었다. 1904년 그녀가 래드클리프 대학을 우등으로 졸업하자 사람들은 평생 그녀의 곁을 지키며 강의 내용을 통역해 주는 등 학업을 적극 도운 앤 설리번 선생님에게도 학위를 주어야 한다고 지적하기도 했다.

켈러와 설리번 선생님은 〈내 삶의 이야기〉의 인세 수입으로 집을 한 채 공동 구입했다. 1905년 설리번 선생님이 결혼하면서 남편 존 메이시가 이 집으로 이사 왔다. 하버드 대학 영어강사이자 문학평론가였던 메이시는 켈러가 쓴 책의 편집자 및 저작권 대리인 역할을 맡아 주었다. 열정적인 사회주의자였던 그는 켈러의 정치적 사고방식에 일정 부분 영향을 미치기도 했다.

1908년에 켈러는 촉각과 미각, 후각을 통해 세상을 알아 간 과정을 그린 〈내가 사는 세상〉을 출간했다. 또한 여러 잡지에 기고한 기사들을 통해 맹아들의 사회적 기회를 넓히고 맹아의 감축 방안 개선을 주장했다. 1909년에 켈러는 매사추세츠 주 사회당에 입당하면서 산아제한, 노동조합, 여성의 투표권 등, 진보시대(Progressive Era)의 대세였던 많은 사회운동을 지지했다. 또한 미국의 제1차 세계대전 참전에 반대했고 '전미 유색인 지위 향상 협회(NAACP)' 에 기부금을 냈는데, 그녀는 이 일로 각계 각층으로부터 격렬한 비판을 듣기도 했다. 사회적 정치적 현안들에 대해 1913년에 출간한 에세이 모음집인 〈암흑에서 벗어나〉는 혹평을 들었다. 대중들이 켈러에게 듣고자 하는 게 인생 스토리일 뿐, 그녀의 의견이나 정치 철학이 아니라는 사실이 낙담한 켈러에게 뼈아프게 다가왔다.

1920년에 켈러와 설리번 선생님은 돈을 벌기 위해 순회 여행을 하면서 자신들의 인생 실화를 연극으로 상연하고 관중들과 질의 응답을 나누는 형식의 버라이어티 공연을 벌였다. 인기가 다소 회복된 1924년에 켈러는 강연가 및 미국맹아재단(AFB)의 기금모집가로 활동했다. 1927년에는 〈나의 종교〉를 출간했는데, 신비주의 기독교 신앙인 스베덴보리 신학에 대한 켈러의 체험을 기술한 책이었다. 1929년에는 〈내 삶의 이야기〉의 속편 격인 〈나의 중년〉을 출간했다. 1930년대 내내 켈러는 맹아들을 옹호하는 사회 운동을 벌였다. 정치 소신을 곧장 피력하는 직선적인 태도가 누그러졌음에도 그녀의 진보적인 정치운동과 스페인 내전에서 공화파를 지지한 사실은 결국 그녀의 고용주들에게 경종을 울렸고, 급기야 FBI 파일에서는 켈러를 '공산주의'의 동조 성향이 있는 사람으로 기록했다.

1936년에 앤 설리번 선생님이 죽자 켈러는 큰 충격을 받았다. 두 사람은 거의 50년을 함께한 친구였다. 그러나 불굴의 켈러는 저작과 강연 활동을 멈추지 않았다. 1937년에 켈러는 일본을 방문하여 현지의 농맹아동들을 위해 수백만 달러를 모금했고, 1938년에는 〈헬렌 켈러 비망록〉(1936-1937년호)을 출간하여 널리 호평을 받았다. 제2차 세계대전 중에는 부상당한 군인들을 위문하기도 했다. 대전 후에 켈러는 30여 개 국가를 순회하면서 맹아들을 옹호하는 활동을 계속했다. 1955년에는 앤 설리번의 전기인 〈선생님〉을 출간했고, 1957년에는 에세이 모음집인 〈열린 문〉을 출간했다.

1957년에는 켈러의 어린 시절을 다소 감상적으로 그린 〈기적은 사랑과 함께〉가 TV에서 생방송 드라마로 방영되었다. 이 작품은 연극으로 각색되어 1959년에 브로드웨이에서 크게 히트했고, 영화로도 만들어져서 1962년에 아카데미 상을 수상했다. 영화는 헬렌 켈러에게 불후의 명성을 선사했지만, 다른 한편으로 다사다난했고 더러는 격렬한 논쟁의 불씨이기도 했던 켈러의 성인시절을 마치 세상에 존재하지 않는 것처럼 증발시켜 버린 폐단을 낳기도 했다.

1961년에 켈러는 말년에 고질적으로 고생했던 뇌졸중 증상을 처음 앓게 되자 마침내 공적인 생활에서 은퇴했다. 1964년에는 린든 존슨 대통령으로부터 미국의 최고 시민상인 '대통령 자유훈장'을 받았다. 켈러는 1968년 6월 1일에 코네티컷 주 아컨리지의 자택에서 영면했다.

# 인간 이해와 자기 이해를 위한 공부

저는 헬렌 켈러와 자서전에 대해서 상식적인 이해를 지니고 있었습니다. 장애의 역경을 극복한 위인, 헌신적인 교사의 노력, 자서전의 가치에 대한 사회적 논란 정도가 그것입니다. 저는 번역서를 일독하면서 이전에 생각해 보지 못했던 많은 것을 느끼고 배울 수 있었습니다. 제가 배운 점을 번역에 참여했던 고등학교 학생들의 언어로 표현해 보고 싶습니다. 아마도 그들은 이렇게 느끼고 생각했으리라고 상상하고, 또 믿습니다. 이것이 이 책을 추천하는 이유이기도 합니다.

우리는 고등학교 학생들입니다. 영어 공부를 같이 하게 된 것을 계기로 함께 의미 있는 일을 하기로 하였습니다. 영어책 한 권을 함께 읽고, 같이 번역해 보는 것입니다. 잘 알려진 얘기를 담고 있는 헬렌 켈러의 자서전을 함께 읽었습니다. 쉽게 시작했지만 어려운 일이었습니다. 읽고 이해하는 일도 만만치 않았습니다. 교과서와 교재에서 읽던 예문과도 많이 달랐습니다. 수없이 등장하는 동·식물명과 고유명사도 어려움을 더해 주었습니다. 다시 읽고 또 고치는 일을 수없이 반복했습니다. 겨우 초고를 완성하고 함께 얘기를 나누었습니다. 무엇보다도 소중했던 것은, 서로 의견을 나누고 토론하면서 공동의 이해에 이르게 되는 과정에서 경험했던 협력과 인내심이었습니다. 이해하는 일에 공동 협력이 얼마나 중요한지를 느낄 수 있었습니다.

자칫 헬렌 켈러의 얘기는 장애와 고난을 극복한 위인 얘기로 들릴 수 있습니다. 우리의 나태함과 나약함을 탓하고 반성하라는 얘기로 들릴 수 있습니다. 우리들은 보통의 인간에 대해 다르게 생각하는 관점을 배웠습니다. 우리 스스로에 대해서도 마찬가지입니다. 몸을 움직이고, 걷고, 말하고, 읽고, 서로 얘기를 나눌 수 있으며, 세상을 보고 느낄 수 있다는 것이 결코 하찮은 것이 아니었습니다. 누구나 다 할 수 있다고 해서 결코 저절로 이루어진, 범상한 것이 아니었습니다. 이런 능력들은 엄청난 집중과 노력이 투여된 인간의 위대한 도전이자 성취라는 생각을 갖게 되었습니다. 우리는 늘 부족과 결핍이라는 부정적인 시각으로, 인간을 그리고 자신을 탓하는 데에 익숙해 있습니다. 그렇지만 헬렌 켈러의 감동적인 노력과 성취는, 우리 모두가 지니고 있는 경험과 능력에도 그대로 배어 있다는 생각에 이르렀습니다. 그런 만큼 우리는 인간을 긍정적으로 이해할 수 있게 되었습니다.

어머니와 선생님의 끊임없는 잔소리와 야단에 대해서도 다른 생각을 할 수 있었습니다. 귀찮기만 했던 어머니와 선생님의 잔소리와 야단이, 사실은 인간의 위대한 성취를 가능하게 했던 기대와 축복의 기도였습니다. 만일 그것이 없었다면 우리의 일상을 가능하게 하는 말과 행동, 생각을 배울 수 없었을 것입니다. 설리번 선생님의 헌신과 노력을 빼고 헬렌 켈러가 장애를 극복하며 이룬 성취를 상상할 수 없듯이, 우리 곁에 언제나 존재하는 어머니와 선생님이 없다면 우리는 한갓 몸과 몸짓으로만 남아 있겠다는 생각을 하게 되었습니다.

우리들은 헬렌 켈러의 대학 생활 이후 성인으로서의 삶에 대해서 관심을 갖게 된 것도 큰 소득이었습니다. 단순한 영어 공부가 이제는 한 사람의 일생을 온전하게 이해해 보려는 기대와 관심으로 진화하였습니다. 우리들은 대학에 들어가 좀 더 공부를 하고 나서 헬렌 아주머니, 헬렌 할머니가 남긴 글을 함께 읽고, 번역해 보려는 희망을 가지게 되었습니다.

우리들은 초기 헬렌 켈러의 편지까지 번역하여 덧붙이게 되었습니다. 그 이유는 자서전에 대한 당시의 사회적 논란이 단순한 진위 문제를 넘어선다는 점을 어렴풋하게나마 느낄 수 있어서입니다. 인간의 언어 발달, 신체적 감각과 언어 발달의 관계와 같은 주제들은 지금도 많은 학자들이 씨름하고 있는 연구 문제라는 것이 약간 이해되기도 하였습니다. 헬렌 켈러의 경험과 얘기가 인간의 언어 습득과 언어 발달을 연구하고 이해하는 데에 중요한 사례가 될 수 있겠다는 생각이 그것입니다.

영어 공부라는 소박한 목표에서 출발한 우리들의 번역은, 한 인간에 대한 동정에서 공감으로, 또 공감에서 이해로, 그리고 우리들 자신에 성찰과 질문으로 이어진 힘들고 긴 공부의 과정이었습니다. 100년 전쯤 헬렌 켈러가 살았던 역사와 문화에 대한 이해도 부족하고 또 고풍스러운 영어 문투에도 익숙하지 않아서 번역에 어려움이 컸습니다. 훗날 우리들이 좀 더 성장하여 다시 번역을 해보면 좋겠다는 생각도 해 보았습니다.

우리들은 영어 공부를 이끌어 주신 선생님께, 그리고 끈기를 갖고 격려하고 배려하며 함께 공부했던 서로에게 감사하는 마음을 표하고 싶습니다. 우리가 함께 배꼽을 쥐며 웃었던 구절이 생각납니다. 어린 헬렌이 바다에 빠져 실컷 바닷물을 들이키고 겨우 구제되어 나와 하는 말, "도대체 바닷물에 소금을 집어넣은 사람이 누구에요?"

서울대학교 사범대학 교육학과 교수 우용제

# 〈내 삶의 이야기〉의 역사적 배경과 문학적 위상

## 농맹아의 교육

이 책이 세상에 나올 당시에 미국 사회가 사회 구성원으로서 장애인을 대하는 시각은 노골적이었다. 당시 미국에도 물론 농아나 맹아를 위한 학교들이 있었지만, 이들은 오로지 직업교육에 중점을 두면서 장애인들이 자신들이 할 수 있는 기술을 배워서 졸업 후에 생계를 유지할 수 있게 만드는 데에만 초점을 맞추었다. 이에 비하면 헬렌 켈러가 받은 교육은 기적 그 자체였다. 그러나 한편으로 분명히 계속되고 있던 한 줄기 전통의 연장선이기도 했다.

미국 최초의 맹아학교는 1832년 보스턴에서 문을 연 퍼킨스 학교였다. 새뮤얼 그리들리 하우 교장은 맹아들의 자립생활과 점자교재를 사용한 읽기 능력 습득을 강조했다. 1837년에 그는 유아 때부터 농맹아였던 7살의 로라 브리지먼에게 읽기를 가르쳤다. 처음에는 점자를 사용했고, 다음에는 손바닥에 알파벳을 써 주는 지문자 방식을 사용했다. 이 일로 브리지먼과 하우 교장은 단번에 유명인사가 되었다.

앤 설리번 선생님도 켈러의 손바닥에 알파벳을 써 주는 방법을 썼지만 단어마다 따로따로 쓰지 않고 문장 전체를 써 주었다. 설리번 선생님은 켈러도 정상 아이들과 똑같은 언어습득 능력을 가지고 있고 따라서 정상 아이들과 마찬가지로 '반복과 모방'을 통해 언어를 익힐 수 있다고 굳게 믿었다. 당시에 켈러의 나이는 과학자들이 대부분 언어습득의 한계시점이라고 규정하는 만 7살 무렵이었다. 그렇지만 아직 경계선을 넘지 않았기 때문에 켈러 역시 아직은 언어습득이 가능한 시점이라는 게 현대 언어학의 결론인 것 같다. 따라서 설리번 선생님이 몇 달 뒤에 왔더라면 켈러는 말하는 방법을 영영 배우지 못했을지도 모른다.

켈러가 어렸을 때는 많은 맹인용 점자법이 여기저기 생겨나 경쟁하고 있었다. 6개의 점을 사용하는 브라유 점자법이 미국 표준으로 공인된 건 1932년에야 비로소 가능했다. 많은 점자법을 배웠던 켈러는 브라유 점자법의 초창기 옹호론자로서 브라유 점자법이 공인되는 데 도움이 되었다.

농아교육은 수화를 두고 벌어진 논쟁 때문에 더디게 발전하였다. 초창기 수화를 지지했던 토머스 갤러뎃은 1817년에 코네티컷 주 하트퍼드에 코네티컷 농아학교를 세웠다. 수화는 미국에서 오랫동안 사랑받고 발전되었다. 하지만 알렉산더 그레이엄 벨 등, 몇몇 영향력 있는 사람들이 수화는 농아들에게 '외국어'나 마찬가지라고 하면서 이들도 (외국어가 아닌) 영어를 직접 배워야 한다는 주장을 폈다. 1880년에는 '구화법(독순술)' 지지자들이 이미 대세를 장악했고, 이에 따라 이탈리아 밀라노에서 열린 '국제농아교사대회'의 대의원들은 농아 교육에서 수화 사용을 금지하는 내용의 결의안을 채택했다. 결의안은 이후에도 수화에 의한 교육을 완전히 막지는 못했지만 수화에 대한 사람들의 태도에 부정적인 영향을 미쳤고 따라서 그 사용범위를 위축시키는 결과를 낳았다.

오늘날 대부분의 교육자들은 장애아동들도 또래의 정상 학생들과 함께 교육해야 한다는 데 동의하지만, 농아를 옹호하는 사람들은 이 방식이 해로울 수 있음을 지적한다. 농아에게 강제로 말로 의사소통하는 법을 배우도록 하면서 아이들이 자연스럽게 받아들이는 언어인 수화를 사용하지 못하게 하는 건 그들의 교육적 사회적 발달 과정을 회복할 수 없을 정도로 퇴보시킬 수 있다. 켈러가 영웅으로 받들었던 알렉산더 그레이엄 벨은 오늘날 구화법(독순술)을 지지했던 사실때문에 농아들한테 엄청난 비난을 받고 있다.

농맹아동들의 교육은 여전히 복잡하고 어려운 과제이다. 손바닥 지문자나 촉화법(타도마 법), 브라유 점자법 등, 켈러가 배웠던 방법들도 여전히 농맹아의 교육에 널리 사용되고 있다. 한편, 오늘날의 농맹아동들은 촉각수화나 hands-on 또는 signing같은 수화와 손가락 브 라유 점자법등, 켈러가 몰랐던 커뮤니케이션 기법도 배우고 있다.

## 변화하는 여성의 역할

헬렌 켈러는 생애의 대부분을 20세기에 살았지만 켈러가 태어난 가족은 여성의 역할을 엄격하게 제한하는 계층에 속해 있었고, 당시의 사회 분위기 또한 마찬가지였다. 켈러 가족과 같은 미국 남부의 백인 상위 중산층 가족의 여성들은 바깥 일이나 정치 참여를 못하게 하거나 금지당했다. 여성들의 활동 공간은 고작 집과 가족이었다. 설령 교육을 받더라도 지적 능력을 기르거나 미래의 사회생활을 준비하는 과정이 아니었다. 그저 '가정의 천사'라는 역할을 위해 우아함을 갈고 닦는 과정이었다. 경건하고 순결하며 순종하는 역할뿐이었다.

그러나 헬렌 켈러가 태어났을 때는 남부경제가 이미 남북전쟁으로 파괴된 상황이었다. 남부의 아름다운 여인상은 여전히 이상형이었지만 현실적으로는 점점 타당성이 없는 가치로 전락하고 있었다. 한때 부자였던 켈러의 아버지도 가족의 생계 유지를 위해 악전고투하면서 종종 빚에 허덕이기도 했다. 심지어 아버지는 돈을 벌기 위해 켈러를 프릭 쇼(아주 별난 사람이나 동물을 동원하는 쇼)에 출연시킬 생각까지 했었다.

이렇듯 켈러는 여성들에게 상황의 변화에 따른 자립성을 요구하면서도(자립성은 켈러 자신이 원하기도 했다) 낡은 이상형을 여전히 고집하는 세상에서 성장했다. 켈러의 얘기를 책으로 읽거나 켈러를 만난 많은 사람들은 그녀를 기적 자체라고 존경했을 뿐만 아니라 미덕과 순결과 정숙함의 상징, 사회로부터 오염되거나 더럽혀지지 않은 순수한 영혼이라고 찬양했다. 그러나 자신들이 예찬했던 '내일의 성자'가 정작 산아제한이나 여성의 선거권에 대해 직설적으로 발언하니까 불쾌히 여겼다. 이 책에서 우리는 급변하는 세상 양쪽의 경계선 위에서 줄타기를 하면서 몸의 균형을 가까스로 유지하는 여성상을 볼 수 있다.

## 자서전, 교양소설 그리고 감성소설

헬렌 켈러는 지독한 독서광이었다. 그녀는 성경, 고전문학, 영국과 유럽 문학의 걸작들 그리고 당대의 영국 및 미국의 시에 정통했고, 우화나 동화를 비롯한 아동용 문예물들을 좋아했다. 특히 해피엔딩의 책들을 사랑했다.

〈내 삶의 이야기〉가 어떤 유형의 책인지 분류하는 일은 켈러의 다양한 취향 때문에 쉬운 작업이 아니다. 이 책은 분명 자신의 삶을 진솔하게 털어놓은 자서전이다. 동시에 우리의 영웅인 어린 소녀가 어른으로 성장해가면서 온갖 시련과 고통을 극복하고 마침내 자신의 정체성을 발견하는 과정을 그린 교양소설이나 성인 동화이기도 하다. 찰스 디킨스의 〈데이비드 코퍼필드〉나 〈위대한 유산〉은 켈러가 아주 좋아했던 프랜시스 호지슨 버넷의 동화 〈소공자〉와 마찬가지로 확실히 교양소설로 분류할 수 있다. 또한 감성소설의 요소도 어느 정도 가지고 있다. 세상 속에서 운명을 개척하면서 부딪히는 갖가지 장애와 자신이 여자이므로 세상의 보호를 받을 거라는 헛된 망상을 극복하고 마침내 자신의 정체성과 만나게 되는 젊은 여성의 얘기는 감성소설에서도 가끔 다루는 소재이다. 또한 사회 속에서 여성의 역할이 어때야 하는지의 문제 역시 감성소설이 정면으로 다루는 주제 중의 하나이다.

이 책은 또한 여성의 자서전과 장애인 고백록이라는 두 현대적인 장르의 선구자 역할도 하고 있다. 전자의 장르에서는 흔히 어린 소녀가 자신을 바라보는 사회의 고정관념을 깨고 진정한 정체성을 찾아가는 과정이 그려진다. 후자의 장르에서는 흔히 주인공이 인간이나 시민으로서의 완전한 지위를 자신에게 인정해 주지 않는 세상을 향해 정당하게 대항하는 엄청나게 힘든 과정이 그려진다. 켈러의 자서전인 이 책은 역경을 극복한 단순한 승리담을 넘어서서 어린 소녀가 자신의 진정한 목소리를 찾아가는 과정을 묘사하고 있다.

# 〈내 삶의 이야기〉의 시대적 배경

1829년 : 루이 브라유가 브라유 점자 시스템을 발표하다. 이 시스템은 6개의 볼록 점으로 글자를 표시하는 점자법으로서, 나중에 맹아들의 교재 제작에 사용되는 표준적인 표기법이 되었다.

1832년 : 새뮤얼 그리들리 하우가 보스턴에 퍼킨스 맹아학교를 세우다.

1837년 : 로라 브리지먼이 퍼킨스 학교에 입학하다. 그녀는 미국에서 최초로 교육을 받은 농맹아였다.

1842년 : 찰스 디킨스가 하우와 브리지먼의 성공담을 〈미국 여행기〉에서 소개하다.

1848년 : 뉴욕 주 세니커 폴스에서 최초의 여권회의가 개최되다.

1872년 : 알렉산더 그레이엄 벨이 발성생리학학교(School of Vocal Physiology)를 세우다.

1876년 : 벨이 전화 특허권을 얻다.

1880년 : 밀라노에서 열린 국제농아교사대회에서 벨의 영향 아래 농아 교육에서 구화법(독순술)이 수화보다 좋은 방법이라는 내용의 결의안을 채택하다. 미국의 농아 교육은 오랫동안 이 결의안대로 실시되었다.

1914~1918년 : 제1차 세계대전.

1916년 : 성교육 옹호론자 마거릿 생어가 미국에서 최초로 산아제한 클리닉을 개설하다.

1917년 : 러시아 혁명.

1920년 : 미국 수정헌법 제19조가 여성에게 참정권(투표권)을 부여하다.

1921년 : 미국맹아재단(AFB)이 설립되다.

1931년 : 제1차 세계맹인복지회의가 열리다.

1932년 : 영어권 국가들이 통일적으로 단일한 브라유 표준을 채택하다.

1934년 : 맹도견협회가 설립되다.

1939~1945년 : 제2차 세계대전.

1964년 : 청각장애 의사인 로버트 바이트브레히트(Robert Weitbrecht)가 농아들이 전화로 의사소통할 수 있는 텔레 타이프라이터(TTD)를 발명하다.

1975년 : 전(全)장애아동교육법(현재는 장애인교육법으로 개칭)이 통과되어 장애아동들의 적절한 무상교육을 법제화하다.

1990년 : 미국장애인법이 통과되어 시각이나 청각, 기타 장애를 가진 사람들에 대한 고용상 차별대우의 금지를 법제화하다.

1904년 경에 찍은 헬렌 켈러

내 삶의 이야기

농아들에게 말하기를 가르쳤고

대서양에서 로키산맥까지

귀를 기울이면 누구나 말을 들을 수 있게 해준

알렉산더 그레이엄 벨 박사님께

이 책 〈내 삶의 이야기〉를 바칩니다.

# 제1장

지금까지 내가 살아온 얘기를 쓰려고 하니 두려움이 몰려온다. 마치 황금빛 안개처럼 어린 시절을 가리고 있는 베일을 벗기는 것이 왠지 망설여진다. 자서전을 쓰는 건 어려운 작업이다. 아주 어린 시절의 기억들을 정리하는데, 과거에서 현재까지 흘러 온 긴 세월 탓에 실제의 사실과 상상이 뒤섞이면서 영 구분이 되지 않는다. 여자는 으레 아이 시절의 경험을 상상의 캔버스 위에 그리기 마련이다. 내가 태어난 후에 처음 몇 년 동안 겪었던 일은 몇 가지만 생생하게 기억날 뿐, '나머지는 온통 감옥의 그림자 속에 파묻혀 있다.'(윌리엄 워즈워스의 작품 '초원의 빛' 참조) 뿐만 아니라 당시의 기쁨이나 슬픔들은 이제 그 강렬한 느낌이 사라졌고, 초창기 교육에서 정말 중요했던 많은 사건들도 엄청난 발견들이 가져온 흥분 속에 파묻혀 모두 잊어버렸다. 그래서 얘기가 지루해지지 않게 가장 흥미 있고 중요한 에피소드 위주로 써내려 갈 것이다.

나는 1880년 6월 27일에 앨라배마 주 북부에 있는 작은 도시, 터스컴비아에서 태어났다.

아빠 쪽의 친가는 스위스에서 태어나 미국 메릴랜드 주로 이민왔던 카스파 켈러에서부터 시작된다. 스위스인 조상 중에는 취리히에서 최초로 농아 선생님이면서 그 방면의 책을 쓴 분도 있다. 나한테는 좀 특별한 우연이 아닌가! 물론 조상 중에 노예 없는 왕 없고 왕 없는 노예 없지만 말이다.

카스파 켈러의 아들인 할아버지는 앨라배마 주의 드넓은 땅으로 이주하여 그곳에 정착했다. 할아버지는 농장에서 쓰는 물건들을 구입하려고 1년에 한 번씩 말을 타고 터스컴비아에서 필라델피아로 여행을 갔다고 한다. 할아버지가 가족들에게 쓴 많은 편지들은 지금도 고모가 간직하고 있는데, 편지에는 그 여행 얘기가 매력적이고 생생하게 묘사되어 있다.

할머니는 라파예트의 보좌관이었던 알렉산더 무어의 딸이었고, 초창기 식민지 시절에 버지니아 주 총독을 지냈던 알렉산더 스포츠우드의 손녀 딸이었다. 로버트 E. 리(남북 전쟁 당시 남군의 장군으로 나중에 남군 총사령관이 됨)와는 육촌 사이였다.

아빠 아더 H. 켈러는 남군의 대위였고, 엄마 케이트 애덤스와 재혼하였는데, 엄마가 아빠보다 많이 어렸다. 엄마의 할아버지 벤자민 애덤스는 수잔나 E. 굿휴와 결혼했고, 매사추세츠 주 뉴베리에서 오랫동안 살았다. 외할아버지 찰스 애덤스는 매사추세츠 주 뉴베리포트에서 태어나서 아칸소 주 헬레나로 이사했다. 남북전쟁이 일어나자 그는 남군 편에서 싸웠고, 결국 준장까지 진급했다. 루시 헬렌 에버렛과 결혼했는데, 외할머니는 에드워드 에버렛이나 에드워드 에버렛 헤일 박사와 같은 집안이었다. 전쟁이 끝나자 외갓집 식구들은 테네시 주 멤피스로 이사했다.

우리 가족은 내가 병에 걸려 시각과 청각을 모두 잃을 때까지 아주 조그마한 집에서 살았다. 정사각형의 큰 방과 하인이 잠자는 작은 방으로 꾸며진 집이었다. 정부가 불하한 농장 가까이에 가끔 사용하는 작은 부속건물을 짓는 건 남부의 유행이었다. 아빠도 이런 작은 집을 남북전쟁 후에 지었고, 엄마와 결혼한 후에 이 집에서 살았다. 집은 포도넝쿨, 넝쿨장미, 그리고 인동덩굴로 온통 덮여 있었다. 정원에서 보면 정자 같았다. 자그마한 현관은 보이지 않을 정도로 노란 장미와 청미래덩굴로 수북이 덮여 있었다. 그래서 벌새와 벌들이 즐겨 찾는 은신처였다.

나머지 가족들이 살았던 켈러 농장은 우리 집, 즉 장미로 뒤덮인 작은 정자에서 몇 걸음 떨어져 있었다. 농장은 아름다운 담쟁이덩굴이 살림집과 둘레의 나무 및 펜스들을 온통 뒤덮고 있어서 '아이비 그린(초록 담쟁이덩굴)'이라고 불렀다. 농장에 딸린 옛날 식의 정원은 내 어린 시절의 낙원이었다.

선생님이 우리 집에 오기 전에도, 나는 이미 딱딱하고 네모진 회양목 울타리를 따라 더듬더듬 걸어가서 향기를 쫓아가 그 해에 처음 핀 제비꽃과 백합들을 찾아내곤 했다. 또한 분통을 한바탕 터뜨린 날에는 성난 얼굴을 서늘한 나뭇잎들과 풀숲에 숨기면서 위로를 얻기도 했다. 꽃들이 활짝 핀 정원에 매혹되어 여기저기 행복하게 거닐다가 마침내 아름다운 포도넝쿨을 만나게 되고, 잎과 꽃들을 만져 보면서 이게 바로 정원 저쪽 끄트머리의 다 쓰러져 가는 정자를 뒤덮고 있는 포도넝쿨이라는 걸 아는 순간 얼마나 큰 희열이 밀려왔는지! 정원에는 또한 길게 늘어선 클레머티스, 늘어진 재스민, 연약한 꽃잎이 나비 날개 같아서 나비 백합이라고 불렀던 진기하고 향기로운 꽃들도 있었다. 그러나 장미야말로 모든 꽃들 중에서 가장 사랑스러웠다. 나는 북부의 어떤 온실에서도 남부 고향집의 넝쿨장미처럼 마음에 드는 장미를 본 적이 없다. 장미는 현관에 매달아 놓은 꽃줄 위를 따라 피어 있어서 지저분한 흙냄새가 전혀 섞이지 않은 꽃향기를 대기에 가득 내뿜고 있었다. 이른 아침에는 이슬에 젖어 아주 부드럽고 순수한 촉감이어서, 마치 하늘나라 정원의 아스포델이 이런 꽃이지 않을까라는 생각이 절로 들었다.

내 삶의 시작은 지극히 단순하고 다른 아이들과 다를 게 없었다. 한 가족에서 맏이로 태어난 아기가 으레 그렇듯이 나 역시도 '왔노라, 보았노라, 이겼노라' (율리우스 카이사르가 폰토스의 파르나케스 2세와의 전쟁에서 승리한 후 로마 원로원에 전한 승전보)였다. 우리 가족들도 내 이름을 두고 세상 사람들이 으레 들이는 통상적인 시간만큼 토론을 했다. 처음 태어난 아기의 이름은 경솔하게 지으면 안 된다고 모두들 힘주어 말했다. 아빠는 평소에 매우 존경했던 조상의 이름을 따서 밀드레드 캠벨이 어떠냐고 제안했을 뿐, 토론에서 더 이상의 역할은 사양했다. 엄마가 외할머니의 처녀 때 이름이었던 헬렌 에버렛으로 짓는 게 소원이라고 밝히자 상황은 그냥 끝나버렸다. 그런데 아빠가 설레는 마음으로 나를 교회로 데려 가는 도중에 그만 그 이름을 잊어버렸다. 지극히 당연한 결과였다. 아빠가 더 이상의 역할을 사양한 이후에 제시된 이름이었기 때문이다. 목사가 아기의 이름을 묻자, 아빠는 외할머니의 이름을 따서 짓자고 했던 얘기만 가까스로 기억나면서 그만 헬렌 애덤스라고 대답했다.

나는 긴 드레스를 입던 갓난아기 때부터 정열적이고 고집스런 성격이었다고 한다. 나는 다른 사람들의 행동을 볼 때마다 똑같이 따라하려고 고집을 부렸다. 생후 6개월 때 아기 목소리로 "안녕……(HOW D' YE)"이라고 말했고, "차(TEA), 차, 차"를 아주 똑똑하게 발음해서 모든 사람들의 이목을 집중시키기도 했다. 그때 아기 시절에 배웠던 단어 중에서 병을 앓은 이후에도 기억한 단어가 하나 있다. '물(WATER)'이라는 단어였는데, 아픈 이후 다른 말은 모두 잊어버렸으면서도 그 단어를 뜻하는 소리는 계속 내고 다녔다. "무, 무(WAH-WAH)"처럼 불완전했던 이때의 발음은 나중에 단어의 철자를 익힌 후에야 멈출 수 있었다.

걸음마를 시작한 건 1살 때였다고 한다. 엄마가 욕조에서 나를 꺼내어 무릎 위에 앉혀 놓았는데, 갑자기 나는 나뭇잎 그림자가 햇빛을 받아 매끄러운 마룻바닥 위에서 아른아른 춤추고 있는 광경에 꽂혔다. 엄마의 무릎을 미끄러져 내려와서는 그림자를 향해 뛰다시피 걸어갔다. 그림자가 사라지자 나는 그만 넘어지면서 엄마에게 안아 달라고 울었다.

이 행복한 나날은 그러나 오래 가지 않았다. 울새와 흉내지빠귀의 노래가 감미로웠던 한 번의 짧은 봄과, 과일과 장미가 풍성했던 한 번의 여름, 그리고 황금색과 진홍색의 향연이 펼쳐진 한 번의 가을이 쏜살같이 사라지면서, 열정적이고 늘 해맑았던 아이의 발치에 계절의 선물을 몇 가지 두고 갔을 뿐이었다. 그후 음울한 2월에 내 눈과 귀를 닫아버린 질병이 엄습하여 나는 신생아의 무의식 세계로 도로 곤두박질쳤다. 위장과 뇌의 급성 울혈(켈러의 병은 당시 성홍열 또는 뇌막염이라고 했지만 지금도 명확하게 밝혀지지 않았다.)이라고 했다. 의사는 아이가 살지 못할 거라고 진단했다. 그러나 신기하게도 갑자기 찾아왔던 신열은 사라질 때도 어느 날 새벽에 갑자기 자취를 감추었다. 그날 아침에 가족들은 엄청 기뻐했지만, 내가 앞으로 보지도 듣지도 못하게 된다는 걸 아무도 예상하지 못했다. 심지어 의사도 몰랐다.

병에 대한 기억은 진짜 기억인지 그냥 상상일 뿐인지 지금도 뒤죽박죽 혼란스럽다. 특히 기억나는 모습은 내가 깨어 있는 동안 불안과 고통을 호소하면 엄마가 자상하게 위로하던 장면, 뒤척이는 선잠에서 막 깨어나서는 뻑뻑하고 화끈거리는 두 눈의 시선을 한때는 끔찍이 사랑했던 햇빛에서부터 벽 쪽으로 돌리면서 괴로워하고 당황해 하던 장면이다. 햇빛은 하루가 다르게 침침해졌다. 진짜 기억이기는 한 걸까, 어쨌든 이런 단편적인 기억들을 제외하고는, 모든 게 마치 악몽처럼 느껴질 뿐 실제로 일어났다는 현실감이 전혀 느껴지지 않는다. 서서히 나는 나를 에워싸고 있는 적막과 암흑에 익숙해지면서, 이전에 보았던 세상이 지금과는 다른 세상이었다는 사실조차 잊어버렸다. 내 영혼을 해방시킨 선생님이 올 때까지 그랬다. 그러나 태어나 처음 19개월 동안 나는 넓고 푸른 들판, 빛나는 하늘, 나무와 꽃을 언뜻이나마 보았고, 이후에 찾아온 감감한 암흑도 이것들을 모두 지워버릴 수는 없었다. 일찍이 본 적이 있다면 '대낮도 대낮이 보여 준 것들도 이미 내 경험인 것은 엄연한 사실이다.'

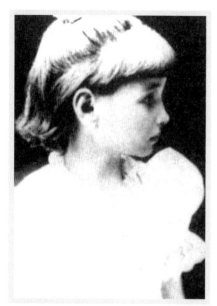

여섯 살 무렵의 헬렌 켈러

열 살 무렵인 1890년의 헬렌 켈러 모습

# 제2장

　병을 앓은 후 몇 달 동안 있었던 일은 기억나는 게 거의 없다. 다만 엄마가 가사일로 이리저리 분주히 돌아다닐 때 엄마의 무릎 위에 앉아 있거나 엄마의 옷자락에 매달려 있던 광경만 기억이 난다. 나는 두 손으로 모든 물건들을 만져 보고 모든 동작을 관찰했으며, 이를 통해 많은 것들을 알게 되었다. 곧 나는 다른 사람들과 대화하고 싶은 욕구가 생기면서 내 의사를 서투른 몸짓으로 표시하기 시작했다. 머리를 가로젓는 건 '아니오'를, 끄덕이는 건 '예'를, 잡아 끄는 건 '오라'를, 미는 건 '가라'를 의미했다. 빵이 먹고 싶으면? 빵을 슬라이스로 자르면서 버터를 바르는 시늉을 했다. 엄마에게 저녁 때 아이스크림을 만들어 달라고 할 때는 냉동기를 켜면서 몸을 부르르 떨어 춥다는 표시를 했다. 엄마도 또한 내가 많은 일들을 쉽게 눈치챌 수 있도록 잘 이끌어 주었다. 엄마가 뭔가를 가져다 주길 바라면서 내게 알기 쉬운 동작을 보여 주면 나는 즉시 알아채고는, 엄마가 가리키는 위층이나 다른 장소로 달려가곤 했다. 앞을 못 보는 긴 암흑의 세월 동안 그나마 겪었던 밝고 좋은 일들은 모두 엄마의 자상한 지혜 덕분이었다.

　나는 주위에서 벌어지는 많은 일들을 이해할 수 있었다. 다섯 살 때는 세탁실에서 가져온 깨끗한 옷들을 개서 정리하는 걸 배웠고, 내 옷과 다른 사람들의 옷도 곧잘 구분했다. 엄마와 고모가 차려 입는 옷을 통해 외출하는 것을 눈치채고는, 그때마다 같이 가자고 졸랐다. 친지들이 놀러 오면 나는 언제나 호출되었고, 손님들이 떠날 때는 손을 흔들어주었다. 무슨 의미로 그런 제스처를 지었던 건지 어렴풋이 기억이 난다. 어느 날 신사분 몇 명이 엄마를 보러 왔었다. 나는 현관문이 닫히는 소리와 그 손님들의 도착을 말해 주는 다른 소리들을 느꼈다. 갑자기 어떤 생각이 떠오른 나는 사람들이 붙잡을 새도 없이 위층으로 달려가서는, 머릿속에 떠올랐던 파티용 드레스를 입었다. 전에 만났던 사람들처럼 나도 거울 앞에 서서 머리에 기름을 바르고 얼굴에 두텁게 분칠을 했다. 그러고는 핀으로 면사포를 머리에 고정시킨 후에 얼굴을 덮으면서 어깨까지 겹겹이 드리웠고, 커다란 허리받이를 작은 허리 둘레에 잡아매서 거의 치맛단에 닿을 정도로 뒤에 달랑달랑 늘어뜨렸다. 이렇게 차려 입고는 아래층으로 내려가서 손님들을 즐겁게 해주었다.

내가 보통 사람들과 다르다는 걸 언제 처음 알았는지는 기억이 나지 않지만 선생님이 오기 전이라는 것만은 확실하다. 엄마와 내 친구들은 뭔가를 원할 때 나처럼 몸짓을 사용하지 않고 입으로 말한다는 걸 알았다. 때때로 나는 대화를 나누는 두 사람 사이에서 그들의 입술을 만져 보기도 했다. 어리둥절했고 당황스러웠다. 나도 입술을 움직이며 미친 듯이 손짓 발짓을 해보았지만 아무 소용이 없었다. 이 때문에 때로는 너무 화가 나서 지칠 때까지 발길질을 하면서 비명을 내지르기도 했다.

막돼먹은 행동을 할 때 나는 그 의미를 알고 있었던 것 같다. 엘라 보모를 발로 차면서 아플 거라고 생각했고, 화가 가라앉은 후에는 후회 비슷한 감정이 들었기 때문이다. 그러나 원하는 걸 얻지 못했을 때 나중에 찾아올 가책 때문에 버릇없는 행동을 지레 포기한 적이 있었는지는 기억이 나지 않는다.

그 당시에 늘 함께 뒹굴던 친구는 우리 집 요리사의 딸인 흑인 소녀 마타 워싱턴과 한창 때 뛰어난 사냥개였던 늙은 세터 벨이었다. 마타 워싱턴은 내 몸짓을 잘 알아들었기 때문에 나는 별 어려움 없이 마타를 내 뜻대로 움직일 수 있었다. 나는 마타를 마음대로 부리는 게 즐거웠고, 마타도 대개는 나와 육박전을 벌이는 위험을 피하고 내 독재에 선선히 따라주었다. 나는 에너지가 넘치고 활동적이었으며, 내 행동이 가져올 결과에도 무심한 아이였다. 내 마음의 뜻은 확고하면서 늘 고집대로 행동했다. 물론 그때마다 필사적으로 물고 뜯는 몸부림을 쳐야 했지만 말이다. 우리는 부엌에서 많은 시간을 보냈다. 거기서 밀가루 반죽 덩어리를 만들고 아이스크림 만드는 걸 도왔으며, 커피를 갈고 케이크 그릇 쟁탈전을 벌이기도 하고, 부엌 계단 주변에 모여드는 암탉과 칠면조들에게 모이를 주기도 했다.

암탉과 칠면조들은 대부분 길이 아주 잘 들어서, 손으로 모이를 뿌려 주면 잘 받아 먹고 만져도 가만히 있었다. 어느 날 덩치 큰 수컷 칠면조 한 마리가 내게서 토마토를 홱 낚아채서는 줄행랑을 친 적이 있었다. 아마도 능숙한 칠면조의 성공에 힌트를 얻었는지, 우리도 요리사가 설탕 뿌리는 마지막 공정을 이제 막 끝낸 케이크를 몰래 가져가서는 깡그리 먹어치웠다. 나중에 나는 몹시 배가 아팠는데, 칠면조도 당시에 나처럼 벌을 받았는지 지금도 궁금하다.

뿔닭은 둥지를 외진 곳에 짓곤 했는데, 길게 자란 풀숲에서 뿔닭의 알을 줍는 일은 커다란 기쁨 중의 하나였다. 알 사냥을 가고 싶을 때 나는 마타에게 말로는 의사를 전달할 수 없었지만, 대신에 풀숲에 놓여 있는 알의 표시로 두 손을 동그랗게 접어서 땅 위에 내려놓으면 마타는 늘 알아들었다. 운 좋게도 둥지를 발견하면 알을 집으로 가져오는 일은 한 번도 마타에게 맡기지 않았다. 그녀가 떨어뜨려서 깨뜨릴지 모른다는 걸 단호한 몸짓을 통해 이해시키면서 말이다.

옥수수 저장 창고, 말들을 매어 두는 마구간, 아침 저녁으로 우유를 짜던 뜰은 마타와 내게 끊임없는 재미를 주는 놀이터였다. 우유 짜는 일꾼들은 우유를 짜는 동안 젖소를 만져도 내버려두었는데, 나는 호기심에 대가로 젖소가 꼬리로 후려치는 눅진한 회초리 맛을 당하곤 했다.

크리스마스를 준비할 때는 언제나 즐거웠다. 물론 사람들의 부산스러운 움직임이 무슨 뜻인지도 모르면서 집에 가득한 달콤한 향기와 어른들이 얌전하게 만들려고 마타와 내게 안겨 주는 맛있는 음식들이 그저 즐거울 뿐이었다. 안타깝게도 우리는 방해꾼들이었지만 그렇다고 해서 즐거움이 줄어들진 않았다. 어른들은 우리가 양념을 빼고 건포도를 가려 내며 음식을 저었던 스푼을 핥아먹을 수 있게 해주었다. 사람들이 양말을 걸어 놓길래, 나도 똑같이 따라 했다. 그렇지만 그 의식이 그다지 재미있지는 않았다. 선물을 확인하려는 호기심으로 해뜨기 전에 자리에서 일어난 적도 없었다.

　마타 워싱턴도 나만큼 장난꾸러기였다. 7월의 어느 무더운 여름날 오후에 어린 두 악동은 베란다 계단에 앉아 있었다. 한 아이는 흑단처럼 까만 피부에 다가, 구두끈으로 마치 코르크 마개 뽑이 나사 모양으로 맨 곱슬머리 묶음이 사방으로 뻗쳐 있었다. 다른 하나는 황금색의 긴 곱슬머리를 가진 백인 아이였다. 6살 아이와 이보다 두세 살 많은 아이였다. 어린 아이가 앞을 보지 못하는 나였고, 다른 아이는 마타 워싱턴이었다. 우리는 종이인형을 잘라 내느라 몹시 바빴다. 하지만 이내 싫증이 나면서 매고 있는 구두끈과 손에 닿는 인동덩굴 잎들을 모조리 잘라 내기 시작했다. 마침내 나는 코르크 마개 뽑이 나사 모양으로 뻗쳐 있는 마르타의 머리 묶음에 시선이 갔다. 마타는 처음에는 거부했지만 결국 고분고분 따랐다. 서로 돌아가며 해야 공정하다고 여긴 마타는 가위를 집더니 내 곱슬머리를 자르기 시작했다. 엄마가 때맞추어 말리지 않았다면 아마도 내 머리는 몽땅 잘려 나갔을 것이다.

　다른 친구인 사냥개 벨은 늙고 게으르며 나와 뛰어 노는 것보다는 난롯가에서 잠자는 걸 즐겼다. 내 몸짓의 의미를 열심히 가르쳐도, 개는 그저 멍청하고 주의가 산만할 뿐이었다. 간혹 놀라고 흥분한 듯 몸을 떨면서 호응해 오는 때도 있었지만 이내 사냥개들이 새가 있는 쪽을 노려볼 때처럼 완전히 뻣뻣한 자세로 되돌아갔다. 벨이 왜 그런 행동을 하는지 이유는 몰랐지만, 어쨌든 개가 내 뜻대로 움직이지 않는다는 건 알았다. 그러면 짜증이 났고, 몸짓을 가르치던 수업은 으레 일방적으로 두들겨 패는 복싱 경기로 변질되었다. 그러면 벨은 일어나서 기지개를 켜면서 비웃기라도 하듯 코웃음을 한두 번 킁킁거리고는 난로 반대편으로 건너가서 다시 누웠고, 나는 지치고 실망한 나머지 마타를 찾으러 밖으로 나갔다.

　이 당시에 겪었던 많은 사건들은 이어지지 않고 단편적으로밖에 기억나지 않는다. 그렇지만 지금도 또렷하게 머리 속에 남아 있고, 이들을 통해 나는 듣지도 보지도 못하고 목표도 없던 당시의 삶을 더욱 통렬하게 실감할 수 있다.

　어느 날 물을 앞치마에 엎지른 적이 있었다. 나는 거실 난로의 깜박거리는 불길 앞에 앞치마를 활짝 펴서 말리려고 했다. 앞치마는 기대만큼 빨리 마르지 않았고 그래서 나는 더 가까이 다가가서 앞치마를 뜨거운 재 위쪽으로 확 펼쳤다. 갑자기 앞치마에 불이 붙었다. 불길은 나를 에워싸더니 순식간에 옷에 옮겨 붙었다. 두려움에 빠진 내 비명소리를 듣고 늙은 보모인 비니가 구하러 왔다. 비니가 던진 담요 때문에 하마터면 질식사할 뻔 했지만, 어쨌든 불은 꺼졌다. 두 손과 머리카락을 빼고는 심하게 화상을 입은 부분은 없었다.

이즈음 나는 사람들이 열쇠를 사용한다는 것을 알게 되었다. 어느 날 아침 엄마가 식료품 저장창고에 들어가 있을 때, 문을 잠그었다. 하인들이 마침 집에서 좀 떨어진 곳에서 일하고 있었기 때문에, 엄마는 세 시간 동안 꼼짝없이 창고 안에 갇혀 있어야 했다. 엄마가 문을 계속 두들기는 동안, 나는 현관 바깥 계단 위에 앉아서 문 두들기는 소리의 울림을 느끼면서 고소한 표정으로 히죽거리고 있었다. 몹시 짓궂었던 이 장난을 겪은 후에 부모님은 내 교육을 가능한 한 빨리 시작해야 한다고 확신하게 되었다. 설리번 선생님이 우리 집에 왔을 때도 나는 이내 방안에 가둘 기회를 호시탐탐 노렸다. 나는 엄마가 설리번 선생님에게 갖다 드리라고 준 물건을 들고 위층으로 올라갔다. 물건을 전해 주자마자 나는 방문을 쾅 닫아 잠근 후 열쇠를 복도의 옷장 밑에 감추었다. 열쇠가 어디 있는지 물어도 막무가내로 버텼다. 아빠는 할 수 없이 사다리를 놓고 창문을 통해 설리번 선생님을 꺼내 주었다. 정말 즐거운 장난질이었다. 열쇠는 여러 달이 지난 다음에 내놓았다.

내가 다섯 살 정도 되었을 때, 우리는 넝쿨로 덮인 작은 집에서 커다란 새 집으로 이사했다. 우리 가족은 부모님, 두 명의 이복 오빠 그리고 나였고, 나중에 여동생 밀드레드가 생겼다. 지금도 또렷하게 떠오르는 아빠에 대한 가장 어린 시절의 기억은 군데군데 쌓여 있는 커다란 신문더미를 헤치고 아빠 쪽으로 가보니, 아빠가 혼자 신문 한 장을 얼굴 위에 펴 들고 있었던 광경이다. 아빠가 뭘 하고 있는지 몰라서 정말 어리둥절했다. 비밀을 푸는 데 도움이 될까 해서 아빠의 행동을 흉내냈고, 심지어 아빠의 안경도 써 보았다. 그러나 오랫동안 영문을 모른 채 지냈다. 그후 나는 이 종이들의 정체와 아빠가 신문지 한

장을 편집하고 있었다는 사실을 알게 되었다('터스컴비아 노스 앨라배미언' 신문을 말함).

아빠는 아주 다정하고 너그러우며 가정적인 분이었다. 사냥 시즌을 빼고는 가족들 곁을 벗어난 적이 거의 없었다. 아빠는 능숙한 사냥꾼이었고 명사수였다. 아빠가 가족 다음으로 사랑한 건 사냥개들과 총이었다.

아빠는 손님 접대가 지나칠 정도로 후해서 손님을 달지 않고 귀가하는 법이 거의 없었다. 아빠가 특히 자랑하는 건 커다란 정원이었는데, 여기서 아빠는 우리 나라에서 제일 맛있는 수박과 딸기를 재배했다고 한다. 아빠는 내게도 최초로 수확한 포도와 최고 품질의 명품 딸기를 갖다 주었다. 아빠가 나무들과 포도넝쿨들 사이로 나를 데리고 다니면서 귀여워해 주던 손길, 그리고 내가 즐거워하는 어떤 일에든 아빠가 흔쾌히 쏟았던 열정을 지금도 나는 기억한다.

아빠는 유명한 이야기꾼이기도 했다. 내가 언어를 배운 후에 아빠는 정말 솜씨 있게 지어낸 이야기들을 내 손 안에 서투르게 글자로 써 주곤 했고, 어느 정도 익숙해지면 내게 그 이야기들을 반복 암송케 하면서 무엇보다도 크게 기뻐했다.

아빠의 사망 소식을 들은 건 1896년에 북부 지방에서 아름다운 여름날의 막바지를 즐기고 있을 때였다. 아빠는 짧게 병을 앓았다. 극심한 고통을 잠깐 치른 뒤에 세상을 떠나셨다. 내가 최초로 겪은 커다란 슬픔이었고, 주변의 인물을 통해 죽음을 경험한 최초의 사건이었다.

엄마는 어떻게 소개해야 할까? 내게 너무나 가까운 분이어서 거론하는 것조차 예의에 어긋날 것 같으니까, 엄마 소개는 그만두겠다.

여동생은 내게 오랫동안 침입자였다. 내가 엄마의 유일한 사랑이던 시절은 이제 끝났다는 생각이 들면서 나는 질투심으로 활활 불타올랐다. 내가 앉아 있던 엄마의 무릎도 이제는 늘 동생이 독차지하면서 엄마의 모든 관심과 시간을 앗아 가는 것처럼 보였다. 어느 날 이런 비관적인 상황을 더욱 악화시킨 사건이 터졌다.

당시에 내게는 사랑도 많이 하고 학대도 많이 퍼부었던 인형이 하나 있었는데, 나중에 그 인형에게 지어준 이름은 낸시였다. 아아, 낸시는 폭발적으로 터져 나오는 내 분노와 사랑을 꼼짝없이 감당해야 하는 희생양이었고, 그래서 몰골이 정말 심하게 너덜너덜해졌다. 물론 말하는 인형, 울 줄 아는 인형, 눈을 떴다 감았다 하는 인형 등 다른 것들도 있었지만, 가엾은 낸시만큼 내 사랑을 받은 인형은 하나도 없었다. 낸시에게는 요람이 하나 있었는데, 나는 종종 낸시를 요람에 누이고 1시간이 넘도록 흔들어주곤 했다. 인형과 요람 모두 남들이 만질까 봐 극도로 질투하며 방어하고 있었는데, 어느 날 여동생이 요람 안에서 평화롭게 잠든 꼴을 목격한 것이다. 아직 나와 어떤 사랑의 끈도 연결되지 않은 아이의 이런 시건방에 나는 분노했고 냅다 달려가서는 요람을 뒤집어 엎었다. 엄마가 떨어지는 아기를 붙잡지 않았더라면 아마 죽었을지도 모른다. 이렇듯 이중으로 고독한 골짜기를 걸어가는(시각과 청각이 모두 상실된 상태. 주기도문의 '내가 사망의 음침한 골짜기로 다닐지라도(《시편》 23장'' 참조.) 아이는 사랑스러운 말과 행동 그리고 동료애에서 피어나는 자상한 사랑을 거의 알 수가 없다. 하지만 나중에 내가 인간의 타고난 품성을 회복하게 되자, 밀드레드와 나는 서로의 마음을 십분 헤아릴 수 있게 되면서 발길 닿는 대로 어디든지 즐겁게 손잡고 돌아다녔다. 동생이 내 몸짓을 이해하지 못하고, 나 또한 동생의 유치한 수다를 알아듣지 못하는 건 여전했지만 말이다.

# 제3장

이러는 사이에 생각을 속시원히 밖으로 표현하고 싶은 욕구는 점점 커져만 갔다. 그 동안 사용했던 몇 가지 몸짓으로는 마음을 충분히 표현할 수 없는 때가 점점 늘어났고, 남들이 내 생각을 알아듣지 못할 때마다 나는 맹렬한 분노를 터뜨리곤 했다. 마치 어떤 보이지 않는 손이 나를 옴쭉달싹 못하게 움켜쥐고 있는 것 같았고, 그 속박에서 벗어나기 위해 나는 미친 듯이 날뛰었다. 나는 몸부림쳤다. 그러나 몸부림친다고 문제는 해결되지 않았고 내면의 반항심만 커져갔다. 그러면 으레 눈물을 쏟으면서 육체적으로 탈진되기 일쑤였다. 엄마라도 가까이 있으면 격정에 빠진 이유도 잊어버릴 정도로 지극히 비참한 상태가 되어 엄마 품으로 기어 들어갔다. 얼마 후에 의사소통 수단에 대한 욕구가 더 절박해지면서, 이런 격정적인 분노도 매일 폭발했다. 심지어 시간마다 터지기도 했다.

부모님은 깊은 슬픔과 당혹감에 빠졌다. 우리가 사는 곳은 맹아나 농아들이 다니는 학교와 멀리 떨어져 있었고, 농맹아를 가르치기 위해 누군가가 터스컴비아 같은 벽지까지 와 준다는 것도 가능성이 없는 얘기였다. 실제로 내 친구들과 친척들은 과연 내게 교육이 가능한지조차 의심하기도 했다. 엄마에게 유일한 희망의 빛줄기는 디킨스의 〈미국 여행기〉로부터 흘러나왔다. 이 책에서 로라 브리지먼(미국에서 최초로 교육을 받은 농맹아로, 찰스 디킨스가 쓴 〈미국 여행기〉에서 그녀의 얘기를 소개했다.)의 얘기를 읽었던 엄마는 그 소녀도 농맹아였지만 교육을 받았다는 사실을 어렴풋이 기억해냈다. 하지만 엄마는 농맹아의 교육방법을 개발한 하우 박사(새뮤얼 그리들리 하우 박사는 퍼킨스 맹아학교에서 로라 브리지

먼을 가르친 선생님이었다.)가 오래 전에 사망했다는 사실도 동시에 떠올리면서 극심한 절망감에 휩싸였다. 박사가 사망하면서 분명 교육방법도 함께 사라졌을 테고, 설령 그렇지 않더라도 앨라배마의 벽지 소도시에 살고 있는 어린 소녀가 어떻게 그 교육방법의 혜택을 누릴 수 있단 말인가?

내가 여섯 살 정도 되었을 때 아빠는 볼티모어에 있는 유명한 안과의사(존 줄리안 치좀 박사)의 소식을 들었다. 절망적이었던 많은 환자들의 병을 치료하는 데 성공한 분이었다. 부모님은 이 소식을 들은 후 즉시 나를 볼티모어로 데리고 가서 내 눈이 치료 가능한지 알아보기로 했다.

지금도 기억에 생생한 아주 즐거운 여행이었다. 나는 기차에서 많은 사람들과 친해졌다. 어떤 부인은 내게 조개껍데기가 든 상자를 하나 주었다. 아빠가 조개껍데기에 구멍을 내주면 내가 실을 꿰어 한데 묶었는데, 나는 오랫동안 이 놀이에 빠져 행복해 했다. 차장도 친절했다. 그가 열차 안을 돌면서 차표를 모아 검표 구멍을 낼 때면 그의 외투 뒷자락에 매달려 함께 돌아다니곤 했다. 내가 구멍뚫는 펀치 기구를 가지고 놀아도 그냥 내버려두었는데, 이 기구는 내게 즐거운 장난감이었다. 나는 좌석의 한 구석에 웅크리고 앉아서 마분지 쪼가리에 작은 구멍들을 재미나게 뚫으면서 여러 시간 동안 즐겁게 놀았다.

고모는 내게 수건으로 커다란 인형을 만들어주었다. 즉흥적으로 만든 인형은 정말 우스꽝스럽고 볼품없었다. 코, 입, 귀, 눈이 없었고, 아이의 상상력을 아무리 발동해도 얼굴로 보아줄 만한 요소가 하나도 없었다. 정말 이상하게도 내게는 인형에 눈이 없다는 사실이 인형의 다른 모자람을 모두 합해 놓은 것보다도 더 신경에 거슬렸다. 나는 모든 사람들이 급기야 화를 낼 정도로 이 사실을 집요하게 따졌지만, 그렇다고 인형에게 눈을 만들어 줄 사람은 아무도 없어 보였다. 그러나 아이디어가 번쩍 떠오르면서 문제는 해결되었다. 나는 좌석에서 굴러 떨어지듯 내려와서는 좌석 밑을 뒤져서 커다란 구슬들이 장식된 고모의 어깨 망토를 찾아냈다. 거기서 구슬을 두 개 떼어 내서는 인형에 꿰매 달라는 뜻을 고모에게 표시했다. 고모는 물어 보는 표정을 지으며 내 손을 들어서 고모의 눈 쪽으로 가져갔고, 나는 힘차게 끄덕였다. 구슬이 제 위치에 꿰매진 순간에는 기뻐서 어쩔 줄을 몰랐다. 하지만 인형에 대한 관심은 금방 식었다. 나는 여행을 하는 내내 한 번도 화를 터뜨리지 않았다. 내 마음과 손가락을 계속 분주하게 움직여야 하는 일이 너무도 많았던 것이다.

볼티모어에 도착했을 때 치좀 박사가 우리를 친절하게 맞이했지만, 해볼 수 있는 일은 하나도 없었다. 하지만 그는 내 교육이 가능하다고 말하면서 아빠에게 워싱턴에 있는 알렉산더 그레이엄 벨(벨은 전화기를 발명하였고, 농아들의 교사였다.)을 찾아가 상의해 보라고 했다. 농맹아를 가르치는 학교와 교사들에 대한 정보를 얻을 수 있는 사람이라고 했다. 의사의 조언에 따라 우리는 즉시 워싱턴에 가서 벨 박사를 만났다. 아빠는 슬픈 마음과 많은 걱정을 안고 가는 여정이었지만, 나는 아빠의 고민은 전혀 모른 채 이곳 저곳 돌아다니는 짜릿한 여행만 즐거울 뿐이었다. 아이였음에도 나는 아주 많은 사람들한테 사랑을 받은 벨 박사의 자상하고 이해심 많은 성품을 금방 느낄 수 있었다. 물론 사람들의 흠모는 박사의 놀라운 업적에도 기인했지만 말이다. 박사가 나를 무릎 위에 앉히자 나는 그가 찬 시계를 요모조모 살폈고, 벨 박사는 시간을 알리는 시계소리를 내게 들려주었다. 내 몸짓을 잘 알아듣는 걸 보고 나는 벨 박사를 사랑하는 마음이 금방 싹텄다. 하지만 그때 벨 박사와 나눈 인터뷰가 내가 어두움에서 빛으로, 고립에서 우정과 동료애로 그리고 지식과 사랑으로 옮겨 가는 관문이 되리라고는 꿈에도 생각하지 못했다.

벨 박사는 보스턴에 있는 퍼킨스 맹아학교의 아나그노스 교장(마이클 아나그노스)에게 편지를 써서 나를 가르칠 유능한 선생님이 있는지 물어 보라고, 아빠에게 조언했다. 퍼킨스 학교는 바로 하우 박사가 맹아들을 위해 위대한 업적을 이루어낸 무대였다. 아빠는 조언대로 했고, 몇 주 후에 아나그노스 교장으로부터 선생님을 찾았다는 위로의 확약이 담긴 친절한 답장을 받았다. 1886년 여름의 일이었다. 하지만 설리번 선생님은 다음 해 3월이 되어서야 우리 집에 왔다.

이렇게 하여 나는 마침내 이집트를 탈출하여 시나이 산 앞에 서게 되었다.(모세와 이스라엘 백성이 이집트를 탈출한 기록인 〈탈출기〉 참조) 거기서 나는 내 영혼을 어루만지는 어떤 신성한 힘으로부터 수많은 경이로움을 볼 수 있는 시각을 선사받았다. 또한 신성한 산으로부터 "지식은 곧 사랑이고 빛이요, 시각이다."라고 외치는 목소리도 들을 수 있었다.

# 제4장

지금까지의 내 삶에서 가장 중요했다고 기억하는 날은 바로 앤 맨스필드 설리번 선생님(설리번은 켈러의 평생 동지였다. 퍼킨스 맹아학교의 졸업생으로, 수술로 시력을 회복할 때까지 어린 시절을 맹인으로 지냈다.)이 우리 집에 온 때였다. 그 사건 이전의 삶과 이후의 삶을 비교할 때 헤아릴 수 없는 엄청난 차이를 생각하면 그저 놀라울 뿐이다. 내가 7살이 되기 3달 전인 1887년 3월 3일이었다.

　일대 사건이 벌어진 그날 오후에 나는 뭔가를 기다리면서 말없이 현관에 서 있었다. 엄마의 몸짓, 그리고 집 안 여기저기의 부산스러운 움직임을 보고 나는 특별한 일이 곧 벌어지리라 추측하면서 현관 계단에서 기다리고 있었다. 오후의 태양이 현관을 덮고 있는 인동덩굴들을 뚫고 들어와서는 쳐다보는 내 얼굴 위로 내리쬐었다.

　내 손가락들은 지금 막 세상에 태어나서 감미로운 남부의 봄에 인사를 건네는 친근한 나뭇잎들과 꽃들을 무심결에 만지작거리고 있었다. 미래가 내게 무슨 경이로움이나 놀라운 사실을 예비하고 있는지는 짐작조차 못했다. 다만 몇 주 동안 계속 분노와 비통함에 휩싸여 있다가 격정적인 몸부림이 끝난 직후에 깊은 무력감에 잠겨 있던 상황이었다.

　독자 여러분은 안개가 자욱하게 낀 바다를 항해해 본 적이 있는지? 그때는 만져질 것처럼 눅진하고 희뿌연한 앞이 보이지 않는 시계 제로의 암흑에 갇힌 기분이었을 것이고, 타고 있는 커다란 배는 극도의 긴장과 불안감 속에서 다림추와 측연선에만 의지하여 해안선 쪽을 향해 뱃길을 더듬더듬 헤쳐 가고 있었을 것이며, 배 위에 탄 사람은 그저 심장 뛰는 소리만 들리는 가운데 무슨 일이 일어날지 초조하게 지켜 보고만 있었을 것이다. 교육이 시작되기 전의 내 상황이 꼭 그 배와 같았다. 차이점이라면 내게는 나침반도 측연선도 없었고, 항구가 얼마나 가까이 있는지도 알 수 없었다는 것이다. "빛, 빛을 다오!"가 내 영혼의 소리 없는 아우성이었다. 그런데 바로 그날 그 시간에 사랑의 빛이 나를 비추었던 것이다.

나는 발걸음이 다가오는 걸 느꼈다. 엄마라고 생각하면서 손을 뻗었다. 누군가 내 손을 잡았다. 마침내 나는 세상의 모든 사물들을 내게 환하게 보여 주기 위해, 아니 무엇보다도 나를 사랑하기 위해 오신 분의 품에 꼭 안겼다.

다음 날 아침에 선생님은 나를 당신의 방으로 데려 가서는 인형을 하나 주었다. 퍼킨스 학교의 어린 맹아 학생들이 보낸 것으로 옷은 로라 브리지먼이 지었다. 이 사실은 그때는 몰랐고 나중에야 알았다. 내가 잠시 동안 인형을 가지고 논 후에, 설리번 선생님은 'D-O-L-L(인형)'이라는 글자를 내 손 안에 천천히 써 주었다. 나는 금방 이 손가락 장난을 재미있어 하면서 따라해 보았다. 마침내 글자를 모두 제대로 썼을 때, 내 얼굴은 치기어린 기쁨과 자랑스러움으로 빨갛게 달아올랐다. 아래층에 있는 엄마에게 달려가서 손을 번쩍 들고는 그 위에 인형이라는 글자를 썼다. 물론 어떤 단어의 글자를 쓰고 있다거나, 심지어 단어들이 세상에 존재한다는 것을 알고 한 짓은 아니었다. 단지 원숭이가 흉내내듯이 손가락 동작을 따라한 것에 불과했다. 이후 나는 영문도 모른 채 이런 식으로 많은 단어를 배웠다. 그중에는 'PIN', 'HAT', 'CUP' 등이 있었고, 'SIT', 'STAND', 'WALK'와 같은 동사들도 있었다. 그런데 몇 주 동안 선생님과 함께 지낸 후에 나는 드디어 모든 사물에는 저마다 이름이 있다는 걸 알게 되었다.

어느 날 새로 생긴 인형을 가지고 놀고 있는데, 설리번 선생님이 내 커다란 봉제 인형도 무릎 위에 올려 놓으면서 'D-O-L-L'이라고 써 주었다. 'D-O-L-L'이라는 글자가 두 인형 모두에게 해당되는 말이라는 걸 이해시키려는 행동이었다. 이때는 이미 'M-U-G'와 'W-A-T-E-R'라는 단어를 두고 홍역을 한 차례 치른 뒤였다. 그때 설리번 선생님은 'M-U-G'라고 쓴 글자는 머그컵이고, 'W-A-T-E-R'라고 쓴 글자는 물이라는 것을 내게 확실하게 기억시키려고 애를 썼는데도 나는 두 단어를 계속 혼동했었다. 선생님은 낙심하면서 적절한 때가 오면 다시 시도하려고 이 교육을 잠시 미뤄 둔 상황이었다. 그랬는데 선생님이 같은 시도를 또 반복하니까 나는 그만 짜증이 나면서 새 인형을 집어서 바닥에 내동댕이쳤다. 깨진 인형의 파편을 발로 느껴 확인하면서 나는 정말 기뻤다. 격렬한 분노를 터뜨린 후에도 나는 어떤 슬픔도 후회도 느끼지 않았다. 그 인형을 나는 사랑한 적이 없었다. 내가 사는 적막하고 어두운 세상에는 강렬한 애정도 온유함도 없었다. 나는 선생님이 파편을 난로 옆으로 쓸어 모으는 걸 느끼면서, 그저 내게 불편했던 원인이 사라졌다는 것만이 만족스러울 뿐이었다. 선생님이 내 모자를 갖다 주자, 나는 따스한 햇빛 속으로 산책나간다는 걸 알아챘다. 말없이 느껴지는 감각도 생각이라면 나는 이 생각에는 기뻐서 폴짝폴짝 뛰었다.

우리는 우물집을 덮고 있는 인동덩굴의 향기를 좇아 오솔길을 따라 우물집까지 걸어갔다. 누군가 물을 긷고 있었고, 선생님은 물이 뿜어져 나오는 펌프 밑에 내 손을 갖다 놓았다. 차가운 물이 한 손 위로 쏟아지는 가운데, 선생님은 다른 손 안에 'W-A-T-E-R'라는 단어의 글자를 처음에는 천천히, 다음에는 빠르게 써 주었다. 나는 가만히 서서 온 신경을 선생님의 손가락 동작에 집중했다. 잊고 있었던 뭔가가 갑자기 희미하게 떠올랐다. 생각이 되살아나는 짜릿한 느낌이었다. 마침내 언어의 비밀이 내게 몸을 드러낸 순간이었다. 그러면서 나는 'W-A-T-E-R'라는 단어가 손 위로 쏟아지는 놀랍고 차가운 물질을 뜻한다는 걸 깨달았다. 이 살아 움직이는 단어가 내 영혼을 깨우면서 빛과 희망, 기쁨, 그리고 자유를 선사했다! 물론 넘어야 할 장애물들이 여전히 많았지만, 그 장애물도 시간이 지나면 모두 극복할 수 있는 것들이었다.

우물집을 떠나면서 나는 배움의 열망으로 가득찼다. 어떤 물건이든 이름이 있었고, 물건의 이름을 접할 때마다 내게 새로운 생각이 떠올랐다. 집으로 돌아왔을 때, 내가 만지는 모든 물건마다 생명의 기운으로 몸을 파르르 떨고 있는 것처럼 느껴졌다. 내게 생긴 낯설지만 새로운 시각으로 물건들을 보았기 때문이었다. 현관문을 들어서면서 나는 문득 내가 깨뜨렸던 인형이 생각났다. 더듬거리며 난로까지 걸어가서는 깨진 파편들을 집어 들었다. 원래대로 다시 붙여 보려고 했지만 헛수고였다. 그러자 눈물이 그렁그렁 고였다. 무슨 일을 했던 건지 깨달으면서 처음으로 후회와 슬픔을 느꼈기 때문이었다.

그날 나는 아주 많은 단어들을 배웠다. 그 단어들을 모두 기억하지는 못하지만, 'MOTHER', 'FATHER', 'SISTER', 'TEACHER' 등은 기억이 난다. 이 단어들은 나중에 '아론의 지팡이에 꽃들이 핀 것처럼'(성경 〈민수기〉 17장 참조. 아론은 모세의 형이다. 아론이 꽃피는 지팡이의 소유자라는 것은 아론의 부족이 이스라엘 백성 중에서 제사장 가문이었다는 걸 의미한다.) 내게 세상을 활짝 꽃피워준 말들이었다. 많은 일이 벌어진 그날 밤에 침대에 누워서 그날 선사받은 기쁨들을 다시 음미하면서 처음으로 내일이 어서 오길 갈망하는 순간, 나보다 더 행복한 아이는 없었으리라.

1888년 7월. 매사추세츠 코드 만, 브루스터에서
방학 때 앤 설리번 선생님과 함께 있는 8살 난 헬렌 켈러

제5장

내 영혼이 갑자기 눈을 뜬 후에 맞이한 1887년 여름에는 많은 일이 있었다. 그때 나는 손으로 사물들을 탐험하면서 만지는 모든 사물마다 이름을 익히는 일에 몰두해 있었다. 사물들을 더 많이 만져 보면서 이름과 그 쓰임새를 익힐수록, 세상과 연결되는 듯한 유대의 기쁨과 자신감도 그만큼 늘어났다.

데이지와 미나리아재비가 피는 계절이 오자, 설리번 선생님은 내 손을 잡고는 일꾼들이 파종하려고 땅을 갈아엎는 밭들을 가로질러 테네시 강변의 둑까지 걸어갔다. 거기서 나는 따뜻한 풀밭 위에 앉아서 자연이 베푸는 은혜를 주제로 첫 수업을 들었다. 수업에서는 태양과 비가 탐스럽고 좋은 음식을 주는 모든 나무들을 어떻게 땅에서 키워내는지, 새들이 어떻게 둥지를 짓고 서식지를 이동하며 살고 번식하는지, 다람쥐와 사슴 그리고 사자나 다른 모든 짐승들이 어떻게 음식과 집을 마련하는지 등을 배웠다. 사물에 대한 지식이 늘어날수록 나는 내가 살고 있는 세상을 향한 기쁨도 커지는 걸 느꼈다. 내가 산수의 계산법이나 지구 형태를 묘사하는 방법을 배우기 오래 전부터 설리번 선생님은 향기로운 숲과 모든 풀잎에서, 그리고 아기 여동생의 손을 이루는 곡선과 움푹 들어간 부위에서 아름다움을 찾아보라고 가르쳤다. 선생님은 초창기의 내 모든 생각들을 자연과 연결시킴으로써, '새들과 꽃들과 내가 서로 행복한 동료'(제임스 러셀 로웰이 지은 〈민들레에게〉 참조. 로웰은 켈러가 가장 좋아하는 시인 중 한 명이었다.)라는 느낌을 내게 선사해 주었다.

그런데 이즈음 나는 자연이 항상 친절하지만은 않다는 걸 배우게 된 사건을 겪었다. 어느 날 선생님과 나는 오랜 산책을 끝내고 집으로 돌아오고 있었다.

아침에는 선선했던 날씨가 집을 향해 발길을 돌릴 즈음에는 점점 무더워지고 있었다. 우리는 두세 번 걸음을 멈추고 길 옆의 나무 아래 그늘에서 쉬곤 했다. 마지막으로 쉰 곳은 집에서 약간 떨어진 곳의 야생 벚나무 아래였다. 그늘은 쾌적했고 나무는 쉽게 올라갈 수 있어서 나는 선생님의 도움을 받아 나무 위에 올라가 나뭇가지들 사이에 걸터앉았다. 나무 위가 아주 시원하니까, 설리번 선생님은 거기서 점심을 먹자고 제안했다. 나는 선생님이 집에 가서 점심을 가져올 때까지 꼼짝 않고 앉아 있기로 약속했다.

선생님이 떠나고 얼마 후 갑자기 나무 위를 훑고 지나가는 어떤 변화가 느껴졌다. 대기에서 태양의 온기가 깡그리 사라진 것이었다. 내게 빛을 뜻하는 온기가 대기에서 하나도 느껴지지 않았기 때문에, 나는 하늘이 검게 변했다는 걸 알았다. 땅에서 이상한 냄새가 올라왔다. 익히 아는 냄새였다. 폭풍우가 밀려 올 때면 항상 먼저 등장하는 이 냄새를 맡으면서 나는 말할 수 없는 두려움에 사로잡혔다. 친구들로부터 그리고 견고한 땅으로부터 단절되어 완전히 혼자라는 느낌이 밀려왔다. 엄청나고 알 수 없는 뭔가가 나를 휘감았다. 가만히 앉아서 계속 기다렸지만, 오싹한 공포가 내 위를 스멀스멀 기어갔다. 선생님이 돌아오길 간절히 바랬다. 무엇보다도 나무에서 내려가고 싶었다.

한 순간 불길한 정적이 흐르더니 이내 나뭇잎들이 마구 흔들거렸다. 앉아 있던 나무가 크게 한 번 흔들렸고, 강풍이 몰아쳐서 있는 힘을 다해 나뭇가지를 부둥켜안지 않았더라면 나무에서 떨어질 뻔했다. 나무는 뒤틀리면서 몹시 요동을 쳤다. 작은 나뭇가지들이 툭툭 부러져서 내 주위로 소나기처럼 쏟아졌다. 뛰어내리고 싶은 격렬한 충동이 엄습하기도 했지만, 무서워서 나뭇가지를 더욱 꽉 붙들었다. 내가 웅크리고 앉아 있던 곳은 나뭇가지들이 갈라지는 곳이었다. 나뭇가지들이 주변을 채찍질하듯 때렸다. 간간이 진동이 느껴졌다. 마치 무거운 물체가 떨어지면서 발생한 충격파가 주변으로 퍼져서 마침내 내가 앉아 있는 나뭇가지까지 전달되는 듯한 느낌이었다. 극도의 긴장감이 몰려왔다. 나무와 함께 쓰러질 것 같다고 느낀 그 순간, 선생님이 내 손을 잡고 나무에서 내려 주었다. 나는 선생님에게 매달렸고, 발로 다시 땅을 디디는 걸 느끼면서 기쁨에 몸을 떨었다. 이 사건에서 나는 '자연은 자식들과도 공공연히 전쟁을 벌이고, 정말 부드러운 손길 아래에 기만적인 발톱을 숨기고 있는'(스코틀랜드의 수필가이자 모험소설 작가인 로버트 루이스 스티븐슨이 쓴 수필 〈팬파이프〉 참조) 존재라는 교훈을 새로 배웠다.

이 일을 겪은 후에 다시 나무에 올라가기까지는 오랜 시간이 걸렸다. 그 사건은 생각만 해도 두려움이 가득 밀려왔다. 마침내 그 두려움을 극복할 수 있었던 건 바로 활짝 핀 미모사 나무의 달콤한 유혹 덕분이었다. 어느 아름다운 봄날 아침에 여름 별장에서 혼자 책을 읽고 있을 때, 나는 대기 중에 멋진 향기가 은은하게 퍼지고 있는 걸 느꼈다. 벌떡 일어나면서 나는 본능적으로 두 손을 쭉 뻗었다. 마치 봄의 정령이 우리 여름 별장을 통과하고 있는 것 같았다. "이게 뭐지?" 하면서도, 나는 금방 미모사 꽃의 향기라는 걸 알아챘다. 미모사 나무가 오솔길 곡선 부근의 펜스 근처에 있다는 것을 알고 있었기 때문에, 나는 정원 끝까지 더듬더듬 걸어갔다. 그랬다. 미모사 나무가 거기 있었다. 따뜻한 햇볕을 받으며 한들한들 서 있었고, 꽃을 한껏 이고 있는 나뭇가지들은 길게 자란 풀 위에 닿을 정도로 축 늘어져 있었다. 세상에 이렇게 아름다운 게 또 있을까! 연약한 꽃들은 탐스러워 하며 살짝 만져 보는 손길에도 몸을 움츠렸다. 천국의 나무를 지상에 옮겨 심은 것 같았다. 나는 소나기처럼 쏟아지는 꽃잎들을 뚫고 나무의 굵은 몸통까지 걸어가서 잠시 머뭇거린 후에, 나뭇가지가 갈라지는 곳의 넓은 공간에 발을 딛고 나무 위로 올라갔다. 나뭇가지들이 아주 굵은데다가 껍질 때문에 손이 아파서 매달리기 쉽지 않았다. 그러나 지금 특별하고 멋진 일을 하고 있다는 기분 좋은 느낌이 들면서 나는 계속 올라갔고, 마침내 작은 의자가 놓여 있는 곳까지 올라갔다. 의자는 누군가가 아주 오래 전에 만들어 놓은 것이어서 이제는 나무의 일부처럼 변해 있었다. 나는 마치 장미 구름을 타고 있는 요정 같은 기분이 들면서 의자에 오래오래 앉아 있었다. 그후로는 툭하면 이 천국의 나무에 올라가서는, 멋진 생각을 하고 밝은 꿈을 꾸면서 행복한 시간을 보냈다.

# 제6장

　말을 모두 배울 수 있는 열쇠가 생기자 이제 열쇠의 사용법을 익히고 싶어 안달이 났다. 귀가 멀쩡한 아이들은 별다른 수고를 들이지 않고도 말을 쉽게 배운다. 다른 사람들의 입술에서 단어들이 떨어지면 기쁘게 날아다니면서 낚아채면 된다. 반면에 귀가 들리지 않는 아이들은 느리고 때로는 고통스러운 과정을 통해 단어들을 덫으로 사로잡아야 한다. 그러나 과정이야 어찌 됐든 그 결과는 매우 놀랍다. 사물의 이름을 배우는 단계에서부터 한 걸음 한 걸음 떼어놓기 시작하다가 음절을 처음으로 더듬거리는 초보 단계와 셰익스피어의 시구에 담긴 생각을 음미하는 고급 단계 사이의 그 엄청난 거리를 어느덧 훌쩍 건너뛸 수 있게 되는 것이다.

　선생님이 새로운 사물에 대해 처음 말해 줄 때는 질문할 게 거의 없었다. 생각 자체가 막연한데다가 어휘도 모자랐기 때문이다. 그러나 사물에 대한 지식이 늘어나고 단어들을 점점 더 많이 배우게 되면서 질문의 폭도 넓어졌고, 자세히 알고 싶은 열망에 같은 주제로 자꾸 되돌아가 반복하면서 공부하곤 했다. 새로 배운 단어가 이전의 경험을 통해 이미 뇌리에 각인되어 있던 이미지를 되살려 주는 때도 있었다.

　'LOVE(사랑)'라는 단어의 뜻을 처음 물어 보았던 어느 날 아침은 지금도 기억이 난다. 아직 많은 단어들을 배우기 전이었다. 나는 정원에서 일찍 핀 제비꽃을 몇 송이 꺾어서 선생님에게 갖다 주었다. 그때 선생님이 내게 키스를 하려고 했다. 그러나 당시에 나는 엄마를 제외한 누구한테서든 키스받는 것을 좋아하지 않았다. 설리번 선생님은 포근히 나를 감싸 안더니 내 손 안에 '나는 헬렌을 사랑해'라고 써 주었다.

"사랑이 뭐예요?"

나는 물었다.

선생님은 나를 더 가까이 끌어안고는 내 심장을 가리키면서 "여기에 있는 거야."라고 말했다. 심장이 뛰고 있다는 것을 처음으로 깨닫게 된 순간이었다. 당시에는 손으로 만질 수 없는 것은 어떤 것도 이해하지 못했기 때문에 선생님의 말을 듣고는 정말 당혹스러웠다.

나는 선생님 손에 들려 있는 제비꽃의 향기를 맡으면서 단어와 몸짓을 섞어서 물었다.

"사랑은 달콤한 꽃인가요?"

"아니."

선생님은 말했다.

다시 나는 생각했다. 마침 따스한 태양이 내리쬐고 있었다.

"이게 사랑 아니에요?"

나는 태양열이 건네 오는 방향을 가리키며 물었다.

"사랑이 이거 아니냐구요?"

그 순간의 생각으로는 온기를 내뿜어서 모든 사물들을 키워내는 태양보다 더 아름다운 존재는 없어 보였다. 하지만 선생님의 가로젓는 머리를 보고 매우 당황하고 실망했다. 선생님이 왜 사랑이라는 사물을 내게 보여 주지 않는 건지 이상할 뿐이었다.

하루인지 이틀인지 지나서 나는 크기가 다른 구슬들을 좌우 대칭으로 실에 꿰고 있었다. 큰 구슬을 두 개 꿴 다음에, 작은 구슬을 세 개 꿰는 식이었다. 내가 실수를 할 때마다 선생님은 자상하고 참을성 있게 반복해서 고쳐 주었다. 마침내 순서가 틀린 걸 금방 알 수 있는 명백한 실수를 저질렀는데, 나는 이를 눈치채고는 잠시 동안 선생님이 일러 준 순서를 되살리면서 어떤 순서로 꿰야 맞는지 생각에 잠겼다. 그때 설리번 선생님은 내 이마를 만지면서 단호한 태도로 'THINK(생각하다)'라는 단어의 글자를 써 주었다.

순간 나는 그 단어가 내 머리에서 진행되고 있는 과정을 뜻하는 말이라는 걸 깨달았다. 추상적인 관념을 의식적으로 깨달은 최초의 순간이었다.

오랫동안 나는 가만히 있었다. 무릎 위의 구슬들을 생각한 게 아니었다. 새롭게 깨달은 이 관념에 의지하여 'LOVE(사랑)'의 의미를 알아내려고 낑낑거리고 있었다. 그날 태양은 온종일 구름 속에 가리워져 있었고, 소나기가 간간이 내렸다. 그런데 갑자기 태양이 남부의 아름다운 햇살을 한껏 내뿜으면서 구름 밖으로 얼굴을 내밀었다.

재차 나는 선생님에게 물었다.

"이게 사랑 아니에요?"

"사랑은 태양을 가리고 있던 구름 같은 거야."

선생님은 대답했다. 내가 알아듣지 못하자, 선생님은 더욱 간단한 단어들을 사용하여 다시 설명해 주었다.

"구름은 만져지지 않아. 하지만 비가 오는 건 느낄 수 있고, 꽃들과 목마른 대지가 무더운 날 뒤에 내리는 단비를 얼마나 반가워하는지도 알 수 있어. 사랑도 역시 만져지지 않아. 그렇지만 사랑이 만물에 선사하는 달콤함은 느낄 수 있지. 사랑이 없으면 행복하지 않고 놀고 싶은 마음도 안 생겨."

이 아름다운 진리에 대한 깨달음이 갑자기 마음 속에서 불쑥 떠올랐다. 동시에 내 영혼과 다른 사람들의 영혼이 보이지 않는 끈으로 연결되어 있다는 것도 느껴졌다.

교육을 시작한 이후 설리번 선생님은 내게 말할 때 마치 내가 청각이 정상적인 아이인 것처럼 말하는 습관을 들였다. 다만 입으로 말하는 게 아니라 내 손 안에 글자로 써 주었다는 게 유일한 차이였다. 내가 생각을 표현하는데 필요한 단어나 숙어를 모르면 선생님이 일러주었다. 심지어 둘이 얘기하다가 내 몫의 대화분을 말하지 못하면 선생님이 그 부분을 넌지시 예시해 주기도 했다.

이런 과정은 여러 해 동안 계속 이어졌다. 귀가 들리지 않으면 아주 간단한 일상적인 대화에 사용되는 수많은 숙어와 표현들마저도 한 달, 심지어 2~3년이 지나도 배우기 어렵기 때문이다. 귀가 멀쩡한 아이는 끊임없는 반복과 모방을 통해 단어들을 익힌다. 집에서 자연스럽게 들려 오는 가족들의 대화가 아이의 마음을 자극하고 이야깃거리를 제시해 주며, 아이가 스스로의 생각을 자발적으로 표현할 수 있게 이끌어 준다. 하지만 귀가 들리지 않는 아이들은 이 자연스러운 생각의 교환 과정이 원천적으로 봉쇄되어 있다. 선생님은 이를 깨닫고 내게 차단되어 있던 자극 유형들을 만들어 주기로 결심한 것이다. 이를 위해 선생님은 자신이 들은 말을 가능한 한 그대로 내게 재생해 주었고, 대화에 참여하는 방법도 직접 보여 주었다. 그래도 내가 대화를 주도할 엄두를 내기까지는 오랜 시간이 걸렸고, 나아가서 적합한 말을 그때 그때 찾아낼 수 있기까지는 훨씬 더 오랜 시간이 걸렸다.

농아나 맹아들이 대화의 즐거움을 누리기란 매우 어렵다. 더욱이 시청각 기능이 모두 장애가 있는 농맹아의 경우에 훨씬 더 어렵다는 건 말할 필요도 없다! 이들은 목소리의 어조를 구별하지 못하고, 단어의 중요성을 강조하는 억양도 구사할 줄 모른다. 또한 말하는 사람의 얼굴 표정도 볼 수 없다. 표정 자체가 대화의 열쇠 구실을 하는 경우가 적지 않은데도 말이다.

# 제7장

　내 교육에서 다음으로 중요한 단계는 읽기 공부였다.

　단어 몇 개를 쓸 수 있게 되자 선생님은 단어를 점자로 인쇄한 카드 몇 장을 내게 주었다. 나는 인쇄된 단어들이 제각각 어떤 물건이나 동작, 또는 성질을 뜻한다는 걸 금방 알아챘다. 당시에 나는 단어들을 배열하여 짧은 문장을 만들어 볼 수 있는 틀을 하나 가지고 있음에도, 틀을 사용하기 전에 먼저 해당되는 물건들을 가져다가 직접 문장을 만들어보곤 했다. 예를 들어, '인형', '침대', '위에', '있다'라고 쓰인 카드를 찾아서 해당되는 물건 위에 올려 놓은 다음에, 인형을 침대 위에 놓으면서 '침대', '위에', '있다'의 카드들을 인형 옆에 나란히 늘어놓는 식이었다. 이렇게 단어로 문장을 만드는 동시에 물건들도 배열하여 직접 문장의 의미를 표현해 보았다.

　어느 날 설리번 선생님의 지시를 듣고 나는 '소녀'라는 단어를 앞치마에 핀으로 꽂고 옷장 속에 서 있었다. 옷장 선반에는 '옷장', '안에', '있다' 등의 단어가 적힌 카드들을 쭉 늘어놓았다. 이 놀이만큼 즐거운 건 없었다. 선생님과 나는 한번 시작하면 몇 시간이고 계속 이 놀이를 즐겼다. 방안에 있는 모든 물건을 동원하여 놀이를 한 적도 있었다.

　인쇄된 카드에서 인쇄된 책으로 옮겨 가는 일은 한 걸음이면 족했다. 나는 〈초보자용 읽기연습〉 책을 쭉 훑으면서 아는 단어를 찾았다. 아는 단어가 나오면 마치 숨바꼭질 놀이에서 술래를 찾은 것처럼 기뻤다. 이렇게 나는 읽기 연습을 시작했다. 연결된 이야기를 읽은 얘기는 나중에 들려주겠다.

　나는 오랫동안 정규수업을 받지 못했다. 아주 열심히 공부할 때도 그건 공부라기보다는 차라리 놀이였다. 설리번 선생님은 내게 가르치는 모든 것을 아름다운 이야기나 시를 통해 쉽게 설명해 주었다. 배우는 내용을 내가 즐거워하거나 재미있어 하면 그때마다 선생님도 마치 어린 소녀처럼 덩달아 재잘거렸다. 많은 아이들이 두려워하는 과목, 이를테면 괴로운 문법 공부나 까다로운 산수 계산, 그보다 더 어려운 정의 문제 같은 것들도 지금은 내게 가장 소중한 추억들 중 하나로 남아 있다.

나는 설리번 선생님이 내 즐거움이나 욕구에 공감해 주는 유별난 이해심을 말로 설명할 재간이 없다. 아마도 맹아들과 오랫동안 지내온 생활의 결과이리라. 뿐만 아니라 선생님은 사물을 묘사하는 데 탁월한 능력을 가지고 있었다. 재미없는 세세한 것들은 빠르게 건너뛰었고, 그저께 배운 내용을 기억하고 있는지 확인하는 성가신 잔소리도 하지 않았다. 선생님은 무미건조한 과학의 전문지식들을 조금씩 인용하면서 모든 과목을 아주 생생하게 설명해 주었기 때문에, 나는 배운 내용을 도저히 잊어버릴 수가 없었다.

우리는 집보다 햇볕이 드는 숲 속을 더 좋아했고 그래서 야외에서 책을 읽고 공부도 했다. 어린 시절에 받았던 수업에는 모두 솔잎의 상쾌한 송진 냄새와 달콤한 머루 향기가 섞인 숲의 숨결이 어려 있다. 야생 튤립나무의 은혜로운 그늘에 앉아서 나는 어떤 사물이든 모두 배우고 생각할 점이 있다는 걸 깨달았다. '사물들이 지닌 제각각의 사랑스러운 매력을 보면 그들의 쓰임새를 알 수 있었다' (제임스 러셀 로웰의 시 〈아드메토스 왕의 양치기〉 참조). 웅웅 소리를 내거나 붕붕거리거나 노래하거나 꽃을 피우는 모든 것들이 내가 받은 교육에서 번듯하게 한 자리를 차지하고 있었다. 손 안에 잡혀서도 당황하기는커녕 목이 쉬도록 시끄럽게 울어대는 개구리나 여치 그리고 귀뚜라미, 솜털이 보송보송한 병아리와 들꽃들, 산딸나무꽃, 제비꽃, 그리고 싹이 움트는 과일나무가 그랬다. 껍질이 터지는 목화다래에서는 부드러운 섬유와 보송보송한 씨앗을 손가락으로 더듬었다. 옥수수대들을 쏴아아 관통하는 나지막한 바람소리, 기다란 나뭇잎들이 비단처럼 바스락거리는 소리, 목장에서 애완 조랑말을 붙잡아 입에 재갈을 물릴 때 말이 성을 내며 내뿜는 콧김을 느껴 보기도 했다. 아아,

조랑말의 숨결에서 풍기던 향신료 같은 클로버 냄새는 지금도 기억에 생생하다!

때때로 새벽에 일어나서 정원에 살며시 나가 보면 풀잎과 꽃에 굵은 이슬방울들이 맺혀 있었다. 손을 지긋이 누르는 장미꽃의 감촉이나 아침의 산들바람에 살랑거리는 백합꽃의 아름다운 자태를 만져 보는 게 얼마나 큰 희열이었는지 다른 사람들은 모를 것이다. 꽃을 꺾어 보면 이따금 곤충이 들어 있는 때도 있었다. 그럴 때면 이 작은 생명체가 외부 압력을 느끼고 깜짝 놀라서 두 날개를 비벼대는 희미한 소리를 느낄 수 있었다.

과수원도 즐겨 찾는 곳이었는데, 7월 초가 되면 과일들이 익었다. 솜털에 쌓인 커다란 복숭아를 매단 나뭇가지들이 손에 닿을 만큼 치렁치렁 늘어져 있었고, 시원한 산들바람이 사과나무 주변에 불어오면 사과들이 발치에 툭툭 굴러 떨어졌다. 아, 과일들을 앞치마에 수북이 담고 햇살의 온기가 미처 가시지 않은 사과의 부드러운 볼을 얼굴에 맞대고 깡총깡총 집으로 뛰어올 때는 또 얼마나 기뻤던지!

가장 좋아한 산책로는 켈러 상륙지였다. 테네시 강변의 낡고 허물어진 목재 부두인 상륙지는 남북전쟁 당시에 군인들이 상륙하던 곳이었다. 거기서 우리는 오랜 시간을 행복하게 보내면서 지리를 공부하는 놀이를 했다. 나는 조약돌로 댐을 쌓고 섬과 호수를 만들었으며, 강바닥을 파냈다. 모두 다 재미있는 놀이였을 뿐, 수업을 받는다고는 꿈에도 생각하지 못했다. 설리번 선생님이 커다란 공 모양의 지구에서 볼 수 있는 신기한 현상으로 화산과 매몰된 도시, 움직이는 빙하, 그리고 다른 많은 것들을 설명할 때는 놀라움이 점점 더 커지면서 귀를 쫑긋 세웠다. 선생님이 찰흙으로 실제 지형을 흉내낸 모형 지도를 만들어 준 덕분에, 나는 산등성이와 골짜기를 만져 보면서 구불구불 흘러가는 강의 흐름을 손가락으로 쭉 짚어갈 수 있었다. 이 놀이도 역시 재미있었다. 그렇지만 지구를 양극 지방과 기타 여러 구역으로 구분하는 공부는 혼란스럽고 짜증이 났다. 구역을 표시한 노끈과 양극으로 꽂아 둔 오렌지 나뭇가지가 아주 생생했기 때문에 지금도 온도대에 대한 얘기를 들으면 여러 노끈 원들이 떠오른다. 누군가가 작정하고 북극의 백곰들은 실제로 북극 기둥을 기어오른 다고 농담을 해도 나는 곧이곧대로 믿었을 것이다.

내가 좋아하지 않은 과목은 산수가 유일했던 것 같다. 숫자의 과학에 흥미 가 없는 건 처음부터 그랬다. 설리번 선생님은 숫자 세는 법을 줄에 구슬을 꿰 면서 가르쳤고, 덧셈과 뺄셈은 유치원 학습도구인 스트로(빨대)를 배열하는 방 식으로 가르쳤다. 그런데 나는 한 번에 대여섯 묶음 이상도 너끈히 배열해 볼 만큼 인내심을 발휘한 적이 한 번도 없었다. 이 공부가 끝나자마자 그날은 양 심의 가책에서 벗어나 재빨리 밖으로 나가 친구들과 놀 궁리부터 했다.

동물학과 식물학도 역시 이처럼 자유롭고 한가하게 공부했다. 지금은 이름 을 잊어버린 어떤 신사분이 화석 수집품을 선물한 적이 있었다. 무늬가 고운 자그마한 조개껍데기들, 새의 발자국이 찍혀 있는 사암 조각들, 얕게 도드라 진 예쁜 양치류 화석들을 모은 것이었다. 화석은 태고시대의 보물 창고로 들 어갈 수 있는 열쇠였다. 선생님이 망측하고 발음도 어려운 이름을 가진 무서 운 짐승들을 묘사할 때는 손가락을 달달 떨면서 귀를 기울였다. 이 짐승들은 태고의 숲에서 거대한 나뭇가지를 찢어 양식으로 씹어 먹으며 저벅저벅 걸어 다니다가, 언제 생겼는지도 모르는 음침한 늪에 빠져 죽었다고 했다. 이 괴상 한 생물체는 오랫동안 줄곧 꿈에도 등장했다. 내 '현재'의 하루 하루가 햇볕과 장미로 가득하고 애완 조랑말의 가벼운 말발굽 소리가 메아리치는 기쁜 날의 연속임에 틀림없지만, 그런 현재를 낳은 배경 중에는 이렇게 암울하게 보낸 시기가 연출하는 어둠침침한 배경도 엄연히 한 부분을 차지하고 있다.

아름다운 조개껍데기를 하나 선물받은 때도 있었다. 조개껍데기를 통해 나 는 어린애다운 놀람과 기쁨을 느끼면서, 작은 연체동물인 앵무조개가 자신이 거처할 반질거리는 나선형 껍데기를 어떻게 만드는지, 그리고 미풍 한 점 불 지 않아 잔잔한 파도의 고요한 밤에 어떻게 '진주빛 배'(미국의 의사이자 시인인 올리버 웬델 홈즈가 지은 〈앵무조개〉 참조)인 껍데기에 몸을 싣고 인도양의 푸른 바 다를 건너가는지를 배웠다. 어린 바다 생물들의 생활과 습성에 관한 많은 흥 미로운 사실들, 즉 태평양의 어린 폴립들이 거센 파도가 몰아치는 바다 한가운데서 어떻게 아름다운 산호섬을 만드는지, 그리고 유공충이 수많은 곳에 쌓여 어떻게 백악의 언덕으로 변모했는지 등을 배운 후, 선생님은 〈앵무조개〉를 읽어 주면서 이 연체동물이 조개껍데기를 만드는 과정은 사람의 정신이 성장해가는 과정을 상징한다고 말했다. 앵무조개의 경이로운 외투막이 바다에서 흡수한 성분들을 체화시켜서 몸의 일부로 만드는 것처럼, 사람이 모은 단편적인 지식들도 비슷한 변모 과정을 거쳐 생각의 진주로 성장 발전해 간다는 것이다.

식물의 성장 과정 또한 내 교육에서 활용했던 소재였다. 우리는 백합을 하나 사서 양지바른 창가에 두고 키웠다. 녹색의 뾰족한 봉오리들은 이내 벌어질 기색을 보였다. 바깥 쪽에서 싸고 있던 손가락 모양의 가녀린 잎이 천천히 벌어지면서(마지 못해 벌어진다는 생각도 들었다) 안에 숨어 있던 사랑스러운 모습이 드러났다. 개화 과정은 그러나 일단 개시된 이후에는 빠르면서도 질서정연하게 진행되었다. 개화 과정 내내 유독 크고 아름다운 봉오리가 하나 있었는데, 이놈은 자신을 싸고 있는 외피 잎들을 한층 도도하게 밖으로 열어 젖혔다. 이 미인은 부드러운 실크 드레스 차림으로 마치 하느님이 부여한 신성한 권리에 따라 여왕 백합으로 등극하는 것 같은 태도였다. 반면에 나머지의 겁 많은 자매 봉오리들은 덮어쓴 녹색 모자를 수줍게 벗을 따름이었다. 마침내 봉오리들은 사랑스러움과 향기를 내뿜으며 치렁치렁 늘어진 어엿한 백합꽃 한 포기로 변모했다.

언젠가 올챙이 열한 마리가 든 원형 유리 어항을 갖가지 식물이 빽빽이 들어찬 창가에 놓아 둔 적이 있었다. 올챙이에 대해 이것저것 배워가는 과정에서 기울인 열정은 지금도 기억이 난다. 어항 안에 손을 넣어 올챙이들의 활기찬 유영과 손가락 사이로 쏙쏙 빠져나가는 느낌을 즐기는 놀이는 엄청 재미있었다. 하루는 야심 찬 올챙이 한 마리가 어항 밖으로 뛰어올라 마루 위로 떨어진 적이 있었다. 내게는 어느 모로 보나 죽은 것처럼 보였다. 살아 있다는 표시는 미세하게 꿈틀거리는 꼬리뿐이었다. 그러나 다시 어항으로 돌아와 제 정신이 들자마자 어항 밑바닥을 향해 돌진하더니 기쁜 몸짓으로 빙글빙글 헤엄을 쳤다. 껑충 뛰어올라 커다란 세상을 맛본 올챙이는 이제 큰 후크시아 나무 아래의 예쁜 유리 어항에서 지내는 데 만족했고, 마침내 어엿한 개구리로 성장했다. 다음에 정원 끝의 녹음이 무성한 연못으로 이사 가서는 옛날 풍의 연가를 불러대면서 음악이 흐르는 여름밤을 연출하곤 했다.

이렇듯 내가 배움을 얻은 창구는 실생활이었다. 교육을 시작했을 때 나는 한낱 가능성들이 잠재되어 있는 조그마한 눈덩이에 불과했다. 이 가능성들을 펼쳐 주고 개발한 사람은 바로 선생님이었다. 선생님이 오자, 내 주변의 모든 사물이 사랑과 기쁨을 호흡하면서 충만한 의미를 갖기 시작했다. 선생님은 모든 사물에 담겨 있는 아름다움을 들추어내는 기회를 한 번도 놓친 적이 없을 뿐만 아니라, 내 삶을 매력적이고 유용한 삶으로 만들어 주기 위해 자신의 생각과 행동과 선례를 끊임없이 다듬었다.

내가 교육의 초창기를 아주 아름답게 보낼 수 있었던 건 바로 선생님의 천재성과 신속하게 공감해 주던 이해심, 그리고 자애로운 재치 덕분이었다. 또한 내가 선생님이 전해 주는 지식을 아주 즐겁고 쉽게 받아들일 수 있었던 것도 지식 전달의 타이밍을 적절하게 포착하는 선생님의 능력 덕분이었다. 아이의 마음은 얕은 시냇물과 같아서, 바위투성이의 교육과정 내내 잔물결도 일으키고 즐겁게 춤추기도 하며 흘러가다가 여기서는 꽃을, 저기서는 덤불을, 또 저쪽에서는 양털구름을 수면 위에 띄우는 존재라는 게 선생님의 깨달음이었다. 그래서 시냇물처럼 산 속의 계곡물과 숨어 있는 샘물을 보태 수량이 점점 불어나서 마침내 넓고 깊은 강으로 흘러 들어가야 비로소 굽이치는 언덕들이나 반짝이는 나무 그림자와 파란 하늘, 작은 꽃의 사랑스러운 얼굴을 잔잔한 수면 위에 담을 수 있는 거라고 생각하면서 내 마음을 타고난 순리대로 이끌려고 애썼다.

아이를 교실로 끌고 가는 건 선생님이라면 누구든지 할 수 있지만, 아이가 자발적으로 배울 수 있게 이끌어주는 일은 누구나 할 수 있는 게 아니다. 아이는 바쁜 때든 쉬고 있을 때든, 자유를 느끼지 못하면 즐겁게 공부하지 않는다. 자유로운 가운데 치솟는 승리감과 가슴이 무너지는 실망감을 맛본 다음에야 비로소 하기 싫은 일도 해치울 의지를 불태우고, 단조롭고 재미없는 교재 공부도 춤추듯 씩씩하게 헤쳐 갈 결심을 하게 되는 것이다.

선생님은 내게 너무나 가까운 분이어서 나는 내 자신을 선생님과 분리하여 별도로 생각하기 어렵다. 나는 아름다운 모든 사물들한테 느꼈던 기쁨 중에서 과연 어느만큼이 나만의 독자적인 기쁨이고 또 어느만큼이 선생님의 영향으로 생긴 감정인지 정말 알 수 없다. 선생님과 나는 떼려야 뗄 수 없는 관계이고, 내 삶의 발자국은 역시 선생님의 발자국이기도 하다는 게 내 생각이다. 내가 소유한 최고의 것들은 모두 선생님의 것이기도 하다. 내 재능이나 영감, 기쁨 중에서 선생님의 자애로운 손길로 눈을 뜨지 않은 건 하나도 없다.

# 제8장

설리번 선생님이 터스컴비아에 온 후에 처음 맞이한 크리스마스는 큰 행사였다. 물론 가족들 모두가 내게 주려고 준비한 깜짝 선물도 있었지만, 내가 무엇보다도 기뻤던 것은 설리번 선생님과 함께 다른 사람들에게 줄 깜짝 선물을 준비했던 과정이었다. 아직 공개되지 않은 선물들이 뭔지 알아 맞히는 놀이는 정말 기쁘고 재미있었다. 친구들은 힌트를 흘리거나 문장을 절반쯤 써 주다가 절묘한 순간에 짐짓 멈추는 등, 내 호기심을 자극하기 위해 수단과 방법을 가리지 않았다. 설리번 선생님과 나는 선물 알아 맞히기 게임을 했는데, 나는 이 게임을 하면서 단어 구사에 대해 어떤 수업보다도 많이 배울 수 있었다. 매일 저녁 벌겋게 타는 장작불 주변에 앉아서 게임을 했는데, 게임은 크리스마스가 다가올수록 흥분이 더욱 고조되었다.

크리스마스 이브에는 터스컴비아에 사는 학생들이 크리스마스 트리를 꾸며 놓고 우리를 초대했다. 교실 한가운데에는 아름다운 트리가 부드러운 빛으로 아른아른 반짝이며 꾸며져 있었고, 트리의 나뭇가지에는 신기하고 근사한 과일이 매달려 있었다. 너무나 행복한 순간이었다. 나는 황홀경에 빠져 춤을 추면서 나무 주변을 뛰놀았다. 모든 아이들의 선물이 빠짐없이 매달려 있다는 걸 알았을 때 무척 기뻤다. 트리를 꾸민 친절한 사람들은 내게 아이들 선물을 직접 건네주도록 허락해 주었다. 선물을 즐겁게 나누어 주면서 나는 내 선물이 뭔지 살펴보려고 딴전을 피우지는 않았다. 이윽고 내 차례가 되자, 진짜 크리스마스 날인 내일이 빨리 오길 바라는 내 조바심은 참기 힘들 정도로 간절해졌다. 선물을 받아 보니 친구들이 감질나게 힌트를 흘렸던 선물들이 아니었다. 선생님은 내가 앞으로 받게 될 선물은 지금 받은 것보다 훨씬 더 좋을 거라고 말해 주었다. 그러면서 지금은 나무에 매달려 있던 선물에 만족하고 다른 선물들은 내일 아침에 확인하자고 달랬다.

그날 밤 나는 스타킹을 걸어 놓은 후에도 오랫동안 깨어 있었다. 잠든 척 했을 뿐, 산타클로스가 집에 들어와서 어떻게 하는지 보려고 정신을 초롱초롱 붙들고 있었다. 하지만 더 이상 버티지 못하고 새로 받은 인형과 백곰 인형을 안은 채로 잠이 들었다. 다음날 아침에 맨 먼저 "메리 크리스마스!" 인사를 하면서 가족 모두를 깨운 건 바로 나였다. 내 선물들은 스타킹뿐만 아니라 식탁 위, 의자 위, 현관문, 창턱 등, 사방에 널려 있었다. 포장지에 싸인 크리스마스 선물은 정말이지 걸음을 뗄 때마다 발에 걸릴 정도로 많았다. 그러나 선생님 한테 카나리아 새인 팀을 선물로 받았을 때, 내 행복의 잔은 넘쳐흘렀다.

팀은 아주 길이 잘 들어서 손가락 위에 설탕으로 조린 체리를 올려 놓으면 깡총 뛰어올라 쪼아 먹곤 했다. 이 애완동물을 돌보는 법은 선생님이 모두 가르쳐주었다. 매일 아침 나는 아침을 먹은 후에 팀의 목욕을 준비했고, 새장을 깨끗하고 쾌적하게 청소했으며, 신선한 씨앗과 우물물을 모이통에 새로 채웠고, 새가 타고 놀 그네에 별꽃 가지를 달아 주었다.

어느 날 아침 나는 새장을 창가 의자 위에 놓아둔 채로 목욕물을 길러 갔다. 돌아와서 현관문을 열었을 때, 큰 고양이가 휙 스쳐 지나가는 걸 느꼈다. 처음에는 무슨 일이 있었는지 몰랐다. 그러나 새장 안으로 손을 넣어도 팀의 예쁜 날개들이 만져지지 않고 작고 뾰족한 발톱이 내 손가락을 움켜쥐지도 않았을 때, 나는 예쁘고 앙증맞은 가수를 다시는 볼 수 없다는 걸 알았다.

# 제9장

　지금까지의 내 삶에서 다음으로 중요했던 사건은 1888년 5월에 보스턴을 방문했던 일이다. 여러 여행 준비, 선생님과 엄마와 함께 집을 출발했던 일, 도중의 여행, 마침내 보스턴에 도착했던 일들은 마치 어제 있었던 일처럼 지금도 기억에 생생하다. 2년 전의 볼티모어 여행과는 얼마나 판이한 여행이었는지! 나는 안절부절하고 쉽게 흥분하는 아이, 그래서 기차 위의 모든 승객들이 즐겁게 해주기 위해 계속 신경써야 하는 어린애가 더 이상 아니었다. 나는 설리번 선생님 옆에 조용히 앉아서 선생님이 차창 밖의 풍경에 대해 들려주는 모든 얘기를 열심히 들었다. 아름다운 테네시 강, 커다란 목화밭, 언덕과 숲들, 기차역에서 한 무리의 흑인들이 열차 안의 승객들에게 웃으면서 손을 흔들고 창문을 통해 맛있는 사탕과 팝콘 볼을 판매하는 광경 등이었다. 맞은 편 좌석에는 내 봉제인형인 커다란 낸시가 새 체크 무늬 드레스와 주름 잡힌 보닛 모자 차림을 하고 두 개의 구슬 눈으로 나를 빤히 쳐다보며 앉아 있었다. 때때로 설리번 선생님의 설명에 빠져들지 않을 때면 비로소 낸시의 존재를 의식하고는 들어서 안아 주었지만, 대개는 그녀가 잠들었다고 자위하면서 양심의 미안함을 달랬다.

　앞으로 다시는 낸시 얘기를 할 기회가 없을 것 같아서 보스턴에 도착한 직후 그녀가 겪었던 슬픈 경험을 지금 털어놓고 싶다. 그때 낸시는 진흙투성이였다. 낸시가 진흙으로 만든 파이를 특별히 좋아한 적이 없는데도 내가 강제로 먹인 진흙 파이의 흔적들이었다. 그래서 퍼킨스 학교의 세탁부는 인형을 나 몰래 슬쩍 가져가서는 목욕을 시켰다. 목욕은 불쌍한 낸시에게 너무 지나

친 배려였다. 다음에 낸시를 보았을 때는 이미 형체가 뭉개진 솜뭉치로 변해 있었다. 책망하는 시선으로 빤히 쳐다보는 두 개의 구슬 눈이 없었더라면 전혀 알아보지 못할 정도였다.

마침내 기차가 보스턴 역으로 서서히 들어서자 아름다운 동화가 현실로 둔갑한 것 같았다. '옛날 옛적에'는 지금이었고, '아주 먼 나라'는 바로 여기였다.

퍼킨스 학교에 도착하자마자 나는 눈먼 어린 학생들과 바로 친해졌다. 그들도 손바닥 지문자로 소통한다는 걸 알고는 말할 수 없이 기뻤다. 다른 아이들과 내 모국어로 얘기할 수 있는 게 얼마나 큰 기쁨이었는지! 그때까지 나는 통역이 있어야 말할 수 있는 외국인과 같았다. 로라 브리지먼이 배웠던 학교, 내 모국에 드디어 온 것이다. 새로 사귄 친구들도 앞을 보지 못한다는 걸 실감한 것은 한참 지나서였다. 나는 내가 앞을 볼 수 없다는 것만 생각하고 있었지, 내 주변에 모여들어 내 장난에 흔쾌히 응해 주는 활발하고 다정한 이 아이들도 모두 맹인이라는 걸 전혀 의식하지 못했다. 내가 말하려고 하면 그들이 손을 내 손 위에 올려 놓는다는 것, 그리고 그들도 손가락으로 점자책을 읽는다는 것을 알았을 때 느꼈던 놀라움과 괴로움을 지금도 나는 기억한다. 이 사실을 이미 들어서 알고 있었고 내 자신의 신체 장애 또한 잘 알고 있었지만, 그들은 그래도 귀는 들을 수 있어서 '제 2의 눈'은 있는 거라고만 막연히 생각했을 뿐, 모든 아이들이 하나 같이 하느님의 소중한 선물인 시각을 박탈당했다는 걸 실감할 마음의 준비가 되어 있지 않았다. 그러나 아이들이 아주 행복하고 만족해 했기 때문에 나는 그들과 어울리는 즐거움 속에서 모든 괴로움을 잊어버렸다.

앞을 보지 못하는 이 아이들과 하루를 보낸 덕분에 나는 새로운 환경에 완전히 편안하게 적응했고, 계속 즐거운 일들을 열심히 찾아 다니는 동안 날짜는 빠르게 흘러갔다. 나는 여기 말고도 다른 세상이 많이 존재한다는 걸 정말 납득할 수 없었다. 보스턴이 창조된 세상의 시작이고 끝이라고 여겨졌기 때문이다.

보스턴에 있는 동안 우리는 벙커힐(미국 독립전쟁에서 1775년 6월 17일에 영국군과 최초로 교전을 벌였던 매사추세츠 주의 전적지)을 방문했는데, 거기서 나는 첫 역사 수업을 받았다. 우리가 서 있는 바로 그 자리에서 싸웠던 용감한 선조들의 얘기를 듣고 나는 정말 흥분했다. 계단 수를 세면서 기념탑에 올랐고, 점점 더 높이 올라가면서 병사들도 나처럼 이 커다란 계단을 올라가면서 아래 평지에 있는 적들을 향해 총을 쏘았을까 궁금해 했다.

다음 날에는 배를 타고 플리머스로 갔다. 바다 여행도, 증기선을 타본 것도 처음이었다. 얼마나 활력 넘치는 소풍이었던지! 그러나 배의 기계장치가 돌아가면서 내는 우르릉우르릉 소리를 듣고 나는 천둥이 치는 줄 알고 울음을 터뜨렸다. 비가 오면 밖에서 소풍을 즐길 수 없는 게 두려웠기 때문이다. 플리머스에서 내가 무엇보다도 큰 흥미를 느낀 건 청교도들이 상륙했던 거대한 바위(플리머스 록)였던 것으로 기억난다. 나는 바위를 손으로 만져 보았는데, 그래서 아마도 청교도들의 상륙, 이들의 노고와 위업을 더욱 생생하게 느낄 수 있었던 것 같다. 나는 종종 플리머스 바위를 흉내낸 작은 모조품을 손에 쥐어 보곤 했다. 청교도 기념관에서 어떤 친절한 신사분이 선사한 것이었다. 모조품 위의 곡선들, 중앙의 갈라진 부위 그리고 돋을 새김의 '1620(년)' 숫자를 손가락으로 더듬으면서 나는 청교도들의 놀라운 이야기에 대해 알게 된 모든 사실들을 다시 되새겨 보곤 했다.

청교도들의 찬란한 모험에 대해 내 치기어린 상상력은 얼마나 맹렬히 불타올랐던지! 나는 청교도들은 낯선 땅에서 새로운 터전을 개척한 가장 용감하고 가장 관대한 사람들이라고 이상적으로 포장하여 상상하고 있었다. 자신들의 자유를 추구했을 뿐만 아니라 동료들에게도 자유를 선사하고 싶었던 사람들이라고 생각했었다. 여러 해 뒤에 우리를 부끄럽게 만드는 그들의 박해 행적(청교도들은 퀘이커 교도와 같은 종교적 소수집단을 박해했다.)을 알고는 놀라움과 실망감이 격렬하게 엄습했다. 우리 후손들에게 '아름다운 나라'를 선사한 그들의 용기와 힘을 기뻐하는 순간에도 이런 놀라움과 실망감은 가시질 않았다.

보스턴에서 사귄 많은 친구들 중에는 윌리엄 엔디컷(퍼킨스 학교의 이사) 씨와 그의 딸도 있었다. 이들이 내게 베푼 친절은 이후에 쌓은 많은 유쾌한 추억의 씨앗이었다. 어느 날 우리는 비벌리 팜스에 있는 그들의 아름다운 집을 방문했다. 내가 장미 정원을 지나가던 광경, 그들의 애완견들인 커다란 레오와 귀가 길고 털이 곱슬거리던 작은 프리츠가 우리를 마중나오던 광경, 그리고 세상에서 가장 **빠른** 말인 니므롯(성경에 나오는 니므롯을 따라 지은 것이다. '니므롯처럼 주님 앞에도 알려진 용맹한 사냥꾼'(《창세기》 10장 9절) 참조)이 각설탕을 찾으면서 쓰다듬어 달라고 내 손 안으로 코를 쑥 들이밀던 광경은 지금도 즐거운 추억이다. 해변의 모래를 처음으로 경험했던 백사장도 기억난다. 거기 모래는 단단하면서도 부드러웠다. 갈조류와 조개껍데기가 섞여 있어서 푸석거리고 감촉이 날카로운 브루스터의 모래와는 많이 달랐다.

엔디컷 씨는 보스턴에서 와서 유럽으로 떠나는 커다란 배들 얘기를 들려주었다. 그후에도 나는 그를 많이 보았는데, 한결같이 좋은 친구였다. 내가 보스턴을 "친절한 사람들의 도시"라고 말하는 건 사실 그를 연상하며 묘사하는 별칭이었다.

피아노 치는 남자 옆에 서 있는 헬렌 켈러(1904년 경)
헬렌 켈러는 연주하는 피아노 위에 손을 대보는 것을 좋아했다.

# 제10장

퍼킨스 학교가 여름방학으로 종강하기 직전에 선생님과 나는 방학을 케이프코드의 브루스터에서 우리의 사랑하는 친구인 홉킨스 사감선생님(소피아 홉킨스는 설리번이 퍼킨스 학교의 학생이었을 때 사감이었다.)과 함께 보내자고 결정했다. 내 마음은 앞으로 누리게 될 기쁜 일들과 그 동안 들어온 멋진 바다 얘기들로 충만하면서 즐거웠다.

그 해 여름에 있었던 일 중에서 가장 기억에 생생한 건 바다였다. 내륙의 먼 벽지에서만 살았던 나는 소금기가 밴 바다 공기를 마셔 본 적이 없었다. 그러나 〈우리들 세상〉이라는 방대한 책에서 바다를 묘사한 글을 읽으면서 나는 놀라움, 그리고 거센 파도의 힘과 포효하는 소리를 느껴 보고 싶은 강렬한 욕망에 빠졌었다. 그래서 내 작은 심장은 그 소망이 마침내 이루어진다는 예감 때문에 흥분이 고조되면서 높이 뛰어올랐다.

다른 사람의 도움으로 수영복을 갈아 입자마자 나는 따뜻한 백사장으로 뛰어 올라갔고, 두려움도 잊은 채 차가운 물속으로 뛰어들었다. 커다란 파도가 흔들리고 가라앉는 게 느껴졌다. 바닷물의 활기찬 움직임은 나를 짜릿하고 강렬한 기쁨으로 가득 채웠다. 갑자기 황홀경이 사라지면서 두려움이 밀려왔다. 발이 바위에 부딪혔고, 다음 순간 한 줄기 급류가 머리를 덮쳤다. 나는 뭔가 붙잡아야 한다는 생각에 두 손을 뻗었다. 바닷물을 움켜쥐기도 하고 파도가 얼굴에 내동댕이친 해초를 거머쥐기도 했다. 그러나 미친 듯이 발버둥쳐도 아무 소용이 없었다. 나를 약올리는 것 같은 파도는 내 몸을 이리저리 붕 띄우는 사나운 장난질을 멈추지 않았다. 무서웠다! 착하고 견고한 바닥은 내 발을 비껴 갔고, 생명과 공기, 따뜻함이나 사랑 등, 이 모든 것도 닥치는 대로 먹어치우는 이 낯선 괴물한테는 상대가 될 것 같지 않았다. 그러나 바다는 마침내 새로운 장난감에 싫증이 난 아이처럼 나를 다시 해변으로 던져 버렸고, 다음 순간에 나는 선생님의 팔을 붙잡았다. 아, 선생님의 다정하고 오랜 포옹이 주는 위안이란! 두려움에서 벗어나 말문을 열 기력이 생기자마자 나는 따지듯이 물었다.

"도대체 바닷물에 소금을 집어넣은 사람이 누구에요?"

바닷물 속에서 최초로 겪었던 악몽에서 벗어난 후에는 수영복 차림으로 큰 바위 위에 앉아서 파도가 연달아 밀려와 바위를 때리면서 내게 물보라를 한껏 끼얹는 느낌을 즐기고 있었다. 파도가 육중한 몸을 던져 해변에 부서질 때마다 조약돌들이 달그락거리는 걸 느꼈다. 해변 전체가 파도의 끔찍한 공격에 괴로워하는 것 같았고, 대기도 파도의 맥박소리에 맞추어 술렁거렸다. 부서진 허연 파도들은 다시 세력을 모아 더욱 거세게 몰아치기 위해 급히 물러가곤 했고, 나는 밀려드는 파도와 그 포효 소리를 느끼면서 긴장과 매혹 속에서 바위에 꽉 매달렸다!

해변은 아무리 오래 있어도 싫지가 않았다. 오염되지 않은 신선하고 자유로운 대기는 마치 차분하고 편안한 생각 같았고, 조개껍데기와 조약돌, 그리고 살아 있는 작은 바다생물들이 덕지덕지 붙어 있는 해초는 내게 매력을 잃는 법이 없었다. 어느 날 설리번 선생님은 얕은 바닷물에서 일광욕을 하다가 잡은 이상한 동물을 보여 주면서 내 주의를 끌었다. 커다란 투구게였는데 처음 보았다. 만져 보니 등에 집을 얹고 있었는데, 아주 신기했다. 갑자기 내 재미있는 애완동물로 삼을 수 있겠다는 생각이 들었다. 그래서 두 손으로 꼬리를 잡고 집으로 끌고 왔다. 게가 아주 무거워서 반 마일을 끌고 오느라 온 힘을 쏟아야 했기 때문에, 큰 일을 해낸 것 같아서 아주 뿌듯했다. 나는 게가 안전하게 지낼 수 있는 곳이라고 확신하면서 우물 근처의 수조에 넣어 달라고 선생님을 그냥 내버려두지 않고 계속 졸랐다. 마침내 선생님은 그렇게 해주었다. 그런데 다음 날 아침 수조에 가보았더니, 아, 게가 사라지고 없었다! 어디로 갔는지, 어떻게 탈출했는지 아무도 몰랐다. 그 순간의 실망감은 몹시 쓰렸다. 그러나 나는 말도 못하는 이 가엾은 동물을 서식지에서 강제로 납치해온 건 친절함도 현명함도 아니라는 걸 점차 깨달았다. 잠시 후에는 게가 바다로 돌아갔을 거라는 생각이 들면서 오히려 기분이 좋아졌다.

# 제11장

가을에 나는 즐거운 추억들을 가득 안고 남부의 우리 집으로 돌아왔다. 북부의 여행을 회상해 보면 여행에 알알이 매달려 있던 풍성하고 다양한 경험들이 지금도 놀랍다. 그 여행은 내게 벌어진 모든 일의 출발점이었던 것 같다. 새롭고 아름다운 세상의 보물들이 내 발치에 펼쳐졌고, 몸을 돌릴 때마다 즐거움과 새로운 지식을 섭취할 수 있었다. 나는 벌어지는 모든 일마다 푹 빠졌다. 한 순간도 조용히 있지 않았다. 내 생활은 마치 짧은 하루에 일생을 모두 살아야 하는 하루살이들처럼 분주한 움직임으로 가득 찼다. 나는 내 손 안에 글자를 써 주며 얘기를 나눈 많은 사람들을 만났다. 내 생각은 이렇게 즐거운 공감을 나누는 가운데 솟구쳐 올라 또 다른 생각을 만났다. 보라, 기적이 마침내 이루어졌다! 내 마음과 다른 사람들의 마음 사이를 가로막고 있던 불모의 땅들은 이제 장미꽃처럼 활짝 폈다.

그 해 가을은 터스컴비아에서 14마일 정도 떨어진 산 속의 여름 별장에서 가족들과 함께 보냈다. 산장은 오래 전에 문을 닫은 석회암 채석장 근처에 있어서 고사리 채석장이라고 불렀다. 채석장은 위쪽 바위들 사이의 옹달샘에서 흘러나온 장난기 가득한 작은 개울 세 줄기가 관통하여 흐르고 있었다. 개울물은 바위가 여기저기서 길을 가로막을 때마다 깔깔거리는 작은 폭포들을 만들면서 솟구치거나 굴러 떨어졌다. 채석장 입구는 고사리들로 빼곡했다. 고사리들은 또한 석회암 층을 온통 뒤덮고 있었고, 개울물도 군데군데 시야를 가렸다. 산의 다른 지역들은 모두 숲이 울창하게 우거져 있었다. 이끼 낀 기둥 같은 몸통의 커다란 참나무와 멋들어진 상록수는 나뭇가지에 담쟁이덩굴과 겨우살이의 화환들을 걸고 있었고, 감나무 향기는 숲을 구석구석 진동했다. 사람들에게 기쁨을 주는 환상적인 향기였다. 산머루 넝쿨이 나무들 사이로 뻗어 나가서 군데군데 만들어 놓은 그늘에는 나비와 윙윙거리는 곤충들로 늘 붐볐다. 늦은 오후에 그 우거진 숲의, 녹음 우거진 구석진 곳에 푹 빠져 있다가 해질 무렵 대지에서 올라오는 상쾌하고 맛있는 땅내음을 맡는 건 즐거웠다.

산장은 참나무 숲과 소나무 숲 사이의 산 정상에 자리잡은 일종의 야영 캠프였다. 긴 개방식 복도 양쪽으로 작은 방들이 쭉 늘어서 있는 구조였다. 집 둘레의 넓은 베란다에 불어오는 산바람에는 온갖 감미로운 나무 향기들이 배어 있었다. 베란다에서 우리는 공부하고 먹고 노는 등, 하루 대부분의 시간을 보내면서 아예 살다시피 했다. 뒷문 쪽에는 버터호두나무가 서 있었는데, 나무는 빙빙 돌면서 계단이 만들어져 있었다. 집의 앞 쪽에는 나무들이 아주 가까이 서 있었기 때문에, 나는 집에서 바로 손을 뻗어 나무들을 만져 보고 나뭇가지가 바람에 흔들리거나 이파리들이 가을철 강풍에 빙그르르 떨어지는 걸 느낄 수 있었다.

고사리 채석장에는 방문객들이 많았다. 저녁에는 남자들이 모닥불 주변에 모여 카드를 치거나 이야기를 나누거나 또는 운동을 하면서 시간을 보냈다. 남자들은 새나 물고기, 네 발 달린 짐승들을 사냥했던 놀라운 이야기들, 즉 총으로 많은 야생 오리와 칠면조를 잡은 얘기며, '길길이 날뛰는 송어'를 잡은 얘기며, 교활하기 짝이 없는 여우들을 어떻게 잡았고 지독하게 영특한 주머니쥐의 꾀를 어떻게 제압했으며 엄청 빠른 사슴을 어떻게 따라잡았는지 등의 얘기를 자랑스럽게 늘어놓았다. 이들의 얘기를 듣고 마침내 나는 사자나 호랑이와 곰, 다른 야생 동물 어떤 것이 와도 틀림없이 이들 노련한 사냥꾼들은 당해내지 못할 거라고 생각하기에 이르렀다. 빙 둘러앉은 유쾌한 친구들은 잠을 자러 흩어질 때는 "내일 사냥을 위해!"라고 고함을 치면서 취침 인사를 대신했다. 남자들이 우리 방 앞의 복도에서 잤기 때문에, 나는 사냥꾼들과 개들이 간이침대에 누워 자면서 내는 심호흡 소리를 느낄 수 있었다.

다음 날 새벽에 나는 커피 향기, 덜그럭덜그럭 총을 점검하는 소리, 남자들이 스스로 사냥철 최고의 행운을 다짐하면서 서성거리는 육중한 발걸음 소리를 듣고 잠에서 깨어났다. 또한 남자들이 마을에서 타고 와서 나무 아래에 매어 놓은 말들의 발굽 소리도 느낄 수 있었다. 그곳에서 밤을 지샌 말들은 큰소리로 히힝거리면서 고삐를 풀고 싶어 안달이었다. 마침내 남자들이 올라탄 말들은 옛날 노래의 노랫말처럼 굴레의 방울을 울리고 휙휙 채찍 소리를 내면서 내달리는 사냥개들을 앞세우고는 출발했다. 이렇듯 챔피언급의 사냥꾼들은 "어이! 와아! 쫓아!"를 외치면서 사라져 갔다.

아침이 되자 우리는 바비큐를 준비했다. 깊은 구덩이의 바닥에 불을 지피고 커다란 막대기를 열 십 자 모양으로 맨 위에 걸쳐 놓은 후에 쇠꼬챙이에 꿴 고기를 매달아 돌렸다. 불 주위에는 흑인들이 쪼그리고 앉아서 긴 나뭇가지로 파리를 쫓았다. 아침식사를 차리려면 아직 멀었는데도 고기를 굽는 향긋한 냄새에 나는 벌써 배고픔을 느꼈다.

식사 준비의 수선스러움과 흥분이 절정에 달했을 때, 사냥패들이 둘씩 셋씩 허우적거리면서 모습을 나타냈다. 남자들은 벌겋게 달은 녹초 상태였고, 말들도 입 주위에 게거품 투성이었으며, 지친 사냥개들은 맥빠진 모습으로 헐떡이고 있었다. 잡아 온 동물은 단 한 마리도 없었다! 사슴을 적어도 한 마리는 보았고 그것도 아주 가까운 곳까지 접근했었노라고 그들은 이구동성으로 강조했다. 하지만 개들이 사냥감을 아무리 맹렬하게 쫓아갔고 총을 아무리 정확하게 조준했더라도 정작 방아쇠를 당기는 순간에는 사슴은 시야에 없었다. 이 사람들의 행운의 정도는 토끼 발자국만 보았을 뿐인데도 토끼를 목격하기 일보 직전이었다고 뻥튀기한 어린 소년의 경우와 다를 게 없었다. 그러나 사냥패는 이내 실망감을 잊은 채로 사슴 고기가 아니라 송아지와 돼지고기 구이라는, 집에서 사육한 가축의 잔치를 즐기기 위해 자리에 둘러앉았다.

어느 해 여름에 고사리 채석장에서 지낼 때 나는 조랑말을 새로 얻었다. 조랑말은 당시에 읽은 책을 본떠서 블랙 뷰티(《아름다운 검정말 블랙 뷰티》는 영국 작가인 애나 슈얼이 쓴 인기 동화)라고 이름지었다. 윤기 흐르는 검정색 털에서부터 이마의 하얀 별 문양까지, 모든 점에서 책 속에 나오는 말을 빼닮았기 때문이었다. 나는 말을 타고 많은 시간을 행복하게 보냈다. 가끔 정말 안전한 상황이 오면 선생님은 말의 고삐를 놓아주곤 했다. 그러면 조랑말은 어슬렁거리며 걷다가 마음내키는 대로 멈춰 서서 좁은 오솔길 옆에 자라는 풀을 뜯어먹거나 나뭇잎들을 야금야금 갉아먹었다.

말을 타고 싶지 않은 오전에는 아침을 먹은 후에 선생님과 함께 숲으로 산책을 나갔다. 소와 말들이 다니는 좁은 길 이외에 통행로가 전혀 없던 우거진 나무숲의 포도넝쿨 속을 헤쳐 갈 때는 설령 길을 잃어버려도 신경쓰지 않았다. 통행이 아예 불가능한 잡목 숲을 자주 만났는데, 그때마다 우리는 우회로를 찾아야 했다. 산장으로 다시 돌아올 때는 언제나 월계수나 미역취, 고사리, 남부에서만 자라는 예쁜 습지 꽃들을 한아름 품에 안고 있었다.

때때로 나는 밀드레드와 어린 사촌들을 데리고 감을 주우러 갔다. 감을 먹지는 않았지만 향기가 좋았고, 잎새와 풀숲에 숨은 감을 찾는 게 즐거웠다. 견과류도 땄다. 나는 동생들이 밤송이를 까고 히코리 너트와 호두의 껍질 벗기는 일을 도왔다. 호두가 정말 굵고 고소했다!

산기슭에는 철로가 지나갔는데, 거기서 아이들은 기차가 쌩쌩 달리는 걸 구경했다. 때때로 우리는 엄청난 기적 소리에 놀라며 계단으로 도망치곤 했고, 밀드레드는 소나 말들이 길을 잃고 철로 위를 서성인다고 마구 흥분하면서 내게 떠들어대곤 했다.

약 1마일 떨어진 깊은 협곡에는 트레슬 철교가 가로지르고 있었다. 철교는 침목들의 간격이 넓고 폭이 매우 협소해서 마치 칼날 위를 걷는 것 같았기 때문에 다리를 건너는 건 여간 어려운 일이 아니었다. 어느 날 밀드레드, 설리번 선생님 그리고 내가 숲 속에서 길을 잃고 여러 시간 헤맸던 사건이 벌어지기 전에는 한 번도 건너 간 적이 없는 다리였다.

별안간 밀드레드가 고사리 손으로 가리키면서 외쳤다.

"철교다!"

이 길만은 절대로 택하지 않았으련만, 그러나 시간이 너무 늦은 데다가 점점 어두워지고 있었고, 집으로 가는 지름길이기도 했다. 나는 발끝으로 더듬거리며 다리 위 철로를 걸어가야 했지만, 두려움도 잊은 채 앞으로 쑥쑥 잘 나가고 있었다. 갑자기 멀리서 칙칙폭폭하는 소리가 희미하게 들려 올 때까지는 그랬다.

"기차 온다!"

밀드레드가 울부짖었다. 기차가 머리 위로 돌진해 오는 순간 재빨리 철로 아래의 가로 받침대 위로 기어 내려가지 않았더라면, 우리는 그 즉시 기차에 깔렸을 것이다. 나는 엔진의 수증기가 얼굴 위로 뿜어져 나오는 걸 느꼈고, 우리는 모두 연기와 재로 질식하기 일보 직전이었다. 기차가 쿵쾅거리면서 지나갈 때는 철교가 무너질 것처럼 요동을 쳤다. 급기야 우리 모두 협곡 저 아래의 깊은 골짜기로 곤두박질칠 것 같다는 생각이 들 때까지 계속 그랬다. 갖은 어려움 끝에 우리는 다시 철로 위로 올라왔다. 어두워진 후에도 한참 지나서 집에 도착해 보니 산장은 텅 비어 있었다. 가족들이 모두 우리를 찾으러 나간 것이다.

# 제12장

보스턴을 처음 방문한 이후로는 거의 매년 겨울을 북부에서 보냈다. 언젠가 뉴잉글랜드에 있는 어떤 마을을 방문한 적이 있다. 마을의 호수는 모두 얼어붙어 있었고, 드넓은 들판은 온통 눈으로 덮여 있었다. 설국의 보물들을 처음으로 접해 본 순간이었다. 일찍이 누려 보지 못한 기회였다.

나는 어떤 신비로운 손이 나무와 덤불들의 옷을 홀딱 벗기고 겨우 쭈글쭈글한 잎사귀 하나씩만 여기저기 남겨 놓은 광경을 보고 놀랐던 게 기억이 난다. 새들은 날아갔고, 헐벗은 나무들 속의 빈 둥지에도 눈이 가득 쌓였다. 언덕도 들판도 겨울이었다. 대지는 겨울의 얼음장 손길에 마비되었고, 나무의 정령들도 뿌리로 숨어들어 어둠 속에서 몸을 웅크린 채 깊은 겨울잠에 빠졌다. 모든 생명이 사라진 것 같았고, 태양은 여전히 내리쬐고 있었는데도, 낮은

쪼그라들고 차갑게 식었다.
정맥 혈관들이 모두 시들고 노쇠해진 것 같았다.
늙은 몸을 간신히 일으켜 세우고는
침침해진 눈으로 대지와 바다를 마지막으로 쳐다볼 뿐이었다.

(제임스 러셀 로웰의 시 〈론팔 경의 환상〉 참조)

시든 풀과 덤불은 고드름 숲으로 변했다.

어느 날 쌀쌀한 공기가 드리우면서 바로 눈보라가 퍼부을 것 같았다. 우리는 처음 흩날리는 성근 눈송이들을 맞으려고 밖으로 서둘러 나갔다. 눈송이들

이 계속 높은 공중에서 땅 위로 조용하고 부드럽게 내려앉아 시간이 지나면서 쌓였고, 산과 들은 점점 더 높낮이가 없는 평퍼짐한 지형으로 변해 갔다. 이윽고 눈내리는 밤이 끝나고 맞은 아침에는 풍경을 거의 못 알아볼 정도로 송두리째 변해 있었다. 길이란 길은 모두 자취를 감췄고, 주요 지형지물은 단 한 개도 볼 수 없었으며, 나무들만 삐쭉삐쭉 솟아 있는 온통 눈밭뿐이었다.

저녁에 북동풍이 불자 눈송이들은 여기저기로 세차게 휩쓸려 갔다. 우리는 커다란 난롯불 주위에 앉아 즐거운 얘기를 나누면서 유쾌한 장난에만 몰두할 뿐, 황량한 고독 한가운데 갇혀서 바깥 세상과의 모든 통신이 끊어진 상태라는 건 까마득히 잊어버렸다. 그러나 밤중에 바람이 점점 거세지면서 막연한 두려움에 휩싸여 오싹해지기도 했다. 바람이 산과 들 여기저기서 휘몰아치면서 서까래들이 삐걱삐걱 뒤틀렸고, 집 주위 나뭇가지들은 덜컹덜컹 창문을 때렸다.

눈보라는 사흘째 되던 날에 멈췄다. 태양이 구름을 뚫고 나와서는 굽이치는 거대한 설원 위를 비추었다. 높은 언덕, 환상적인 모양으로 쌓인 눈 피라미드, 통행이 불가능한 눈더미들이 여기저기 사방에 흩어져 있었다.

삽으로 눈더미들을 뚫고 사람들이 다닐 수 있는 좁은 길을 냈다. 나는 망토와 모자 차림으로 밖으로 나갔다. 뺨이 불꽃 같은 차가운 공기로 따가웠다. 좁은 길을 이용하기도 하고 덜 쌓인 쪽의 눈더미를 뚫고 길을 새로 내기도 하면서 우리는 마침내 넓은 초원을 막 벗어난 곳의 소나무 숲에 당도했다. 나무들은 대리석 프리즈의 조각상들처럼 미동도 않고 하얗게 서 있었다. 솔잎향도 나지 않았다. 나뭇가지들은 쏟아지는 햇볕을 받아 다이아몬드처럼 반짝였고, 툭 건드리면 쌓였던 눈들이 우수수 떨어졌다. 햇빛이 얼마나 눈부신지 내 눈에 드리워진 암흑의 베일도 그냥 뚫고 들어왔다.

날이 지남에 따라, 눈더미들은 녹아내리면서 점점 작아졌다. 그러나 완전히 자취를 감추기도 전에 눈보라가 다시 휘몰아치기를 반복했고, 이에 따라 나는 겨울 내내 발 밑에 맨 땅을 거의 밟아 보지 못했다. 때때로 나무들이 얼음옷을 벗고 골풀과 덤불들이 앙상한 모습을 드러내기도 했지만, 호수는 햇볕에도 아랑곳없이 여전히 단단하게 얼어붙어 있었다.

그 해 겨울에 가장 즐겨 했던 놀이는 터보건 썰매였다. 호숫가에는 불쑥 솟아오른 지형이 군데군데 있었다. 우리는 이 지형의 급경사를 미끄러져 내려가곤 했다. 썰매에 올라타면 한 남자애가 밀어 주어 출발했다! 눈더미 속으로 처박히거나 구덩이를 뛰어넘거나 호수 위로 급강하하면서, 우리는 호수의 눈부신 얼음판 위를 가로질러 반대편 둑까지 질주하곤 했다. 얼마나 기뻤던지! 얼마나 열광적인 즐거움이었던지! 야성적인 희열에 휩싸이는 비상의 그 순간, 우리는 대지에 묶여 있는 쇠사슬을 딱 끊어버리고 바람과 손잡고 날아오르면서 우리 자신이 마치 천사라도 된 것처럼 느꼈다.

# 제13장

말하기를 배운 건 1890년 봄이었다. 물론 남들이 알아듣는 소리를 내고 싶은 충동은 그 이전에도 내내 강렬하게 꿈틀거리고 있었다. 나는 한 손은 목에 대고 다른 손으로는 입술의 움직임을 만져 보면서 소리를 꽥꽥 지르곤 했다. 소리를 내는 건 뭐든지 반색했고, 고양이의 가르랑 소리나 개 짖는 소리를 느끼는 것도 좋아했다. 또한 노래 부르는 사람의 목이나 연주하는 피아노 위에 손을 대보는 것도 좋아했다. 시각과 청각을 잃어버리기 전에는 말을 빨리 배웠지만, 병을 앓고 난 후에는 말을 전혀 못했다. 들을 수 없어서였다. 나는 온종일 두 손을 엄마의 얼굴에 갖다 댄 채로 엄마의 무릎에 앉아 있곤 했다. 엄마의 입술이 움직이는 걸 느끼는 게 즐거웠기 때문이다. 말하는 걸 깡그리 잊어버렸으면서도 더러는 입술을 움직여 보기도 했다. 내 친구들은 내 웃음이나 울음 소리는 정상인처럼 자연스러웠고, 이것말고도 한동안은 일부나마 낼 줄 아는 다른 소리나 단어들도 많았다고 지금도 얘기한다. 물론 의사소통의 수단이었던 건 아니고, 성대를 단련시키고 싶은 절박한 욕구의 산물일 뿐이었다. 당시에 뜻까지 알고 있었던 단어가 하나 있었다. 물(WATER)이었다. 나는 그 단어를 "무, 무(WA-WA)"라고 발음했다. 그런데 이 정도의 발음도 점점 더 알아듣기 어렵게 악화되는 상황이 설리번 선생님이 와서 교육을 시작할 때까지 계속 이어졌다. 이와 같은 어설픈 발음은 손바닥에 글자를 쓰는 방법을 배운 후에야 비로소 그만둘 수 있었다.

나는 내 의사소통 방법이 주변 사람들과 다르다는 걸 이미 오래 전부터 알고 있었다. 그리고 귀가 들리지 않아도 말하기를 배울 수 있다는 걸 알기 이전부터 나는 내 손바닥 지문자의 의사소통 방식이 불만스러웠다. 의사소통 수단이 손바닥 지문자밖에 없는 사람은 늘 좁은 공간에 갇혀 있는 듯한 답답함을 느낀다. 이런 느낌은 뭔가 채워지기를 갈망하는 짜증스러운 결핍감으로 발전하면서 나를 들볶았다. 내 생각들이 마치 맞바람을 만난 새들처럼 날개를 펄럭이며 높이 솟구쳐 올랐던 일도 종종 경험했고, 그래서 나는 입술과 목소리를 사용해 보려고 계속 고집했다. 친구들은 내가 결국 헛수고임을 알고 실망할까 봐 이런 내 고집을 주저앉히려고 했다. 그러나 나는 집요함을 버리지 않았다. 마침내 이 커다란 장벽을 허물어뜨린 일이 벌어졌다. 라근힐드 카타의 얘기를 듣게 된 것이다.

1890년에 로라 브리지먼을 가르쳤던 램슨 선생님(메리 스위프트 램슨은 퍼킨스 학교의 교사)이 노르웨이와 스웨덴 여행을 다녀와서 나를 보러 와서는, 라근힐드 카타의 얘기를 전해 주었다. 실제로 말하는 법을 배운 노르웨이의 농맹아 소녀였다. 램슨 선생님에게서 이 소녀의 성공담을 모두 듣자마자 나는 열정으로 불타올랐다. 나도 말하는 법을 배우겠다고 결심했다. 내가 계속 조바심을 내면서 가만히 있지를 못하니까 선생님은 마침내 나를 데리고 조언과 도움을 얻기 위해 호러스만 학교의 사라 풀러 교장선생님을 만나러 갔다. 이 사랑스럽고 매력적인 성격의 여자 교장선생님은 나를 직접 가르치겠다고 제의했고, 그래서 우리의 말하기 수업은 1890년 3월 26일에 시작되었다.

풀러 교장선생님의 방법은 이랬다. 먼저 내 손을 자신의 얼굴 위에 살짝 올려 놓은 상태로 소리를 내주면서 자신의 혀와 입술의 위치를 느껴 보게 했다. 나는 교장선생님의 모든 동작을 열심히 흉내냈고 말을 구성하는 여섯 개의 음소인 M, P, A, S, T, I 등의 소리를 한 시간 만에 익혔다. 풀러 교장의 수업은 모두 열한 번 진행되었다. 몇 개의 단어가 연결되어 있는 문장, 'IT IS WARM(날씨가 따뜻해)'을 처음으로 발음할 수 있었을 때 느꼈던 놀라움과 기쁨을 나는 영원히 잊지 못할 것이다. 실상은 여러 음절을 끊어서 더듬거린 수준이었지만 어쨌든 사람의 말이긴 했다. 내 영혼은 새로운 힘이 용솟음치면서 암흑의 굴레를 벗어나서는, 툭툭 잘린 발음의 수준을 넘어서서 벌써 모든 지식과 신념의 단계로까지 줄달음치고 있었다.

생전 들어보지도 못한 단어들을 입으로 말해 보기 위해, 그리고 정적만이 흐를 뿐 사랑의 속삭임이나 새의 지저귐, 음악의 멜로디 등 어느 것 하나 들려오지 않는 침묵의 감옥을 탈출하기 위해 몸부림을 쳤던 아이들은 누구나 자신의 입에서 첫 단어가 내뱉어졌을 때 엄습했던 놀라움의 전율과 발견의 기쁨을 결코 잊을 수가 없는 법이다. 이런 아이들만이 내가 장난감이나 돌멩이들, 나무와 새 그리고 말 못하는 동물들과 얘기할 때 쏟은 정열, 또는 내가 부르는 소리를 듣고 밀드레드가 달려오거나 애완견들이 내 명령에 순종할 때 내가 느꼈던 기쁨을 비로소 이해할 수 있을 것이다. 통역할 필요가 없이 날개 달린 단어들을 바로 입으로 말해서 의사소통을 할 수 있는 능력이 내게 얼마나 절박했는지는 말로는 도저히 설명할 수 없다. 입으로 말을 하게 되니까, 행복한 생각이 입으로 튀어나오는 단어들 밖으로 날개를 퍼덕이며 훨훨 날아올랐다. 입으로 말을 못했다면, 내 생각들은 아마도 지문자를 쓰는 손가락을 탈출하려고 헛힘만 빼고 있었을 것이다.

그런데 내가 이 짧은 시간에 말을 잘하는 수준에 도달했다고 오해하면 안 된다. 겨우 말의 구성요소들만 익혔을 뿐이었다. 내 말을 전부 이해할 수 있었던 풀러 교장과 설리번 선생님과는 달리, 대부분의 사람들은 내가 하는 말의 1/100도 알아듣지 못했을 것이다. 또한 내가 이런 말의 구성요소들을 익힌 후에 말하기 학습의 나머지 단계들을 모두 혼자 해치웠다는 것도 사실이 아니다. 설리번 선생님의 천재성, 지칠 줄 모르는 끈기, 헌신적인 노력이 없었다면 자연스럽게 말할 수 있는 수준까지 발전하는 건 절대로 불가능했을 것이다. 먼저 가장 가까운 친구들에게 내 말을 이해시키는 것만으로도 밤낮을 가리지 않고 연습해야만 했다. 다음으로 내가 각각의 소리를 명료하게 발음한 후에 발음한 모든 소리를 여러 가지 방식으로 연결해 보는 작업은 언제나 설리번 선생님의 도움을 받아야만 가능했다. 매일매일 내가 단어를 잘못 발음할 때마다 선생님이 지적해 주는 일은 지금도 계속되고 있다.

농아를 가르쳐보지 않은 선생님들은 이게 무슨 말인지, 그리고 내가 씨름해야 했던 특별한 어려움이 무엇이었는지 절대로 이해하지 못할 것이다. 나는 손을 대어보고 목의 진동과 입의 움직임 그리고 얼굴의 표정을 느껴야 했는데, 그러나 이 손의 촉각은 종종 실수를 저지르기도 했다. 그러면 나는 소리의 울림을 올바르게 만들고 있다는 느낌이 들 때까지 단어나 문장들을 계속 반복해서 말해 보아야 했다. 이 일은 여러 시간 계속되기도 했다. 내 말하기 수업은 연습, 연습, 그리고 또 연습이었다. 낙담과 피로로 인해 침울해진 때도 적지 않았다. 그러나 곧 우리 집에 돌아가 내가 무엇을 배웠는지 사랑하는 가족들에게 보여주리라는 생각을 하면 새로운 기운이 나면서, 가족들이 내 말하기 능력에 보여 줄 기쁨을 보게 될 날이 간절히 기다려졌다.

'이젠 동생도 내 말을 알아들을 수 있어.'라는 생각은 어떤 장애물도 넘어설 만큼 강렬한 위안이었다. 나는 "이제 벙어리가 아니야."라는 말을 황홀경 속에서 되뇌곤 했다. 엄마에게 말을 걸고 엄마의 대답을 입술을 통해 읽을 수 있다는 기쁨을 상상할 때는 좌절감이 온데 간데 없이 사라졌다. 입으로 말하는 게 손가락으로 글자를 쓰는 것보다 훨씬 더 쉽다는 걸 알았을 때, 나는 그저 놀랄 뿐이었다. 이제 내 쪽에서 말을 걸 때는 손바닥 지문자를 더 이상의 사소통의 수단으로 사용하지 않았다. 하지만 설리번 선생님과 몇몇 친구들은 내게 말을 걸 때 여전히 손바닥 지문자를 사용한다. 입술을 읽는 방식보다 더 편리하고 빠른 건 사실이기 때문이다.

이쯤에서 우리가 사용하는 손바닥 지문자 방식에 대해 설명하는 게 좋겠다. 우리를 모르는 사람들은 이 방식에 어리둥절할 것이기 때문이다. 내게 책을 읽어 주거나 말을 거는 사람은 농아들이 일반적으로 사용하는 한 손 지문자의 방식에 따라 자신의 손으로 내 손바닥에 글자를 써 준다. 먼저 나는 말하는 사람의 손 위에 그 사람의 손가락 동작을 방해하지 않을 정도로 살짝 내 손을 올려 놓는다. 손바닥에서 손가락의 위치를 느끼는 건 눈으로 보는 것 못지 않게 쉽다. 책을 읽을 때 글자를 분리하여 따로따로 보지 않는 것처럼 손바닥으로 글자를 느낄 때도 마찬가지다. 손가락 동작은 부단히 연습하면 아주 유연하게 할 수 있는데, 내 친구들 중에도 손가락으로 글자를 아주 빠르게 쓰는 사람들이 있다. 타이프라이터 전문가들이 타이핑하는 속도와 거의 맞먹는다. 손가락으로 글자를 쓰는 일도 물론 종이에 글을 쓸 때와 마찬가지로 거의 의식 없이 반복하는 동작이다.

드디어 말하기를 익혔을 때 나는 집에 돌아가고 싶어 안달이 났다. 마침내 최고로 행복한 순간이 다가왔다. 집으로 돌아가는 동안, 나는 설리번 선생님에게 쉬지 않고 재잘거렸다. 물론 말의 내용은 전혀 중요하지 않았고, 단지 말하기 능력을 마지막 순간까지 다듬고 향상시키기 위한 행동이었다. 기차는 내가 미처 깨닫기도 전에 터스컴비아 역에 정차했고, 플랫폼에는 가족들 모두가 마중 나와 있었다. 엄마가 말없이 나를 꼭 끌어안고는 기쁨에 몸을 떨면서 내 말의 모든 음절을 들어주고 있었던 광경, 어린 동생 밀드레드가 사용하지 않는 내 다른 손을 잡고 키스하면서 춤을 추던 광경, 말 한 마디 없는 아빠에게서 자랑스러움과 사랑을 담뿍 느낄 수 있었던 광경을 떠올리면 지금도 눈물이 그렁그렁해진다. 마치 이사야의 예언이 내 안에서 이루어진 것 같았다. '산과 언덕들은 너희 앞에서 기뻐 소리치고, 들의 나무들은 모두 손뼉을 치리라.' (《이사야서》 55장 12절 참조)

# 제14장

내 어린 시절의 청명했던 하늘은 1892년 겨울에 몰려온 구름 한 점으로 인해 검게 변했다. 내 마음은 기쁨이 사라지면서 아주 오랫동안 의심과 걱정, 두려움에서 헤어나오질 못했다. 책을 읽는 것도 더 이상 매력적인 일이 아니었다. 지금도 나는 이 끔찍했던 날들을 생각하면 심장이 오싹해진다. 내가 겪은 곤경은 〈서리 왕〉이라는 제목의 짧은 글을 지어서 퍼킨스 맹아학교의 아나그노스 교장선생님에게 보냈던 게 발단이었다. 이 문제의 실체를 분명히 밝히려면 사건에 관련된 여러 사실들을 있는 그대로 써야 한다. 선생님과 나 자신의 정당한 명예를 지키기 위해서도 이 사실들을 여기에 언급하지 않을 수 없다.

그 이야기를 쓴 때는 말하는 법을 배우고 집에 돌아온 해의 가을이었다. 그해에 우리는 고사리 채석장에서 다른 해보다 더 오래 머물렀다. 채석장에서 지낼 때 설리번 선생님은 늦가을 단풍잎들의 아름다움을 내게 묘사해 주었고, 선생님의 묘사를 들으면서 나는 전에 누군가 읽어 주었고 그래서 무의식적으로 기억 속에 간직하고 있었음에 틀림없는 이야기가 새삼 떠올랐던 것 같다. 그때 나는 아이들이 쓰는 표현을 빌리면 '얘기를 엮어낸다'고 생각했고, 떠오른 생각이 어느새 사라지기 전에 책상에 앉아 열심히 글로 옮겼다. 내 생각은 술술 풀려 나갔다. 이야기를 창작한다는 기쁨도 느껴졌다. 단어와 이미지들이 경쾌한 걸음으로 손가락 끝으로 몰려들었고, 나는 문장이 연달아 생각날 때마다 계속 브라유 점자판에 옮겼다. 지금 생각해 보면 단어와 이미지들이 별다른 수고 없이도 쉽게 머리 속에 떠올랐다면, 그건 내 마음이 독창적으로 낳은 자식들이 아니라는 아주 확실한 증거이다. 지금은 후회하며 쳐다보지도 않는

'(주인 잃은) 유실물'이었던 게 틀림없으리라. 그 당시에 나는 원저자에 대한 생각은 추호도 없이 내가 읽은 모든 걸 열정적으로 빨아들이기만 했다. 지금도 나는 내 독자적인 생각과 책에서 읽은 생각들의 경계선이 어디인지 절대로 모른다. 내 마음 속에 각인된 수많은 기억들이 다른 사람들의 눈과 귀를 매개체 삼아 형성되었기 때문일 것이다.

이야기를 다 쓴 후에 나는 선생님에게 읽어 주었다. 특별히 더 아름다운 구절을 읽으면서 느꼈던 즐거움, 그리고 단어의 발음을 교정해 주기 위해 선생님이 이야기를 끊을 때 느꼈던 짜증스러움은 지금도 기억에 생생하다. 저녁 식사 때 식탁에 모인 가족들에게 읽어 주었는데, 가족들은 내가 글을 그렇게 잘 쓸 수 있다는 것에 놀랐다. 책에서 읽은 얘기를 옮겨 쓴 건 아닌지 물어보는 사람도 있었다.

이 질문을 듣고 나는 소스라치게 놀랐다. 누군가 책에서 읽어 준 기억은 눈 곱만큼도 나지 않았던 것이다. 나는 낭랑하게 외쳤다.

"아, 아니에요. 제 작품이에요. 제가 아나그노스 교장선생님을 위해 쓴 거라구요."

나는 이야기를 한 부 더 베껴서 아나그노스 교장선생님에게 생일 선물로 보냈다. 제목을 〈가을 단풍〉에서 〈서리 왕〉으로 바꾸는 게 좋겠다는 제안을 듣고는 그렇게 했다. 나는 마치 공중을 걷는 듯한 기분을 느끼면서 이 짧은 이야기를 직접 우체국에 가지고 가서 부쳤다. 이 생일 선물로 인해 얼마나 혹독한 대가를 치르게 될 것인지는 꿈에도 생각을 못했다.

아나그노스 교장선생님은 〈서리 왕〉을 보고 기뻐하면서 퍼킨스 맹아학교의 소식지에 게재했다. 행복의 절정에 오른 순간이었지만, 그러나 나는 이내 바닥으로 곤두박질쳤다. 보스턴을 잠시 방문했었는데, 그때 누군가가 마가렛 T. 캔비 양이 내가 태어나기도 전에 〈서리 왕〉과 유사한 〈서리 요정들〉이라는 이야기를 〈버디와 그의 친구들〉이라는 책에 수록하여 발표한 적이 있다는 사실을 지적했다. 두 이야기의 착상이나 구사한 언어가 매우 비슷하여 틀림없이 누군가가 캔비 양이 쓴 이야기를 내게 읽어 주었고, 그래서 내 작품은 표절이

맞다는 거였다. 무슨 말인지 선뜻 이해하기 어려웠다. 하지만 마침내 그게 무슨 말인지 알았을 때 나는 놀라움과 슬픔에 빠졌다. 쓰디쓴 잔을 나보다 훨씬 마셔 본 아이는 일찍이 없었으리라. 나는 스스로 망신살이 뻗쳤다. 나로 인해 가장 사랑하는 사람들에게 세상 사람들의 의심을 받게 만든 것이다. 도대체 어떻게 이게 가능하단 말인가? 〈서리 왕〉을 쓰기 전에 서리라는 단어에 관련된 글을 읽은 적이 있는지 기억해내기 위해 나는 파김치가 될 때까지 내 머리를 들들 볶았다. 하지만 세상 사람들의 상투적인 표현인 '동장군 잭(Frost Jack)'과 동시 〈서리의 괴짜들〉 이외에는 기억나는 게 없었고, 작문하면서 그 단어를 구사해 본 적도 없었다.

처음에 아나그노스 교장선생님은 깊이 우려하면서도 나를 믿는 것 같았다. 교장선생님은 보통 때보다도 더 극진한 자상함과 친절함으로 나를 대했고, 그래서 내게 드리웠던 어두운 그림자도 잠시 동안은 걷혔다. 나도 교장선생님이 기뻐하시도록 불행해 하는 표정을 거두고 워싱턴 탄생 기념일의 축하행사에 대비하여 내 자신을 단장하는 일에 몰두했다. 탄생 기념일은 이 슬픈 소식을 들은 직후였다.

나는 맹인 소녀들이 공연하는 일종의 가면극(연극, 음악, 춤을 섞어서 연출하는 공연)에서 케레스(농업을 관장하는 로마 신화의 여신)를 맡기로 되어 있었다. 내가 두르고 있던 치렁치렁하고 우아한 무대의상과 머리에 쓴 밝은 색깔의 단풍잎 왕관, 그리고 발과 손에 치장한 과일과 곡식들은 지금도 기억에 생생하다. 한편, 가면극의 이런 모든 즐거움 이면에는 일이 고약하게 풀리고 있다는 답답한 느낌 때문에 마음이 몹시 무겁던 것도 역시 생생하게 기억난다.

축하행사의 전날 밤 맹아학교의 선생님 중 한 분이 〈서리 왕〉에 관련된 질문을 했고, 나는 설리번 선생님이 동장군 잭과 그의 놀라운 행적의 얘기를 내게 들려준 적이 있다고 대답했다. 내 답변을 듣고 그 선생님은 내가 캔비 양의 〈서리 요정들〉 이야기를 기억한다는 자백을 했다고 해석하면서, 자신의 결론적인 의견을 아나그노스 교장선생님에게 제출했다. 그 선생님에게 그런 해석은 오해라고 단호한 어조로 항의해도 소용없었다.

나를 자상하게 사랑해 주던 아나그노스 교장선생님도 여태까지 속았다고 생각했는지 내가 여러 번 자비와 결백을 호소했음에도 귀를 닫기 시작했다. 교장선생님은 설리번 선생님과 내가 자신의 칭찬을 겨냥하고 계획적으로 다른 사람의 총명한 표현들을 빌려서 자신에게 보여준 것이라고 믿었다. 아니, 믿지는 않았더라도 적어도 그런 건가라는 의심은 했다. 나는 퍼킨스 맹아학교의 교직원들로 구성된 조사단에 소환되었고, 조사단은 설리번 선생님에게 자리를 피해 달라고 요구했다. 다음에 신문과 반대신문이 이어졌다. 심판관들의 질문 내용에서는 누군가 〈서리 요정들〉을 읽어 준 기억이 있다는 걸 내게 시인케 하려는 확고한 의지가 느껴졌다. 모든 질문마다 심판관들의 의심이 도사리고 있다는 느낌, 또한 사랑하는 친구인 교장선생님도 나를 비난하는 눈길로 쳐다보고 있다는 느낌은 말로 털어놓을 리 만무했지만 사실이었다. 쿵쿵거리는 가슴 주위로 피가 몰리면서 단음절의 짧은 말 이외에는 거의 말하기가 힘들었다. 어쩌다가 끔찍한 실수를 했을 뿐이라고 스스로 위로해도 고통은 덜어지지 않았고, 마침내 조사실을 나가도 좋다는 얘기를 들었을 때 나는 완전히 얼이 빠진 상태였다. 그래서 설리번 선생님의 포옹도, 친구들의 다정한 말도 의식하지 못했다. 친구들은 내가 용감한 어린 소녀이고 그런 내가 자랑스럽다는 말을 해주었다.

그날 밤 침대에 누워서 나는 엉엉 울었다. 이 대목에서 덩달아 울음을 터뜨린 아이가 없길 바란다. 심한 오한을 느꼈고 아침이 밝기 전에 죽을지도 모르겠다는 생각이 들면서 이 아픔이 차라리 위로가 되었다. 지금 생각해 보면 더 나이를 먹어 이 슬픈 일을 당했다면 내 영혼은 회복할 수 없을 정도로 부서졌을 것 같다. 어쨌든 망각이라는 천사가 고맙게도 이 슬픈 나날의 모든 고통과 혹독함을 한데 모아서는 거두어 갔다.

설리번 선생님도 〈서리 요정들〉이나 이 작품이 수록 출판된 책에 대해 들어본 적이 없었다. 선생님은 알렉산더 그레이엄 벨 박사님의 도움을 받아서 이 문제를 정밀 조사했고, 그 결과 소피아 C. 홉킨스 사감선생님이 1888년에 캔비 양이 지은 〈버디와 그의 친구들〉을 갖고 있었다는 사실을 밝혀냈다. 바로 우리가 브루스터에서 홉킨스 사감선생님과 함께 여름을 보내던 때의 일이었다. 홉킨스 사감선생님은 그 책을 찾아낼 수는 없었지만 그때 설리번 선생님이 휴가를 떠나고 없는 동안 나를 즐겁게 만들어 주려고 여러 책을 읽어 주었노라고 말했다. 과연 〈서리 요정들〉을 읽어 주었는지는 나와 마찬가지로 기억하지 못했지만, 읽어 준 여러 책 중에 〈버디와 그의 친구들〉도 있었다는 건 확실하다고 했다. 책이 사라진 이유는 집을 팔기 직전에 묵은 학교 교재들과 동화책 등, 많은 청소년용 도서를 처분했기 때문이라고 설명했다. 〈버디와 그의 친구들〉도 그중에 포함된 것 같다고 덧붙였다.

당시에 내게 의미가 있는 건 이야기들의 내용이 아니었다. 재밋거리가 별로 없었던 어린아이에게는 그저 처음 보는 단어의 철자를 익히는 것만으로도 충분히 재미있었다. 홉킨스 사감선생님이 이야기들을 읽어 주던 때의 상황은 하나도 기억나지 않지만, 선생님이 돌아오면 낯선 단어들의 설명을 부탁하려고 단어들을 열심히 암기했던 생각은 지울 수가 없다. 한 가지 확실한 건 그 표현들이 기억에서 지워지지 않을 정도로 내 뇌리에 강렬하게 각인되어 있었다는 사실이다. 아무도 오랫동안 이 사실을 몰랐고 나 자신이야말로 누구보다도 몰랐지만 엄연히 부인할 수 없는 사실이었다.

설리번 선생님이 돌아왔을 때 나는 〈서리 요정들〉 얘기는 하지 않았다. 아마도 선생님이 바로 〈소공자〉(영국 태생의 미국 작가 프랜시스 호지슨 버넷이 쓴 〈소공자〉는 미국의 소년이 나중에 영국에 있는 큰 재산의 상속자임을 알게 되는 내용을 그린 인기 동화)를 읽어 주기 시작했고, 그래서 다른 건 모두 제쳐 놓고 그 책에만 골똘히 빠져들었기 때문이리라. 하지만 언젠가 누군가가 내게 캔비 양의 이야기를 읽어 준 적이 있다는 사실, 그리고 그 기억을 잊어버리고 오랜 세월이 흐른 뒤에 마치 내 독자적인 생각인 것처럼 아주 자연스럽게 떠올라서 다른 사람의 작품일 거라는 의심은 추호도 하지 않았다는 사실은 해소되지 않은 채로 여전히 남아 있었다.

이 곤욕을 치르는 동안 나는 사랑과 동정이 담긴 편지를 많이 받았다. 내가 정말 사랑하는 모든 친구들은 한 사람을 제외하고는 지금도 나의 절친으로 남아 있다.

캔비 양은 친절하게도 몸소 편지를 보내 주었다.

"언젠가는 너도 독창적인 생각으로 많은 사람들에게 위로와 도움을 주는 훌륭한 이야기를 쓸 수 있을 거야."

그러나 이 친절한 예언은 절대로 이루어지지 않았다. 다시는 게임의 재미만을 위해 말장난 치는 일을 하지 않았던 것이다. 실제로 나는 그 이후로 내가 쓰는 글이 내 독창적인 것이 아니라는 두려움에 시달렸다. 오랫동안 나는 편지를 쓸 때 심지어 엄마에게 편지를 쓸 때조차도 두려움이 몰려왔고, 다른 책에서 읽은 것이 아니라는 걸 확인하려고 한 번 쓴 문장을 계속 반복하여 써 보곤 했다. 설리번 선생님의 집요한 격려가 없었더라면 아마 글쓰기 작업을 송두리째 포기했을 거라고 생각한다.

그후 나는 〈서리 요정들〉을 읽어 보았고, 내가 캔비 양의 다른 표현들을 빌려와서 썼던 편지들도 읽어 보았다. 편지들 중에서 아나그노스 교장선생님에게 보냈던 1891년 9월 29일자 편지는 구사한 단어와 감정이나 분위기들이 그 책과 정말 닮았다는 걸 알게 되었다. 그때 나는 〈서리 왕〉을 쓰고 있었는데, 이 편지도 다른 많은 편지들처럼 그 이야기가 내 마음을 온통 점령하고 있었다는 걸 보여 주는 구절들이 들어 있었다. 편지에서 나는 설리번 선생님이 황금색 가을 단풍을 내게 이렇게 표현해 주었노라고 쓰고 있다.

"그래, 단풍잎들은 가 버린 여름을 애석해 하는 우리를 위로하고도 남을 만큼 충분히 아름다워."

캔비 양이 쓴 이야기 속의 표현 그대로였다.

기쁨을 느낀 구절들을 소화 흡수했다가 다시 내 생각인 것처럼 표현하는 이런 버릇은 내가 초창기에 썼던 많은 편지와 작문 습작에서 찾아볼 수 있다. 그리스와 이탈리아의 고대 도시들에 대한 작문에서도 나는 지금은 이름을 잊어버린 원전에서 빌린 빛나는 표현들을 적절하게 변형하여 썼다. 고대 세계에 대한 아나그노스 교장선생님의 지극한 사랑, 이탈리아와 그리스를 둘러싼 모든 아름다운 정서에 대한 그의 열정적인 감성을 이미 알고 있었던 것이다. 그래서 나는 내가 읽은 모든 책에서 교장선생님이 기뻐할 것 같은 시구나 역사적인 경구들을 모두 모아 두었다. 고대 도시들에 관한 내 작품에 대해 교장선생님은 이렇게 말한 적이 있었다.

"표현들이 시 그 자체야."

그런데 교장선생님은 어떻게 눈멀고 귀먹은 11살짜리 아이가 이 작문들을 창작했다고 생각했던 건지 지금도 이해가 되지 않는다. 어쨌든 내 짧은 작문이 독창적이지 않으니까 전혀 관심거리가 아니라는 말에는 동의할 수 없다. 내 속의 아름답고 시적인 심미안을 명쾌하고 생생한 언어로 표현할 수 있다는 걸 적어도 스스로에게는 확인시켜 준 작품이기 때문이다.

초창기에 썼던 이런 작문들은 내 정신을 풀어 주는 준비체조 구실을 했다. 어리고 경험 없는 모든 아이들의 학습 과정처럼 나도 생각을 말로 표현하는 방법을 소화와 흡수, 모방을 통해 배우고 있었다. 책에서 마음에 와 닿는 표현들을 발견할 때마다 나는 의식적이든 무의식적이든 기억 속에 저장해두었다가 적절하게 변형하여 사용했다. 스티븐슨(스코틀랜드의 소설가이자 수필가인 로버트 루이스 스티븐슨)이 말한 것처럼 어린 작가들은 정말 감탄스러운 표현을 발견할 때마다 본능적으로 모방한 후에 그 대목을 놀랍도록 다양하게 응용한다. 위대한 작가들도 역시 이런 수련 과정을 오랫동안 거친 후에야 비로소 마음밭의 모든 경로를 통해 쏟아져 나오는 대량의 단어 군단들을 독창적으로 재배치하고 호령할 수 있었다.

유감스럽게도 나는 아직 이 과정을 모두 끝내지 못했다. 확실히 나는 책에서 읽은 내용과 내 자신의 독창적인 생각들을 구분하지 못할 때가 종종 있다. 다른 책에서 읽은 내용이 즉시 내 마음을 구성하는 성분들과 질감으로 변해버리기 때문이다. 따라서 나는 거의 모든 작문에서 마치 바느질을 처음 배웠을 때 만들곤 했던 기묘한 조각보 같은 표현들을 생산하기 일쑤였다. 이 조각보는 모든 종류의 자투리를 이어 붙여서 만들었는데, 촉감이 좋지 않은 거친 천 조각들이 대부분이었지만 예쁜 비단과 벨벳 조각들도 간간이 섞여 있었다. 마찬가지로 내 작품도 기본적으로는 내 자신의 서투른 관념들로 구성되어 있으면서도, 전에 읽은 작가들의 보다 총명하고 성숙한 표현들이 군데군데 무늬처럼 아로새겨져 있었다. 작문할 때 부딪히는 커다란 어려움은 우리가 아직 한낱 본능적인 충동의 집합체에 다름없어서 여러 관념들이 어지럽게 널려 있고 감정과 생각들도 절반 밖에 익지 않았는데도, 표현은 배운 사람들의 언어로 해야 한다는 점인 것 같다. 글쓰기 작업은 어려운 퍼즐 맞추기와 아주 흡사하다. 즉, 말로 표현하고 싶은 마음 속 그림이 있는데 말이 퍼즐의 빈 공간에 들어맞지 않거나 형태는 들어맞더라도 퍼즐 조각 위 그림이 어긋나는 식이다. 그래도 이미 성공한 사람들이 있는데다가 패배를 인정하고 싶지도 않기 때문에 퍼즐 맞추기 작업을 포기할 수는 없다.

"즉시 독창성을 발휘할 수 있는 경지는 선천적으로 타고난 사람을 제외하고는 세상에 없다."라고 스티븐슨은 말한다. 또한 지금은 내 자신이 독창적이지 않더라도, 더욱 성장하여 언젠가는 사치스러운 장식용 가발 같이 부자연스럽고 유치한 작문 수준을 벗어날 수 있길 고대한다. 그때는 내 자신의 독창적인 생각과 경험이 수면 위로 당당히 떠올라 말을 하리라. 그때까지는 믿고 바라고 인내하며, 〈서리 왕〉의 혹독한 기억으로 인해 내 노력이 위축되지 않게 애를 써야 하리라.

이 슬픈 사건은 어쨌든 내게 유익한 경험이었고 내 작문에 관련된 여러 문제점들을 돌아볼 수 있는 기회였는지도 모른다. 유일하게 애석한 점은 이 사건으로 인해 가장 사랑하는 친구 중 하나였던 아나그노스 교장선생님을 잃어버린 사실이다.

〈내 삶의 이야기〉를 〈레이디스 홈 저널〉 잡지에 발표한 이후, 아나그노스 교장선생님은 메이시 씨에게 보내는 편지에서 〈서리 왕〉 사건 당시에 내 결백을 믿었노라고 고백했다. 나를 소환했던 조사단은 맹인이 4명, 시각이 정상인 사람이 4명 등 모두 8명이었다고 말했다. 심판관 중에는 누군가가 캔비 양의 이야기를 읽어 준 걸 나도 알고 있었던 걸로 판정한 사람은 4명, 반대 의견 또한 4명으로 동수였다는 말도 덧붙였다. 아나그노스 교장선생님은 내 입장을 편든 사람들에게 찬성 투표했다고 밝혔다.

그러나 당시의 상황이 어떠했든, 그리고 교장선생님이 어느 편에 찬성 투표를 했든 상관없이, 교장선생님이 그렇게 자주 나를 무릎에 앉히고 많은 걱정거리를 잊은 채로 함께 유쾌하게 놀았던 방에서 나를 의심하는 듯한 심판관들을 보았을 때 나는 적대적이고 위협적인 분위기를 느꼈고, 그 이후 벌어진 일련의 사건들에서도 똑같은 인상을 받았다. 교장선생님은 2년 동안은 설리번 선생님과 내가 결백하다고 믿었던 것 같다. 그러나 그후 교장선생님이 내게 유리한 판단을 철회한 건 분명한 사실이고, 지금도 나는 그 이유를 알지 못한다. 또한 세부적인 조사 내용이 무엇인지도 알지 못했다. 내게 말을 걸지 않았던 심판관들의 이름도 역시 몰랐다. 너무 흥분한 나머지 아무것도 알 수 없었고, 너무 무서워서 질문을 할 수도 없었다. 내가 무슨 말을 하고 있었는지 그리고 무슨 말을 듣고 있었는지도 거의 생각할 수 없는 상태였다.

〈서리 왕〉 사건에 대해 이렇게 장황하게 늘어놓는 건 이 일이 내 삶과 교육에 중요한 경험이었기 때문이다. 내 자신을 변명하거나 다른 사람을 탓하려는 의도는 추호도 없으며, 다만 이 사건에 관련하여 어떤 오해도 생기지 않도록 내게 비친 사실들을 모두 썼을 뿐이라는 걸 이해해 주기 바란다.

헬렌 켈러와 알렉산더 그레이엄 벨(1903년)

# 제15장

〈서리 왕〉 사건이 벌어졌던 해의 여름과 겨울은 앨라배마 주에서 가족과 함께 지냈다. 우리 집으로 돌아가던 길을 회상하면 지금도 기쁘다. 천지 사방에 싹들이 움트고 꽃들도 만발해 있었다. 행복했다. 〈서리 왕〉 사건은 까맣게 잊어버렸다.

진홍색 황금색의 낙엽들이 땅 위 여기저기를 뒹굴고 정원 끄트머리의 정자를 뒤덮은 포도넝쿨이 사향의 향내를 풍기며 햇볕 속에서 황금빛 갈색으로 물들어갈 때, 나는 내가 살아온 삶의 대강을 기록하기 시작했다. 〈서리 왕〉 사건 이후 1년이 지난 때였다.

그러나 나는 글을 쓰는 족족 지나친 소심함에 사로잡혔다. 쓰고 있는 이 대목이 어쩌면 나만의 독창적인 생각이 아닐지도 모른다는 걱정에 시달렸다. 이런 두려움을 선생님 말고는 아무도 몰랐다. 이상할 정도로 예민해진 감수성 때문에 〈서리 왕〉 얘기는 꺼내지도 못했고, 이따금 대화 도중에 어떤 생각이 떠올라도 선생님에게 슬쩍 글자로 써 보일 뿐이었다.

"이게 과연 제 생각인지 확신이 서질 않아요."

글을 쓰면서 이렇게 혼잣말을 한 때도 있었다.

"이 모든 글이 다른 사람이 이미 오래 전에 쓴 얘기로 밝혀진다면……!"

이런 고약한 두려움이 손을 움켜쥐는 날에는 아무것도 쓸 수 없었다. 지금도 나는 똑같은 불편함과 불안감에 종종 사로잡힌다. 설리번 선생님은 생각해낼 수 있는 모든 방법을 동원하여 나를 위로하고 도와주었다. 그러나 이 끔찍했던 악몽은 내 마음에 영원히 지워지지 않을 상처를 남겼고, 나는 이제서야 겨우 그 사건의 의미를 조금씩이나마 이해하고 있다. 선생님이 지나온 내 삶을 간략한 원고로 써서 〈유스 컴패니언〉 잡지에 기고해 보라고 설득한 건 전적으로 내 자신감 회복을 바라는 진심어린 마음에서였다. 그때 나는 12살이었다. 그 짧은 글, 〈서리 왕〉 사건으로 인해 겪었던 쓰라린 과정을 돌이켜 보면 나는 이 원고작업이 반드시 좋은 결과로 이어지리라는 비전을 마치 예언자처럼 비장하게 붙잡고 있었음에 틀림없다. 안 그랬다면 이 일을 절대로 끝낼 수 없었을 것이다.

인생 스케치를 쓰기 시작하면서도 겁나고 두려운 마음은 여전했지만, 선생님은 단호한 결의로 나를 분발시켰다. 내가 끝까지 참아내기만 하면 다시 비상할 수 있는 정신적인 발판을 되찾으면서 내 재능이 뭔지 확실히 알게 될 거라고 선생님은 생각했다. 나는 〈서리 왕〉 사건 때까지는 철부지 어린애 같은 삶을 살았다. 이제는 생각들이 내면으로 향하면서 보이지 않는 것들을 볼 수 있었다. 시련 덕분에 마음이 더욱 투명해지고 삶에 대한 깨달음이 더욱 진실해지면서, 나는 마치 일식 때처럼 그 사건으로 인해 어슴푸레하게 드리워진 반그림자에서 서서히 벗어날 수 있었다.

1893년에 있었던 중요한 사건은 클리블랜드 대통령의 취임식을 보러 워싱턴에 갔던 일, 나이아가라와 세계박람회(시카고 세계박람회라는 이름으로 더 많이 알려진 컬럼버스 기념 엑스포)를 방문했던 일이었다. 내 공부는 이런 일로 툭하면 중단되어 여러 주 미뤄지기 일쑤여서 연속적으로 설명하는 게 불가능하다.

1893년 3월에 우리는 나이아가라 폭포에 갔다. 아메리카 폭포(나이아가라 폭포) 위의 돌출부에 서서 대기가 진동하고 땅이 흔들리는 걸 느꼈을 때 내 기쁨은 이루 말할 수가 없었다.

많은 사람들이 내가 나이아가라의 경이와 아름다움에 감동하는 걸 두고 이상하게 여기는 것 같다. 사람들은 늘 내게 이런 질문을 던진다.

"폭포의 아름다움이나 음악소리가 네게 무슨 의미야? 너는 해변에 밀려오는 파도를 볼 수 없고, 파도가 울부짖는 소리도 들을 수 없잖아. 이것들이 도대체 네게 뭐지?"

그것들이 내게 전부로 다가온다는 건 더 이상 명료할 수 없는 사실이다. 다만 사랑이나 종교, 선(善)을 측정하거나 정의할 수 없는 것처럼 그 의미도 측정하거나 정의할 수 없을 뿐이다.

1893년 여름 설리번 선생님과 나는 알렉산더 그레이엄 벨 박사님과 함께 세계박람회장을 방문했다. 치기어린 수많은 상상이 아름다운 현실로 눈앞에 펼쳐졌던 그때를 떠올리면 온통 기쁨뿐이다. 나는 매일 세계를 일주하고 있다는 상상에 빠지면서 지구의 아주 먼 나라에서 건너온 경이로운 물건들을 수없이 구경했다. 놀라운 발명품들, 근면과 기술이 낳은 값진 보물들, 인간의 삶을 이루는 모든 활동이 내 손끝 아래로 연달아 지나가는 일이 현실로 벌어졌다.

미드웨이 플레장스를 둘러보는 게 좋았다. '아라비안나이트' 같았고, 신기하고 흥미로운 것들로 가득했다. 여러 책에서 읽었던 인도라는 나라는 시바신(힌두교에서 숭배하는 파괴 및 재생의 신)과 코끼리 형상의 신들을 모신 상가로 재현되어 있었다. 카이로 시 모형으로 압축 표현된 피라미드의 나라에서는 이슬람 사원 모스크와 긴 낙타 행렬을 볼 수 있었다. 베니스의 호수들도 꾸며져 있었는데, 거기서는 시가지와 분수에 조명이 들어오는 밤마다 배를 탔다. 베니스의 작은 배와 약간 떨어진 곳에 있는 바이킹 배도 타보았다. 전에 보스턴에서 군함을 타본 기억이 새삼 떠올랐다. 바이킹 배 위에서는 선원들이 당시의 항해길에서 전부의 존재로 군림했던 의연한 모습, 즉 폭풍우가 치든 잔잔한 바다든 불굴의 용기로 뱃길을 헤쳐 나가고, "우리는 바다의 왕자다!"라는 자신의 외침을 메아리치듯 흉내내는 자는 누구든지 뒤를 쫓아가서는 모든 꾀와 힘을 동원하여 넘치는 자신감으로 싸움을 벌인 대활약상이 흥미로웠다. 요즈음 사람들처럼 멍청한 기계들한테 내몰려 한낱 뒷전의 배경으로 전락할 뿐인 추레한 처지와는 너무나 대조적인 모습이다. 그래, 이 말은 만고 불변의 진실이다. '사람에게 흥미로운 건 역시 사람뿐이다.'(스코틀랜드 태생의 영국 작가인 토머스 칼라일이 쓴 〈프랑스 혁명〉 참조)

바이킹 배에서 약간 떨어진 곳에 있던 산타마리아 호(콜럼버스가 1492년에 신대륙 항해 때 사용한 배 세 척 중의 하나)의 모형배에도 올라가 살펴보았다. 선장은 나를 콜럼버스의 선실과 모래시계가 놓인 책상으로 안내했다. 이 작은 시계는 내게 아주 강렬한 인상을 주었다. 영웅적인 항해사가 절망에 빠진 부하 선원들이 자신을 죽이기 위한 음모를 꾸미는 동안, 모래 알갱이가 계속 떨어지는 걸 응시하면서 얼마나 지쳐갔을까를 생각하게 만들었기 때문이다.

세계박람회를 주최한 히긴보덤 회장은 친절하게도 내게 전시물을 만져 봐도 좋다고 허락해 주었고, 나는 피사로(스페인의 탐험가로 페루를 정복한 프란시스코 피사로)가 페루의 보물들을 약탈할 때와 같은 탐욕스러운 열정을 쏟으면서 찬란한 전시물들을 손가락을 통해 빨아들였다. 이 서부의 화이트 시티(박람회의 주요 전시 행사장)는 손으로 만져 볼 수 있는 만화경이었다. 전시물들은 하나같이 매력적이었지만 특히 프랑스의 동상들이 압권이었다. 동상은 정말 살아 있는 것 같았고, 나는 작품을 만든 예술가가 분명 허공을 날고 있는 천사를 붙잡아서 지상의 조형물 안에 묶어 둔 거라고 생각했다.

희망봉(아프리카 대륙 최남단) 전시관에서는 다이아몬드 채굴 과정에 대해 많은 걸 배웠다. 나는 작동 중인 기계장치를 기회가 될 때마다 손으로 만져 보면서, 광석의 무게를 달고 절단하고 연마하는 공정을 더 확실하게 이해할 수 있었다. 다이아몬드를 찾는 광석 세척 공정에서는 다이아몬드를 한 조각 찾아냈는데, 사람들은 그걸 가리키며 미국에서 발견된 유일한 진짜 다이아몬드라고 농담을 던졌다.

벨 박사님은 계속 함께 다니면서 흥미 만점의 전시물들을 특유의 쾌활한 태도로 설명해 주었다. 전기관에서는 일반 전화기, 자동 전화기, 축음기와 다른 여러 발명품들을 살펴보았는데, 박사님의 설명을 듣고는 시공간을 비웃는 전선을 통해 메시지를 전송하는 과정, 프로메테우스(그리스 신화에 따르면 프로메테우스는 신들에게서 불을 훔쳐서 인간들에게 전해 주었다. 그 벌을 받아서 쇠사슬로 바위에 묶였고, 매일 독수리 한 마리가 날아와서 그의 간을 쪼아먹는다.)처럼 하늘에서 불을 채취하는 과정을 잘 이해할 수 있었다. 인류관도 방문했는데, 여기서는 고대 멕시코의 유물과 거친 석기도구들이 정말 흥미로웠다. 흔히 한 시대의 유일한 기록일 때가 많은 이들 석기도구는 문자를 몰랐던 자연의 아들들이 남긴 소박한 기념물이었다(손가락으로 만지면서 이렇게 생각했다). 왕과 현자들의 기념관들은 무너져 먼지 속으로 사라질지라도 이들은 반드시 영원히 존속할 것 같았다. 이집트 미라도 역시 흥미로웠지만 무서워서 선뜻 손이 나가지는 않았다. 나는 물론 인류의 진보에 대해 그 이후에도 남들에게 전해 듣거나 책을 통해 지식을 쌓았지만, 여기 유물들을 통해 배운 것처럼 많이 배운 적은 없었다.

이 모든 일을 체험하면서 나는 새로운 단어가 아주 많이 늘어나 어휘력이 풍부해졌고, 박람회에서 보낸 3주 후에는 동화와 장난감에 관심이 많던 어린애의 치기에서부터 진짜 세상의 사실적이고 진솔한 모습들을 이해하는 경지로 성큼 도약할 수 있었다.

# 제16장

1893년 10월까지는 내 공부는 여러 과목을 다소 어수선하게 혼자 공부하는 식이었다. 그리스, 로마, 미국 등의 역사를 읽은 것도 그중의 하나였다. 점자로 만든 프랑스 문법 책이 한 권 있었는데, 나는 프랑스어를 좀 안답시고 새 단어를 배울 때마다 이를 활용하여 문법과 다른 기술적인 규칙들은 가능한 한 무시하면서 머리 속으로 짧은 글을 지어 보곤 했다. 심지어 문법 책에 설명된 글자와 소리를 한 번 읽어 보고 나서는, 누구의 도움도 없이 나 혼자 프랑스어 발음을 정복해 보려고도 했다. 물론 장한 목표를 달성하기에는 역부족이었다. 그래도 프랑스어 공부는 비오는 날 하기에 좋은 일이었고, 이를 통해 나는 라퐁텐의 〈우화〉와 〈억지 의사〉, 그리고 〈아탈리〉(장 드 라퐁텐은 이솝 우화에 기초하여 인기 우화집을 썼다. 〈억지 의사〉는 몰리에르가 쓴 희곡이고, 〈아탈리〉는 장 라신이 쓴 희곡이다.)에서 발췌한 구절을 즐겁게 읽을 수 있는 만큼은 프랑스어를 익힐 수 있었다.

나는 또한 말하기 능력을 향상시키는 공부에도 상당한 시간을 투자했다. 나는 설리번 선생님 앞에서 큰 소리로 책을 읽거나 미리 암기한 애송시들의 시구를 낭송했다. 그러면 선생님이 내 발음을 교정해 주면서 끊어서 말하는 방법과 억양을 구사하는 방법도 알려 주었다. 그런데 내가 특정 과목을 정해진 시간에 공부하기 시작한 건 세계 박람회의 흥분과 피로에서 회복된 1893년 10월 이후의 일이었다.

그때 설리번 선생님과 나는 펜실베이니아 주 헐튼에 사는 윌리엄 웨이드 씨(농맹아동들을 도와 준 자선가) 가족을 방문하고 있었다. 웨이드 씨 이웃에는 훌륭한 라틴어 학자인 아이언스 씨가 살고 있었다. 나는 아이언스 씨에게 라틴어를 배우기로 했다. 그는 매우 자상한 성격을 갖고 있었고, 견문이 넓은 분이었던 걸로 기억이 난다. 그가 가르친 것은 주로 라틴어 문법이었지만 가끔은 내가 성가시게 여기면서 재미없어 한 산수 공부도 도와 주었다. 아이언스 씨는 또한 테니슨의 〈사우보(In Memoriam)〉(알프레드 테니슨 경은 빅토리아 시대의 가장 유명한 시인으로, 켈러가 자라던 시절에 아주 인기가 높았다.)도 같이 읽어 주었다. 나는 전에 많은 책들을 읽었지만 비판적인 관점에서 책을 읽어 본 적은 한 번도 없었다. 처음으로 나는 저자에 대해 공부하는 걸 배웠고, 친구들의 손마다 다른 느낌을 악수를 통해 식별하는 것처럼 저자들마다 달리 구사하는 특유의 문체를 식별하는 방법을 익혔다.

라틴어 문법 공부는 처음에는 별로 내키지 않았다. 새로운 단어를 만날 때마다 그 뜻을 분명히 아는데도 명사나 소유격, 단수 또는 여성명사 등으로 분석하는데 시간을 허비하는 게 터무니없는 것처럼 보였다. 내 애완 고양이를 척추동물목, 사족문, 포유강, 고양이속, 고양이종, 태비라는 개체 등으로 분류해 보아야 비로소 고양이를 안다고 할 수 있다는 식이었다. 그러나 나는 이 과목을 더 깊이 배울수록 흥미도 높아지면서, 이 언어가 지닌 아름다움에 기쁨을 느꼈다. 나는 종종 라틴어 글을 읽고 내가 아는 단어들만 모아서 말을 만들어보는 놀이를 즐기곤 했다. 이 놀이는 지금도 계속 이어지고 있다.

어떤 언어를 막 익힌 순간 나타났다가 금방 사라지는 이미지와 정서들, 즉 정신의 하늘을 휙 지나가면서 변덕스러운 공상에 따라 모양과 색깔이 변하는 관념들보다 더 아름다운 건 없는 것 같다. 수업 때 설리번 선생님은 내 곁에 앉아서 아이언스 씨가 말할 때마다 내 손 안에 글자를 써 주었고, 새 단어가 나오면 사전에서 찾아서 알려 주기도 했다. 시저의 〈갈리아 전기〉를 막 읽기 시작하면서 나는 앨라배마 주의 우리 집으로 돌아왔다.

# 제17장

1894년 여름에 나는 '미국 농아 말하기 교육 진흥 협회'가 셔터쿼에서 개최한 대회에 참석했다. 거기서 나는 뉴욕 시의 라이트 휴메이슨 농아학교에 다니기로 했다. 1894년 10월에 설리번 선생님과 함께 학교로 갔다. 이 학교를 택한 목적은 특히 성대를 효율적으로 개발하고 입술 모양을 읽는 훈련을 하기 위해서였다. 이 훈련 말고도 나는 학교에 다니는 2년 동안 수학, 자연지리, 독일어와 프랑스어도 공부했다.

독일어를 가르쳤던 리미 선생님은 손바닥 지문자를 알고 있었다. 그래서 내 독일어 어휘력이 약간 늘어나자 우리는 기회 있을 때마다 함께 독일어로 얘기했고, 몇 달이 지나자 나는 선생님의 얘기를 거의 모두 알아들을 수 있었다. 처음 1년이 끝나기 전에 나는 〈빌헬름 텔〉(독일 작가 프리드리히 폰 쉴러가 쓴 희곡)을 정말 즐겁게 읽었다. 내 독일어 실력은 다른 과목들에 비해 빠르게 성장했다고 생각한다. 프랑스어는 이보다 훨씬 더 어려웠다. 프랑스어는 올리비에 선생님과 공부했는데, 선생님은 손바닥 지문자를 모르는 프랑스 여자분이어서 강의를 말로 들려주어야 했다. 나는 선생님의 입술을 쉽게 읽을 수 없었고 그래서 실력 향상이 독일어보다 훨씬 더뎠다. 어쨌든 나는 〈억지 의사〉를 다시 한 번 독파했다. 물론 재미있기는 했지만 〈빌헬름 텔〉만큼은 아니었다.

내 입술 읽는 능력과 말하기 실력은 선생님들과 내가 처음에 바라고 기대했던 것만큼은 늘지 않았다. 내 야심은 다른 사람들처럼 말하는 것이었고, 선생님들 역시 달성 가능한 목표라고 믿었었다. 그러나 열심히 성실하게 공부했음에도 목표에 많이 미치지 못했다. 애초에 목표치가 너무 높아서인지 실망도

컸던 것 같다. 수학은 여기서도 여전히 함정투성이였다. 나는 논리적 사고력의 드넓은 골짜기는 피하면서 '추측'이라는 위험한 주변만 서성거릴 뿐이었고, 그래서 내 자신이나 주위 사람들에게 엄청난 피해를 주었다. 추측을 하지 않을 때는 그냥 건너 뛰어 바로 결론을 내버렸다. 이러한 잘못은 둔한 머리와 합쳐져서 수학에 대한 나의 어려움을 훨씬 더 가중시켰다.

그러나 이런 실망감 때문에 종종 심한 우울증에 빠지기는 했지만, 다른 과목은 끊임없이 샘솟는 흥미를 느끼며 열심히 공부했다. 특히 자연지리가 그랬다. 자연의 비밀들을 배우는 건 기쁜 일이었다. 구약성경의 그림같이 아름다운 표현을 빌리면 바람은 어떻게 하늘의 네 모퉁이에서 불어오는지, 수증기는 어떻게 땅 끄트머리에서 하늘로 올라가는지, 강은 어떻게 바위를 깎아 내서 길을 내고 산들은 어떻게 뿌리째 뽑혀 뒤엎어지는지, 인간들은 어떻게 자신보다 힘센 존재들을 이길 수 있는지 등을 배웠다. 뉴욕에서 지낸 2년 동안은 행복했고 지금도 나는 그 시기를 회상하면 정말 기쁘다.

특히 우리 모두가 매일 산책나갔던 센트럴 파크가 기억이 난다. 공원은 뉴욕에서 마음이 통하는 유일한 장소였다. 이 커다란 공원에서 나는 한 순간도 기쁨을 놓쳐 본 적이 없다. 나는 공원에 들어갈 때마다 누군가 들려주는 풍경 묘사를 듣는 걸 좋아했다. 공원의 진입로는 아주 많이 있었고 어떤 방향에 있는 것이든 하나같이 아름다웠기 때문에, 뉴욕에서 지낸 9개월 동안 나는 매일 다른 아름다움을 감상할 수 있었다.

봄에 우리는 여기저기 재미있는 곳으로 소풍을 나갔다. 허드슨 강에서 배를 타거나, 브라이언트(윌리엄 컬런 브라이언트는 미국의 시인이자 편집자이다.)가 노래의 소재로 애용했던 푸른 강둑 위를 여기저기 걷기도 했다. 깎아지른 절벽이 뿜어내는 단순하고 거친 웅장함도 좋아했다. 웨스트 포인트와 워싱턴 어빙의 고향인 태리타운도 방문했었는데, 태리타운에서는 '슬리피 할로우'(워싱턴 어빙이 쓴 인기 소설. 작가는 〈립 밴 윙클〉의 저자이기도 하다.)를 끝까지 걸어갔다.

라이트 휴메이슨 학교의 선생님들은 우리 학교의 장애아동들도 귀가 멀쩡한 아이들의 모든 이점을 어떻게 하면 똑같이 누리게 할 수 있는지를 두고 항상 그 방법을 찾아 연구했다. 또한 아직 습성이 굳어버리지 않은 백지 상태나 수동적 기억력과 같은 어린 장애자 학생들의 특성을 최대한 활용하여 어떻게 하면 이 학생들을 그들이 처해 있는 답답한 삶의 환경 밖으로 인도해낼 수 있는지에 대해서도 항상 연구했다.

그러나 이 화창했던 시절은 내가 뉴욕을 떠나기 전에 세상에 태어나 아빠의 죽음 다음으로 가장 슬펐던 소식을 듣게 되면서 검게 변했다. 보스턴의 존 P. 스폴딩(켈러를 도와 준 보스턴의 자선가) 씨가 1896년 2월에 세상을 떠난 것이다. 그의 우정이 내게 어떤 의미였는지는 그를 정말 잘 알고 사랑한 사람들이 아니면 이해할 수 없다. 아름답고 겸손한 태도로 모든 사람들에게 행복을 선사했던 그는 설리번 선생님과 내게도 정말 친절하고 자상했다. 다정한 그의 존재가 느껴지면서 그가 난관투성이인 우리 공부를 주의 깊게 지켜 보고 있다는 걸 알고 있는 한, 우리는 절대로 용기를 잃어버릴 수가 없었다. 그가 떠나서 우리 삶에 생긴 빈 자리는 아직도 채워지지 않은 채로 남아 있다.

1907년 9월 26일 브라유 점자책을 읽고 있는 헬렌 켈러

1896년 10월에 나는 케임브리지 여학교에 입학했다. 래드클리프 대학의 진학을 준비하기 위해서였다.

내가 어렸을 때 웰즐리 대학을 방문한 적이 있었는데 거기서 나는 친구들을 깜짝 놀라게 만든 포부를 밝혔다.

"나도 언젠가는 대학에 갈 거예요. 그것도 하버드에요!"

웰즐리 대학은 왜 안 되냐는 질문을 받고는 거기는 여학생들뿐이어서 안 된다고 말했다. 대학 진학의 생각은 내 마음 속에서 뿌리를 내리면서 진지한 소망으로 발전했고, 이에 따라 나는 진실하고 현명한 많은 친구들의 강력한 반대에도 불구하고 시각과 청각이 정상인 여학생들과 경쟁하는 길을 선택했다. 뉴욕을 떠날 때 이 생각이 확고하게 자리잡으면서, 나는 케임브리지 학교에 진학하기로 결정했다. 하버드대 입학이라는 내 치기어린 선언을 이룰 수 있는 가장 빠른 지름길이었던 것이다.

케임브리지 학교에서는 설리번 선생님이 함께 교실에 들어와 강의를 통역해 주기로 했다.

물론 이 학교의 선생님들은 정상적인 학생 이외에는 가르쳐본 경험이 없어서 선생님들과 대화하려면 그분들의 입술을 읽어야 했다. 첫 해에 공부한 과목은 영국사, 영문학, 독일어, 라틴어, 산수, 라틴어 작문, 그리고 수시로 내는 리포트 과제물이었다. 이 학교 이전에 받았던 수업은 대학 진학을 염두에 둔 공부가 아니었다. 그렇지만 학교 선생님들은 내 영어만큼은 설리번 선생님의 훌륭한 가르침 덕분에 대학이 지정한 서적들의 비평 수업말고는 다른 특별한 강의가 필요치 않다고 금방 결론을 내렸다. 뿐만 아니라 프랑스어 공부도 이미 순조롭게 시작한 상황이었고, 라틴어도 벌써 6개월째 공부하고 있었다. 그런데 가장 많이 공부한 과목은 독일어였다.

그러나 이런 유리한 상황과 더불어 공부를 가로막는 중대한 장애물도 있었다. 설리번 선생님이 모든 교재의 내용을 손 안에 써 줄 수는 없었으며, 내가 필요한 때에 읽을 수 있도록 점자 교재를 만드는 일도 런던과 필라델피아의 내 친구들이 적극 서둘렀음에도 매우 힘든 작업이었다. 실제로 나는 한동안 다른 여학생들과 함께 낭송하기 위해 라틴어 교재를 브라유 점자로 베껴서 읽어야 했다. 선생님들은 곧 내 서투른 발음에 익숙해져서 질문에 쉽게 대답해 주고 실수를 교정해 주었다. 나는 수업 중에 필기를 하거나 연습문제를 기록할 수는 없었고, 대신에 모든 작문과 번역물을 집에 와서 타이프라이터로 작성했다.

설리번 선생님은 매일 수업시간에 함께 출석하여 끝없는 인내심으로 학교 선생님들이 말한 모든 강의내용을 내 손 안에 써 주었다. 수업 중에 생소한 단어가 나오면 내 대신 사전에서 찾아 주었고, 필기내용과 아직 점자화되지 않은 교재들을 계속 반복해서 읽어 주었다. 그 일의 지루함은 상상을 초월했다. 독일어를 가르쳤던 그뢰테 선생님과 교장인 길먼 선생님(아더 길먼은 케임브리지 학교의 설립자이자 교장선생님이다.)만 학교에서 나를 가르치기 위해 손바닥 지문자를 배운 분들이었다. 그뢰테 선생님의 철자가 얼마나 느리고 서투른지는 본인이 누구보다도 잘 알고 있었다. 그럼에도 불구하고 선생님은 최선을 다하여 1주일에 두 번씩 특별수업을 통해 강의내용을 서투른 지문자로 내게 열심히 써 주었다. 설리번 선생님에게 잠시나마 휴식을 주려는 배려였다. 그런데 모든 사람들이 우리에게 친절하고 선뜻 도움을 주었지만, 고된 작업을 즐거운 일로 바꿀 수 있었던 도우미는 오직 한 사람뿐이었다.

그 해에 나는 수학을 끝냈고 라틴어 문법을 복습했으며, 시저의 〈갈리아 전기〉에서 3개 장을 읽었다. 독일어 시간에는 설리번 선생님의 도움을 받거나 손가락으로 짚어 가면서 쉴러의 〈종의 노래〉와 〈물속으로 뛰어든 젊은이〉, 하이네의 〈하르츠 여행기〉, 프라이타크의 〈프리드리히 대왕의 나라〉, 릴의 〈아름다움의 저주〉, 레싱의 〈미나 폰 바른헬름〉, 괴테의 〈나의 생애에서〉 등을 읽었다. 이런 독일어 책들을 읽을 때는 정말 기뻤다. 특히 쉴러의 멋진 서정시, 프리드리히 대왕의 장엄한 업적을 그린 역사와 괴테의 생애가 그랬다. 그리고 포도넝쿨에 뒤덮인 언덕, 햇빛 속에서 졸졸졸 노래하고 잔물결을 이루면서 흘러가는 시냇물, 전통과 전설에서 성지로 등장하는 황량한 지대들, 오래 전에 이미 사라진 풍부한 상상력의 시대에 활동했던 프란체스코회 수녀들 등에 대한 상큼한 위트와 매력적인 묘사로 가득찬 〈하르츠 여행기〉는 다 읽고 나서 책을 덮을 때 애석하기도 했다. 이런 묘사는 자연을 '느낌과 사랑, 욕구'(윌리엄 워즈워스의 시 〈틴턴 수도원〉 참조)로 받아들이는 사람들만이 할 수 있는 표현들이다.

그 해에 길먼 교장선생님은 한동안 시간을 내어 내게 영문학을 강의해 주었다. 우리는 함께 〈뜻대로 하세요(As You Like It)〉, 버크의 〈미국과의 화해에 관한 연설〉, 매콜리의 〈새뮤얼 존슨의 생애〉(새뮤얼 존슨은 영향력 있는 작가이자 비평가였고, 최초의 영어사전으로 인정받는 사전을 저술했다.) 등을 읽었다. 그저 수업 중에 간단하게 제공될 뿐인 짧은 설명과 함께 필기내용을 기계적으로 읽으면서 했어야 할 공부를 나는 길먼 교장선생님의 역사와 문학에 관한 폭넓은 식견과 명쾌한 해설 덕분에 훨씬 더 쉽고 즐겁게 해낼 수 있었다.

버크의 연설문은 내가 그때까지 읽은 어떤 정치적인 서적보다도 교훈적이었다. 시대배경이 격동의 시기여서 읽는 나도 덩달아 가슴이 뛰었고, 교전 상대국인 두 나라의 명운을 쥐고 있는 인물들이 바로 눈 앞에서 살아 움직이고 있는 것 같은 생동감을 느꼈다. 버크가 명문장의 유창한 연설을 거센 파도처럼 토해 놓는데도, 조지 왕과 그의 신하들은 미국이 승리하고 영국이 굴욕을 당할 거라는 그의 경고성 예언에 어떻게 귀를 닫을 수 있었는지 내 궁금증은 점점 더 커져만 갔다. 다음에는 이 위대한 정치가가 어떤 입장에서 소속 정당과 국민의 대표들에게 충성을 다하고 있는지를 우울한 목소리로 세세하게 설명한 대목이 이어졌다. 그렇게 귀중한 진리와 지혜의 씨앗이 어떻게 무지와 부패의 잡초밭에 떨어질 수도 있는 건지 나는 정말 요상하다고 생각했다.

매콜리의 〈새뮤얼 존슨의 생애〉는 버크의 연설과는 또 다른 재미를 주었다. 내 마음은 그러브 스트리트에서 고난의 빵(고난의 빵은 이스라엘 백성들이 이집트를 탈출하기 전에 만들었던 무교병을 말한다(〈신명기〉 16장 3절). 존슨이 런던의 그러브 스트리트에서 살면서 겪은 궁핍함은 유명한 일화다.)을 뜯어 먹으며 비참한 생활을 했지만 힘든 노동과 혹독한 심신의 곤고함 속에서도 가난하고 무시당하는 사람들에게 언제나 친절한 말을 잊지 않고 도움의 손길을 뻗치던 외로운 남자에게 매혹당했다. 나는 그가 성공을 거둘 때마다 환호했고, 그의 단점은 눈감아주었다. 내가 놀랐던 건 그가 그런 결점을 가지고 있다는 사실이 아니라, 그런 결점에도 불구하고 영혼이 전혀 망가지거나 위축되지 않았다는 사실이었다. 그러나 매콜리는 분명 평범한 것들마저도 생생하고 그림처럼 아름답게 묘사하는 총명함과 놀라운 재능을 가지고 있었지만, 그의 독단적인 태도는 때때로 피곤함을 안겨 주기도 했다. 또한 그가 효과에만 집착한 나머지 진실을 희생시키는 대목을 만날 때마다 의심이 들기도 했다. 예전에 대영제국의 데모스테네스(고대 그리스 시대 때 활동했던 웅변가)에 귀를 기울일 때 일었던 존경심과는 사뭇 달라진 감정이었다.

내가 난생 처음 또래 소녀들과 수다를 떠는 등, 사귐을 나눈 건 바로 케임브리지 학교에서였다. 나는 학교 건물에 잇대어 지어진 쾌적한 주택에서 여러 여학생들과 함께 살았다. 전에 하우얼스 씨(미국 작가인 윌리엄 딘 하우얼스)가 살았던 집인데, 우리는 모두 이 집에서 고향집에서 생활하는 것처럼 편리하게 지냈다. 나는 친구들과 함께 많은 게임을 하며 어울려 놀았고, 심지어 까막잡기나 눈장난 놀이도 했다. 오랜 시간 산책도 하고 공부를 토론하거나 재미있는 대목을 큰 소리로 읽기도 했다. 친구들 몇 명이 나와 대화하는 방법을 배웠기 때문에 설리번 선생님이 친구들의 말을 내게 반복해 줄 필요가 없었다.

크리스마스 때 엄마와 여동생이 와서 함께 휴가를 보냈는데, 이때 길먼 교장선생님은 밀드레드도 우리 학교에서 함께 공부해도 좋다고 친절하게 제의했다. 그래서 밀드레드는 나와 함께 케임브리지 학교에서 지내게 되었고, 우리는 행복한 6개월 동안 거의 잠시도 떨어지지 않았다. 지금도 서로 공부를 도와주고 휴식도 함께 취하던 때를 회상하면 정말 행복하다.

래드클리프 대학 입학을 위한 예비시험은 1897년 6월 29일에서 7월 3일까지 실시되었다. 내가 신청한 과목은 독일어, 프랑스어, 라틴어와 영어 각각의 초급 및 고급 과정, 그리고 그리스·로마 역사 등, 모두 9개 과목이었다. 나는 모든 과목에 합격했고, 특히 독일어와 영어는 '우등' 성적을 받았다.

이쯤에서 내가 어떻게 시험을 치렀는지 설명해도 나쁘지 않을 것 같다. 학생들은 16개 과목을 합격해야 했고 (초급 : 12시간, 고급 : 4시간), 한 번에 5개 과목을 합격해야 인정되었다. 시험지는 하버드 대학에서 아침 9시에 배포되어 특별 연락관이 래드클리프 대학으로 수송해 왔다. 응시학생들은 모두 각자의 이름이 아닌 수험번호로만 식별되었다. 내 수험번호는 233번이었지만, 타이프라이터를 사용해야 했기 때문에 내가 누구인지 감출 수 없었다.

나는 타자 소리가 다른 여학생들에게 지장을 줄 수 있다는 이유로 다른 방에서 혼자 시험을 보는 것으로 결정이 났다. 길먼 교장선생님은 모든 시험지를 손바닥 지문자의 방식으로 내게 읽어 주었다. 교실 출입문에는 누가 방해하는 것을 막기 위해 한 사람이 배치되어 망을 보았다.

독일어를 치르는 첫 날, 길먼 교장선생님은 옆에 앉아서 먼저 시험지의 전체 내용을 읽어 준 다음에 한 문장씩 따로따로 읽어 주었고, 나도 들은 말을 큰 소리로 복창하여 정확하게 이해했는지 확인했다. 시험이 어려워서 나는 타이프라이터로 답안을 작성하면서 몹시 초조했다. 내가 작성한 답안을 길먼 선생님이 다시 손 안에 써 주면 나는 필요한 정정을 했고, 그러면 선생님이 정정사항을 다시 끼워 넣어 주었다. 이후에는 어떤 시험에서도 지금과 같은 혜택을 누리지 못했다는 걸 여기서 밝혀두고 싶다. 래드클리프 대학에서는 작성한 답안을 다시 내게 읽어 주는 사람이 없었고, 그래서 나는 시간 종료 전에 답안 작성을 끝내지 못하는 한 답안을 정정할 기회가 없었다. 시간 종료 전에 답안 작성을 마친 경우에도 남은 몇 분 동안에 오답이 기억나면 정정사항을 답안지 마지막 여백에 추가하는 식으로 해야 했다. 예비시험이 최종시험보다 성적이 더 좋았다면 두 가지 이유 때문이다. 먼저 최종시험에서는 작성한 답안지를 내게 다시 읽어 주는 사람이 없었다. 또한 예비시험에서 신청했던 과목 중에는 케임브리지 학교에서 공부하기 전에 이미 어느 정도 공부가 되어 있던 과목들이 포함되어 있었다. 그 해 초에 나는 길먼 선생님이 하버드대 기출문제에서 뽑아서 실시했던 영어, 역사, 프랑스어, 독일어 시험에서 이미 합격점을 받았었다.

길먼 선생님은 내 답안지를 수험번호 233번의 응시생이 답안을 작성했다고 확인하는 내용의 인증서와 함께 시험관들에게 제출했다.

예비시험의 다른 과목들도 모두 같은 방식으로 치렀다. 이후 어떤 과목도 첫 과목만큼은 어렵지 않았다. 라틴어 시험지가 학생들에게 배포될 때 쉴링 교수는 교실에 들어와 내가 독일어 시험을 만족스러운 성적으로 합격했다고 말해 주었다. 이 말에 큰 용기를 얻은 나는 마음이 가벼워지면서 침착한 손놀림으로 시험 마지막까지 박차를 가할 수 있었다.

# 제19장

길먼 교장선생님의 케임브리지 여학교에서 둘째 해를 시작할 때는 기필코 대학 진학에 성공하겠다는 소망과 결심으로 부풀어올랐다. 그런데 처음 몇 주만에 예상치 못한 어려움에 부딪혔다. 내가 둘째 해에는 수학을 주로 공부해야 한다는 의견에 길먼 교장선생님도 이미 동의했었다. 그래서 물리학, 대수학, 기하학, 천문학, 그리스어, 라틴어 등을 신청했다. 불행히도 나는 수업이 시작될 때까지 필수 교재들을 대부분 점자책으로 만들지 못했고, 수업에 필요한 다른 학습 도구들도 갖추지 못했다. 내가 수강 신청한 클래스는 학생들이 아주 많아서 선생님들이 나만 따로 개별 지도하는 것도 불가능했다. 자연히 모든 교재를 읽어 주고 강의내용을 통역해야 할 책무를 설리번 선생님이 도맡아야 했고, 따라서 선생님의 다정한 도움의 손길도 드디어 11년 만에 처음으로 임무를 감당하지 못할 것처럼 보이기도 했다.

대수학과 기하학 시간에는 필기를, 물리학 시간에는 문제를 풀어야 했지만 브라유 타이프라이터를 살 때까지는 가능한 일이 아니었다. 브라유 타이프라이터가 있어야 내 공부의 모든 단계와 과정들을 기록할 수 있었던 것이다. 칠판에 그려지는 도형들을 눈으로 좇아가는 건 원천적으로 불가능했고, 따라서 도형을 분명하게 이해할 수 있는 유일한 방법은 방석 위에서 끝이 구부러져 있거나 뾰족한 직선 및 곡선 모양의 철사를 사용하여 도형을 만들어보는 것뿐이었다. 키스 선생님이 학교 소식지에서 보고한 것처럼 나는 도형의 이름, 가설과 결론, 증명의 구성과 과정 등을 모두 암기하여 공부해야 했다. 한 마디로 장애물에 부딪히지 않은 수업이 없었다. 때때로 나는 모든 의욕을 상실하면서 기억하기도 창피한 방법으로 내 안의 감정들을 터뜨렸다. 특히 나중에는 마음 속에 쌓인 괴로움을 그대로 설리번 선생님에게도 쏟아 놓았다. 내 모든 친절한 친구들 중에서 유일하게 학교에 함께 지내면서 굽은 길을 곧게 하고 험한 땅을 평탄하게 만들어 주는(《이사야서》 40장 4절 참조) 분이었는데도 말이다.

어려움은 그러나 조금씩 해결되기 시작했다. 점자책과 다른 학습도구들이 속속 도착하면서 새로운 자신감으로 공부에 매진할 수 있었다. 대수학과 기하학만은 내 노력에도 불구하고 끈질기게 저항했다. 전에도 얘기한 것처럼 나는 수학에 재능이 없었다. 수학을 못하는 원인으로 재능이 없다는 것 말고는 만족할 만한 설명을 들은 게 없었다. 특히 기하학 도형이 왕짜증이었다. 도형의 여러 구성부분 사이에 존재하는 상호 관계를 눈으로 볼 수 없었기 때문이다. 심지어 방석에서 도형을 만들어볼 때도 마찬가지였다. 수학에 대한 분명한 이해는 키스 선생님의 가르침을 받고 나서야 가능했다.

이런 어려움들을 서서히 넘어서고 있는데, 상황을 송두리째 뒤엎는 사건이 발생했다.

점자책들이 도착하기 직전에 길먼 교장선생님은 내가 너무 힘들게 공부하고 있다고 설리번 선생님에게 항의했고, 나의 진정어린 부인에도 불구하고 내 수업시간 수를 일방적으로 줄여버렸다. 처음에 우리는 대학 진학을 준비하기 위해 필요하다면 5년 동안 수업을 듣기로 합의했지만, 나는 1학년이 끝나고 학년말 시험에 통과함으로써 별 수고 없이도 2년 더 공부하면 대학 준비를 끝낼 수 있다는 것을 설리번 선생님, 하보우 선생님(길먼 학교의 교감 선생님) 그리고 또 다른 선생님에게 증명해 보였다. 길먼 교장선생님도 처음에는 동의해 주었다. 하지만 내가 공부로 쩔쩔매는 것처럼 보이자 교장선생님은 역시 내 공부가 과중했다면서 앞으로 3년 동안 더 학교에서 공부해야겠다고 주장했다. 나는 교장선생님의 계획이 싫었다. 같이 공부하는 클래스 친구들과 나란히 대학에 들어가고 싶었기 때문이다.

11월 17일에 나는 몸이 안 좋아서 학교에 결석했다. 길먼 교장선생님은 결석 사유를 듣더니, 내 병이 심각한 상태가 아니라는 설리번 선생님의 의견에도 불구하고 내가 공부 때문에 망가지고 있다고 선언하면서 내 수업일정을 바꾸어 버렸다. 길먼 교장선생님의 결정에 따르면 클래스 친구들과 함께 최종시험을 치르는 것은 불가능했다. 길먼 교장선생님과 설리번 선생님의 의견 차이로 인해 엄마는 결국 나와 여동생 밀드레드를 케임브리지 학교에서 자퇴시켰다.

잠깐 지체했다가 나는 다시 케임브리지 학교의 머튼 S. 키스 선생님을 가정교사로 모시고 공부를 계속하기로 했다. 설리번 선생님과 나는 겨울의 남은 기간을 보스턴에서 25마일 떨어진 렌섬의 체임벌린(조셉 에드가 체임벌린은 문학 평론가이자 켈러의 친구이다.) 씨 집에서 친구들과 함께 보냈다.

1898년 2월에서 7월까지는 키스 선생님이 1주일에 두 번 렌섬에 와서 대수학과 기하학, 그리스어와 라틴어를 가르쳤다. 강의 내용의 통역은 물론 설리번 선생님이 맡아 주었다.

1898년 10월에 우리는 보스턴으로 돌아왔다. 8개월 동안 키스 선생님은 1주일에 다섯 번을 한 시간씩 수업해 주었다. 선생님은 직전 수업에서 내가 이해하지 못한 내용이 있으면 다시 설명해 주었고, 앞으로 공부할 내용의 예습 과제물을 내주었으며, 주중에 내가 타이프라이터로 작성한 그리스어 연습문제를 집으로 가져가서는 완벽하게 교정한 후에 다시 돌려주었다.

내 대학 준비는 이런 식으로 중단 없이 계속되었다. 나는 교실에서 수업을 받는 것보다 혼자 배우는 게 훨씬 더 쉽고 즐거웠다. 서두르지도 않았고, 혼동되는 일도 없었다. 선생님이 내가 이해하지 못하면 충분한 시간을 들여 설명해 주었기 때문에 진도가 더 빨랐고, 학교에서 수업하는 것보다 더 훌륭하게 공부할 수 있었다. 수학의 문제풀이는 여전히 다른 과목들보다 어려웠다. 대수학과 기하학이 여러 어학이나 문학의 반만큼이라도 쉽다면 얼마나 좋았을까! 그러나 수학마저도 키스 선생님은 흥미 있게 만들어 주었다. 마침내 내 머리에 쏙쏙 들어올 수 있도록 수학 문제들을 작은 숫자로 쪼개어 재구성하는 방법을 찾아냈기 때문이다. 선생님은 내 마음을 늘 초롱초롱하고 의욕이 넘치게 만들어 주었고, 허공을 향해 제멋대로 뛰어올라 어디로 떨어질지 모르는 마구잡이 식 대신에 분명하게 추론하고 침착하고 논리적으로 결론을 이끌어 낼 수 있게 훈련시켰다. 공부할 때 내가 아무리 멍청한 짓을 해도 선생님은 친절과 참을성을 잃는 법이 없었다. 내 머리가 욥마저도 인내심이 바닥날 정도로 멍청했는데도 말이다.

1899년 6월 29일과 30일에 나는 래드클리프 대학 입학을 위한 최종시험을 치렀다. 첫날은 초급 그리스어와 고급 라틴어를 보았고, 둘째 날에는 기하학과 대수학 그리고 고급 그리스어를 보았다.

대학당국은 설리번 선생님이 시험지를 읽어 주는 것을 허용하지 않았다. 대신에 퍼킨스 맹아학교의 유진 C. 바이닝 선생님을 시켜서 내가 시험지를 읽을 수 있도록 미국식 브라유 점자로 복사하게 했다. 바이닝 선생님은 처음 보는 분이었고 브라유 점자 이외에는 나와 의사소통하는 방법을 몰랐다. 시험 감독관 역시 초면으로 나와 어떻게든 대화해 보고자 하는 시도를 아예 하지 않았다.

언어 시험에서는 브라유 점자가 괜찮았지만 기하학과 대수학 시험을 볼 때는 곤란한 문제가 생겼다. 나는 몹시 당황했고, 귀중한 시간을 많이 허비하면서 낙담했다. 특히 대수학 시험이 그랬다. 정말이지 나는 영국식, 미국식, 뉴욕포인트 식 등, 미국에서 흔히 사용되는 모든 점자 시스템을 완벽하게 익혔지만, 기하학과 대수학에서 사용하는 다양한 기호를 작성하는 방식은 세 시스템마다 서로 달랐고, 그것도 학교 공부를 할 때는 영국식 브라유 점자만(켈러가 어릴 때는 미국 및 영국의 여러 맹인용 점자 시스템이 난립하고 있었다. 단일한 브라유 점자 표준에 대한 합의는 1932년이 되어서야 가능했다.) 사용했었다.

시험 2일 전에 바이닝 선생님은 하버드 대학의 대수학 기출문제 중 하나를 브라유 점자로 복사하여 내게 보내 주었다. 당황스럽게도 시험지는 미국식 표기법으로 되어 있었다. 즉시 나는 자리에 앉아 바이닝 선생님에게 기호를 설명해 달라는 편지를 썼다. 다른 기출문제 시험지와 기호표를 반송 우편으로 받은 후에 나는 그 표기법을 공부하기 시작했다. 그러나 대수학 시험을 보기 전날 밤에 아주 복잡한 문제 몇 개를 두고 씨름할 때, 대괄호, 중괄호 및 근호가 섞인 조합들이 구분이 안 돼 애를 먹었다. 키스 선생님과 나는 둘 다 괴로워하면서 내일 시험에 대한 불길한 예감으로 넘쳐흘렀다. 그래도 우리는 시험 시작 시간보다 조금 일찍 대학 교정으로 가서 바이닝 선생님에게서 미국식 기호에 대한 설명을 좀 더 자세히 들었다.

기하학 시험에서 겪은 가장 큰 어려움은 내가 지금까지 줄곧 명제들을 줄 인쇄(Line Print) 방식으로 읽거나 손 안에 글자로 써 주는 방식에만 익숙해져 있다는 사실이었다. 그래서 명제를 바로 앞에 두고도 왠지 점자가 혼동되어서 읽으면서도 무슨 뜻인지 분명히 이해할 수 없었다. 그런데 대수학 시험은 더 힘들었다. 아주 최근에 배워서 잘 안다고 생각했던 여러 기호들이 당황스러웠다. 게다가 나는 타이프라이터로 작성한 답안을 눈으로 볼 수 없었다. 그때까지는 답안 작성을 브라유 점자를 사용하거나 머리로 암산하는 방법으로만 해 보았을 뿐이었다. 키스 선생님은 내가 암산으로 문제를 푸는 능력을 과신했고, 그래서 시험답안을 글자로 작성하는 훈련을 전혀 시키지 않았었다. 결과적으로 답안 작성이 극도로 더디었고, 무엇을 해야 하는지 자꾸 잊어버릴 때마다 문제를 반복해서 읽어보아야 했다. 사실 모든 기호를 정확하게 읽기나 했었는지 모르겠다. 집중력을 유지하기가 정말 힘들었기 때문이다.

지금 다른 사람을 탓하는 건 아니다. 사실 래드클리프 대학당국은 자신들이 내 시험을 얼마나 어렵게 만들었는지를 깨닫지 못했고, 내가 극복해야 했던 특별한 어려움도 이해하지 못했다. 그러나 나를 방해하기 위해 고의로 장애물을 설치했던 게 아니라면, 나는 그 모든 장애물들을 넘어섰다는 사실로 위안을 삼으려고 한다.

1904년 경에 래드클리프 대학 졸업 사진

# 제20장

드디어 대학 진학을 위한 혹독한 준비 과정도 모두 끝났고, 나는 이제 원하는 때 언제든지 래드클리프 대학에 입학할 수 있게 되었다. 그런데 1년을 더 키스 선생님 밑에서 공부하는 게 최선의 선택이라는 판단이 섰다. 그래서 1900년 가을에야 비로소 대학 입학이라는 오랜 꿈을 이루게 되었다.

래드클리프 대학생활의 첫 날은 지금도 기억이 난다. 이것 저것 재미있는 일로 가득찬 하루였다. 이날을 나는 오랫동안 고대했다. 대학 진학을 준비하는 과정에서 내가 눈과 귀 정상인 학생들과 똑같은 기준으로 경쟁하여 능력을 검증해 보는 길을 택한 것은 내 마음 속의 거센 열정이 친구들의 만류보다, 심지어 내면에서 속삭이는 포기의 유혹보다도 강했기 때문이었다. 당시에 많은 장애물에 부딪힐 거라는 것도 알았지만, 이겨내고자 하는 열망도 그만큼 강했다. 로마의 어떤 현자가 남긴 "로마에서 추방되면 로마 바깥에서 살게 될 뿐이다."라는 명언이 당시의 내 좌우명이었다. 그때 지식을 쌓는 넓은 대로를 거부당했던 나는 할 수 없이 혼자 인적이 뜸한 시골길을 따라 지식 여행을 떠나야 했다. 그뿐이었다. 하지만 대학에는 대로가 막혀도 돌아갈 수 있는 우회로들이 많아서 나는 그 길 위에서 나처럼 생각하고 사랑하고 노력하는 여학생들과의 사귐을 놓치지 않고 계속 이어갈 수 있으리라고 생각했다.

대학공부를 시작할 때는 열정이 넘쳐흘렀다. 내 앞에서 새로운 세상이 아름답고 찬란하게 펼쳐지고 있는 걸 보았고, 세상의 모든 일을 알 수 있는 능력이 내 안에 있다는 것도 느꼈다. 마음이라는 원더랜드에서는 나도 다른 사람들과 똑같이 자유로우리라. 대학에서 만나는 사람들과 풍경과 풍속, 기쁨과 슬픔들은 내게 진짜 세상을 해석해 주는, 살아 있고 만져 볼 수 있는 통역자들이리라. 강의실들은 위인들과 현자들의 정신으로 충만한 것처럼 보였고, 교수들은 지혜의 화신일 거라고 생각했다. 물론 이후에 배운 게 이와 다르더라도 나는 그 사실을 누구한테든 발설하지는 않겠지만.

어쨌든 나는 대학이 그 동안 상상해왔던 낭만적인 학문의 전당은 아니라는 걸 이내 알았다. 어리고 세상 경험 없는 내게 기쁨을 안겨 주었던 많은 꿈들이 점점 아름다움을 잃어가면서 '평범한 날의 일상적인 빛'으로 퇴색했다(윌리엄 워즈워스의 시 〈초원의 빛〉 참조). 점차 대학생활에도 안 좋은 점들이 있다는 게 눈에 띄기 시작했다.

지금까지 가장 절실하게 느껴지는 아쉬움은 바로 시간이 부족하다는 점이다. 전에는 내 마음과 자신에 대해 생각하고 돌아볼 시간이 많았다. 저녁이면 우리는 함께 앉아서 영혼이 들려주는 내면의 멜로디에 귀를 기울이곤 했다. 이 멜로디는 깊은 침묵에 휩싸여 있는 영혼조차도 사랑하는 시인의 시구에 깊고 달콤한 감동을 느낄 수 있는 한가로운 시간에만 들을 수 있는 것이다. 하지만 대학에서는 사람들의 생각과 대화를 나눌 시간이 없다. 대학은 생각하기 위해서가 아니라 배우기 위해 가는 것 같다. 배움의 관문에 일단 들어서면 고독이나 책, 그리고 상상력 등, 아주 소중한 즐거움들을 휘파람 소리 들리는 소나무 숲에 두고 와야 한다. 미래의 행복을 위해 보물들을 차곡차곡 쌓고 있다는 것에 위안을 느껴야 한다는 생각도 한편으로 들었지만, 그러나 나는 궂은 날에 대비하여 재산을 저축하는 것보다 현재의 즐거움에 탐닉하는 현실적인 성품이었다.

첫 해에 공부한 과목은 프랑스어, 독일어, 역사, 영작문 그리고 영문학이었다. 프랑스어 시간에는 코르네이유, 몰리에르, 라신, 알프레드 드 뮈세, 생트뵈브 등의 작품을 읽었고, 독일어 시간에는 괴테와 쉴러의 작품을 읽었다. 역사 시간에는 로마 제국이 멸망한 때로부터 18세기까지, 학습 범위였던 시대의 역사를 빠른 속도로 훑었고, 영문학 시간에는 밀턴의 시들과 〈아레오파지티카〉의 평론을 공부했다.

나는 대학에서 공부할 때 부딪혔던 특별한 어려움들을 어떻게 해결했느냐는 질문을 자주 받는다. 물론 강의실에서 나는 늘 혼자나 마찬가지였다. 교수는 수화기 반대쪽에서 통화하는 것처럼 아득한 존재였다. 교수가 강의하는 즉시 내 손 안에 글자로 쓰여지고 있었기 때문에 이 페이스를 쫓아가느라 강의하는 교수가 어떤 개성을 지닌 분인지에 대해서는 거의 신경쓸 여력이 없었다. 단어들이 쉴 새 없이 밀려 들어오는 내 손도 마치 산토끼를 쫓다가 종종 놓치는 사냥개처럼 단어를 놓치기도 했다. 하지만 이 점에 관련하여 나는 노트 필기를 하는 정상적인 학생들보다 훨씬 나쁜 상황은 아니었다고 생각한다. 강의를 듣자마자 황급히 종이에 옮겨 적는 기계적인 과정에 여념이 없는 보통 학생들도 강의하는 주제내용이나 주제의 전개방식에 충분히 집중할 수 없기 때문이다. 강의 중에 내 손은 듣는 일에 분주하여 필기를 할 수 없었다. 필기 정리는 대개 집에 돌아와서 기억나는 대로 했다. 나는 연습문제, 매일 매일의 리포트, 평론, 쪽지시험, 중간 및 학년 말 시험 등을 타이프라이터로 작성했기 때문에 교수들은 내가 이해하고 있지 못한 부분들을 어렵지 않게 알 수 있었다. 라틴어 작시법 공부를 시작했을 때는 다양한 운율과 음량을 형상화한 기호 시스템을 고안하여 담당 교수에게 설명하기도 했다.

내가 사용하는 건 해먼드 타이프라이터이다. 많은 타자기를 써 보았지만 해먼드가 내 공부의 독특한 수요에 가장 적합하다는 생각이다. 이 타자기는 휴대용 문자판을 갈아 끼면서 사용할 수 있다. 즉, 그리스어나 프랑스어, 수학 등, 타이프라이터로 작성하고자 하는 작문의 종류에 따라 문자 조합이 다른 여러 문자판을 바꾸어 가며 사용할 수 있다. 이 타이프라이터가 없었으면 과연 내가 대학에 들어올 수나 있었을까 의문스럽다.

여러 과목에서 필수적으로 읽어야 하는 교재 중에는 맹아용 점자책으로 인쇄된 게 거의 없어서 나는 손 안에 글자로 써서 읽어야 했다. 따라서 강의를 준비할 때 다른 여학생들보다 시간이 더 많이 걸렸다. 일단 손에 글자를 쓰는 작업이 시간을 더 잡아먹었고, 더욱이 이 과정에서 종종 무슨 말인지 이해하지 못해서 겪는 당황스러움도 정상적인 학생들에게는 없는 일이었다. 세세한 사항에 주의를 집중하다 보면 짜증이 밀려오는 날이 많았고, 바깥 세상에서는 여학생들이 웃고 노래하고 춤추고 있는데, 나는 여러 시간 동안 몇 장(章)의 분량을 읽어야 한다는 생각에 반항심이 치밀어 오르기도 했다. 그러나 이내 쾌활함을 되찾으면서 불만에 젖은 마음을 웃음으로 날려버렸다. 결국 참된 지식을 얻고자 한다면 '고난의 언덕(Hill Difficulty)'을 혼자 올라야 하는 법이며, 정상에 올라가는 길은 어차피 왕도가 따로 없기 때문에 비록 산을 지그재그로 걸어갈지라도 나만의 방식으로 올라야 했다. 도중에 나는 숱하게 미끄러져 떨어지고 넘어졌으며, 꼼짝없이 서 있었고, 별안간 나타나는 장애물의 모퉁이에 부딪히기도 했다. 화를 냈다가 다시 진정되면서 이전보다 더 견고한 평정심을 얻기도 했다. 터덕터덕 걸으면서 정상이 조금씩 가까워지면 용기와 열정이 샘솟으면서 더 높이 올라가게 되고, 마침내 광대한 지평선이 보이는 지점에까지 오르게 된다. 매번 고군분투할 때마다 승리의 연속이었다. 한번 더 힘을 내니 마침내 빛나는 구름, 창공의 푸른 심연, 내 욕망의 고지에 도달할 수 있었다. 그러나 이 고군분투의 등정에서 늘 혼자였던 건 아니었다. 윌리엄 웨이드 씨와 펜실베이니아 맹아학교의 E. E. 앨런 교장선생님이 내게 필요한 많은 교재들을 점자로 만들어주었다. 이 분들이 베풀어준 배려는 본인들의 짐작보다 훨씬 더 많은 도움과 용기를 내게 선사해 주었다.

래드클리프 대학 2학년 때인 작년에는 영작문, 영문학으로 본 성경, 미국과 유럽의 통치 형태, 호라티우스의 송가, 라틴어 희극 등의 과목을 공부했다. 가장 즐거웠던 과목은 작문 수업이었다. 아주 생생한 수업이었다. 강의는 늘 재미있고 쾌활했으며 위트가 넘쳤다. 담당 강사인 찰스 타운센드 코플런드 교수(저널리스트이자 평론가. 하버드 대학의 인기있는 작문 교수)가 지금까지 만났던 어떤 교수보다도 원문의 신선한 느낌과 힘을 훌륭하게 전달해 주었기 때문이다. 강의가 계속된 짧은 1시간 동안 우리는 불필요한 주석이나 해설 없이도 옛날 대가들이 남긴 불멸의 아름다움과 멋진 생각들을 한껏 먹고 마시며 즐길 수 있었다. 또한 야훼와 엘로힘(하느님을 가리키는 히브리어 명칭)의 존재는 잊은 채로 구약성경의 달콤한 천둥소리를 영혼 속속들이 교감했으며, 집으로 돌아올 때는 영혼과 육신이 불멸의 조화를 이루며 삶을 영위하는 그 완벽한 경지, 진리와 아름다움이 고대라는 시간의 몸통에서 새롭게 번성하는 광경을 슬쩍이나마 엿본 느낌이 뿌듯했다.

올해는 정말 행복하다. 경제학, 엘리자베스 여왕 시대의 문학, 조지 L. 키트리지 교수가 강의하는 셰익스피어, 조사이어 로이스 교수가 강의하는 철학사 등, 정말 재미있는 과목들을 공부하고 있기 때문이다. 철학을 공부하면 조금 전까지도 생소하고 이치에 맞지 않아 보였던 아득한 시대의 여러 전통과 다른 사상 조류들을 제대로 이해할 수 있다.

그러나 대학은 내가 생각해 온 보편적인 아테네(고대 그리스의 수도인 아테네를 사람들은 철학사상의 중심지로 여겼다.)의 모습은 아니었다. 위인들, 현인들을 직접 대면하거나 생생하게 살을 맞대볼 수 있는 곳이 아니었다. 아니, 위인이나 현인들이 존재하기는 하지만 모두 미라 상태인 것 같았다. 먼저 쩍쩍 금이 간 학문의 허름한 벽을 허물고 이 사람들을 끄집어내서 해부하고 분석해 보아야만 비로소 우리는 교묘한 복제품이 아닌 실제의 밀턴이나 이사야가 존재한다는 걸 확인할 수 있었다. 위대한 문학작품들을 감상할 때의 즐거움은 얼마나 많이 알고 있는지보다 얼마나 깊이 공감하는지에 달려 있다는 것을 많은 학자들은 잊고 있는 것 같다. 문제는 학자들이 공들여 베푸는 해설 중에서 기억에 확실히 남는 게 별로 없다는 사실이다. 마치 나무가 과일이 농익으면 땅에 떨구어 버리는 것처럼 생뚱맞은 이런 해설들도 우리 마음은 그냥 폐기처분해버린다. 꽃에 대해, 뿌리나 줄기나 다른 모든 부분 그리고 모든 성장 과정은 속속들이 알면서도 정작 천상의 이슬로 목욕한 싱그러운 꽃을 감상할 줄 모르는 것과 같다. 나는 참지 못하고 거듭 스스로에게 묻곤 했다.

"이런 설명과 가설이 도대체 나와 무슨 상관이 있는 거지?"

학자들의 해설과 가설들은 헛된 날갯짓으로 허공을 때리기만 하는 눈먼 새처럼 내 생각 속을 이리저리 떠돌기만 했다. 물론 우리가 읽는 유명한 작품들을 철저히 아는 것에 반대하는 건 아니다. 끝날 줄을 모르는 주석과 혼란만 가져오는 비평을 반대하는 것이다. 이들은 고작 '의견이란 세상의 사람 수만큼 많이 존재한다'는 것 밖에 가르치는 게 없다. 하지만 키트리지 교수와 같은 대학자가 옛 대가들의 글을 해석할 때는 '마치 소경이 새로 눈을 뜨는 것 같다.' (예수님이 눈먼 자를 고치는 대목을 참조(〈루카 복음서〉 7장 21절)) 시인 셰익스피어를 바로 우리 눈 앞에 불러낼 줄 아는 분이다.

그런데 나는 교수들이 우리 머리 속에 우겨 넣는 것들을 절반은 쓸어버리고 싶은 때가 적지 않았다. 아무리 값비싼 보물이더라도 마음이 혹사당한 상태에서는 즐길 수가 없기 때문이다. 쓰여진 언어와 주제가 다른 책 4~5권을 모두 하루 만에 읽어야 하는 상황에서도 애초에 지니고 있던 독서의 초심을 잃지 않는다는 건 불가능하다고 생각한다. 시험을 염두에 두고 다급하고 초조하게 책을 읽으면 머리 속은 별로 쓸모가 없는 명품 장식품들만 걸리적거린다. 지금 내 머리는 잡스런 지식들만 가득차 있어서 어떻게 정돈해야 할지 절망스러운 상태다. 내 마음의 왕국에 들어갈 때마다 나는 마치 속담에서 난장판을 뜻하는 '도자기 가게의 황소' 같다는 생각이 든다. 수많은 지식 잡동사니들이 마치 우박처럼 머리 위로 쏟아지고, 피하려고 도망치면 이번에는 온갖 종류의 숙제 도깨비들과 대학 마귀들이 쫓아온다. 마침내 나는 어느덧 숭배하게 된 우상들을 그냥 허물어버리고 싶은 사악한 소원을 빌게 된다. 부디 이 사악한 소원을 용서해 주시길 바란다!

그런데 대학생활에서 무엇보다도 힘겨웠던 괴물은 바로 시험이었다. 수도 없이 맞대결하여 넘어뜨려 굴복시켜도, 다시 몸을 일으켜서는 창백한 얼굴 표정으로 나를 위협했다. 마침내 나는 밥 에이커스(리처드 브린슬리 셰리든이 쓴 희곡 〈연적〉의 등장인물)처럼 가지고 있던 용기가 모두 손가락 끝으로 빠져 나갔다. 시험이라는 이 시련을 준비할 때는 매일 난해한 공식, 암기하기 힘든 날짜들과 같은 맛없는 음식을 머리 속에 마구 쑤셔 넣으면서 보낸다. 마침내 모든 책이나 학문, 심지어 내 자신까지도 바다 깊숙이 매장해버리고 싶은 충동에 빠진다.

이윽고 두려운 시험 시간이 닥쳤을 때, 준비가 잘 되었음을 느끼면서 머리 속에 넣어 둔 표준적인 정답을 제 때 불러와서, 이 지대한 노고의 순간에 도움을 받을 수 있는 사람은 정말로 축복받은 존재이다. 그러나 전투 개시를 알리는 트럼펫을 요란하게 불어도 소용없는 때가 너무도 잦았다. 기억력과 훌륭한 판단력이 필요한 바로 그 순간에 별안간 날개를 치며 날아가버릴 때처럼 짜증나고 당황스러운 때도 없다. 끝도 없는 수고 끝에 간신히 모아 놓은 사실들이 정작 절실히 필요한 순간에 어김없이 한 방을 먹인다.

"후스(독일의 종교 개혁가인 요한 후스(얀 후스라고도 불림))와 그의 업적을 간단히 설명하시오."

후스? 도대체 그가 누구이고 무슨 일을 했나? 묘하게도 이름 자체는 친숙하다. 그러면서 헝겊 주머니에서 비단 조각을 찾을 때처럼 역사적 사실들을 모아 둔 머리 속 부대자루를 몽땅 뒤엎는다. 머리 위쪽 근처 어딘가에 있다는 확신이 든다. 며칠 전 종교개혁의 발발 부분을 공부할 때 보았던 것이다. 그런데 지금은 어디에 있는 거지? 지식 잡동사니들을 있는 대로 꺼내 본다. 혁명, 종파 분열, 대학살, 통치 체제…… 그런데 후스는 도대체 어디 있는 거지? 시험 문제와 관련 없는 것들이 이렇게 머리 속에 많이 들어 있다는 것에 놀라기도 한다. 부대자루를 필사적으로 움켜잡고는 안에 든 것을 모조리 쏟아본다. 드디어 찾고 있던 남자가 자신 때문에 나한테 벌어진 대참사는 까마득히 모른 채로 모퉁이에서 평온하게 명상에 잠겨 있는 광경을 목격한다.

그때 시험감독관이 시간이 종료되었음을 알린다. 격렬한 욕지기를 느끼고 쓰레기 더미를 구석으로 걷어차면서 집으로 귀가한다. 머리 속은 온통 응시자의 동의 없이 출제하는 교수들의 신성한 권리를 철폐하기 위한 혁명적 계획으로 가득찬 채로 말이다.

갑자기 이 장의 마지막 2~3페이지에서 독자 여러분들의 웃음기를 싹 거두게 할 비유법 표현을 몇 개 구사한 것에 생각이 미친다. 아, 지금 내 앞에 와 있다! 여러 은유가 한데 뒤섞여 지금 내 앞에서 비웃으면서 으쓱으쓱 걷기도 하고, 우박 세례를 받는 도자기 가게 안의 황소와 창백한 표정을 지닌 정체 불명의 괴물을 손으로 가리키기도 한다! 그래, 조롱하도록 내버려두자. 이 은유법들은 내 머리 속에서 마구 뒹굴면서 서로 밀쳐대는 잡다한 생각들의 분위기를 정확히 반영하고 있으니까, 이번만큼은 그 은유법들에게 윙크를 보내면서 대학에 대한 내 생각이 바뀌었다는 걸 진지한 목소리로 알려 주려고 한다.

래드클리프 대학의 생활은 아직 미래형이던 시절에는 낭만의 후광을 두르고 있었지만, 지금은 그 후광이 모두 사라졌다. 대신에 낭만이 현실로 바뀌면서 나는 대학 입학이라는 실험을 하지 않았더라면 절대로 몰랐을 많은 사실들을 배웠다. 그중 하나는 소중한 인내의 교훈이다. 인내는 우리가 시골길을 한가로이 산책할 때 펼쳐지는 갖가지 풍경에 마음을 흔쾌히 개방하는 것처럼 교육도 그렇게 받아들여야 한다고 가르친다. 이렇게 쌓은 지식은 보이지 않는 우리의 영혼에 생각을 깊게 해주는 소리 없는 파도를 넘치도록 채워준다. '아는 것이 힘이다.'(영국 철학자 프랜시스 베이컨의 명언.) 아니, 아는 것은 행복이다. 지식, 즉 넓고 깊은 지식은 참된 목표와 헛된 목표, 고상한 것과 저속한 것을 구별할 수 있는 분별력을 안겨 주기 때문이다. 인간의 진보를 낳은 사상과 활동을 안다는 건 곧 수많은 세월 동안 행해진 인류의 위대한 심장 박동을 느낀다는 것이다. 이런 심장의 고동소리에서 하늘을 향한 몸부림을 느끼지 못한다면 진실로 생명의 조화로움에 귀를 닫고 사는 사람임에 틀림없다.

# 제21장

앞에서 나는 지금까지 살면서 겪었던 일들을 대강 써내려 갔다. 하지만 내가 책을 얼마나 많이 의지하며 살았는지에 대해서는 언급하지 않았다. 책들은 내게 즐거움이나 지혜의 원천이었을 뿐만 아니라 정상인들이 눈과 귀를 통해 습득하는 지식들을 얻을 수 있는 창구이기도 했다. 실제로 책들이 내 교육에서 차지한 비중이 정상인들에 비해 아주 컸기 때문에, 이에 대해서는 책을 읽기 시작했던 때로 거슬러 올라가 얘기를 풀어 보겠다.

내가 처음으로 쭉 연결된 이야기를 읽은 건 7살 때인 1887년 5월이었고, 이때부터 나는 인쇄물의 형태로 되어 있으면 뭐든지 내 굶주린 손끝에 닿는 대로 게걸스럽게 읽어치웠다. 이미 말한 것처럼 내 초창기의 교육은 정규 교육이 아니었고, 독서도 어떤 원칙에 따라 했던 게 아니었다.

처음에는 점자책이 별로 없었다. 초보자용 독본, 동화집, 〈우리들 세상〉이라는 제목으로 지구를 다룬 책이 고작이었다. 이게 전부였던 것 같다. 하지만 나는 책 속의 점자 단어들이 손가락의 접촉으로 눌리고 닳아서 거의 알아볼 수 없을 때까지 읽고 또 읽었다. 설리번 선생님은 때때로 내가 이해할 만한 수준의 짧은 이야기와 시들을 내 손 안에 써 주는 방식으로 읽어 주었다. 그러나 나는 누가 읽어 주는 것보다 스스로 읽는 것을 좋아했다. 재미있는 부분을 자꾸 자꾸 반복하여 읽을 수 있어서였다.

내가 정말 열심히 책을 읽기 시작한 건 보스턴을 처음으로 방문했을 때였다. 나는 매일 일정 시간을 학교 도서관에서 지내면서 서가 여기저기에서 내 손가락에 닿는 어떤 책이든지 꺼내 보아도 좋다는 허락을 받았다. 열 개 단어

중 하나만 이해하든 한 페이지에서 두 단어만 이해하든 개의치 않고, 나는 읽고 또 읽었다. 물론 단어들 자체에만 매력을 느꼈을 뿐, 읽고 있는 글의 내용을 의식해 본 적은 없었다. 하지만 당시에 내 마음은 감수성이 아주 뛰어났음에 틀림없다. 많은 단어와 전체 문장들을 뜻은 전혀 모르면서도 기억 속에 간직하고 있었고, 나중에 내가 말하기와 글쓰기를 시작했을 때 이 단어와 문장들이 그야말로 자연스럽게 반짝반짝 떠올라서 친구들이 내 어휘의 풍부함에 놀랄 정도였기 때문이다. 이처럼 많은 책과 시들을 의미는 이해하지도 못하면서 무작정 읽었다. 그것도 여러 부분을 띄엄띄엄 읽었음에 틀림없다(당시에는 어떤 책도 끝까지 읽어본 기억이 없다.). 이런 현상은 마침내 최초로 내용을 이해하면서 읽었던 〈소공자〉를 만날 때까지 계속되었다.

어느 날 선생님은 내가 도서관의 한 귀퉁이에서 〈주홍글씨〉를 탐독하고 있는 광경을 목격했다. 내가 대략 여덟 살 때였다. 내 기억에 선생님은 어린 펄(미국 작가인 나다니엘 호손이 1850년에 발표한 소설. 펄은 주인공인 헤스터 프린이 불륜으로 나은 딸이다.)이 좋으냐고 물어보면서 내가 무슨 말인지 몰라 쩔쩔매던 단어 몇 개를 설명해 주었다. 다음에 선생님은 어린 소년에 관한 아름다운 이야기 책이 한 권 있는데, 그 책을 내가 〈주홍글씨〉보다 더 좋아할 거라고 확신한다는 말도 해주었다. 이야기의 제목은 〈소공자〉였고, 선생님은 다가오는 여름에 읽어 주겠다고 약속했다. 그러나 그 이야기는 8월이 되어서야 읽기 시작했다. 해변에서 지냈던 처음 몇 주 동안은 볼 거리와 재밋거리가 너무 많아서 그 책의 존재 자체를 까맣게 잊어버렸다. 또한 선생님도 보스턴에 사는 친구들을 만나려고 잠시 출타 중이었다.

선생님이 돌아오자마자 거의 첫 번째로 착수한 일이 바로 〈소공자〉의 이야기를 읽는 일이었다. 매력적인 아이의 이야기를 처음 몇 장(章) 읽었던 시간과 장소는 지금도 생생하게 기억난다. 8월 어느 날의 따뜻한 오후였다. 집에서 약간 떨어진 곳에 장엄하게 서 있는 소나무 두 그루 사이에 그물침대가 걸려 있었는데, 우리는 침대 위에 나란히 앉아 있었다. 우리는 오후를 가능한 한 오랫동안 이야기를 읽으면서 보내려고 점심을 먹은 후에 서둘러 설거지를 끝냈다. 높게 자란 풀숲을 헤치며 그물침대를 향해 바삐 가는데, 메뚜기 떼가 주변에 몰려와 옷에 찰싹 들러붙었다. 내 기억에 선생님은 침대에 앉기 전에 들러붙은 메뚜기들을 모두 고집스럽게 떼어 내고 있었다. 선생님의 이런 행동은 내게 쓸 데 없는 시간 낭비처럼 보였다. 그물침대에는 솔잎이 수북했다. 선생님이 떠나 있는 동안 내내 사용하지 않았던 것이다. 따뜻한 햇살이 소나무들을 비추어 솔향이 한껏 퍼졌다. 훈훈한 공기는 바다 내음이 배어 있었다. 이야기를 읽기 전에 설리번 선생님은 내가 이해하지 못할 거라고 판단한 것들을 몇 가지 설명해 주었고, 읽는 중에도 계속 처음 보는 단어들의 뜻을 일러주었다. 처음에는 모르는 단어가 정말 많아서 독서가 툭하면 중단되었다. 하지만 이야기의 상황을 완벽하게 이해하는 단계에 도달하자마자 나는 너무 열정적으로 이야기에 빠져든 나머지 단어는 눈에 들어오지도 않았고, 미안한 얘기지만 선생님이 필요하다고 여겨 들려주는 설명에도 짜증이 났다. 선생님의 손가락이 피곤에 절어 내 손 안에 더 이상 글자를 써 줄 수 없었을 때 나는 내 장애에 대해 처음으로 통렬한 아픔을 느꼈다. 책을 꽉 움켜쥐고 간절한 안타까움으로 글자들을 더듬거렸던 일은 영원히 잊을 수가 없다.

나중에 아나그노스 교장선생님은 내 간청에 따라 이 이야기를 점자로 만들어주었고, 나는 점자책을 거의 암기할 때까지 읽고 또 읽었다. 내 어린 시절 내내 소공자 폰틀로이 경은 귀엽고 다정한 친구였다. 글이 지루해질 수 있는 위험을 무릅쓰고 이렇게 자세하게 밝히는 건 이 책의 경험이 흐릿하고 변덕스러우며 어지러웠던 그 이전 독서의 추억과는 판이하게 대조적인 일대 사건이었기 때문이다.

내 진정한 독서의 즐거움은 〈소공자〉에서부터 시작되었다. 그후 2년 동안 나는 집에서나 보스턴에 있을 때나 책을 많이 읽었다. 물론 그때 어떤 책들을 읽었는지 모두 다 기억할 수는 없다. 또 어떤 순서로 읽었는지도 기억나지 않는다. 하지만 〈그리스 영웅들〉, 라퐁텐의 〈우화〉, 호손의 〈소년소녀를 위한 놀라운 이야기〉, 〈성경 이야기〉, 램의 〈셰익스피어 이야기〉, 디킨스의 〈어린이 영국사〉, 〈아라비안 나이트〉, 〈스위스 로빈슨 가족의 모험〉, 〈천로역정〉, 〈로빈슨 크루소〉, 〈작은 아씨들〉 등이 있었고, 나중에 독일어 판으로도 읽었던 아름다운 단편소설 〈알프스의 소녀 하이디〉도 있었다. 나는 공부와 노는 시간 사이 사이에 정말 깊은 즐거움을 만끽하면서 이 책들을 읽었다. 독서할 때 나는 책을 공부하거나 분석하지 않았다. 잘 쓰여진 책인지 아닌지도 몰랐다. 문체나 저자에 대해 생각해 본 적도 물론 없었다. 책들이 자신들의 보물을 내 발치에 펼쳐 놓으면 나는 그저 햇빛을 쬐듯이, 친구들의 사랑을 섭취하듯이 그 보물들을 받아들였을 뿐이었다. 나는 〈작은 아씨들〉(미국 작가 루이자 메이 올컷이 1868년에 발표한 인기소설. 뉴잉글랜드에서 4명의 딸을 가진 명랑하고 근면한 가족을 그렸다.)을 사랑했다. 이 책을 읽으면 시청각 기능이 정상인 소년소녀들에 대한 동료애가 샘솟았기 때문이다. 제약이 아주 많던 내 삶은 내 밖의 세상 소식을 책을 통해 얻을 수밖에 없었다.

〈천로역정〉은 별로였고 끝까지 읽지 않은 걸로 기억난다. 〈우화〉 역시 별로였다. 라퐁텐의 〈우화〉를 처음에 읽은 건 영어 번역본이었는데, 그저 건성건성 읽었을 뿐이었다. 나중에 프랑스어 판으로 다시 읽어 보았지만, 그림같이 생생한 묘사와 놀라운 언어 구사력에도 불구하고 시큰둥하기는 영역본이나 마찬가지였다. 왜 그랬는지 그 이유를 지금도 모르겠지만, 동물들도 인간처럼 말하고 행동하는 이야기들이 내게는 그다지 강렬한 호소력이 없었던 것 같다. 또한 익살맞은 동물들의 특징 묘사에 마음을 빼앗겨 작품의 교훈은 뒷전으로 밀린 탓이기도 한 것 같다.

그리고 라퐁텐은 우리가 가진 고차원적인 도덕률의 심금을 울리는 것과는 거리가 멀었다. 그가 가장 세게 연주하는 가락은 이성과 자기애의 음률이었다. 모든 우화를 관통하여 흐르는 그의 사상은 이성으로 자기애를 잘 인도하고 통제할 수만 있으면 행복은 필연적으로 따라온다는 것이다. 그러나 지금 생각해 보니 자기애야말로 모든 악의 근원이다. 물론 내가 틀릴 수도 있다. 라퐁텐이 인간을 관찰할 기회가 나보다 훨씬 더 많았을 테니까 말이다. 내가 반감을 가진 건 우화의 냉소와 풍자가 아니라 원숭이와 여우가 감히 짐승인 주제에 중요한 진리를 설교한다는 사실이었다.

그러나 〈정글북〉(영국 작가인 루디야드 키플링의 작품)과 〈시튼 동물기〉(영국 태생의 캐나다 작가인 어니스트 톰슨 시튼의 작품)는 사랑했다. 이 책들은 사람들의 특징을 재미있게 형상화한 도구로서의 동물이 아닌, 진짜 동물들이 나오기 때문에 진정한 흥미를 느꼈다. 나는 진짜 동물들의 사랑과 증오에 공감했고, 그들이 벌이는 희극에 함께 웃었으며, 그들이 당하는 비극에 함께 울었다. 이 책의 동물들은 어떤 도덕적인 교훈을 암시해도 우리가 의식하지 못할 정도로 아주 은밀하게 제시했다.

　내 마음은 고대 특유의 사고방식을 자연스럽고 즐겁게 받아들였다. 그리스, 특히 고대 그리스는 내게 신비로운 매력을 발산했다. 내 상상 속에서는 그리스의 남신들과 여신들이 여전히 땅 위를 걸어 다니면서 사람들과 얼굴을 맞대고 얘기를 나누었다. 나는 또한 가장 사랑하는 신들에게 바치는 신전을 마음 속에 은밀하게 지어 놓기도 했다. 요정과 영웅, 반인반수들도 하나도 빠짐없이 알고 있었고 또한 사랑하기도 했다. 아니, 모두는 아니었다. 메데아와 이아손(그리스 신화에서 이아손은 메데아의 도움을 받아서 '황금양모'를 손에 넣는다. 그는 나중에 그녀를 배신한다.)의 잔인성과 탐욕은 용서할 수 없을 정도로 너무 끔찍했고, 왜 신들은 그들이 나쁜 짓을 할 때는 그냥 내버려두었다가 나중에서야 비로소 사악하다고 벌을 주는 결말을 내는지 그 이유를 몰라 답답해 하곤 했다. 그 수수께끼의 해답은 지금도 모르겠다. 지금도 나는 종종 어떻게 죄악이 씨익 웃으며 스멀스멀 기어서 시간이라는 하느님의 집을 통과하고 있는데 하느님은 침묵을 지킬 수 있는 건지(미국 시인 시드니 러니어가 쓴 '감사의 글(Acknowledgement)'에서 인용) 의아해 하곤 한다.

　그리스를 내 낙원으로 만든 건 바로 〈일리아드〉(B.C. 8~9세기에 그리스의 호메로스가 트로이 전쟁에 대해 쓴 대서사시)였다. 나는 〈일리아드〉를 원어로 읽기 전에도 트로이의 이야기를 알고 있었고, 따라서 문법의 어려움을 극복한 후에는 책의 그리스어 단어들이 토해 내는 보물들을 별 어려움 없이 섭취할 수 있었다.

　위대한 시라면 그리스어로 쓰였든 영어로 쓰였든 풍부한 감수성 이외에 다른 해설자가 필요 없다. 시인의 위대한 작품을 굳이 분석하고 주제넘게 해설하고 공들여 주석을 달아서 오히려 역겹게 만드는 사람들이 이런 단순한 진리를 깨달을 수 있다면 얼마나 좋을까! 모든 단어의 뜻과 주요 변화형태, 그리고 문장 내에서의 문법적 위치를 반드시 알아야만 훌륭한 시를 이해하고 감상할 수 있는 건 아니다. 물론 나는 해박한 교수님들이 〈일리아드〉에서 나보다 더 많은 보물들을 찾아낸 공로를 잘 알고 있다. 하지만 나는 보물들을 탐할 만큼 물욕이 강한 사람도 아니고, 나보다 현명한 사람이 있다는 사실 역시 불만 없이 받아들인다. 그렇지만 교수들이 비록 폭넓고 해박한 지식을 가지고 있는 건 사실이더라도, 그 지식으로 찬란한 서사시가 주는 즐거움의 분량을 결정해서는 안 된다. 그건 나도 마찬가지다. 〈일리아드〉의 정말 멋진 시구들을 읽고 있으면 나를 좁고 답답한 삶의 상황에서 탈출시켜 하늘을 향해 들어올리는 영혼의 감각을 느낄 수 있다. 내 신체장애는 어느덧 잊혀지고, 내 세상은 공중으로 떠올라 속속들이 하늘 전체를 점령한다!

내가 〈아에네이드〉(로마 시인 베르길리우스가 신화적인 그리스 영웅이자 로마의 건국자인 아에네아스를 그린 서사시)를 흠모하는 정은 그렇게 크지는 않지만 엄연한 사실이다. 나는 이 책을 주석이나 사전의 도움 없이 가능한 한 많이 읽었고, 특히 재미있는 일화를 골라 번역하는 일은 늘 즐거운 취미였다. 나는 때때로 베르길리우스의 생생한 표현력에 놀라기도 했지만, 그보다는 신과 인간들을 정열과 투쟁, 연민과 사랑의 장면 속에서 연출한 점에 더 시선이 끌렸다. 마치 엘리자베스 1세 시대의 가면극을 연기하는 우아한 배우들 같았다. 반면에 〈일리아드〉는 신과 인간들을 세 번 깡총깡총 뛰면서 노래를 부르며 전진하는 낙관적이고 긍정적인 이미지로 그리고 있다. 베르길리우스는 달빛이 은은한 대리석 아폴로 신상 같이 고요하고 사랑스러운 존재라면, 호메로스는 태양빛을 한껏 받으면서 머리카락을 휘날리는 아름답고 생동감 있는 청년이다.

책의 날개를 달고 하늘을 나는 건 얼마나 쉬운 일이었는지! 물론 〈그리스 영웅들〉에서부터 〈일리아드〉까지는 하루 만에 끝내는 여행은 아니었고, 온통 즐거움만 있었던 것도 아니었다. 내가 지친 발걸음으로 문법과 사전이라는 미궁 속을 터벅거리며 헤쳐 나가거나, 학교와 대학들이 지식을 좇는 학생들에게 상처를 주기 위해 파 놓은 시험이라는 이름의 끔찍한 함정에 빠지는 동안, 다른 사람들은 그 시간에 세계일주 여행을 여러 차례 하고도 남았을 것이다. 이런 종류의 천로역정(영국 작가 존 버니언이 쓴 우화소설 〈천로역정〉의 주인공, 크리스천의 험난했던 여행을 가리킨다.)은 반드시 끝이 있다는 게 그 정당성의 보상이다. 그러나 내 길은 가도 가도 끝이 없었다. 가는 도중에 굽은 길을 돌 때마다 생각지도 못한 즐거움들을 만날 때도 있었지만 말이다.

성경은 내용을 이해하기 오래 전부터 무작정 읽기 시작했다. 내 영혼이 성경의 놀랍도록 조화로운 세계를 알지 못하던 때가 있었다는 게 지금 생각해도 이상하다. 달리 할 일도 없어서 사촌 오빠에게 성경에 나오는 이야기를 하나 읽어 달라고 간청했던 어느 비오는 일요일 아침은 지금도 기억에 생생하다. 사촌 오빠는 내가 이해하지 못할 거라고 여기면서도 요셉과 그의 형제 이야기를 내 손 안에 글자로 써 주기 시작했다. 그런데 이야기는 재미없었다. 일상적이지 않은 단어 구사와 반복적인 표현 때문에 이야기는 먼 가나안 땅에서나 벌어지는 비현실적인 사건 같은 느낌이 들었다. 나는 형제들이 요셉의 색동저고리를 들고 야곱의 텐트로 들어와서 사악한 거짓말을 고하는 대목에 이르기도 전에 벌써 잠이 들어 꿈나라를 헤맸다! 그리스 사람들의 이야기들은 내게 온통 매력 덩어리인데 왜 성경의 이야기들은 그렇게 재미가 없었는지 지금도 나는 그 이유를 모르겠다. 내가 보스턴에서 여러 그리스인들을 친구로 사귀면서 이들이 모국의 이야기들에 쏟는 열정에는 감동을 느낀 반면에, 유대인이나 이집트인들은 단 한 명도 만난 적이 없고 그래서 이들은 모두 야만인에 불과하고 이야기들도 모두 꾸며냈을 거라고 결론을 내렸던 게 이유가 될 수 있을까? 정말 이상하게도 나는 부계 조상의 성(姓)을 따는 그리스인들의 작명법(파트로니믹스. 부계 조상의 성(姓)에 그의 후손임을 뜻하는 말을 덧붙인 형태를 성(姓)으로 삼는 작명법)을 기이하다고 여겨본 적이 한 번도 없었다.

하지만 그 이후에 내가 성경에서 발견한 영광스러운 기록들은 어떻게 말해야 할까? 오랫동안 나는 성경을 읽으면서 기쁨과 감동이 점점 커지는 걸 느꼈고, 지금은 성경을 다른 어느 책보다도 더 좋아하게 되었다. 성경은 여전히 본

능적으로 거부감이 느껴지는 대목이 많다. 그래서 성경을 처음부터 끝까지 통독해야 했던 현실적인 요구들을 후회할 때도 있었다. 성경 통독을 통해 성경의 역사와 출처에 대한 지식을 얻기는 했지만 그렇게 쌓은 지식도 성경의 불쾌한 세부사실들이 내 신경을 자극한 것에 대한 적절한 보상은 되지 못했다. 나는 과거의 문학작품에서 추하고 야만적인 대목은 모두 삭제해야 한다는 하우얼스 씨의 주장에 동조한다. 물론 과거의 위대한 작품들의 위상을 떨어뜨리거나 조작하는 것에는 어떤 사람 못지않게 반대하지만 말이다.

구약성경 〈에스테르기〉의 단순성과 엄청난 진솔함에는 감동적이고 경외스러운 요소가 있다. 에스테르가 사악한 왕 앞에 서는 장면보다 더 극적인 장면이 또 있을까? 에스테르는 자신의 생명이 왕의 손에 달려 있고, 왕의 분노에서 자신을 지켜 줄 사람이 아무도 없다는 것을 잘 알고 있었다. 그럼에도 여자로서의 두려움을 이기고 지극히 고귀한 애국심에 용기를 얻은 그녀는 '내가 죽으면 나만 죽을 뿐이지만, 반대로 내가 목숨을 부지하면 우리 민족이 살게 되리라' 라는 일념 하에 왕 앞으로 나아간다.

〈룻기〉 또한 얼마나 동양적인 정서를 그리고 있는지! 또한 이 단순한 시골 사람들의 삶과 페르시아의 수도 사람들의 삶은 얼마나 다른지! 바람에 흔들리는 옥수수밭에서 추수하는 일꾼들과 함께 서 있는 룻을 보면 아주 성실하고 온유한 성품이어서 도저히 사랑하지 않을 수 없다.

아름답고 이기적이지 않은 그녀의 영혼은 잔인한 암흑 시대에 밤하늘의 밝은 별처럼 반짝인다. 룻의 사랑, 즉 충돌하는 신앙 교리와 뿌리깊은 인종적 편견 위로 우뚝 솟아오른 사랑은 세상 어디에서든 찾아보기 어렵다.

성경은 내게 '보이는 것은 잠시뿐이지만 보이지 않는 것은 영원하다'(신약성경의 〈코린토 신자들에게 보내는 둘째 서간〉 4장 18절을 참조)는 깊은 안도감을 선사한다.

나는 책을 사랑한 이후에 과연 셰익스피어를 싫어한 때가 있었는지 기억이 나지 않는다. 램의 〈셰익스피어 이야기〉를 언제부터 읽었는지는 정확히 모르지만 아이의 치기어린 이해력과 놀라움으로 책을 읽기 시작했다는 사실은 잘 기억하고 있다. 〈맥베스〉가 가장 큰 감동을 주었던 것 같다. 한 번 읽었는데도 그 이야기의 모든 대목이 세세하게 내 기억 속에 각인되어 지워지지 않는다. 이야기 속의 유령과 마녀들은 오랫동안 나를 쫓아다녔다. 심지어 꿈나라에까지 등장했다. 단검과 맥베스 부인의 자그맣고 하얀 손은 앞을 보지 못하는 내 눈에도 보였다. 진짜로 보였다. 끔찍한 핏자국(셰익스피어의 〈맥베스〉 5막 1장을 참조. 맥베스 부인이 남편을 압박하여 덩컨왕을 살해한 후에 손에서 씻어낼 수 없었던 피와 죄책 감을 가리킨다.)은 비탄에 잠긴 왕비에게만큼이나 내게도 선연했다.

〈맥베스〉를 모두 읽고 나서는 바로 〈리어왕〉을 읽기 시작했다. 글로스터의 두 눈(셰익스피어의 〈리어왕〉 3막 7장을 참조. 리건과 콘월은 리어왕이 글로스터의 눈을 피 할 수 있도록 도와주기 위해 글로스터의 눈을 도려낸다.)을 도려내는 장면에서 느꼈던 두려움은 절대로 잊을 수 없을 것이다. 나는 분노에 휩싸인 채 책 위를 더듬던 손가락을 까딱도 할 수 없었다. 한동안 몸이 굳어 그냥 뻣뻣하게 앉아 있어야 했고, 관자놀이에서 맥박이 고동치면서 아이가 터뜨릴 수 있는 최고의 증오심 이 한꺼번에 심장으로 몰려오는 걸 느꼈다.

샤일록과 사탄이라는 인물을 나는 틀림없이 같은 시기에 알게 된 것 같다. 마음 속에서 두 인물이 오랫동안 연관되어 있었던 걸 보면 그렇다. 나는 이들 이 안타까웠던 게 기억이 난다. 그들도 착하게 살고 싶었지만 여건이 안 됐을 뿐이라는 생각을 막연히 했었다. 이들을 도와주거나 공정한 기회를 부여해 주 는 사람들이 없었기 때문이다. 지금도 내 마음은 이들을 비난만 하지 않는다. 때때로 나는 샤일록 부류의 사람들, 유다 부류의 사람들 그리고 심지어 악마 까지도 선(善)이라는 거대한 바퀴를 지탱하는 엄연한 바퀴살로서 지금은 비록 부러져 있지만 언젠가 때가 되면 수리되어 온전한 제 모습을 회복할 거라는 공상에 잠기곤 한다.

셰익스피어를 처음 읽은 후에 왜 그렇게 불쾌한 기억이 많았는지 지금 생각 해도 이상하다. 밝고 부드럽고 기발한 희곡들은 지금은 정말 좋지만 처음에는 그다지 감동적이지 않았던 것 같다. 그 불쾌한 기억들은 아마도 아이의 삶에 습관적으로 나타나는 햇살과 유쾌함이 작용한 결과이리라. 그러나 '간직과 망

각을 되풀이하는 아이의 기억보다 변덕스러운 건 없다.'

그 이후 나는 셰익스피어의 희곡들을 여러 번 읽었고 그래서 부분 부분 암기할 정도가 되었다. 그러나 어떤 작품이 가장 좋은지는 말할 수 없다. 그때그때 기분에 따라 작품의 즐거움도 달라졌기 때문이다. 짧은 노래와 소네트에서도 나는 희곡들만큼 신선하고 경이로운 느낌을 받았다. 그러나 셰익스피어를 사랑하기는 하지만 평론가와 주석자들이 작품의 모든 행에 달아 놓은 해설을 읽을 때는 종종 피곤함을 느꼈다. 이 해설을 암기하려고 했던 적도 물론 있었지만, 해설을 읽으면 어쩐지 기운이 빠지면서 짜증이 났다. 그래서 다시는 그런 시도를 하지 않기로 내 자신과 비밀 계약을 맺었다. 이 계약은 키트리지 교수가 지도하는 셰익스피어 수업을 받으면서 깨졌다. 나는 셰익스피어에 대해, 그리고 세상에 대해 아직도 모르는 부분이 많다. 지금도 나는 베일이 하나하나 걷히면서 새로운 생각과 아름다움의 왕국들이 모습을 드러낼 때마다 그 광경을 기쁘게 지켜 본다.

시 다음으로 좋아하는 건 역사다. 나는 손에 닿는 역사물들은 뭐든지 닥치는 대로 읽어치웠다. 무미건조한 역사적 사실들과 더욱 무미건조한 연월일이 나열되어 있는 목록에서부터 그린이 공정한 시각으로 아주 생생하게 기술한 〈영국 민중사〉에 이르기까지, 프리먼의 〈유럽사〉에서부터 에머튼의 〈중세시대〉에 이르기까지 그랬다. 내가 역사의 가치를 진정으로 음미한 최초의 책은 열세 번째의 생일 선물로 받았던 스윈턴의 〈세계사〉였다. 지금은 이 책의 논조가 타당성을 상실했다고 생각하지만, 그래도 나는 이 책을 지금까지 내 보물들 중의 하나로 소장하고 있다. 이 책에서 나는 인류의 여러 종족들이 어떻게 대륙 사이를 이동하면서 퍼져 나가 큰 도시들을 건설했는지, 지상의 타이탄인 소수의 위대한 통치자들이 어떻게 모든 것들을 발 아래에 지배하면서 수백만 명의 사람들에게 행복의 문을 열어주고 더욱 많은 사람들에게는 행복의 문을 닫았는지, 여러 국가들이 어떻게 예술과 지식을 선구적으로 개척하고 후세 사람들이 더욱 힘찬 성장을 해 나갈 수 있는 토대를 닦았는지, 문명이 이른바 타락한 시대의 대량 학살을 겪은 뒤에 어떻게 다시 북쪽 지방의 고귀한 자손들 속에서 불사조처럼 부활했는지, 그리고 위인들과 현인들이 어떻게 자유와 관용, 교육을 통해 전세계를 구원할 수 있는 길을 열었는지 등을 배웠다.

대학 시절의 독서를 통해 나는 프랑스 문학과 독일 문학을 더 잘 알게 되었다. 독일인들은 삶에서든 문학에서든 아름다움보다는 힘을, 관습보다는 진실을 우선시한다. 독일인들이 하는 일에는 모두 대형 해머와 같은 강력한 힘이 서려 있다. 독일인들이 말을 하는 이유는 다른 사람들에게 선명한 인상을 주기 위해서가 아니다. 자신의 영혼 속에서 타오르는 생각을 표현하지 않으면 심장이 터져버리기 때문이다.

독일 문학계에는 또한 내가 좋아하는 훌륭한 작품들이 많다. 내 생각에 독일 문학에서 가장 찬란한 아름다움은 여성의 자기 희생적인 사랑이 세상을 구원할 수 있다고 인정하는 점이다. 독일 문학의 모든 작품에 스며 있는 이런 사고는 괴테의 〈파우스트〉에도 신비롭게 묘사되어 있다.

삼라만상이 모두 덧없이 사라지더라도
뭔가의 상징으로 세상에 보내진 것.
이 땅의 궁핍함은
더욱 악화되어 급기야 사건을 낳고
말로 형용할 수 없는 일들이
여기 이 땅에서 벌어지는데
여인의 영혼은 우리를 줄곧 저 하늘로 인도하고 있다!

내가 읽었던 모든 프랑스 작가들 중에 가장 좋아하는 사람은 몰리에르와 라신이다. 발자크와 메리메에게는 거센 해풍처럼 사람들의 심금을 두드리는 훌륭한 요소가 있다. 알프레드 드 뮈세는 믿을 수 없을 정도로 엄청난 사람이다! 나는 빅토르 위고(《레미제라블》과 〈노틀담의 꼽추〉를 지은 프랑스 작가)를 존경한다. 내 문학적인 열정의 표상은 물론 아니지만 나는 그의 천재성과 재치와 낭만주의를 인정한다. 그러나 위고와 괴테와 쉴러 그리고 모든 위대한 나라의 위대한 시인들은 모두 영원한 것들을 통역해 주는 사람들이다. 내 영혼은 경건한 마음으로 이들을 좇아 아름다움과 진리와 선이 하나가 되는 세상으로 나아간다.

책 친구들에 대한 얘기가 민망스럽게도 너무 길었지만 내가 정말 좋아하는 작가들만 언급했을 뿐이니 이해해 주기 바란다. 이 글을 보고 내 책 친구의 범위가 아주 한정적이면서 골고루 읽지 않는다고 손쉽게 판단하는 사람이 있을지도 모르겠지만, 그건 정말 잘못된 판단이다. 내가 작가들을 좋아하는 이유는 다양하다. 칼라일은 다부진 면모와 가짜를 경멸하는 태도 때문에 좋아하고, 워즈워스는 사람과 자연이 하나라는 가르침 때문에 좋아한다. 후드의 특이하고 의표를 찌르는 글의 전개, 그리고 헤릭의 고풍스런 문체와 그의 시에 표현된 백합과 장미의 생생한 향기에서는 절묘한 즐거움을 누린다. 휘티어 씨는 열정과 도덕적으로 강직한 성품이 좋다. 이 시인은 내가 개인적으로 아는 분이기도 한데, 그의 시를 읽을 때는 우리의 우정이 떠올라서 즐거움이 두 배로 늘어난다. 나는 마크 트웨인 씨를 사랑한다. 누군들 그를 사랑하지 않겠는가? 신들도 그를 사랑하여 모든 종류의 지혜를 가슴 속에 불어넣어 주었다. 그런 다음에는 혹시 지혜가 많아서 비관주의자가 될까 봐, 그의 마음 속 창공에 사랑과 신앙의 무지개를 띄워 놓았다. 스콧은 참신성과 늠름한 태도 그리고 고결한 정직성 때문에 좋아한다. 이외에도 나는 낙관주의의 화창한 햇빛 속에서 열정적인 마음을 소유한, 그래서 기쁨과 선의를 분수처럼 내뿜으면서 때때로 분노를 터뜨리다가도 동정과 연민이라는 치유력 있는 단비를 여기 저기 흩뿌리는 모든 작가들을 좋아한다. 바로 로웰 씨와 같은 사람들이다.

한마디로 문학은 내 유토피아다. 여기서는 나도 선거권을 박탈당하지 않는다. 어떤 감각기관의 장애도 내가 책 친구들과 감미롭고 우아한 대화를 나누는 걸 방해할 수 없다. 책 친구들도 전혀 당황하거나 어색해 하지 않고 내게 말을 건넨다. 그 동안 내가 깨닫고 배운 지식들도 책 친구들의 '큰 사랑과 천상의 자비'(시드니 러니어의 〈존스홉킨스 대학에 바치는 송시〉 참조)과 비교하면 헛웃음이 나올 만큼 하찮게 여겨진다.

헬렌 켈러와 앤 설리번 선생님(1894~1895)

# 제22장

책 얘기를 쓴 앞 장의 글을 읽고 내 취미가 오로지 독서뿐이라고 결론 내린 독자는 없으리라 믿는다. 내가 즐거움과 재미를 추구하는 것들은 이외에도 아주 많다.

전원과 야외 운동을 사랑한다는 사실은 지금까지 내 삶을 얘기하면서 이미 여러 번 밝혔다. 아주 어렸을 때 나는 노젓기와 수영을 배웠고, 여름에 매사추세츠 주 렌섬에서 지낼 때는 내 배에서 거의 살다시피 했다. 친구들이 놀러 오면 배에 태우고 노를 저으며 여기저기 구경시켜주는 것보다 더 기쁜 일은 없었다. 물론 배의 조종에 능숙했던 건 아니었다. 대개는 내가 노를 젓는 동안 한 친구가 배꼬리에 앉아 키 조작을 맡아 주었다. 그러나 더러는 키에 의지하지 않고 혼자 힘으로 배를 저을 때도 있었다. 수초와 수련, 기슭에 자라는 나무 덤불의 향기를 좇아 배를 젓는 일은 재미있었다. 나는 노가 빠져 나가지 않게 가죽 밴드로 노걸이에 고정시켜서 사용했으며, 노의 평형 여부를 물살의 저항을 통해 감지했다. 물살을 거슬러 올라갈 때도 역시 물살의 저항을 보고 알았다. 나는 바람이나 파도와 씨름하는 걸 즐겼다. 견고한 작은 배를 내 의지와 근육대로 조종하여 반짝반짝 출렁거리는 물결 위를 찰싹거리며 매끄럽게 전진할 때 잔잔하고 도도한 물살이 밀려드는 걸 느끼는 것보다 더 유쾌한 일이 또 어디 있단 말인가!

카누 타기도 좋아하는데, 특히 달밤에 카누 타는 걸 즐긴다고 하면 독자 여러분은 미소를 지을 거라고 생각한다. 비록 달이 소나무 숲 뒤의 하늘 위로 떠올라 살며시 중천을 건너가면서 우리에게 빛줄기 길을 열어주고 있는 광경을 볼 수는 없지만, 그래도 나는 달이 거기 있다는 걸 잘 알고 있다. 쿠션 사이에 누워서 물 속에 손을 담그면 달이 지나가면서 수면 위에 아른아른 드리우는 옷자락이 실제로 만져지는 것 같다. 때때로 용감한 물고기 새끼들이 손가락 사이로 달아나고 수련이 수줍은 자태로 내 손을 지긋이 누르기도 한다. 도중에 만이나 여울을 벗어날 때가 많았는데 그럴 때면 갑자기 주변의 대기가 확 트이는 느낌이 밀려온다. 어떤 빛의 온기가 나를 감싸는 것 같은 순간이다. 이 온기가 그 동안 햇볕에 달구어진 나무에서 방출되는 것인지, 아니면 물에서 나오는 것인지 나는 모르겠다. 도시 한복판에서도 이 낯선 느낌을 똑같이 받은 적이 있었다. 폭풍우가 몰아치는 추운 낮에도 느꼈고 밤에도 느꼈다. 마치 따뜻한 입술이 내 얼굴에 키스하는 것 같은 느낌이었다.

그래도 가장 좋은 건 역시 돛단배 놀이였다. 1901년 여름 노바스코샤를 방문했을 때 나는 바다와 친해질 수 있는 기회가 있었다. 예전에는 누리지 못했던 즐거움이었다. 롱펠로우의 아름다운 시 〈에반젤린〉(미국 시인 헨리 워즈워스 롱펠로우가 지은 〈에반젤린〉 참조)에 매혹적으로 묘사된 지방에서 며칠을 지낸 후에 설리번 선생님과 나는 핼리팩스로 가서 여름의 대부분을 지냈다. 항구는 우리의 기쁨이요, 낙원이었다. 베드포드 베이슨으로, 맥내브 섬으로, 요크 리다우트로, 노스웨스트 암으로 가는 뱃길은 얼마나 아름다웠던지! 그리고 밤에는 정적에 휩싸인 군함의 그림자 속에서 얼마나 경이로운 위로의 시간을 보냈었는지! 아, 모든 게 정말 재미있고 아름다웠다! 영원히 잊지 못할 기쁜 추억이었다.

반대로 오싹한 경험을 하기도 했다. 하루는 노스웨스트 암에서 보트 경주 대회가 벌어졌는데, 대회에는 여러 군함 소속의 보트들이 참가했다. 우리도 돛단배를 타고 다른 많은 배들과 함께 경주를 구경하러 갔다. 수많은 소형 돛단배들이 바짝 앞서거니 뒤서거니 달렸고, 바다는 잔잔했다. 보트 경주가 끝나고 집 쪽으로 방향을 틀었을 때 일행 중 한 명이 바다로부터 먹구름이 몰려오고 있는 광경을 목격했다. 먹구름은 점점 커지고 넓게 퍼지면서 짙어지더니 급기야 하늘 전체를 덮어버렸다. 바람이 일면서 파도가 물 속에 잠겨 보이지 않는 방파제를 성난 듯이 내리찍었다. 우리가 탄 작은 배는 겁도 없이 강풍에 맞섰다. 배는 돛을 활짝 펴고 밧줄을 팽팽하게 당겨서 마치 바람을 타고 앉은 것처럼 보였다. 다음 순간 배는 파도 속에 파묻혀 소용돌이를 쳤고, 거대한 파도에 밀려 솟구쳤다가 성난 짐승 울음 소리를 내면서 아래로 곤두박질쳤다. 주돛이 밑으로 떨어졌다. 우리는 침로를 조정하고 보조돛을 사용하면서 배를 좌우로 거세게 흔드는 맞바람과 한판 승부를 벌였다. 심장이 빠르게 고동쳤고 손이 떨렸다. 물론 두려움이 아닌, 흥분 때문이었다. 우리는 바이킹족 심장의 소유자들이었고, 배의 선장도 이런 상황의 달인이라는 걸 잘 알고 있었던 것이다. 선장은 억센 팔과 바다를 통달한 안목으로 폭풍우를 헤치고 배를 몰아본 적이 많았다. 항구에 도착하니 대형 군함과 소형 포함들이 우리 배 옆을 지나가면서 경의를 표했고, 배의 선원들은 용감하게 폭풍우 속으로 뛰어든 유일한 소형 돛단배의 선장에게 환호성을 보냈다. 춥고 배고프고 지쳤지만 우리는 마침내 부두로 들어왔다.

지난 여름을 나는 뉴잉글랜드의 가장 매력적인 마을, 그 중에서도 가장 아름다운 곳에서 지냈다. 매세추세츠 주 렌섬은 기쁜 일이건 슬픈 일이건, 내가 겪은 거의 모든 일과 관련되어 있다. 나는 '필립 왕의 연못' 옆에 있는 J. E. 체임벌린 씨 가족의 집인 레드 팜에서 오랫동안 살았다. 이 소중한 친구들이 보여준 친절, 함께 살면서 누렸던 행복한 나날을 생각하면 지금도 깊은 감사를 드린다. 체임벌린 씨 아이들과 나눈 달콤한 우정은 내게 소중했다. 나는 모든 운동, 숲길 산책, 유쾌한 물장난을 아이들과 함께 나누었다. 아이들이 재잘거리던 소리, 내가 작은 요정이나 영웅, 교활한 곰 이야기를 들려줄 때면 아이들이 보여주던 열띤 반응은 지금 돌아보아도 즐겁다. 체임벌린 씨는 나를 나무와 야생화의 신비로운 세계로 인도해 주었다. 그 덕분에 나는 마침내 작은 사랑의 귀를 통해 참나무 속에서 수액이 흘러가는 소리를 들을 수 있었고, 햇빛이 반짝이며 나뭇잎 사이를 옮겨 가던 광경도 볼 수 있게 되었다. 내가 보이지 않는 사물들도 볼 수 있게 된 과정이었다.

어둑한 땅 속의 뿌리들도
저 나무 꼭대기의 기쁨을 함께 나누면서
햇빛과 탁 트인 대기와 날짐승들을 가슴에 품는데
공감의 이해심을 가지고 태어난 나도 응당 그러지 않겠는가.

(제임스 러셀 로웰이 지은 〈대성당〉 참조)

우리들에게는 인류가 태초부터 쌓아 온 많은 경험과 감정들을 공감하고 이해할 수 있는 능력이 내재되어 있다고 생각한다. 사람이면 누구나 녹색 대지와 졸졸 흐르는 물의 기억을 잠재의식 속에 가지고 있으며, 이전의 모든 세대로부터 전해진 이 재능은 시각과 청각 기능을 상실하더라도 더불어 소멸되지는 않는다. 물려받은 이 재능은 일종의 육감, 즉 시각과 청각과 촉각이 하나로 응축된 영혼의 감각이라고 할 수 있다.

렌섬에는 나무 친구들이 많았다. 그중에서도 특히 장엄한 오크 나무는 내가 정말 좋아하는 자랑거리다. 나는 으레 내 모든 친구들을 데리고 가서 이 제왕 나무를 알현하곤 했다. 나무는 필립 왕의 연못을 굽어보는 절벽 위에 서 있는데, 나무에 해박한 사람들은 이 나무의 나이가 틀림없이 팔백 년 내지 천 년은 되었을 거라고 말했다. 영웅적인 인디언 추장인 필립 왕(별명이 필립왕이었던 메타콤은 왐파노아그 인디언 부족의 추장으로서 토지소유권을 둘러싸고 영국 이주민들에게 저항했던 반란을 이끌었다.)이 이 나무 아래서 마지막으로 땅과 하늘을 쳐다보고 숨을 거두었다는 전설도 전해 내려온다.

거대한 오크 나무보다 붙임성이 좋고 온순한 다른 나무 친구도 있었는데, 바로 레드 팜의 현관 앞마당에 있는 보리수였다. 끔찍한 폭풍우가 몰아친 어느 오후에 나는 집 옆면에 부딪치는 엄청난 충돌을 느꼈고, 사람들한테 소식을 듣기 전에 보리수가 쓰러졌다는 걸 이미 알아챘다. 우리는 그 동안 수많은 폭풍우를 묵묵히 견디어냈던 이 영웅을 보려고 밖으로 나갔다. 나는 삶도 최후도 힘차게 맞이한 나무의 널브러진 광경에 심장이 뒤틀리는 아픔을 느꼈다.

아차, 내가 지금 지난 여름의 일을 쓰고 있다는 걸 깜빡 잊었다. 시험이 끝나자 마자 설리번 선생님과 나는 녹음이 우거진 이 오지로 달려갔다. 렌섬을 유명하게 만든 세 호수 중 한 군데에 우리는 자그마한 별장을 가지고 있었다. 여기서 우리는 길고 화창한 여름날을 만끽하면서 공부나 대학, 시끄러운 도시에 대한 생각은 깡그리 뒷전으로 밀어두었다. 렌섬에서도 물론 세상에서 벌어지고 있는 일들, 즉 전쟁과 동맹국 체결, 사회적 갈등과 같은 소식을 들었다. 머나먼 태평양에서 이유 없이 벌어지는 잔인한 공연한 전쟁(나중에 러일전쟁으로 발전한 양국간의 갈등)과 노동자 자본가 간의 분쟁 소식을 들었다. 우리의 에덴동산 밖에서는 사람들이 휴가를 즐기기는커녕 이마에 땀방울을 흘려 가면서 여전히 역사를 만들어 가고 있었다. 그러나 우리는 이런 일에는 거의 신경쓰지 않았다. 금방 지나가버릴 일들이리라. 지금 여기에는 호수와 숲이 있고 밤하늘의 별처럼 데이지 꽃이 무수히 피어 있는 들판과 단내나는 초원이 넓게 펼쳐져 있으며, 오로지 이것들만이 영원하리라.

인간은 눈과 귀를 통해서만 지각할 수 있다고 믿는 사람들은 내가 도시 거리와 시골길의 산책을 비교할 때 도로포장의 유무를 제외한 나머지 차이도 알아챘다는 사실에 놀라워했다. 이 사람들은 내 몸 전체의 감각이 주변의 모든 상황에 생생히 반응한다는 사실을 잊고 있다. 나 역시도 안면 신경을 후려치는 도시의 굉음이 부담스럽고, 보이지 않는 수많은 사람들이 끝없이 내는 발자국 소리도 느끼며, 소란스러운 불협화음의 소음에 짜증이 나기도 한다. 육중한 마차들의 바퀴가 딱딱한 포장도로를 갈아대며 지나가는 소리, 기계장치의 단조로운 금속성 소음은 정상적인 시각의 사람들에게도 물론 고통스럽지만, 그나마 시끄러운 거리에서 늘 벌어지는 갖가지 풍경을 쳐다보느라 주의가 분산되는 이들과는 달리 시각을 상실하여 그런 풍경마저도 볼 수 없는 사람들은 신경에 한층 더 큰 고통을 느끼게 된다.

시골에서는 그러나 자연의 아름다운 작품들만 볼 수 있어서 혼잡한 도시에서 벌어지는 생존만을 위한 잔혹한 투쟁으로 인해 영혼이 슬퍼지는 일은 없다. 나는 좁고 더러운 빈민가를 가본 적이 있었는데, 부자들은 만족스럽게 멋진 집에서 살면서 점점 강해지고 아름다워지는 반면에 그렇지 않은 사람들은 햇볕도 들지 않는 끔찍한 집에서 살면서 점점 추해지고 시들어가며 비굴해진다는 사실에 분노했다. 이 불결한 뒷골목에 우글거리는 헐벗고 굶주린 아이들은 다른 사람이 반갑다고 손을 내밀어도 마치 주먹질을 피하듯 뒤로 물러난다. 이 사랑스러운 어린애들은 내 마음 속에 들어와 웅크리고 앉아서는 나를 끊임없이 괴롭혔다. 신체가 온통 옹이투성이이고 구부러진 어른 남자와 여자들도 물론 보았다. 이 사람들의 거칠고 굳은 손을 만져 보면서 나는 그들의 생존은 틀림없이 끝없는 몸부림의 연속이었다는 걸 실감할 수 있었다. 격렬한 전투와 좌절의 연속 그 자체였다. 이들의 인생이야말로 노력과 기회 사이의 엄청난 불균형을 보여 주는 대표적인 표본 같았다. 태양과 공기는 하느님이 우리 인간들 누구에게나 베풀어주는 공짜 선물이라고 말하지만 정말 그럴까? 저 끈적끈적한 도시의 뒷골목에는 햇빛도 들지 않고 공기도 혼탁하다. 아아, 형제는 아무것도 가진 게 없는데 어떻게 우리는 그를 잊어버리고 방해만 일삼으면서 "오늘날 우리에게 일용할 양식을 주옵시고."하며 기도할 수 있단 말인가! 아아, 사람들이 도시, 도시의 호화로움과 복잡함과 황금을 떠나서 나무와 들판과 단순하고 정직한 삶으로 돌아갈 수만 있다면 얼마나 좋을까! 그러면 아이들도 기품 있는 나무들처럼 당당하게 자랄 것이고 생각도 길가에 핀 들꽃들처럼 감미롭고 순수해질 것이다. 도시에서 1년 공부하고 다시 시골로 돌아온 지금 나는 이런 모든 생각을 도저히 떨쳐버릴 수 없다.

발 아래에 부드럽고 푹신한 흙을 다시 느껴 보는 일, 풀이 무성한 길을 따라 고사리가 우거진 시내로 나가서 잔물결 치는 폭포수에 손가락을 담그는 일, 돌담을 넘어 구불구불 이어진 초원으로 가서 즐거운 탄성을 시끌벅적하게 내지르며 올라가는 일은 얼마나 큰 기쁨인가!

한가한 산책 다음으로 즐기는 놀이는 탠덤 자전거(2인승)를 타는 일이다. 얼굴에 부딪쳐 오는 바람과 쇠 애마의 출렁거림이 주는 느낌은 정말 기분이 좋다. 대기를 가르면서 빠르게 달리면 힘과 활력이 달콤하게 느껴지고, 운동으로 인해 맥박이 춤을 추면서 심장이 노래를 부른다.

산책을 나가거나 자전거를 타거나 배를 탈 때는 가능하면 애완견을 데리고 간다. 나는 개 친구들이 많다. 몸집이 우람한 마스티프, 부드러운 눈매의 스패니얼, 숲 박사인 세터, 정직하고 못생긴 불테리어 등이다. 지금 가장 총애하는 개는 불테리어 종이다. 이 개는 유서 깊은 족보를 가지고 있고 꼬리가 구부러져 있으며, 개 족속에서 가장 우스꽝스러울 것 같은 상판대기(Phiz)('얼굴'의 속어. 'Physiognomy(인상학)'에서 파생되었을 가능성이 높다.)를 하고 있다. 개 친구들은 내 신체장애를 안다는 듯이 내가 혼자 있으면 언제나 곁에 바짝 붙어 있다. 나는 개들의 다정한 태도와 마치 웅변을 하는 듯한 힘찬 꼬리짓을 사랑한다.

비가 와서 집에 있는 날의 소일거리는 다른 소녀들과 똑같다. 나는 뜨개질과 코바늘 뜨기를 좋아한다. 또는 특유의 습관대로 책을 여기저기 마구 읽기도 하고, 친구와 체커나 체스를 한 두 게임 벌이기도 한다. 내 게임판은 특이하게 생겼다. 게임판은 말을 안정적으로 세울 수 있게 칸을 모두 파냈다. 체커의 검정색 말은 납작하고, 흰색 말은 윗부분을 곡선으로 처리했다. 체커의 말은 모두 중앙 부위의 구멍에 놋쇠 손잡이를 끼워서 왕 말과 평민 말을 구분해 놓았다. 체스의 말은 크기가 두 가지인데, 흰색 말이 검정색 말보다 크다. 그래서 상대방이 말을 움직였을 때 손으로 체스 판을 가볍게 더듬어 보더라도 어떻게 움직였는지 쉽게 알 수 있다. 말을 다른 구멍으로 옮길 때는 삐걱 소리가 나는데 그러면 내가 둘 차례라는 뜻이다.

혼자 있는데 따분한 기분이 들 때면 혼자서 노는 카드놀이를 한다. 나는 이 게임을 정말 좋아한다. 카드는 오른쪽 상단에 표시된 브라유 점자 기호를 통해 무슨 카드인지 식별할 수 있다.

주위에 아이들이 있으면, 이 아이들과 신나게 노는 것만큼 즐거운 일도 없다. 어린아이도 정말 훌륭한 친구가 될 수 있다. 아이들도 대개는 나를 좋아해 주니 기쁘다. 아이들은 나를 여기저기 데리고 다니면서 재미있다고 생각한 것들을 내게 보여 준다. 어린아이들은 물론 지문자를 할 줄 모르니까 내가 그들의 입술을 읽는다. 그래도 내가 이해하지 못하면 아이들은 무언극을 보여 준다. 가끔 내가 실수하여 엉뚱한 대답을 할 때도 있다. 그러면 아이들은 내 실수에 큰 웃음을 터뜨리면서 화답한 후에 다시 무언극을 반복해 준다. 아이들에게 이야기를 들려주거나 게임을 가르쳐줄 때는 시간이 날개를 날고 휙휙 지나가면서 우리에게 멋지고 행복한 기분을 선사한다.

박물관과 화랑 또한 즐거움과 감동을 안겨 주는 원천이다. 내가 비록 앞을 보지는 못하지만 손으로도 차가운 대리석에 표현된 동작과 감정과 아름다움을 충분히 느낄 수 있다고 말하면 많은 사람들은 틀림없이 이상하게 여길 것이다. 그러나 내가 위대한 예술 작품들을 만져 보면서 진정한 즐거움을 누린다는 건 사실이다. 내 손 끝은 작품의 직선과 곡선을 더듬어 따라가면서 작가가 구현한 생각과 감정을 찾아낸다. 또한 신과 영웅들의 얼굴을 만져 보면서 그들의 증오와 용기, 사랑도 감지할 수 있다. 가끔 허락을 얻어서 살아 있는 사람의 얼굴을 만질 때의 느낌과 전혀 다르지 않다. 다이아나(로마신화에서 사냥을 관장하는 건장한 체격의 여신)의 자세에서는 숲의 우아함과 자유, 퓨마를 길들이면서 짐승의 포악한 성질을 제압하는 여신의 혼을 느낄 수 있다. 비너스의 휴식과 우아한 곡선에서는 내 영혼의 기쁨을 느끼고, 바리(프랑스 조각가 앙투안 루이 바리는 동물 조각으로 유명하다.)의 청동상들에서는 정글의 비밀들을 찾아낼 수 있다.

서재에는 호메로스(호메로스는 그리스의 맹인 시인으로서 〈오딧세이〉와 〈일리아드〉의 저자)를 새긴 메달이 벽에 걸려 있는데, 편리하게 낮은 위치에 걸려 있어서 나는 사랑과 존경을 담은 손길을 뻗어 호메로스의 아름답고 슬픈 얼굴을 쉽게 만져 볼 수 있다. 그 위엄 있는 이마에 패인 모든 주름살을 내가 어떻게 더 이상 잘 이해할 수 있겠는가! 주름살은 삶의 궤적이고, 몸부림과 슬픔의 쓰라린 증거이다. 눈먼 두 눈은 차가운 석고상에서도 사랑하는 조국 헬라스(그리스)의 빛과 푸른 하늘을 찾고 있다. 아름다운 입매는 견고하고 진실하고 부드럽다. 가히 시인의 얼굴, 슬픔을 아는 사람의 얼굴이다. 아, 그의 시각 장애, 그가 살았던 영원한 암흑의 밤 또한 내가 어떻게 더 이상 잘 이해할 수 있겠는가!

아, 한낮의 햇빛은 강렬한데도 그저 어둡고 어둡구나.
돌이킬 수 없는 암흑, 칠흑 같은 어두움

낮의 희망은 실낱만큼도 없네!

(영국 시인 존 밀턴이 쓴 〈투사 삼손〉 참조. 삼손은 성경에 등장하는 영웅으로 블레셋 사람들에 의해 실명했다.

밀턴도 말년에 실명했다.)

상상에 잠기면 호메로스가 부르는 노랫소리가 들린다. 불안하고 머뭇거리는 발걸음으로 캠프 사이를 어슬렁거리면서 삶과 사랑과 전쟁, 고귀한 민족의 찬란한 업적을 읊고 있는 노래 말이다. 그건 경이롭고 아름다운 노래였으며, 눈먼 시인에게 영원 불멸의 왕관과 모든 시대의 찬탄을 선사한 작품이었다.

때때로 나는 조각상의 아름다움은 손이 눈보다 더 예민하게 느낄 수 있는 게 아닌가 생각하기도 한다. 리듬감 있게 연출된 직선과 곡선들은 아무래도 보는 것보다 만져 보는 게 더 섬세하게 느낄 수 있는 것 같다. 사실이든 아니든, 남신과 여신의 대리석상들을 만져 보면 고대 그리스인들의 맹렬한 심장박동 소리가 느껴진다.

연극 구경도 다른 취미들보다 즐기는 횟수가 적긴 하지만 내 엄연한 취미 중 하나다. 연극은 희곡으로 읽는 것보다 무대에서 상연되는 동안 설명을 듣는 게 훨씬 더 좋다. 나도 마치 짜릿한 사건 현장에 있는 것 같은 생생한 느낌을 주기 때문이다. 우리를 매혹시켜서 잠시 시간과 공간을 잊은 채로 낭만적인 과거로 거슬러 올라가 살아볼 수 있게 만들어주는 몇몇 위대한 배우와 여배우들을 만나는 특권은 내가 지금까지 쭉 누려 온 즐거움이었다. 엘렌 테리 양(영국의 여배우)은 이상적인 왕비 역을 연기한 작품을 관람하던 자리에서 내게 얼굴과 의상을 만져 볼 수 있도록 허락해 주었다. 그녀 주변에는 한없는 슬픔도 무색하게 만드는 신성한 기운이 어려 있었다. 그녀 옆에는 헨리 어빙 경(영국의 배우이자 엘렌 테리의 연극 파트너)이 왕의 상징물들을 착용하고 서 있었다. 그의 모든 제스처와 태도는 지적인 위엄을, 예민한 얼굴에 패인 모든 주름살은 좌중을 압도하는 제왕의 기상을 뿜고 있었다. 그가 쓴 왕의 가면에서 느껴진 아득하고 범접하지 못할 슬픔을 나는 절대로 잊지 못할 것이다.

제퍼슨 씨(조세프 제퍼슨은 미국의 배우로, 〈립 밴 윙클〉에서 주연을 맡은 것과 셰리든의

〈연적〉에서 밥 에이커스 역을 연기한 것으로 유명하다.)도 내가 아는 배우다. 그를 내 친구 중 한 명으로 꼽을 수 있는 게 자랑스럽다. 제퍼슨 씨가 공연하는 지역에 머물게 될 때면 나는 어김없이 그의 공연을 보러 간다. 그의 연기를 처음 본 건 뉴욕의 학교에 다닐 때였다. 당시에 그는 〈립 밴 윙클〉(워싱턴 어빙의 소설인데, 아일랜드 태생의 미국 배우이자 극작가인 디온 부시코가 조세프 제퍼슨을 위해 연극으로 각색했다.)을 공연했다. 이 이야기는 물론 전에도 종종 책으로 읽었었지만, 립의 느리고 옛날 풍의 친절한 행동거지가 풍기는 매력을 연극에서처럼 느낀 적은 한 번도 없었다. 제퍼슨 씨의 아름답고 슬픈 연기를 보는 내 기쁨은 정말 넋을 잃을 정도였다. 나는 내 손가락에 각인된 늙은 립의 영상을 영원히 잊지 못할 것이다. 연극이 끝나고 설리번 선생님은 나를 무대 뒤로 데리고 가서 제퍼슨 씨와 만나게 해주었다. 나는 그의 신기한 의상, 늘어뜨린 머리와 턱수염을 만져 보았다. 제퍼슨 씨는 내게 얼굴을 만져 볼 수 있도록 허락해 주었다. 그래서 나는 그가 20년 동안 지속된 괴상한 잠에서 깨어났을 때 어떤 몰골이었는지 상상해 볼 수 있었다. 그는 또한 불쌍한 립 노인이 잠에서 깨어나 비틀거리며 일어나는 장면도 보여 주었다.

전에 〈연적(The Rivals)〉이라는 연극에서도 제퍼슨 씨를 본 적이 있다. 언젠가 보스턴에서 만났을 때, 그는 〈연적〉의 가장 감명 깊은 대목들을 내게 연기해 주었다. 우리가 앉아 있던 응접실을 무대로 활용했다. 그는 극중 아들과 함께 큰 탁자에 앉아서 밥 에이커스 역을 연기하면서 도전장을 쓰고 있었다. 나는 제퍼슨 씨의 모든 동작을 손으로 더듬어보았기 때문에, 그가 익살스럽게 실수와 제스처를 표현하는 연기를 더욱 생생하게 느낄 수 있었다. 그런 생생한 느낌은 지문자로 설명을 들었다면 불가능했을 것이다. 다음에 그들은 일어나서 결투를 벌였다. 나는 칼로 재빨리 찌르거나 막는 동작들, 가엾은 밥이 손가락 끝으로 모든 용기가 빠져 나가면서 비틀거렸던 광경도 손으로 계속 추적했다. 다음에 이 위대한 배우가 코트를 휙 낚아채면서 입을 실룩거리는 장면을 보여 주자, 나는 마치 주인공이 된 듯이 폴링 워터 마을에 서서 애완견 슈나이더가 텁수룩한 머리를 무릎에 비벼대는 걸 느끼고 있었다(연극 〈립 밴 윙클〉

의 무대 배경은 폴링 워터였고, 슈나이더는 립 밴 윙클의 애완견이었다.). 제퍼슨 씨가 〈립 밴 윙클〉에 나오는 최고의 대사들을 낭송해 줄 때는 눈물이 나올 만큼 웃었다. 그는 어떤 제스처와 동작이 대사를 잘 표현하고 있는지 골라 보라고 말했다. 나는 연기에 대해서는 아무것도 몰랐고 그래서 닥치는 대로 고를 수밖에 없었 지만, 그는 대가다운 솜씨를 발휘하여 동작을 대사에 꼭 맞게 연기해 주었다. 립이 한숨을 지으며 "사람은 한 번 사라지면 그렇게 빨리 잊혀지는 건가?"라 고 중얼거리던 소리, 아주 긴 잠에서 깨어난 후에 당혹한 표정으로 개와 총을 찾던 일, 데릭과의 계약서에 서명할 때 드러낸 우스꽝스러운 우유부단함 등, 이 모든 연기는 바로 삶 자체에서 우러나온 것 같았다. 모든 일이 우리들 생각 대로 벌어지는 이상적인 삶 말이다.

극장에 처음 갔던 때는 지금도 잘 기억이 난다. 12년 전이었다. 소녀배우 엘 시 레슬리가 마침 보스턴에서 〈왕자와 거지〉(마크 트웨인이 처지를 뒤바꾼 가난한 소년과 왕자를 소재로 1881년에 발표한 소설을 애비 세이지 리처드슨이 동명의 연극으로 각 색했다.)를 공연하고 있었는데, 설리번 선생님이 나를 데리고 이 연극을 보러 갔다. 이 아름다운 짧은 연극이 진행되는 내내 잔물결 치듯 교대로 밀려왔던 기쁨과 슬픔, 그리고 그런 감정을 연기했던 놀라운 소녀배우를 나는 절대로 잊지 못할 것이다. 연극이 끝난 후에 나는 무대 뒤로 가서 왕실 의상을 입고 있는 그녀를 만날 수 있도록 허락을 받았다. 금발머리를 어깨 위로 찰랑거리 며 수많은 관객을 앞에 두고도 밝게 웃으며 수줍음이나 피곤함을 조금도 내비 치지 않던 엘시보다 더 사랑스러운 아이는 어디서든 찾아보기 힘들었으리라. 나는 말하기를 막 배우기 시작한 때였고, 그래서 그녀의 이름을 완벽하게 말 할 수 있도록 사전에 반복해서 연습했었다. 그녀가 내 몇 마디를 알아듣고 주 저 없이 손을 내밀면서 인사를 청했을 때 내가 어떤 기쁨을 느꼈을지 한번 상 상해보라.

내 삶이 비록 장애에 따른 수많은 제약을 안고 있지만 그럼에도 여전히 '아 름다운 세상'의 삶과 겹치는 접점도 많은 것 또한 사실 아닌가? 세상에 존재 하는 어떤 것이든 반드시 경이로운 요소들이 내재되어 있는 법이고 그건 암흑과 적막감도 마찬가지이며, 나 또한 어떤 상황에 놓이든 그 안에서 만족하는 법을 배우고 있다.

때때로 닫혀 있는 삶의 문에 가로막혀서 문 앞에 혼자 앉아 하염없이 열리기만을 기다리고 있노라면, 차디찬 안개 같은 고독감에 휩싸이는 것도 부인할 수 없는 사실이다. 닫힌 문 너머에는 빛과 음악, 달콤한 우정이 있지만 나는 들어갈 수 없다. 적막하고 몰인정한 운명이 길을 막고 있는 것이다. 운명의 오만한 명령에 기꺼이 딴지를 걸고 싶은 충동을 느끼기도 한다. 심장은 여전히 야성적이고 혈기왕성하기 때문이다. 그러나 입술까지 올라온 신랄하고 부질없는 말들은 정작 혀 밖으로 뱉어지지 못하고 속으로 삼키는 눈물처럼 다시 심장 속으로 떨어져 내릴 뿐이다. 엄청난 적막감이 내 영혼을 깔아뭉개는 순간이다. 그러나 다음 순간에는 미소를 머금은 희망이 다가오면서 "네 자신을 버리면 기쁨이 찾아올 거야."라고 속삭여 준다. 그래서 나는 다른 사람의 눈에 보이는 빛을 내 태양으로, 다른 사람의 귀에 들리는 음악을 내 교향악으로, 다른 사람의 입술에 어리는 미소를 내 행복으로 여기려고 노력한다.

# 제23장

내 행복을 엮어 준 사람들의 이름을 모두 빠짐없이 열거하여 내 삶의 대강
을 그린 이 책을 더욱 풍성하게 꾸밀 수 있다면 얼마나 좋을까! 개중에는 물
론 이 책에 언급되어 벌써 많은 독자들에게 소중하게 알려진 사람들도 있고,
대부분의 독자들이 전혀 생소해 할 사람들도 있을 것이다. 그렇지만 이름이
알려지지 않은 친구이더라도 적어도 그 감화력에 힘입어 감미롭고 고귀한 삶
을 얻은 사람들의 마음 속에서는 영원한 생명을 누릴 것이다. 멋진 시처럼 황
홀경을 안겨 주는 사람들, 말없이 악수를 건네지만 충만한 이해심을 느낄 수
있는 사람들, 혈기왕성할 뿐 참을성 없는 우리 영혼에 본질적으로 성스러운
휴식을 놀랍도록 안겨 주는 감미롭고 풍성한 성품의 소유자들을 만나는 날은
우리 삶에서 이따금 찾아오는 축제날이라고 할 수 있다. 그런 날에는 우리를
집어 삼켰던 당황스럽거나 짜증나거나 걱정스러운 일들도 불쾌한 악몽처럼
이내 사라지고, 악몽에서 깨어난 우리는 다시 하느님이 창조한 진짜 세상의
아름다움과 조화를 새로운 눈과 귀를 통해 보고 듣게 된다. 동시에 우리의 일
상생활에 빼곡히 들어찬, 엄숙할 뿐 하찮은 것들도 별안간 밝은 가능성으로
꽃을 피운다. 한 마디로 이런 친구들이 곁에 있으면 우리는 모든 일이 좋게
느껴진다. 그 친구는 물론 전에도 본 적 없고 앞으로도 결코 만나지 못할 사
람일 수도 있다. 그렇지만 이들의 평온하고 원숙한 인격의 감화력이 불만투
성이인 우리의 성품 위에 부어질 때는 마치 신주(神酒)와 같은 효능을 발휘한
다. 이들로부터 우리는 마치 바다가 산골짜기의 시냇물이 흘러 들어와 바닷
물의 짜디 짠 염도가 중화되면서 느끼는 희열처럼 이들로부터 힐링의 손길을

느낄 수 있다.

나는 종종 "사람들 때문에 지겹지 않니?"라는 질문을 받는다. 이런 질문의 의도가 무엇인지 정말 모르겠다. 어리석고 호기심이 왕성한 사람들의 전화, 특히 신문기자들의 전화는 언제나 뜬금없다. 또한 내 이해 수준에 맞춘다고 수준을 낮추어 쉽게 얘기하는 사람들도 싫다. 이 사람들은 상대방의 느린 걸음에 보조를 맞춘답시고 일부러 보폭을 줄이는 사람들과 같다. 둘 다 짜증스러운 위선이다.

사람들을 만날 때 그 사람의 손을 만져 보면 무언의 웅변을 들을 수 있다. 개중에는 오만한 느낌을 주는 손들도 있다. 기쁨의 느낌은 하나도 없고, 서리 같은 손끝을 잡아 보면 마치 차디찬 북동풍과 악수하는 것 같은 사람들이다. 한편 햇살을 손 안에 품고 있어서 악수를 하면 마음까지 따뜻해지는 사람들도 있다. 그게 한낱 어린아이가 밑으로 떨어지지 않으려고 무작정 매달리는 손짓에 불과할 수도 있지만, 그런 손짓에서도 나는 정상적인 사람들이 다정한 눈길에서 선사받는 것만큼의 햇살을 느낄 수 있다. 진심어린 악수나 다정한 편지에서는 진정한 기쁨이 느껴진다.

나는 멀리 살아서 한 번도 본 적이 없는 친구들이 많다. 정말 많아서 일일이 답장을 쓰지 못한 때도 종종 있었다. 그들의 친절한 말에 감사하다는 표현을 충분히 전달하고 있지는 못하지만, 내가 감사해 하는 마음은 늘 변함이 없다는 걸 이 자리를 빌어 밝히고 싶다.

나는 많은 천재들과 사귀면서 대화를 나누었던 기회를 내 삶에서 누린 가장 매력적인 특권들 중 하나로 꼽고 있다. 브룩스 주교님(매사추세츠 주의 주교였던 필립스 브룩스)의 우정이 친구들에게 어떤 기쁨이었는지는 그를 알지 못하는 사람들은 이해할 수 없다. 어린아이일 때 나는 주교님의 무릎 위에 앉아서 한 손으로 그의 큰 손과 깍지 끼는 걸 아주 좋아했다. 그때 주교님이 하느님과 영적 세계에 관해 아름다운 얘기들을 들려주면 설리번 선생님이 내 다른 손에 글자로 써 주었다. 나는 어린아이다운 놀라움과 기쁨을 느끼면서 주교님의 얘기를 들었다. 내 영혼이 물론 주교님의 심오한 영혼에 미칠 수는 없었다. 그러나 주교님은 진정한 삶의 기쁨을 내게 선사했고, 주교님을 만났다가 헤어질 때는 언제나 훌륭한 생각을 하나씩 가지고 돌아올 수 있었다. 이 생각들은 내가 자라면서 그 아름다움과 뜻의 깊이가 함께 성장했다. 언젠가 내가 세상에는 왜 이렇게 종교가 많은지 이유를 몰라 쩔쩔매고 있을 때 그는 말했다.

"헬렌, 세상 어디에나 존재하는 보편적인 종교는 하나뿐, 바로 사랑의 종교야. 네 마음을 다하여 하느님 아버지를 사랑하고 네 모든 힘을 기울여 하느님의 모든 자녀들을 사랑하렴. 그리고 선의 능력은 악의 능력보다 위대하다는 것과 천국의 열쇠가 이미 우리 안에 있다는 걸 기억하렴."

주교님의 삶이야말로 주교님이 말씀하시던 위대한 진리를 몸소 행복하게 구현한 실례였다. 그의 고귀한 영혼에는 통찰력을 낳은 신앙 이외에도 사랑과 더없이 해박한 지식이 함께 버무려져 있었다. 주교님은 보았다.

자유와 용기를 주는 모든 것에서,
겸손하게 만들고 달콤함과 위로를 주는 모든 것에서
하느님을.

(제임스 러셀 로웰의 시 〈대성당〉 참조)


브룩스 주교님은 내게 특별한 교리나 신조를 가르치지 않았지만 하느님은 아버지이고 사람들은 모두 형제자매라는 두 가지의 위대한 가르침을 내 마음 속에 심어 주었고, 이 진리야말로 모든 교리와 모든 종교의 근본이라는 걸 깨닫게 했다. 하느님은 사랑이고 아버지이며, 우리는 그의 자녀들이다. 따라서 더없이 컴컴한 먹구름도 언젠가는 흩어질 것이고, 선이 설령 잠시 패배할 때가 있더라도 악은 절대로 최후의 승자가 될 수 없다.

나는 지금 이 세상이 너무 행복하여 미래의 저 세상은 그다지 생각하지 않는다. 다만, 아름다운 하늘나라에서 나를 기다리고 있는 친구들을 생각해 본 적은 있다. 여러 해가 흘렀지만 그 친구들은 여전히 내게 아주 가깝게 느껴져서, 그들이 죽기 전에 그랬던 것처럼 언제든 내 손을 잡으면서 다정한 말을 건네는 상황이 다시 오더라도 나는 전혀 어색하지 않을 것 같다.

브룩스 주교님이 세상을 떠난 후에 나는 성경을 통독했다. 종교철학 서적들도 읽었다. 그중에는 스베덴보리의 〈천국과 지옥〉(에마누엘 스베덴보리는 스웨덴의 종교적 신비주의자였다. 켈러는 스베덴보리의 신학에 관한 체험을 〈나의 종교〉에서 쓰고 있다.), 드러먼드의 〈인간의 비상(Ascent of Man)〉도 있었다. 그러나 나는 브룩스 주교님이 했던 사랑의 가르침보다 더 영혼을 감동시키는 교리나 신학을 보지 못했다. 헨리 드러먼드 씨(스코틀랜드의 종교 분야 작가이자 과학자)는 아는 사이였고, 그의 힘차고 따스했던 악수를 회상하면 지금도 축복기도를 받는 것처럼 느껴진다. 그는 내 친구들 중에서 이해심이 가장 탁월한 사람이었다. 아주 해박하고 자상한 분이어서 그와 함께 있으면서 지루함을 느끼는 건 불가능한 일이었다.

올리버 웬델 홈즈 박사(미국의 의사이자 수필가이자 시인)를 처음 만났던 때를 나는 잘 기억한다. 그는 어느 일요일 오후에 설리번 선생님과 나를 초대했다. 이른 봄이었고, 내가 말하기를 배운 직후였다. 우리는 바로 서재로 안내되었다. 박사님은 탁탁탁 소리를 내면서 벌겋게 타고 있는 개방식 벽난로 옆의 커다란 안락의자에 앉아서 그의 표현을 빌리면 흘러간 옛날을 생각하고 있었다.

"그리고 찰스 강을 졸졸 흐르는 물소리도 듣고 계시지요?"

내가 넌지시 짚어 보았다.

"맞아."

그는 대답했다.

"찰스 강 생각을 하면 소중한 추억들이 많이 떠올라."

방 안은 잉크와 가죽 냄새로 미루어 책들로 가득하다는 걸 알 수 있었고, 나는 본능적으로 손을 쭉 뻗어 책들을 만지려고 했다. 내 손가락은 무심코 테니슨의 아름다운 시집에 가 닿았다. 설리번 선생님이 어떤 책인지 알려 주자, 나는 시구를 낭송하기 시작했다.

부서져라, 부서져라, 부서져라.

네 차디찬 회색 빛 바위에, 오 바다여!

(테니슨의 시 〈부서져라, 부서져라, 부서져라〉 참조)

갑자기 나는 멈췄다. 손에 떨어지는 눈물을 느꼈기 때문이다. 내 사랑하는 시인을 울게 만들었다니 몹시 당황스러웠다. 그는 나를 안락의자에 앉히고는 내가 볼 만한 다른 재미있는 책들을 가져왔고, 나는 그의 청에 따라 〈앵무조개〉(홈즈가 지은 인기 높은 시)를 낭송했다. 당시에 내가 가장 애송하던 시였다. 그 후에도 나는 홈즈 박사님을 많이 만났고, 박사님에게서 시인뿐만 아니라 사람 자체를 사랑하는 법을 배웠다.

어느 화창한 여름 날, 홈즈 박사님을 만난 지 얼마 지나지 않아서 설리번 선생님과 나는 매리맥에 있는 휘티어 씨(존 그린리프 휘티어는 미국의 시인이자 저널리스트이자 노예해방론자였다.)의 한적한 자택을 방문했다. 그의 친절한 예의범절과 옛날 풍의 어투는 내 마음을 사로잡았다. 그는 점자로 인쇄한 자신의 시집을 한 권 가지고 있었는데, 나는 책에서 〈학창시절에〉라는 시를 낭송해 주었다. 그는 내 단어 발음이 아주 좋다고 기뻐하면서, 내 말을 알아듣는 게 전혀 어렵지 않다고 말해 주었다. 다음에 나는 그 시에 관해 많은 질문을 던졌고, 손가락으로 그의 입술을 만지면서 대답을 읽었다. 그는 시에 나오는 어린 소년이 바로 자신이라는 것, 소녀의 이름이 샐리라는 것, 그리고 지금은 잊어버린 다른 많은 사실들도 말해 주었다. 나는 또한 〈하느님을 찬양하라〉(휘티어가 지은 시)도 낭송했는데 내가 마지막 시구를 외울 때 그는 족쇄가 풀려 나가는 웅크린 자세의 노예 조각상을 하나 내 손 위에 올려 놓았다. 마치 천사가 베드로를 인도하여 감옥을 빠져 나오는 순간에 베드로의 팔 다리에서 족쇄가 풀려 나가는 모습 같았다. 그후 우리는 그의 서재로 갔는데, 거기서 그는 "선생님이 네 영혼을 해방시켜 주었구나."라고 말하면서 선생님의 업적에 대해 경의를 표하는 글을 서명을 담아서 써 주었다('사랑하는 학생의 영혼을 속박에서 해방시킨 당신의 고귀한 업적에 커다란 경의를 표합니다. 당신의 진정한 친구 존 G. 휘티어'). 다음에 그는 우리를 대문까지 배웅하면서 내 이마에 부드럽게 키스했다. 나는 다음 여름에 다시 오겠다고 약속했지만, 약속을 이행하기도 전에 그는 세상을 떠났다.

에드워드 에버렛 헤일 박사(보스턴의 목사이자 작가)는 내 아주 오랜 친구 중 한 분이다. 여덟 살 때 처음 알게 되었는데, 박사님에 대한 사랑은 해가 거듭되면서 점점 커졌다. 그의 현명하고 자상한 이해심은 설리번 선생님과 내가 시련과 슬픔의 시기를 겪을 때 큰 힘이 되었고, 우리는 그의 강력한 도움에 힘입어 수많은 험곡을 무사히 건너갈 수 있었다. 우리뿐만이 아니었다. 어려운 일을 달성해야 하는 다른 수많은 사람들에게도 우리와 똑같이 도움을 주었다. 그는 교리의 낡은 가죽부대를 사랑의 새 포도주로 채우면서 믿음과 삶과 자유가 무엇인지 사람들에게 보여 주었다. 우리는 그의 가르침, 즉 나라 사랑, 가장 미약한 형제에게 베푸는 친절, 하늘과 미래를 향해 살고자 하는 성실한 소망 등이 바로 그의 삶 안에서 직접 아름답게 구현되고 있는 광경을 지켜 보았다. 그는 예언자였고 사람들에게 용기를 주는 사람이었으며, 하느님 말씀을 강력하게 실천하는 사람이었고 모든 미국인들의 친구였다. 하느님, 그를 축복하소서!

알렉산더 그레이엄 벨 박사님과의 첫 만남에 대해서는 앞에서 이미 썼다. 이후에도 우리는 워싱턴에서, 그리고 케리프브레튼 섬 한가운데 있는 그의 아름다운 집에서 행복한 나날을 보냈다. 박사님의 집 근처에는 또한 찰스 더들리 워너의 책(워너가 캐나다 동부지역의 여행을 그린 〈바덱과 그 부류들(Baddeck, and That Sort of Thing)〉을 말한다.)으로 유명해진 베덱 마을도 있었다. 벨 박사님의 연구소나 커다란 브라도 호수 주변의 들판에서 나는 박사님이 말해 주는 실험 얘기를 듣거나 연날리는 작업을 도와주면서 많은 시간을 즐겁게 보냈다. 박사님은 연에서 미래의 비행선 원리를 발견해낼 수 있다고 기대하고 있었다. 벨 박사님은 여러 과학 분야에 유능한 분이었고, 어떤 주제를 다루든, 심지어 난해하기 짝이 없는 이론들마저도 재미있게 설명해 주는 재주가 있었다. 박사님의 얘기를 듣고 있으면 누구나 시간만 조금 받쳐 준다면 능히 발명가가 되고도 남을 것 같은 느낌이 저절로 든다. 또한 유머러스하고 시적인 자질도 있었다. 그러나 무엇보다도 박사님의 가장 큰 열정은 아이들 사랑이었다. 박사님은 농아를 팔에 안고 있을 때 가장 행복해 했다. 농아들을 위한 박사님의 노력은 앞으로도 계속 이어져서, 앞으로 태어날 세대의 아이들도 그 축복을 누릴 수 있을 것이다. 우리가 박사님을 사랑하는 건 그가 홀로 성취한 업적뿐만 아니라 다른 사람들을 일깨워서 이룬 일들 때문이기도 하다.

뉴욕에서 지낸 2년 동안 나는 이름만 종종 들었을 뿐 직접 만나리라고는 생각도 못했던 많은 유명한 사람들과 얘기를 나눌 기회가 있었다. 이 사람들의 대부분을 처음 만난 건 바로 내 좋은 친구인 로렌스 허튼 씨(뉴욕의 작가이자 저널리스트) 집에서였다. 허튼 씨 부부의 멋진 자택을 방문하여 서재를 둘러보고, 이들 부부가 재능 있는 친구들한테 받은 편지에서 아름다운 정서와 밝은 생각들을 읽어 보았던 기회는 굉장한 특권이었다. 허튼 씨는 모든 사람들에게 지극히 착한 생각과 지극히 친절한 감정을 가질 수 있도록 만드는 능력이 있다는 평을 들었다. 그가 어떤 사람인지는 〈내가 알던 소년(A Boy I Knew)〉을 굳이 읽어 보지 않더라도 잘 이해할 수 있었다. 정말이지 그는 내가 지금까지 안 소년 중에서 가장 관대하고 감미로운 성격의 소년, 비가 오나 눈이 오나 한결같이 좋은 친구, 사람들뿐만 아니라 개들의 삶에서도 사랑의 발자취를 걸어간 사람이었다.

허튼 부인은 진실하고 믿어도 좋은 친구이다. 내가 가장 달콤하고 소중하게 간직하고 있는 많은 추억들은 부인 덕분에 생긴 것이었다. 허튼 부인은 내가 대학 공부를 마칠 때까지 많은 조언과 도움을 제공했다. 특히 공부가 어렵고 좌절스러울 때마다 그녀는 내게 기쁨과 용기를 주는 편지들을 써 주었다. 부인은 고통스러운 일을 하나 해치우면 다음 일은 더 쉽고 편하게 할 수 있다는 진리를 가르쳐주는 부류의 사람이었다.

허튼 씨는 문인 친구들을 많이 소개해 주었다. 이들 중에서 가장 위대한 사람은 윌리엄 딘 하월스 씨와 마크 트웨인 씨였다. 리처드 왓슨 길더 씨와 에드먼드 클라렌스 스테드먼 씨(미국의 시인이자 작가들)도 만났다. 찰스 더들리 워너 씨도 알게 되었다. 그는 정말 유쾌한 이야기꾼이고 인기가 절정인 친구였는데, 살아 있는 모든 존재와 이웃들을 자신과 똑같이 사랑한다고 말할 수 있을 정도로 정말 폭넓은 이해심의 소유자였다. 언젠가 워너 씨는 친애하는 숲의 시인인 존 버로스 씨(동식물 연구가이자 수필가)와 함께 나를 보러 왔다. 둘 다 이해심이 깊은 신사분들이었는데, 그들이 풍기는 매력은 그들의 에세이와 시에서 느낀 현란함만큼이나 내게 강렬했다. 이 모든 문인들이 여러 주제를 쭉 훑어 가면서 심도 있게 논쟁을 벌이거나, 경구와 유쾌한 재담이 번뜩이는 대화를 나눌 때, 나는 그 속도를 도저히 따라잡을 수 없었다. 나는 마치 어린 아스카니오스(아에네아스의 아들)같았다. 그리스 신화에서 강력한 운명을 향해 영웅적으로 성큼성큼 걸어가는 아버지 아에네아스의 뒤를 들쭉날쭉한 보폭으로 허둥지둥 쫓아가는 아들 말이다. 그러나 그들이 내게 자애롭게 들려준 얘기도 많이 있었다. 길더 씨는 달빛을 맞으며 광대한 사막을 건너 피라미드들이 몰려 있는 곳까지 걸어갔던 여행 얘기를 들려주었고, 내게 쓴 편지에서 내가 만져서 알 수 있도록 편지지의 서명란 밑에 깊숙이 자국을 남겨 놓기도 했다. 이 얘기를 하니 헤일 박사님도 내게 편지를 쓸 때마다 브라유 점자로 구멍을 뚫어 서명했던 일이 떠오른다. 마크 트웨인의 입술에서는 그의 멋진 이야기를 한두 편 읽기도 했다. 생각과 말과 행동이 모두 독특했던 분이었다. 악수할 때는 그의 눈이 반짝거리는 걸 느낄 수 있었다. 그가 말할 수 없이 익살스러운 목소리로 냉소적인 지혜를 말할 때에도 그의 심장은 인간적인 동정심과 자상함을 지닌 또 다른 일리아드라는 걸 누구나 쉽게 느낄 수 있었다.

뉴욕에서는 또한 〈세인트 니콜라스〉 잡지의 인기 높은 편집자인 메리 메이프스 도지 부인, 〈팻시〉의 저자인 매력적인 릭스 부인(케이트 더글라스 위긴) 등, 다른 재미있는 사람들도 많이 만났다. 이들로부터 나는 다정한 마음이 담긴 선물들, 사상을 담은 책들, 영혼의 빛이 담긴 편지들, 그리고 내가 다른 사람이 묘사해 주는 것을 두고 두고 즐겼던 사진들을 받았다. 그런데 지면 관계상 친구들을 모두 언급할 수는 없을 것 같다. 실제로 친구들에 대한 일화 중에는 천사의 날개 뒤에 숨겨져 있고 너무도 성스러워서 온기 없는 활자체 글씨로는 도저히 언급할 수 없는 것들도 있다. 그래서 로렌스 허튼 부인 얘기도 실은 많이 망설였다.

두 친구만 더 언급하려고 한다. 한 명은 유명한 자선가인 피츠버그의 윌리엄 쏘 부인으로 나는 린드허스트에 있는 부인의 집을 자주 방문하곤 했다. 부인은 항상 다른 사람을 행복하게 만들어주는 분이었는데, 그녀의 너그러운 마음과 지혜로운 상담은 우리가 알고 지낸 세월 내내 선생님과 나를 실망시킨 적이 없었다.

다른 친구(자선가인 존 P. 스폴딩일 가능성이 높다.)도 내가 깊이 감사해 하는 분이다. 뛰어난 수완으로 방대한 사업을 영위했던 업적으로 유명했고, 놀라운 능력을 발휘하여 모든 사람들로부터 존경을 얻은 분이다. 그는 누구에게나 친절했고, 선행을 드러나지 않게 은밀하게 베풀었다. 이름을 언급하면 안 되는 명예로운 사람에 대해 변죽을 울리고 있는 게 다시 신경쓰인다. 어쨌든 내가 대학에 갈 수 있게 만들어준 그의 관대함과 애정어린 관심에 나는 흔쾌히 감사를 드린다.

이와 같이 내 삶의 이야기를 엮어 준 사람들은 바로 내 친구들이다. 이들 덕분에 나는 수많은 제약들을 아름다운 특권으로 승화시킬 수 있었고, 신체장애가 드리운 그림자에도 불구하고 평온하고 행복한 인생길을 걸어갈 수 있었다.

1912년 11월 29일 찍은 헬렌 켈러

WINIFRED HOLT.
FECIT.
SEPTEMBER
20 1907.

Helen
Keller.

TO
IS TO
BRIGHT SIDE OF LIFE HELEN KELLER
COPYRIGHTED 1907 WINIFRED HOLT

BE BLIND
SEE THE

1908년 미국 조각가 위니프레드 홀트가 만든 헬렌 켈러 부조

편 지 모 음

(1887~1901)

# 1903년 더블데이 판에서 인용

　헬렌 켈러의 편지들은 자서전이랄 수 있는 〈내 삶의 이야기〉를 보충해 줄 뿐만 아니라 켈러의 생각과 표현력이 어떻게 성장했는지를 보여준다는 점에서 중요한 자료이다. 생각과 표현력의 성장은 그녀를 유명인사로 만들어준 결정적 요소였다.

　그러나 이 편지들을 주목해야 하는 이유는 단지 시청각이 모두 장애였던 소녀가 썼고 그래서 경이로움과 호기심으로 읽어야 하는 글이기 때문만은 아니다. 내용을 놓고 보더라도 처음부터 끝까지 거의 모든 편지가 훌륭하다. 그중에서도 압권은 그녀가 자신에 대해 기술하고 있는 대목들, 자신이 경험한 바에 입각하여 세상이 어떤 모습인지 묘사하고 있는 대목들이다. 춘분점과 추분점의 세차 운동에 대한 켈러의 생각은 사실 중요한 게 아니다. 정말 중요한 건 말하기 능력이 그녀에게 어떤 의미였는지, 조각상과 애완견들, 그리고 가금품 평회에 출품된 병아리들을 어떻게 느꼈는지, 성 바르돌로뮤 교회의 측면 회랑에 서서 오르간의 웅웅거리는 연주 소리를 어떻게 느꼈는지 등을 켈러 자신이 설명하고 있는 대목들이다. 이 구절들이야말로 사람들이 더 많이 읽어 보고 싶어할 대목들이다. 그런데 이런 대목들이 비교적 적은 이유는 켈러가 평생 '다른 사람들처럼' 되고 싶어했다는 데에 있다. 그래서 그녀는 사물들을 자신이 느낀 이미지가 아닌, 눈과 귀가 정상인 사람들이 인식하는 모습으로 묘사하는 게 너무나 잦았다.

　편지의 수효가 아주 많은 것도 자료의 우수성을 뒷받침하는 또 하나의 요소이다. 편지들은 켈러가 글쓰기를 훈련한 습작의 역할을 했다. 그녀는 시기를 달리하면서 미국의 여러 지역을 옮겨 다녔기 때문에, 대부분의 친구 및 친척들과 떨어져 살았다. 친구들 중에는 유명인사가 많았는데, 켈러는 이들에게 편지를 쓸 때 잘 써야 한다는 압박감을 느꼈다. 자주 그랬던 건 아니지만 더러는 생각을 좇아 그대로 쓰지 않은 적도 있는 것 같다. 물론 가깝고 마음이 통하는 몇몇 친구들에게는 무엇이든 생각나는 대로 친밀하고 솔직하게 적고 있다. 홈즈 박사와 브룩스 주교에게 보내는 편지에서 〈리틀 재키〉와 같이 자신이 전해들은 동화를 천진난만하게 재구성하여 들려주는 대목은 매력적이다. 또한 편지에서 그날 배운 지리나 식물학 공부를 진지하게 자신의 말로 바꾸어 표현해 보는 구절이라든지, 들은 얘기를 앵무새처럼 똑같이 흉내내는 구절이라든지, 새로 익힌 단어를 의식적으로 쭉 나열해 보는 구절 등은 유쾌하고도 교육적이다. 수업에서 배우고 있는 내용뿐만 아니라 새로 배운 지식이나 단어들을 편지로 써 보면서 어떻게 자신의 것으로 만들었는지를 보여 주는 대목들이기 때문이다.

편지를 선별하는 작업은 두 가지 목적을 기준으로 진행했다. 하나는 켈러의 능력발달 과정을 보여주자는 것이었고, 또 하나는 수백 통의 편지 중에서 가장 재미있고 의미 있는 구절들이 담긴 편지를 보존하자는 것이었다. 1892년 이전에 쓰여진 편지들 중에는 상당수가 퍼킨스 맹아학교의 소식지에 게재되었었다. 이 해까지 쓴 편지는 모두 원문 그대로 실었다. 아이 자신이 보여준 작문 능력(심지어 세세한 구두점까지)에 관심을 가지는 게 합당하기 때문이다. 책을 만들 때는 문자 그대로 원고의 충실성을 유지하는 게 좋다. 그러나 1892년 이후에 쓴 편지들은 문집을 만들겠다는 일념으로 문체가 정말 멋들어지고 전기라는 책의 관점에서 가장 중요한 구절들을 골라내는 식으로 선별했다. 나는 편지의 원본들을 볼 수 있었기 때문에 구두점 및 철자 등 모든 것을 켈러 양이 쓴 대로 그대로 유지했다. 아무것도 가공하지 않았고, 다만 고르고 잘라 냈을 뿐이다.

편지는 연대순으로 배열했다. 브룩스 주교, 홈즈 박사 그리고 휘티어 씨가 쓴 답장은 해당되는 켈러의 원 편지 바로 다음에 배치했다. 편지의 선별작업은 1900년으로 끝난다. 예외적으로 1901년에 쓴 중요한 편지 2~3통을 실었을 뿐이다. 켈러 양이 대학에 입학한 해는 1900년이었다. 이제 성인이 되어 쓴 성숙한 편지들은 다른 일반인들의 편지와 똑같이 취급해야 하고, 따라서 더 이상 출판하지 않는 게 지극히 온당하다. 다만, 이는 켈러 양이 세상에서 유일하게 훌륭한 교육을 받은 농맹아였다는 데 그치고 그 이상 유명한 사람이 되지 못했을 경우에만 타당한 판단이다.

-존 앨버트 메이시

\* \* \*
헬렌 켈러가 처음에 편지를 쓸 때는 마침표 등이 생략되어 있곤 합니다.
편지 쓸 때 헬렌 켈러의 상황을 이해하는데 도움이 된다는 생각에 원본의 형태를 따랐습니다.
각 편지 끝에 발신자 표시인 'HK(헬렌 켈러의 약자)'나 '헬렌 켈러'는 생략하였습니다.
– 편집자 주

설리번 선생님이 헬렌 켈러를 가르치기 시작한 날은 1887년 3월 3일이었다. 켈러는 선생님이 생전 처음으로 단어를 손 안에 써 준 후 3개월 반이 지났을 때 아래 편지를 연필로 썼다.

## 수신 : 사촌 언니 애나 (조지 T. 터너 부인)

(1887년 6월 17일, 앨라배마 주 터스컴비아에서)

헬렌이 편지를 쓰고 있어 애나 조지는 헬렌에게 사과를 줄 거야 심슨 오빠는 새에게 총을 쏠 거야 잭이 헬렌에게 막대사탕을 줄 거야 의사가 밀드레드에게 약을 줄 거야 엄마가 밀드레드에게 새 옷을 만들어줄 거야.

25일 후에 헬렌은 잠깐 집을 떠나 다른 곳을 방문했을 때 어머니에게 편지를 썼다. 무슨 말인지 거의 읽을 수 없었던 단어가 두 개 있었고, 각진 글자 획은 모두 사방으로 삐툴빼툴했다.

## 수신 : 케이트 애덤스 켈러 부인

(1887년 7월 12일, 앨라배마 주 헌츠빌에서)

헬렌이 엄마에게 편지를 쓰고 있어요 아빠는 헬렌에게 약을 주었어요 밀드레드는 그네를 탈 거예요 밀드레드가 헬렌에게 키스했어요 선생님이 헬렌에게 배를 주었어요 조지가 아파서 누워 있어요 조지는 팔을 다쳤어요 애나가 헬렌에게 레모네이드를 주었어요 개가 일어났어요.

차장이 차표에 구멍을 냈어요 아빠가 차 안에서 헬렌에게 물을 한 잔 주었어요.

샬롯이 헬렌에게 꽃들을 주었어요 애나는 헬렌에게 예쁜 새 모자를 사줄 거예요 헬렌은 엄마를 껴안고 키스할 거예요 헬렌은 집에 갈 거예요 할머니는 헬렌을 사랑해요.

　　안녕.


　　아래 9월에 쓴 편지에서는 문장의 완성도가 향상되었고, 생각들도 더 길게 연결하고 있다.


## 수신 : 남부 보스턴 퍼킨스 학교의 맹인 소녀들

(1887년 9월, 터스텀비아에서)

　　헬렌이 어린 맹인 소녀들에게 편지를 쓰고 있어 헬렌과 선생님은 어린 맹인 소녀들을 보러 갈 거야 헬렌과 선생님은 증기기관차를 타고 보스턴으로 갈 거야 헬렌과 맹인 소녀들은 재미있게 지낼 거야 맹인 소녀들은 지문자로 얘기할 수 있어 헬렌은 아나그노스 교장선생님을 만날 거야 아나그노스 교장선생님은 헬렌을 사랑하고 키스할 거야 헬렌은 맹인 소녀들과 함께 학교에 갈 거야 헬렌도 맹인 소녀들처럼 읽고 계산을 하고 글자를 쓰고 편지를 쓸 수 있어 밀드레드는 보스턴에 가지 않을 거야 밀드레드는 울어 프린스와 점보는 보스턴에 가지 않을 거야 아빠가 총으로 오리들을 쏘면 오리들이 물 속으로 떨어지고 점보와 메이미가 물 속으로 수영해서 오리를 입에 물고 아빠에게 갖다 줘 헬렌은 이 개들하고 놀아 헬렌은 선생님과 함께 말을 타 헬렌은 손으로 핸디에게 풀을 줘 선생님은 빨리 가려고 채찍으로 핸디를 때려 헬렌은 맹인이야 헬렌은 맹인 소녀들에게 보낼 편지를 봉투에 넣을 거야.

　　안녕.


　　몇 주 후에 헬렌의 문체 구사는 더 정확해졌고, 여러 문체 간의 이동도 더 자유로워졌다. 관용구 실력도 향상되었다. 그러나 여전히 관사를 생략하고 단순 과거를 표현할 때 'DID'를 사용한다. 어린아이들에게서 흔히 볼 수 있는 언어 습관이다.


## 수신 : 퍼킨스 학교의 맹인 소녀들

(1887년 10월 24일, 터스컴비아에서)

사랑하는 맹인 소녀들아,

지금 너희들에게 편지를 쓰고 있어 예쁜 책상 고마워 이 책상에 대해 멤피스에 있는 엄마에게 편지를 썼어 엄마와 밀드레드는 수요일에 집에 왔어 엄마는 내게 줄 예쁜 새 드레스와 모자를 사 왔어 아빠는 헌츠빌에 갔어 아빠는 내게 사과와 캔디를 사 왔어 나와 선생님은 보스턴에 가서 너희들을 만날 거야 낸시는 내 인형이야 낸시가 울어 나는 낸시를 재우려고 이리저리 흔들어주고 있어 밀드레드는 아파 의사는 동생이 좋아지라고 약을 줘. 나와 선생님은 일요일에 교회에 갔어 레인 씨가 책을 읽고 얘기해 줬어 레이디는 오르간을 쳤어. 나는 바구니에 돈을 담아 남자에게 주었어. 나는 착한 소녀가 될 것이고 선생님은 내 머리를 사랑스럽게 말아 줄 거야. 나는 어린 맹인 소녀들을 안고 키스할 거야 아나그노스 교장선생님이 나를 보러 올 거야.

안녕.


## 수신 : 퍼킨스 학교 마이클 아나그노스 교장선생님

(1887년 11월, 터스컴비아에서)

사랑하는 아나그노스 교장선생님, 지금 교장선생님에게 편지를 쓰고 있어요. 저와 선생님은 사진들을 찍었어요. 선생님이 당신에게 사진을 보낼 거예요. 사진사는 사진을 만들어요. 목수는 새 집을 지어요. 정원사는 땅을 파고 괭이질을 해서 채소를 심어요. 제 인형 낸시는 자고 있어요. 낸시는 아파요. 밀드레드는 몸이 좋아졌구요, 프랭크 삼촌은 사슴을 사냥하러 갔어요. 삼촌이 집에 오면 우리는 아침식사 때 사슴고기를 먹을 거예요. 저는 외바퀴 손수레를 탔는데요, 선생님이 수레를 밀어주었어요. 심슨 오빠가 제게 팝콘과 호두를 주었어요. 사촌 로사는 자기 엄마를 보러 갔어요. 사람들은 일요일에 교회에 가요. 저는 여우와 상자에 관한 책을 읽었어요. 여우는 상자 안에 앉을 수 있어요. 저는 책을 읽는 걸 좋아해요. 당신은 저를 사랑해요. 저는 당신을 사랑해요.

안녕.


## 수신: 알렉산더 그레이엄 벨 박사

(1887년 11월, 터스컴비아에서)

사랑하는 벨 박사님,

당신에게 편지를 쓰니 기뻐요. 아빠가 당신에게 사진을 보낼 거예요. 저와 아빠, 그리고 고모는 당신을 보러 워싱턴으로 갔어요. 저는 당신의 시계를 가지고 놀았어요. 저는 당신을 사랑해요. 저는 워싱턴에서 의사를 찾아갔어요. 의사가 제 눈을 보았어요. 저는 제가 가진 책에 나오는 얘기들을 읽을 수 있어요. 저는 편지를 쓰고 단어의 글자도 쓰고 계산을 할 수도 있어요. 착한 소녀인데요. 제 여동생은 걷고 뛸 수 있어요. 우리는 점보와 즐겁게 놀아요. 프린스는 착한 개가 아니에요. 프린스는 새들을 잡을 수 없어요. 쥐가 비둘기 새끼들을 죽였어요. 애석해요. 쥐는 나쁜 짓인 걸 알지 못해요. 저와 엄마, 선생님은 6월에 보스턴에 갈 거예요. 저는 어린 맹인 소녀들을 볼 거예요. 낸시가 저와 함께 갈 거예요. 착한 인형이에요. 아빠는 제게 예쁜 새 시계를 사줄 거예요. 사촌 언니 애나가 제게 예쁜 인형을 하나 주었어요. 인형의 이름은 앨리에요.

안녕히 계세요.


다음 해 초에는 이미 관용구 구사가 한층 안정적이다. 색깔 형용사를 포함하여 형용사도 더 많이 등장한다. 그녀는 색깔에 대한 감각적인 지식은 없지만 보통 사람들의 언어 생활과 똑같이 이 단어들을 인상에 좌우되지 않고 사실에 충실하게 구사하고 있다. 아래 편지는 퍼킨스 학교에 다니는 클래스 친구에게 보낸 것이다.

## 수신 : 사라 톰린슨 양

(1888년 1월 2일, 앨라배마 주 터스컴비아에서)

사랑하는 사라 양,

오늘 아침 네게 편지를 쓰니 행복해. 아나그노스 교장선생님이 곧 나를 보러 오시길 바래. 나는 6월에 보스턴에 갈 것이고, 아빠에게는 장갑을, 제임스 오빠에게는 멋진 칼라(깃)를, 심슨 오빠에게는 소맷동을 사줄 거야. 베티 선생님과 선생님의 학생들을 만났어. 이 사람들은 예쁜 크리스마스 트리를 만들었고, 트리에는 어린아이들에게 줄 예쁜 선물들이 많이 달려 있었어. 나는 머그잔과 작은 새, 그리고 캔디를 받았어. 크리스마스 선물로 사랑스러운 물건들을 많이 받은 거야. 고모는 내게 낸시와 옷을 담을 수 있는 트렁크를 선물했어. 나는 선생님과 엄마와 함께 크리스마스 파티에 갔어. 우리는 춤추고 놀면서 너트와 캔디, 케이크, 그리고 오렌지를 먹었고, 어린 소년소녀들과 재미있게 놀았어. 홉킨스 사감선생님은 내게 사랑스러운 반지를 보냈어. 나는 사감선생님과 학교의 어린 맹인 소녀들을 사랑해.

남자어른들과 소년들은 공장에서 카펫을 만들어. 양털은 양의 몸에서 자라. 남자어른들은 큰 가위로 양털을 잘라서 공장으로 보내. 남자와 여자 어른들은 공장에서 모직을 짜.

목화는 밭에서 큰 줄기 위에 자라. 남자와 여자 어른들, 소년소녀들이 목화를 따. 우리는 목화로 실을 만들고 무명옷을 지어. 목화는 하얗고 빨간 예쁜 꽃들을 달고 있어. 선생님이 옷을 찢었어. 밀드레드가 울어. 나는 낸시를 보살필 거야. 엄마는 내가 보스턴에 입고 갈 사랑스러운 새 앞치마와 드레스를 사줄 거야. 나는 아빠와 고모와 함께 녹스빌에 갔어. 베시는 연약하고 어려. 톰슨 부인의 병아리들이 라일라의 병아리들을 죽였어. 에바는 제 침대에서 자고 있어. 나는 착한 소녀들을 사랑해.

안녕.


아래 두 편지에서는 1월에 멤피스의 친척들을 방문했던 얘기를 쓰고 있다. 어른들은 켈러를 목화 거래소로 데려 갔다. 거기서 헬렌은 지도와 칠판을 만져 보면서 물었다. "어른들도 학교에 가요?" 켈러는 거래소에 있는 모든 남자들의 이름을 칠판에 적었다. 멤피스에 있는 동안 그녀는 미시시피 강의 대형 증기선을 탐방했다.


## 수신 : 에드워드 에버렛 헤일 박사

(1888년 2월 15일, 앨라배마 주 터스컴비아에서)

사랑하는 헤일 박사님,

오늘 아침에 당신에게 편지를 쓰니 행복해요. 선생님이 친절한 신사분에 대해 제게 말해 주었어요 저는 예쁜 얘기를 읽으면 기쁠 거예요 저는 책에서 호랑이와 사자, 양에 관한 얘기를 읽고 있어요.

6월에는 보스턴에 가서 어린 맹인 소녀들을 만날 거구요, 당신을 보러 갈 거예요. 저는 할머니와 내니 아주머니를 보러 멤피스에 갔어요. 선생님은 제게 사랑스러운 새 드레스와 모자, 앞치마들을 사주었어요. 어린 나탈리는 아주 연약하고 작은 아기에요. 아빠가 우리를 데리고 증기선을 보러 갔어요. 증기선은 아주 큰 강 위에 떠 있었어요. 배는 마치 집 같았어요. 밀드레드는 착한 아기에요. 저는 어린 여동생과 노는 게 정말 좋아요. 낸시는 제가 멤피스에 갔을 때는 착한 아이가 아니었어요. 큰 소리를 내며 울었거든요. 오늘은 그만 쓸 게요. 피곤해요.

안녕.

## 수신 : 마이클 아나그노스 교장선생님

(1888년 2월 24일, 앨라배마 주 터스컴비아에서)

사랑하는 아나그노스 교장선생님, 당신에게 브라유 점자로 편지를 쓰니 기뻐요. 오늘 아침 루시앙 톰슨이 제비꽃과 크로커스, 노랑 수선화로 만든 아름다운 꽃다발을 제게 보냈어요. 일요일에 아델린 모세스가 제게 사랑스러운 인형을 주었어요. 뉴욕에서 가져온 인형이에요. 인형의 이름은 아델린 켈러에요. 눈을 감을 수도 있구요, 팔을 구부리거나 앉거나 똑바로 설 수도 있어요. 인형은 예쁜 빨간 드레스를 입고 있어요. 낸시의 여동생이구요, 저는 이 인형들의 엄마에요. 앨리는 그 인형들의 사촌이에요. 낸시는 제가 멤피스에 갔을 때는 나쁜 인형이었어요. 큰 소리로 울었거든요. 저는 낸시를 막대기로 막 때렸어요.

밀드레드는 빵 부스러기를 어린 병아리들에게 모이로 줘요. 저는 어린 여동생과 노는 게 정말 좋아요.

선생님과 저는 내니 아주머니와 할머니를 보려고 멤피스로 갔어요. 루이스는 내니 아주머니의 아이에요. 선생님은 사랑스러운 새 드레스와 장갑, 스타킹과 칼라(깃)를 제게 사주었구요, 할머니는 제게 따뜻한 목욕수건을 만들어주었구요, 내니 아주머니는 제게 앞치마를 만들어주었어요. 레이디는 제게 예쁜 모자를 만들어주었어요. 저는 로버트, 그레이브스 씨 부부와 어린 나탈리, 패리스 씨, 메이요 씨, 메리와 다른 모든 사람들을 보러 갔어요. 저는 로버트와 선생님을 사랑해요. 선생님은 오늘 제가 더 이상 쓰는 걸 원치 않아요. 저는 피곤해요.

저는 그레이브스 씨의 호주머니에서 캔디 상자를 발견했어요. 아빠는 우리를 데리고 증기선을 보러 갔어요. 배가 마치 집 같았어요. 배는 아주 큰 강 위에 떠 있었어요. 예이츠는 오늘 뜰에 쟁기질을 해서 잔디를 심었어요. 쟁기는 노새가 끌었어요. 엄마는 채소밭을 만들 거예요. 아빠는 멜론과 완두콩, 콩을 심을 거예요.

사촌 벨이 토요일에 우리를 보러 와요. 엄마는 저녁식사 때 아이스크림을 만들 거구요, 우리는 저녁으로 아이스크림과 케이크를 먹을 거예요. 루시앙 톰슨은 아파요. 그가 아파서 마음이 아파요.

선생님과 저는 뜰로 산책을 나갔구요, 거기서 꽃과 나무들이 어떻게 자라는지 배웠어요. 태양은 동쪽에서 뜨고 서쪽으로 져요. 쉐필드는 북쪽에 있고, 터스컴비아는 남쪽에 있어요. 우리는 6월에 보스턴에 갈 거예요. 어린 맹인 소녀들과 재미있게 지낼 거예요.

안녕히 계세요.


아래 편지에 나오는 '모리 삼촌'은 켄터키 주 노만디에 사는 모리슨 헤디 씨를 말한다. 그는 소년 시절에 시각과 청각을 모두 잃었다. 훌륭한 시 몇 편을 남긴 시인이기도 하다.


## 수신 : 모리슨 헤디 씨

(1888년 3월 1일, 앨라배마 주 터스컴비아에서)

사랑하는 모리 삼촌, 편지를 쓰게 되어 행복해요. 삼촌을 사랑하구요, 삼촌을 만나면 포옹하고 키스할 거예요.

아나그노스 교장선생님이 월요일에 저를 보러 오신대요. 저는 화창하고 따뜻한 햇볕 속에서 로버트와 달리면서 깡충깡충 뛰는 게 좋아요. 켄터키 주 렉싱턴에 사는 어린 소녀를 알아요. 이름은 캐더린 홉슨입니다.

6월에는 엄마와 선생님과 함께 보스턴에 가요. 어린 맹인 소녀들과 재미있게 지낼 거구요, 헤일 박사님은 제게 예쁜 이야기 책을 보내 줄 거예요. 저는 사자, 호랑이 곰에 관한 책에서 여러 이야기를 읽고 있어요.

여동생 밀드레드는 보스턴에 가지 않겠다고 막 울어요. 저는 여동생과 노는 게 좋아요. 아직 약하고 아기잖아요. 에바는 더 착해요.

예이츠가 개미들을 죽이니까 개미들도 예이츠를 물었어요. 예이츠는 정원에서 땅을 파고 있어요. 아나그노스 교장선생님은 오렌지를 보았어요, 오렌지는 황금색 사과 같아요.

로버트는 태양이 비추는 일요일에 저를 보러 오는데요, 저는 로버트와 재미있게 지낼 거예요. 사촌 프랭크는 루이스빌에 살아요. 멤피스에 다시 가서 패리스 씨와 그레이브스 부인, 메이요 씨와 그레이브스 씨를 볼 거예요. 나탈리는 착한 소녀라 울지 않구요, 앞으로 크게 자랄 거예요. 그레이브스 부인이 나탈리에게 줄 짧은 드레스를 만들고 있어요. 나탈리에게는 자그마한 유모차가 있어요. 메이요 씨는 덕힐에 갔다 오셨고 달콤한 향기를 뿜는 꽃들을 집에 가져왔어요.

많은 사랑과 키스를 동봉하며…….


소풍을 설명하고 있는 아래 편지에서 우리는 놀이 시간 중에 켈러를 가르치는 설리번 선생님의 교육기술을 엿볼 수 있다. 아이의 어휘가 많이 늘어난 날이었다.


## 수신 : 마이클 아나그노스 교장선생님

(1888년 5월 3일, 앨라배마 주 터스컴비아에서)

사랑하는 아나그노스 교장선생님. 오늘 아침 편지를 쓰게 되어 기뻐요. 당신을 아주 많이 사랑하거든요. 당신에게서 예쁜 책이랑 맛있는 캔디랑 편지 두 통을 받아서 아주 행복했어요. 곧 당신을 찾아가서 세상의 여러 나라들에 대해 많이 물어볼 게요. 당신도 착한 아이인 저를 사랑하실 거예요.

엄마는 제가 보스턴에서 입을 예쁜 새 드레스를 만들고 있구요, 저는 곧 당신과 어린 소년소녀들을 다정하게 만날 거예요. 금요일에 선생님과 저는 어린아이들과 소풍을 갔습니다. 나무 아래서 게임을 하고 저녁도 먹고, 고사리와 야생화들도 보았어요. 숲길을 걸으면서는 많은 나무의 이름을 배웠어요. 포플러, 삼나무, 소나무가 있었구요, 참나무, 물푸레나무, 히코리나무, 그리고 단풍나무도 있어요. 나무들 때문에 그늘이 쾌적하구요, 새들은 앞뒤로 분주히 날아다니면서 나무에 앉아 달콤한 노래를 지저귀고 있어요. 토끼들은 깡총거리고 다람쥐는 내달리고, 못생긴 뱀들은 숲 속에서 기어 다녀요. 제라늄, 장미, 재스민 그리고 모과나무는 우리가 기르는 꽃들입니다. 저는 엄마와 선생님이 매일 밤 저녁 먹기 전에 꽃에 물을 주는 걸 도와드리고 있어요.

사촌 오빠 아더가 물푸레나무에 그네를 달아 주었어요. 엘리자베스 숙모는 멤피스로 가셨어요. 프랭크 삼촌은 여기 있어요. 삼촌은 지금 저녁 식사 때 먹을 딸기를 따고 있어요. 낸시는 다시 아픈데요, 새 이빨이 나느라 그래요. 아델린은 잘 있구요, 월요일에 저하고 같이 신시내티에 갈 수 있어요. 엘리자베스 숙모가 제게 남자아이 인형, 해리를 보내주실 거구요, 해리는 앞으로 낸시와 아델린의 동생이 될 거예요. 아기 여동생은 착해요. 이제 피곤해서 아래층에 내려 갈래요. 많은 키스와 포옹을 동봉합니다.

당신의 사랑스러운 아이 헬렌 켈러.


5월 하순에 어머니, 헬렌, 설리번 선생님은 보스턴으로 떠났다. 중간에 워싱턴에서 며칠 머무르면서 알렉산더 그레이엄 벨 박사를 만났고, 클리블랜드 대통령을 예방했다. 5월 26일에는 보스턴에 도착하여 퍼킨스 학교에 갔다. 여기서 헬렌은 작년부터 편지를 왕래하던 어린 맹인 소녀들을 만났다.

7월 초에 헬렌은 매사추세츠 주 브루스터로 가서 여름의 나머지 기간을 보냈다. 헬렌은 여기서 바다를 처음 보았고, 이후에는 바다에 관한 글을 많이 썼다.

# 수신 : 메리 C. 무어 양

(1888년 9월, 매사추세츠 주 남부 보스턴에서)

친애하는 무어 양,

당신의 사랑하는 어린 친구에게서 멋진 편지를 받으니 매우 기쁘시지요? 저는 친구인 당신을 끔찍이도 사랑해요. 소중한 제 여동생은 지금 정말 건강해요. 동생은 제 앙증맞은 흔들의자에 앉아서 새끼 고양이를 재우는 걸 좋아해요. 당신도 사랑하는 작은 밀드레드가 보고 싶지요? 아주 예쁜 아기입니다. 휘둥그레하게 크고 푸른 눈, 부드럽고 동그란 장밋빛 뺨, 머리는 아주 밝은 황금색이에요. 큰 소리로 울지 않으면 아주 착하고 귀여운 아이에요. 다음 여름에 밀드레드는 저와 함께 정원에 나가서 크고 달콤한 딸기를 딸 건데요, 아주 행복해 할 거예요. 그때 밀드레드가 맛있는 과일을 너무 많이 먹지 않으면 좋겠어요. 그러면 아주 아프니까 말이에요.

언제 앨라배마에 저를 보러 오시지 않겠어요? 제임스 삼촌이 제게 아주 온순한 조랑말과 예쁜 마차를 사주려고 해요. 당신과 해리에게 마차를 태워줄 수 있으면 아주 행복할 거예요. 해리가 제 조랑말을 무서워하지 않으면 좋겠어요. 제 남동생도 아빠가 장차 제게 사주실 거라고 생각해요. 남동생이 생기면 아주 친절하고 참을성 있게 대해 줄 거예요. 제가 많은 낯선 나라를 방문할 때 남동생과 밀드레드는 할머니와 함께 지낼 거예요. 아주 많은 사람들을 만나기에는 너무 어리구요, 크고 거친 바다에 나가면 큰 소리로 울 거라서 그래요.

베이커 선장님은 건강이 회복되면 저를 선장님의 큰 배에 태우고 아프리카에 데려 갈 거예요. 그러면 저는 사자와 호랑이, 원숭이들을 보겠죠. 사자 새끼, 흰색 원숭이, 온순한 곰을 얻어서 집으로 데려 올 거예요. 브루스터에서는 아주 즐거운 시간을 보냈어요. 저는 거의 매일 수영을 하러 갔고, 캐리랑, 프랭크랑, 어린 헬렌과 저는 재미있게 보냈어요. 물을 튀기면서 놀았고 점프도 했으며, 깊은 물 속으로 걸어가기도 했어요. 저는 이제 물 위에 뜨는 게 무섭지 않아요. 해리는 물에 떠서 수영할 줄 알아요? 지난 목요일에는 보스턴에 갔는데요, 아나그노스 교장선생님이 저를 보고 기뻐하면서 껴안고 키스해 주었어요. 여기 어린 소녀들은 다음 수요일에 학교로 돌아올 거예요.

해리에게 바로 제게 아주 긴 편지를 쓰라고 전해 주시겠어요? 당신이 저를 보러 터스컴비아에 올 때 아빠가 달콤한 사과, 과즙이 많은 복숭아, 근사한 배, 맛있는 포도, 큰 수박을 많이 준비해 주시길 바래요.

제가 착한 어린아이니까 당신도 저를 생각하고 사랑해 주길 바래요.

많은 사랑과 두 번의 키스와 함께……

당신의 어린 친구 헬렌 A. 켈러로부터.


친구들을 방문했던 일에 대해 쓴 아래 편지에서 헬렌의 생각은 남자 어린애들이 수줍어하지 않고 당당했던 것에 만족해하는 순진함을 빼고는 보통의 8살 아이에서 흔히 볼 수 있는 모습이다.


## 수신 : 케이트 애덤스 켈러 부인

(1888년 9월 24일, 매세추세츠 주 남부 보스턴에서)

사랑하는 엄마,

제가 서부 뉴턴을 방문했을 때 있었던 모든 일을 들으면 엄마도 아주 기뻐하실 거예요. 선생님과 저는 많은 친절한 아이들과 함께 멋진 시간을 보냈어요. 서부 뉴턴은 보스턴에서 멀지 않은 곳에 있어서 우리는 증기 자동차를 타고 아주 빨리 그곳으로 갈 수 있었어요.

프리먼 부인과 캐리, 에셀과 프랭크와 헬렌이 큰 마차를 타고 역으로 마중 나왔어요. 사랑하는 어린 친구들을 보게 되어 기뻤구요, 그 아이들을 껴안으며 키스해 주었어요. 다음에 우리는 오랫동안 마차로 서부 뉴턴에 있는 아름다운 곳들을 이리저리 돌아 다녔어요. 아주 근사한 많은 집들과 집 주변의 커다랗고 부드러운 녹색 잔디밭, 나무들, 화사한 꽃들과 샘들을 보았어요. 말의 이름은 프린스인데요, 온순하고 아주 빨리 달리는 걸 좋아했어요. 집에 도착해 보니

1907년 경에 찍은 헬렌 켈러

토끼 여덟 마리, 통통한 강아지 두 마리, 조그맣고 멋진 흰색 새끼 조랑말 한 마리, 작은 새끼 고양이 두 마리, 돈이라는 이름을 가진 예쁜 곱슬 개가 있었어요. 조랑말의 이름은 몰리인데요, 한번 타보았는데 멋졌어요. 무섭지 않았구요, 삼촌이 빨리 제게도 예쁜 조랑말과 작은 마차를 사주시길 바래요.

클리프턴은 제게 키스하지 않았어요. 소녀들에게 키스하는 걸 좋아하지 않는대요. 그 남자애는 수줍음을 타요. 프랭크와 클라렌스, 로비와 에디, 찰스와 조지는 그렇게 수줍어하지 않으니까 너무 좋아요. 저는 많은 꼬마 여자애들과 함께 놀면서 재미있었어요. 저는 캐리의 세발 자전거를 타고 다니면서 꽃을 꺾고 과일을 따서 먹었어요. 깡총깡총 뛰어다녔고 춤도 추었구요, 자전거를 타고 산책도 했어요. 많은 신사 숙녀분들이 우리를 보러 왔어요. 루시와 도라, 찰스는 중국에서 태어났구요. 저는 미국에서 태어났구요, 아나그노스 교장선생님은 그리스에서 태어났어요. 드류 씨는 중국에 사는 여자 어린애들이 지문자를 모른대요. 제가 중국에 갈 때 가르쳐야겠어요. 중국인 보모가 저를 보러 왔는데요, 이름이 '아수' 에요. 아수는 앙증맞은 전족 신발을 제게 보여주었어요. 이 신발은 중국의 부유한 부인들이 발이 평생 자라지 않으니까 신는 신발이래요. '아마' 는 보모라는 뜻이에요. 집으로 돌아올 때는 철도 마차를 탔어요. 일요일이어서 증기 자동차가 종종 운행되지 않거든요. 차장과 기사들은 녹초가 되어서 쉬려고 집에 가요. 마차 안에서 윌리 스원이라는 어린아이를 만났는데 제게 과즙이 많은 배를 주었어요. 6살의 아이에요. 저는 6살 때 뭘 했을까요? 아빠에게 선생님과 저를 마중하러 열차로 나와 달라고 전해 주시겠어요? 에바와 베시가 아프다니 마음이 많이 아파요. 제 생일날 멋진 파티를 했으면 좋겠구요, 그 날 캐리와 에설, 프랭크와 헬렌이 저를 보러 앨라배마에 왔으면 좋겠어요. 제가 집에 돌아가면 밀드레드는 다시 저와 함께 잠잘까요.

많은 사랑과 천 번의 키스를 동봉해요.

당신의 사랑하는 어린 딸로부터.

헬렌이 플리머스를 방문한 건 6월이었다. 3개월 후에 쓴 아래 편지는 헬렌이 최초로 받은 역사수업 내용을 얼마나 잘 기억하고 있는지를 보여 준다.

## 수신 : 모리슨 헤디 씨

(1888년 10월 1일, 매사추세츠 주 남부 보스턴에서)

사랑하는 모리 삼촌, 당신의 사랑하는 어린 친구 헬렌의 편지를 받아서 매우 반가울 거라고 생각해요. 삼촌에게 편지를 쓰는 게 아주 행복해요. 삼촌을 생각하고, 삼촌을 사랑하기 때문입니다. 삼촌이 보내준 책에서 찰스와 그의 배, 아더와 그의 꿈, 로사와 양떼에 관한 예쁜 이야기들을 읽었어요.

저는 큰 배를 탔어요. 마치 전함 같았어요. 엄마와 선생님, 홉킨스 사감선생님과 아나그노스 교장선생님, 로도카나치 씨와 다른 많은 친구들이 옛날 유물들을 보러 플리머스에 갔어요. 플리머스에 관한 짧은 이야기를 들려드릴 게요.

오래 전에 영국에는 착한 백성들이 많이 살고 있었는데, 왕과 그의 친구들은 선량한 국민들에게 친절하거나 온화하지 않았고 참을성도 없었대요. 백성들이 자신에게 불복하게 만들고 싶지 않았기 때문이래요. 백성들은 왕과 함께 교회에 가는 걸 좋아하지 않았어요. 대신에 자신들이 다닐 수 있는 아주 멋진 작은 교회들을 짓고 싶어했대요.

왕은 백성들 때문에 매우 화가 났는데요, 백성들은 민망해 하면서 낯선 다른 나라로 살러 갈 것이고, 정든 집과 친구들, 행실 고약한 왕을 떠날 거라고 말해 주었어요. 그래서 백성들은 모든 짐을 큰 상자에 담고서는 작별을 고했어요. 백성들이 마구 울었다니 가슴이 아파요. 백성들은 네덜란드에 도착해보니 아는 사람이 아무도 없었어요. 네덜란드어를 몰랐기 때문에 그곳 사람들이 무슨 말을 하는지도 알아듣지 못했어요. 그러나 이내 네덜란드 말을 몇 가지 배웠어요. 하지만 모국어를 사랑했구요, 자신들의 어린 자녀들이 모국어를 잊고 우스꽝스러운 네덜란드어 표현들을 배우는 걸 원치 않았어요. 그래서 말했어요. 멀리 신천지로 떠나서 학교와 집, 교회를 짓고 새로운 도시들을 건설해야 한다구요. 백성들은 또 모든 짐을 상자에 꾸리면서 새로 사귀었던 네덜란드 친구들에게 작별을 고하고는, 큰 배를 타고 새로운 나라를 찾아 떠났어요. 불쌍한 백성들은 행복하지 않았어요. 미국에 대해 아는 게 없어서 온통 슬픈 생각들만 들었기 때문이에요. 어린아이들은 틀림없이 거대한 대양이 무서웠을 거예요. 바다는 매우 힘이 세서 큰 배도 요동치게 하고, 그래서 어린아이들을 넘어뜨려 머리를 다치게 만들 것이기 때문이었어요. 그들은 오랫동안 물과 아름다운 바다를 제외하고는 나무나, 꽃, 풀도 볼 수 없는 깊은 바다 위에 떠 있었어요. 당시에는 사람들이 엔진과 증기를 몰라서 배들이 빠르게 항해할 수 없었어요. 어느 날 사랑스러운 남자 아기가 태어났어요. 이름이 페러그린 화이트였어요. 불쌍한 어린 페러그린이 지금은 죽고 없는 게 너무 애석해요. 사람들은 매일 갑판 위로 올라가서 육지가 찾아 둘러보았어요. 어느 날 배 위에서 커다란 함성이 들렸어요. 육지를 보았기 때문이에요. 새로운 땅에 안전하게 도착한 것을 보고 사람들은 기쁨으로 가득찼어요. 어린 소년소녀들은 뛰면서 손뼉을 쳤어요. 백성들은 커다란 바위 위로 상륙하면서 모두 기뻐했어요. 실제로 저는 플리머스에서 상륙했던 바위(록)와 메이플라워 호처럼 생긴 작은 배, 예쁜 페러그린 아기가 잠을 잤던 요람, 그리고 메이플라워 호에 실려 있던 다른 많은 유물들을 보았어요. 언제 한 번 플리머스에 방문하여 많은 옛날 유물들을 보시지 않겠어요?

이제 아주 피곤해서 쉴래요.

많은 사랑과 키스를 동봉하면서 당신의 어린 친구로부터.


아래 두 편지에 나오는 외국어는 켈러가 여러 달 전에 듣고 기억해 놓은 것들이다(첫 번째 편지는 맹아 유치원을 방문했을 때 쓴 것임). 켈러는 이 단어들을 완전히 소화한 후에, 앵무새처럼 흉내내거나 독창적인 문장을 만들어보는 식으로 연습했다. 단어나 관념들을 완전히 이해하지 못했을 때에도 켈러는 마치 완전히 이해한 것처럼 기록해두는 것을 즐겼다. 켈러가 청각과 시각에 관련된 관념, 그래서 자신은 경험할 수 없었던 관념의 단어들을 정확하게 구사하게 된 건 바로 이와 같은 방법을 통해서였다. '에디트'는 에디트 토머스이다.

## 수신 : 마이클 아나그노스 교장선생님

(1888년 10월 17일, 매사추세츠 주 록스베리에서)

'몽쉘 무슈 아나그노스(사랑하는 저의 아나그노스 교장선생님)',

창가에 앉아 있는데 아름다운 태양이 저를 비추고 있어요. 선생님과 저는 어제 유치원에 왔어요. 여기는 27명의 어린아이들이 있구요, 모두 맹인이에요. 아이들이 잘 볼 수 없어서 가슴이 아파요. 이 아이들도 언젠가는 잘 볼 수 있을까요? 불쌍한 에디트는 농맹아이고, 벙어리이기도 해요. 에디트와 저 때문에 매우 슬프신가요? 저는 곧 집에 가서 엄마와 아빠, 사랑하는 착하고 예쁜 여동생을 볼 거예요. 당신이 저를 보러 앨라배마로 오시길 바래요. 그러면 당신을 제 작은 마차에 태워줄 거예요. 제가 사랑하는 작은 조랑말을 타고 있는 걸 보시면 당신도 좋아할 거예요. 저는 사랑스러운 모자와 새 승마복을 입을 거예요. 햇볕이 화창하면 당신을 모시고 라일라와 에바와 베시를 보러 갈 거예요.

13살이 되면 낯설고 아름다운 많은 나라에 여행가려고 해요. 노르웨이의 아주 높은 산들을 올라가서는 얼음과 눈을 많이 볼 거예요. 넘어져서 머리를 다치지 않았으면 좋겠어요. 영국에 사는 폰틀로이 경도 만날 거예요. 폰틀로이 경은 자신의 집인 웅장한 고성을 보여 주면서 기뻐할 거예요. 그리고 우리는 사슴들과 함께 달리고 토끼 먹이를 주고 다람쥐를 잡을 거예요. 저는 폰틀로이 경이 기르는 덩치 큰 개, 두걸을 볼 때도 무서워하지 않을 거예요. 폰틀로이 경이 저를 데리고 아주 친절한 여왕을 만났으면 좋겠어요. 프랑스에 가면 프랑스어로 말할 거예요. 프랑스 소년이 "빠흘레 브 프헝세(프랑스어 할 줄 알아요?)"라고 물으면 "위 무슈, 부자베 엥 졸리 샤뽀. 돈네 무아 엉 베제(예. 당신은 예쁜 모자를 쓰고 있군요. 키스해 주세요)."라고 대답할 거예요. 아테네 아가씨를 만나러 저와 함께 아테네에 가요. 그녀는 아주 사랑스러운 여자인데요, 그리스어로 말을 걸 거예요. "쎄 아가뽀, 뽀스에헤떼(당신을 사랑해요, 당신은 어때요)." 라고 말할 거구요, 그러면 그녀가 "깔로스(좋아요)."라고 하겠죠. 그러면 "헤레(기뻐요)."라고 대답할 거예요. 곧 저를 보러 오셔서 극장에 데리고 가주시겠어요? 당신이 오시면 "깔리메라(좋은 아침이에요)."라고 말할 거구요, 당신이 집에 가실 때는 "깔리니히따(안녕히 주무세요)."라고 할 거예요. 이제 너무 피곤해서 더 못 쓰겠어요. '제브젬모. 오흐브아(당신을 사랑해요. 안녕히 계세요).'

당신의 사랑하는 어린 친구 헬렌 A. 켈러로부터.


## 수신: 에벌리나 H. 켈러 고모

(1888년 10월 29일, 매사추세츠 주 남부 보스턴에서)

사랑하는 고모, 저는 곧 우리 집으로 돌아갈 건데요, 고모와 모든 사람들이 선생님과 저를 만나면 아주 기뻐할 거라고 생각해요. 저는 여러 가지를 많이 배워서 아주 행복해요. 프랑스어, 독일어, 라틴어, 그리스어를 공부하고 있어요. '쎄 아가뽀'는 그리스어이고 '저는 당신을 사랑해요'라는 뜻이에요. '죄윈느 본 쁘띠뜨 쇠르'는 프랑스어이고 뜻은 '저는 착한 여동생이 있어요'에요. '누 아보 엉 봉 뻬어 에 윈느 본 메어'는 '우리는 좋은 엄마 아빠를 가지고 있어요'라는 뜻이에요. '푸에르'는 라틴어로 '소년'이구요, '무터'는 독일어로 '엄마'에요. 집에 가면 밀드레드에게 여러 언어를 가르쳐줄 거예요.


## 수신 : 소피아 C. 홉킨스 사감선생님

(1888년 12월 11일, 앨라배마 주 터스컴비아에서)

사랑하는 홉킨스 사감선생님,

방금 제 사랑하는 비둘기 새끼에게 모이를 주었어요. 심슨 오빠가 지난 일요일에 제게 준 새에요. 저는 선생님 이름을 따서 애니라고 이름지었어요. 강아지는 저녁을 먹고 잠자러 갔어요. 토끼들도 잠을 자고 있구요, 저도 바로 자러 갈 거예요. 선생님은 친구들에게 편지를 쓰고 있어요. 엄마와 아빠, 친구분들은 커다란 용광로를 보러 갔어요. 용광로로는 쇠를 만들어요. 철광석은 땅 속에서 찾아요. 그렇지만 용광로로 가져와서 녹이고 모든 흙을 떨어 내고 순수한 철만 남아야 비로소 사용할 수 있어요. 이제 이걸로 엔진, 난로, 주전자 그리고 다른 많은 물건들을 만들 수 있어요.

석탄 역시 땅 속에서 찾아요. 오래 전, 사람들이 지구에 살기 전에는 커다란 나무와 긴 풀과 거대한 양치식물들, 그리고 모든 아름다운 꽃들이 대지를 덮고 있었어요. 잎이 떨어지고 나무가 쓰러지면 물과 흙이 이들을 덮었어요. 다음에 더 많은 나무들이 자라 쓰러지고, 역시 물과 흙 속에 파묻혔어요. 모두 아주 오랫동안 압축된 후에 나무는 바위처럼 단단해졌고, 사람들이 태울 수 있는 상태가 되었어요. 석탄에서 잎과 양치식물과 나무껍질을 볼 수 있었나요? 사람들은 땅 속으로 내려가서 석탄을 파내구요, 증기차들이 석탄을 대도시로 날라서 사람들에게 팔아요. 그러면 밖이 추울 때 석탄을 태워서 따뜻하고 행복하게 만들어요.

지금 아주 외롭고 슬프신가요? 곧 저를 보러 오셔서 오랫동안 같이 지낼 수 있길 바래요.

많은 사랑을 동봉해요

당신의 어린 친구 헬렌 A. 켈러로부터.


## 수신 : 델라 베넷 양

(1889년 1월 29일, 앨라배마 주 터스컴비아에서)

사랑하는 베넷 양, 오늘 아침 당신에게 편지를 쓰니 기뻐요. 우리는 방금 아침식사를 했어요. 밀드레드는 아래 층에서 이리저리 뛰어다니고 있어요. 저는 책에서 천문학자들에 대해 읽었어요. 천문학자는 별을 뜻하는 라틴어 '아스트라(Astra)' 에서 온 말이구요, 별을 공부하여 우리들에게 얘기를 들려주는 사람들입니다. 우리가 침대에서 조용히 잠자고 있을 때에도 그들은 망원경을 통해 아름다운 밤하늘을 관측해요. 망원경은 시력이 아주 강한 눈과 같아요. 별들은 아주 멀리 떨어져 있어서 아주 성능이 우수한 기구장치가 없으면 많은 걸 알아낼 수가 없어요. 당신은 창 밖으로 작은 별들을 보는 걸 좋아하시나요? 선생님은 우리 창에서 금성이 보이는데 크고 아름다운 별이라고 말해요. 별들은 지구의 형제자매들이라고 불러요.

기구장치는 천문학자들이 사용하는 것 말고도 아주 많아요. 칼은 자를 때 사용하는 기구입니다. 종도 일종의 기구라고 생각해요. 종에 대해 제가 알고 있는 걸 말씀드릴 게요.

종은 음악용도 있고 음악 이외의 용도도 있어요. 아주 작은 것도, 아주 큰 것도 있어요. 웰즐리에서는 아주 큰 종을 보았어요. 일본에서 건너왔대요. 종은 많은 용도로 사용됩니다. 아침밥이 준비되었을 때, 학교에 가야 할 때, 교회에 가야 할 때, 그리고 불이 났을 때를 알려 줘요. 일하러 갈 때, 집으로 가서 쉬어야 할 때도 알려 줘요. 기관차의 종은 기차가 역으로 들어오고 있다는 걸 승객들에게 알려 주고 사람들에게 비키라고 말해요. 때때로 아주 끔찍한 사고들이 일어나서 많은 사람이 불에 타거나 물에 빠지거나 부상을 입어요. 며칠 전에 저는 제 인형의 목을 부러뜨렸어요. 하지만 무서운 사고는 아니에요. 인형은 사람처럼 살아 있거나 감정을 느끼는 존재가 아니거든요. 제 비둘기 새끼들은 잘 있구요, 제 어린 새도 잘 있어요. 찰흙이 좀 있으면 좋겠어요. 선생님이 이제 공부할 시간이래요. 안녕.

많은 사랑과 키스를 동봉하면서…….


## 수신 : 에드워드 에버렛 헤일 박사

(1889년 2월 21일, 앨라배마 주 터스컴비아에서)

사랑하는 헤일 박사님,

어린 헬렌이 박사님과 사랑하는 여러 사촌들을 깡그리 잊었다고 생각하실까 봐 정말 두려워요. 그렇지만 당신이 이 편지를 받고 기뻐하실 거라고 생각해요. 편지를 보면서 제가 가끔은 당신을 생각하고 사촌들을 끔찍이 사랑하고 있다는 걸 알게 될 것이기 때문이에요. 저는 지금 몇 주 동안 집에 있어요. 보스턴을 떠날 때는 매우 슬펐고 제 모든 친구들과도 헤어지는 게 몹시 섭섭했어요. 한편 사랑스러운 우리 집으로 돌아가는 게 기쁘기도 했죠. 제 사랑하는 여동생은 아주 빨리 자라고 있어요. 동생은 때때로 아주 짧은 단어들을 작은 [손가락]으로 제 손바닥에 써 보려고 하지만 너무 어려서 어려운 단어는 기억하지 못해요. 좀 더 크면 동생에게 많은 것들을 가르치려고 해요. 물론 동생이 참을성 있고 말을 공손히 잘 들어야 그렇게 할 거예요. 선생님은 이렇게 말해요. 아이들이 어릴 때 인내심과 예의를 배운다면 자라서 처녀 총각이 됐을 때도 친절함과 사랑과 용감함을 잊지 않을 거라구요. 저는 제 자신이 언제나 용기가 있었으면 좋겠어요. 이야기 속에 등장하는 어린 소녀는 용기가 없었어요. 끝이 뾰족하고 높은 [모자]를 쓴 작은 요정들이 기다란 골목을 춤추며 내려가다가 수풀 사이로 언뜻언뜻 엿보는 광경이 눈에 들어왔다고 생각하면서 가엾은 소녀는 그만 무서워졌어요. 크리스마스는 즐거우셨나요? 저는 사랑스러운 선물을 많이 받았어요. 일전에 멋진 파티를 했어요. 제 사랑하는 어린 친구들이 모두 저를 보러 왔어요. 우리는 게임을 하고, 아이스크림과 케이크, 과일도 먹었어요. 다음에 우리는 정말 재미있게 놀았어요. 오늘 태양은 화창하게 빛나고 있어요. 길이 말라서 말을 탈 수 있으면 좋겠어요. 며칠 있으면 여기는 아름다운 봄이 올 거예요. 따스한 햇살과 향기로운 꽃들을 사랑하기 때문에 저는 아주 기쁘답니다. 꽃들은 사람들을 행복하고 기분 좋게 만들어주려고 자란다고 생각해요. 제게는 지금 인형이 4개 있어요. 세드릭은 남동생이구요, 이름을 폰틀로이 경을 따라 지었어요. 커다란 갈색 눈, 긴 금발과 예쁘고 동그란 뺨을 가지고 있어요. 이다는 제 아기예요. 어떤 부인이 제게 주려고 파리에서 가져온 거예요. 진짜 아기처럼 우유도 마신답니다. 루시는 처녀예요. 앙증맞은 레이스 드레스를 입고 있고, 공단 재질의 슬리퍼를 신고 있어요. 가엾은 늙은 낸시는 점점 늙어 가면서 쇠약해지고 있어요. 거의 환자나 마찬가지에요. 길들인 비둘기 두 마리와 작은 카나리아 새 한 마리도 있어요. 점보는 아주 힘이 세고 충성스러워요. 이 개는 밤에 어떤 것도 우리를 해친다면 그냥 내버려 않을 거예요. 저는 매일 학교에 가서 읽기와, 쓰기, 산수와 지리, 언어를 배우고 있어요. 엄마와 선생님이 박사님과 부인에게 안부를 전하구요, 밀드레드가 당신에게 키스를 보내요.

많은 사랑과 키스를 동봉하며,

당신의 사랑하는 조카 헬렌 A. 켈러로부터.


겨울에 설리번 선생님과 제자 켈러는 터스컴비아의 집에서 공부했다. 봄에 헬렌은 이미 관용적인 영어 표현을 구사하여 작문하는 법을 익힌 상태였는데, 이를 보면 겨울 동안의 공부가 아주 효과적이었음을 알 수 있다. 1889년 5월 이후에 쓴 헬렌의 편지에서는 연필이 미끄러진 게 확실한 몇몇 실수를 제외하고는 필기 오류를 발견하지 못했다. 그녀의 단어 구사는 정확했고, 문장도 쉽고 유창했다.


## 수신 : 마이클 아나그노스 교장선생님

(1889년 5월 18일, 앨라배마 주 터스컴비아에서)

사랑하는 아나그노스 교장선생님,

어제 저녁 당신의 편지를 받고 제가 얼마나 기뻤는지 정말 짐작도 못하실 거예요. 당신이 그렇게 멀리 가신다니 정말 섭섭해요. 당신이 아주 많이 그리울 거예요. 저도 교장선생님과 함께 아름다운 도시들을 많이 방문하고 싶어요. 헌츠빌에 있을 때 브라이슨 씨를 만났는데요, 로마와 아테네, 그리고 파리와 런던을 가 보았다고 제게 말했어요. 스위스의 높은 산들도 올라갔고, 이탈리아와 프랑스의 아름다운 교회들도 방문했고, 커다란 고성들도 많이 보았대요. 당신이 방문하는 도시마다 도착하시면 제게 편지를 보내 주세요. 네딜

란드에 가면 사랑스러운 빌헬미나 공주에게 제 사랑을 전해 주세요. 그녀는 지금 사랑스러운 소녀지만 앞으로 충분히 자라면 네덜란드 여왕이 될 거예요. 루마니아에 가면 선량한 엘리자베스 여왕에게 아픈 남동생의 안부를 물어 보고 그녀의 사랑하는 어린 딸이 세상을 떠난 것을 제가 아주 안타까워하고 있다고 전해 주세요. 나폴리의 어린 왕자 비토리오에게도 키스를 보내고 싶어요. 하지만 선생님은 제가 전하는 메시지가 이렇게 너무 많으니 당신이 기억하지 못할까봐 우려하고 있어요. 13살이 되면 저도 혼자 힘으로 이 모든 나라들을 방문할 거예요.

폰틀로이 경에 관한 아름다운 얘기를 들려주신 거 정말 감사해요. 선생님도 역시 감사해 하고 있어요.

에바가 올 여름에 저와 함께 지내러 온다니 정말 기뻐요. 우리는 함께 멋진 시간을 보낼 거예요. 하워드에게 제 사랑을 전해 주시고, 제 편지에 답장하라고 말해 주세요. 목요일에 우리는 소풍을 갔어요. 그늘진 숲 속에서 아주 쾌적한 시간을 보냈구요, 우리 모두 소풍이 아주 즐거웠어요.

밀드레드는 집 밖의 뜰에서 놀고 있구요, 엄마는 맛있는 딸기를 따고 있어요. 아빠와 프랭크 삼촌은 다운타운에 갔어요. 심슨 오빠는 곧 집으로 돌아온대요. 밀드레드와 저는 헌츠빌에 있을 때 사진을 여러 장 찍었어요. 당신에게도 한 장 보낼게요.

장미꽃들이 아름답게 피었어요. 엄마는 멋진 장미들이 정말 많아요. 가장 향기가 좋은 품종은 라프랑스, 라마르크이구요, 마레샬 니엘, 쏠파떼르, 자크미노, 니페오, 에뜨왈 드 리옹, 빠빠 공띠에, 가브리엘르 드레베, 뻬알르 데 자뎅들도 모두 사랑스러운 품종들이에요. 어린 소년소녀들에게 제 사랑을 전해 주세요. 저는 그 아이들을 매일 생각하면서 마음 속으로 끔찍이 사랑하고 있어요. 당신이 유럽에서 집으로 돌아오실 때는 아주 건강한 가운데 집에 돌아오셔서 무척 행복해 하시길 바랄 게요. 제 사랑을 칼리오피 케하이야 양, 프란시스 디미트리오스 칼로포타키스 씨에게 전해 주는 거 잊지 마세요.

당신의 어린 친구, 헬렌 애덤스 켈러가 사랑으로.

프랑스어 선생님에게 보낸 아래 편지에는 켈러가 초기에 쓴 수많은 편지들처럼 들어서 알고 있는 어떤 얘기를 자신의 표현으로 재구성한 내용이 담겨 있다. 편지를 읽어 보면 글쓰기 능력이 초창기 발달 단계에서는 곧 모방의 능력과 동의어임을 알 수 있다.

## 수신 : 파니 S. 마레트 선생님

(1889년 5월 17일, 앨라배마 주 터스컴비아에서)

사랑하는 마레트 선생님, 저는 지금 대성통곡 울음을 터뜨린 사랑하는 어린 소녀를 생각하고 있어요. 그 아이는 아이의 오빠가 아주 많이 괴롭혀서 울었어요. 오빠가 한 짓을 당신에게 지금 말할 거구요, 당신도 어린 소녀를 아주 안타까워할 거라고 생각해요. 소녀는 아주 아름다운 인형을 하나 선물로 받았어요. 오, 정말 사랑스럽고 우아한 인형이었어요! 그러나 소녀의 오빠인 키 큰 소년이 인형을 빼앗아서는 정원의 높은 나무 위에 올려 놓고 도망갔어요. 어린 소녀는 인형에 손이 닿지 않았을 뿐만 아니라 밑으로 떨어뜨릴 방법도 없었어요. 그래서 울었어요. 인형도 같이 울면서 녹색 나뭇가지에 앉아 밖으로 팔을 뻗고 있었는데요, 고통스러워 보였어요. 곧 쓸쓸한 밤이 찾아 오는데 인형이 밤새 혼자 나무에서 지낸다? 생각이 여기에 미치자 어린 소녀는 견딜 수 없었어요. "내가 함께 있을 게." 소녀는 전혀 용기가 나지 않으면서도 인형에게 이렇게 말했어요. 벌써 소녀의 눈에는 끝이 뾰족하고 높은 모자를 쓴 작은 요정들이 땅거미가 지는 골목을 춤추며 내려오면서 수풀 사이로 언뜻언뜻 엿보는 광경이 똑똑하게 보이기 시작했어요. 요정들이 점점 더 가까이 다가왔어요. 소녀는 인형이 앉아 있는 나무를 향해 손을 뻗었지만, 요정들은 소녀에게 손가락질을 하면서 웃음을 터뜨렸어요. 어린 소녀는 얼마나 무서웠던지! 그러나 이 이상한 어린 요정들도 나쁜 짓을 하지 않은 사람은 해칠 수 없어. "제가 뭘 잘못했나요? 아, 맞아요!" 어린 소녀는 말했어요. "빨간 색 헝겊이 다리에 칭칭 감긴 가엾은 오리를 보고 웃은 적은 있어요. 오리가 절룩거려서 웃음이 나왔죠, 뭐. 하지만 가엾은 동물을 보고 웃은 건 잘못이에요!"

가련한 얘기이지 않아요? 아이들의 아빠가 장난꾸러기 소년을 혼내 주길 바래요. 당신은 다음 목요일에 설리번 선생님을 만나니 아주 기쁘신가요? 설리번 선생님이 집으로 가신 건 휴식 때문이었구요, 그렇지만 가을에는 다시 돌아오실 거예요.

당신의 어린 친구, 헬렌 켈러가 사랑으로.


## 수신 : 메리 E. 라일리 양

(1889년 5월 27일, 앨라배마 터스컴비아에서)

사랑하는 라일리 양, 오늘 당신이 여기 따뜻하고 화창한 남부에 우리와 함께 있으면 얼마나 좋을까요. 그러면 여동생과 제가 당신을 정원으로 데리고 나가서 맛있는 랏스베리와 딸기를 조금 따줄 텐데요. 당신도 얼마나 좋아할까요? 딸기는 이제 거의 자취를 감췄어요. 서늘하고 쾌적한 저녁에는 뜰로 산책을 나가서 메뚜기와 나비를 잡을 텐데요. 새와 꽃들, 풀, 그리고 점보와 펄에 대한 얘기도 함께 나눌 거구요. 당신이 좋아한다면 함께 달리고 점프하고 깡총깡총 뛰면서 춤추고, 우리는 아주 행복할 텐데요. 당신도 흉내지빠귀의 노랫소리를 들으면 즐거워할 거라고 생각해요. 흉내지빠귀 한 마리가 창문 바로 밑의 나뭇가지에 앉아서 기쁜 노랫소리로 대기를 가득 채우고 있어요. 그러나 당신이 터스컴비아에 올 수 없는 게 안타까워요. 그래서 당신에게 이 편지로 달콤한 키스와 사랑을 전해요. 딕은 어때요? 데이지는 물론 행복하기는 하지만 어린 놀이친구가 있으면 늘 행복할 텐데 말이에요. 제 아이(인형)들은 낸시만 빼고 모두 건강해요. 낸시는 몸이 정말 허약해요. 할머니와 코린 아주머니는 지금 여기에 계세요. 할머니가 제게 드레스를 두 벌 새로 만들어주려고 해요. 제 사랑을 모든 어린 소녀들에게 전하면서 헬렌이 아주 많이 사랑하고 있다고 말해 주세요. 에바도 사랑을 모든 애들에게 전해요.

많은 사랑과 키스를 동봉하며,

당신의 다정한 어린 친구, 헬렌 애덤스 켈러로부터.


여름에 설리번 선생님은 3개월 반 동안 헬렌과 떨어져 지냈다. 이는 선생님과 헬렌이 처음으로 헤어져 지낸 시기였다. 이후에 둘 사이의 우정은 15년 동안 한결같이 유지되었고, 며칠 이상 계속 떨어져 지낸 건 단 한 번뿐이었다.


## 수신 : 앤 맨스필드 설리번 선생님

(1889년 8월 7일, 앨라배마 주 터스컴비아에서)

정말 사랑하는 선생님, 오늘 저녁 선생님에게 편지를 쓰게 되어 정말 기뻐요. 하루 종일 선생님을 많이 생각하고 있었거든요. 저는 지금 베란다에 앉아 있구요, 제 하얀색 비둘기 새끼는 의자 등받이에 앉아서 제가 편지 쓰는 걸 지켜 보고 있어요. 단짝인 갈색 비둘기 새끼는 다른 새들과 함께 날아가 버렸어요. 그러나 애니 비둘기는 슬프지 않아요. 저와 함께 지내는 걸 좋아하거든요. 폰틀로이는 위층에서 자고 있구요, 낸시는 루시를 재우고 있어요. 흉내지빠귀가 아마 노래를 들려주면서 이들을 재우고 있을 거예요. 지금 아름다운 꽃들이 모두 피었어요. 대기는 재스민, 헬리오트로프, 장미 향기로 달콤해요. 지금 여기는 날씨가 따뜻해지고 있구요, 그래서 아빠가 8월 20일에 우리를 채석장 산장에 데려 갈 거예요. 우리는 서늘하고 쾌적한 숲 속에서 아름다운 시간을 보낼 거예요. 우리가 즐기는 기쁜 일들을 모두 당신에게 편지로 말해 줄 게요. 레스터와 헨리가 착한 아기들이어서 아주 기뻐요. 저의 달콤한 키스를 많이 전해 주세요.

아름다운 별과 사랑에 빠진 소년의 이름은 뭐였지요? 에바가 하이디라는 이름의 사랑스러운 소녀 이야기를 해주었어요. 저, 그 책 제게 보내주실래요? 타이프라이터가 생기면 기쁠 거예요.

어린 아더는 매우 빠르게 자라고 있어요. 그는 이제 짧은 드레스를 입어요.

사촌 언니 라일라는 아더가 조금 지나면 걸을 거라고 말해요. 그러면 저는 그의 부드럽고 토실토실한 손을 잡고 밝은 햇볕을 맞으며 산책을 나갈 거예요. 아더는 아주 큰 장미를 꺾으면서 훨훨 즐겁게 날아다니는 나비를 쫓아다니겠죠. 저는 아기가 넘어지거나 다치지 않게 잘 돌볼 거예요. 아빠와 다른 신사 친구분들은 어제 사냥을 했어요. 아빠는 새를 38마리 잡았어요. 몇 마리를 저녁식사 때 먹었는데 정말 맛있었어요. 지난 월요일에 심슨 오빠는 예쁜 두루미를 총을 쏘아 잡았어요. 두루미는 크고 힘센 새에요. 날개가 제 팔만큼 길구요, 부리는 제 발만큼 커요. 작은 물고기나 작은 동물들을 잡아먹어요. 아빠는 두루미가 거의 온종일 한 번도 쉬지 않고 날 수 있대요.

밀드레드는 세상에서 가장 사랑스럽고 매력적인 소녀에요. 아주 장난꾸러기에요. 때때로 엄마 모르게 포도밭으로 나가서는 맛있는 포도를 앞치마에 가득 담아 와요. 동생은 부드러운 두 팔을 선생님 목에 감고 포옹하고 싶을 거예요.

일요일에 저는 교회에 갔어요. 저는 교회가는 게 정말 좋아요. 친구들을 만날 수 있거든요.

어떤 신사분이 제게 예쁜 카드를 한 장 줬어요. 아름다운 시냇가에 있는 방앗간의 사진이에요. 물 위에는 배가 한 척 떠 있구요, 향기로운 수련들이 배 주변에 온통 자라고 있어요. 방앗간에서 멀지 않은 곳에 오래된 집이 하나 있구요, 집 근처에는 많은 나무들이 자라고 있어요. 지붕에는 비둘기가 여덟 마리 앉아 있구요, 계단에는 커다란 개가 보여요. 펄은 지금 아주 자랑스러운 엄마개가 되었어요. 강아지가 모두 여덟 마리인데요, 세상에서 자기 새끼들처럼 멋진 강아지들은 없다고 생각해요.

저는 매일 책을 읽어요. 책들이 너무 좋아요. 선생님이 곧 제게 돌아오시면 좋겠어요. 정말 그리워요. 사랑하는 선생님이 여기 없으니 많은 것들을 배울 수 없어요. 5천 번의 키스와 말할 수 없이 많은 사랑을 보내요. 홉킨스 사감선생님에게도 많은 사랑과 키스를 보내요.

당신의 다정한 어린 학생, 헬렌 켈러로부터.

가을에 헬렌과 설리번 선생님은 남부 보스턴의 퍼킨스 학교로 돌아갔다.


## 수신 : 밀드레드 켈러 양

(1889년 10월 24일, 남부 보스턴에서)

내 소중한 여동생아, 좋은 아침! 네 생일 선물로 이 편지를 쓰고 있어. 편지를 받고 너도 매우 기뻐하길 바래. 나는 지금 네게 편지를 쓰면서 행복하거든. 드레스는 네 눈처럼 푸른 색이고, 캔디는 사랑스럽고 어린 너처럼 달콤하구나. 엄마도 네게 드레스를 만들어주는 게 기쁘실 거고, 네가 그 드레스를 입으면 마치 장미처럼 예쁠 거야. 그림책을 보면 많은 신기한 야생동물에 대한 모든 사실을 알게 될 거야. 거기 나오는 동물들을 무서워하면 안 돼. 동물들이 그림 밖으로 뛰쳐나와서 너를 해칠 수는 없거든.

나는 매일 학교에 가서 새로운 것들을 많이 배우고 있어. 8시에는 산수를 공부해. 나는 산수가 좋아. 9시에는 어린 소녀들과 함께 체육관으로 가서 정말 재미있게 놀아. 너도 여기에 와서 세 마리의 다람쥐 새끼, 두 마리의 온순한 비둘기와 함께 놀면서 사랑스러운 개똥지빠귀에게 예쁜 둥지를 만들어줄 수 있다면 좋으련만. 흉내지빠귀는 여기 추운 북쪽 지방에는 살지 않아. 10시에는 우리 모두가 살고 있는 지구에 대해 공부해. 11시에는 선생님과 얘기하고 12시에는 동물학을 공부해. 오후 일과는 아직 잘 모르겠어.

사랑하는 어린 밀드레드야, 이제 작별 인사를 해야 해. 내 많은 사랑과 많은 포옹, 키스를 아빠 엄마에게 전해 주렴. 선생님도 역시 사랑의 안부를 전하고 있어.

너의 다정한 언니, 헬렌 켈러로부터.


## 수신 : 윌리엄 웨이드 씨

(1889년 11월 20일, 매사추세츠 주 남부 보스턴에서)

사랑하는 웨이드 씨, 방금 엄마에게서 편지 한 통을 받았는데 당신이 제게 보낸 아름다운 마스티프 강아지가 터스컴비아에 안전하게 도착했대요. 멋진 선물에 정말 감사드려요. 제가 집에 있지 않아서 강아지에 환영 인사를 할 수 없는 게 매우 애석해요. 그렇지만 엄마와 아기 여동생이 강아지 여주인이 집에 없는 동안 강아지에게 아주 친절하게 대해 줄 거예요. 강아지가 쓸쓸해 하거나 불행한 마음이 들지 않길 바래요. 강아지들은 어린 소녀들처럼 지독한 향수병에 쉽게 빠질 수 있다고 생각해요. 강아지의 이름을 당신의 개를 따라 라이어니스(암사자)라고 부르고 싶어요. 그래도 되죠? 강아지가 아주 충성스럽고 용감한 개로 자라길 바래요.

저는 지금 사랑하는 저의 선생님과 함께 보스턴에서 공부하고 있어요. 새롭고 놀라운 것들을 아주 많이 배우고 있어요. 지구와 동물들에 대해 공부하고 있고, 산수를 '엄청' 좋아해요. 새로운 단어도 많이 배우고 있어요. '엄청'이란 단어도 어제 배운 말이에요. 라이어니스를 만나면 깜짝 놀랄 얘기들을 많이 들려줄 거예요. 강아지에게 너는 척추동물이고 포유류이며 네발 짐승이라고 말해 주면 웃음을 터뜨릴 거라고 생각해요. 육식류 목(目)에 속한다고 말해 줄 때는 아주 민망스럽겠죠. 프랑스어도 공부하고 있어요. 라이어니스에게 프랑스어로 말을 걸 때는 "몽 보 쉬엥 (내 예쁜 개야)."이라고 부를 거예요. 제가 라이어니스를 잘 보살필 거라고 당신의 라이온에게 말해 주세요. 당신이 원할 때 제게 편지를 보내 주시면 행복할 거예요.

당신의 다정한 어린 친구, 헬렌 A. 켈러로부터.

**추신** : 저는 맹아학교에서 공부하고 있어요.

H. A. K.


아래 편지는 휘티어 씨가 '헬렌 A. 켈러, 눈 멀고 귀 먹고 벙어리인 9살 아이'라고 편지지 뒷면에 메모를 해 놓았다. 'Browns'는 'Brown eyes (갈색 눈)'

라고 쓴다는 것을 연필로 쓰면서 깜박 실수한 것이다.


## 수신 : 존 그린리프 휘티어

(1889년 11월 27일, 매사추세츠 주 남부 보스턴 맹아학교에서)

사랑하는 시인님,

알지도 못하는 어린 소녀의 편지를 받아서 깜짝 놀라시겠지만 제가 당신의 아름다운 시들을 아주 행복하게 읽고 있다는 소식을 들으면 당신도 기뻐하실 거라고 생각했어요. 어제 저는 〈학창시절에〉와 〈내 놀이친구〉를 읽었는데요, 정말 즐거웠어요. 갈색 눈(Browns)과 헝클어진 황금색 곱슬머리를 가진 가엾은 어린 소녀가 죽었다니 정말 애석해요. 여기 우리의 아름다운 세상에서 사는 건 정말 즐거운 일입니다. 세상의 사랑스러운 사물들을 눈으로 볼 수는 없지만 그러나 마음으로는 모든 걸 볼 수 있어서 저는 종일토록 즐거워요.

정원 산책을 나가서도 아름다운 꽃들이 눈에 보이지 않지만 주변 사방에 피어 있다는 걸 잘 알고 있어요. 대기 속의 꽃향기가 달콤하잖아요? 또 아주 작은 종 모양의 백합꽃들이 다른 꽃친구들에게 예쁜 비밀을 속삭이고 있다는 것도 알아요. 아니라면 백합꽃들이 어떻게 그렇게 행복한 표정을 지을 수 있겠어요? 저는 당신을 끔찍이 사랑해요. 꽃과 새들, 사람들에 대해 아주 많은 것을 제게 가르쳐 주기 때문이에요. 이제 작별 인사를 해야 해요. [당신도] 추수감사절을 아주 즐겁게 보내시길 바래요.

당신의 다정한 어린 친구, 헬렌 A. 켈러로부터.


위의 편지에 대한 휘티어 씨의 답장은 아래 편지에도 언급되어 있는데 그만 유실되어서 찾을 수가 없다.

1909년 경에 찍은 헬렌 켈러

# 수신 : 케이트 애덤스 켈러 부인

(1889년 12월 3일, 매사추세츠 주 남부 보스턴에서)

사랑하는 엄마, 엄마의 어린 딸은 아름다운 오늘 아침 엄마에게 편지를 쓰니 아주 행복해요. 오늘 여기는 춥고 비가 와요. 어제는 미드 백작부인이 다시 저를 보러 왔어요. 부인은 제게 아름다운 제비꽃 한 다발을 주었어요. 부인의 어린 딸들은 이름이 바이올렛과 메이래요. 백작은 다음에 미국에 올 때 터스컴비아를 방문하게 되면 기쁠 거라고 말했어요. 미드 부인은 엄마가 가꾸는 꽃들을 구경하고 흉내지빠귀 새들이 지저귀는 소리도 듣고 싶다고 했어요. 제가 영국을 방문하면 그 분들 집에 몇 주 동안 머무르면 좋겠대요. 또 그 분들은 저를 데리고 여왕님을 알현하러 갈 거예요.

휘티어 시인에게서 사랑스러운 편지를 한 통 받았어요. 그는 저를 사랑해요. 웨이드 씨는 선생님과 제가 다음 봄에 자신에게 놀러 오길 원해요. 우리가 가도 되나요? 웨이드 씨는 엄마가 손으로 직접 라이어니스에게 밥을 줘야 한다고 말했어요. 다른 개들과 섞여서 밥을 먹지 않으면 더 온순해질 거래요.

윌슨 씨가 목요일에 우리를 찾아왔어요. 우리 집에서 기른 꽃들을 받아서 기뻤어요. 아침을 먹다가 꽃을 받았는데요, 친구들과 저는 꽃으로 인해 즐거웠어요. 추수감사절에는 칠면조와 플럼 푸딩 등, 아주 멋진 저녁식사를 했어요. 지난 주에는 아름다운 미술품 가게에 갔어요. 거기서 커다란 조각상들을 많이 보았구요, 남자 사장님은 제게 천사상을 선물했어요.

일요일에는 커다란 전함에서 거행된 예배에 참석했어요. 예배가 끝난 후에 해군 병사들은 우리를 여기저기 안내했어요. 모두 460명의 장병들이 있었어요. 제게 아주 친절했어요. 어떤 군인은 제 발에 물이 묻지 않게 저를 팔로 들어서 옮겨 주었어요. 군인들은 청색 유니폼과 요상하게 생긴 작은 모자 차림이었어요. 목요일에는 끔찍한 화재가 발생했어요. 많은 가게들이 불에 탔구요, 네 사람이 죽었어요. 아주 애석했어요. 아빠에게 제발 제게 편지하라고 말씀해 주세요. 사랑하는 여동생은 어떻게 지내요? 제 많은 키스를 동생에게 전해 주세요. 이제 글을 맺어야 해요.

많은 사랑을 담아 당신의 사랑하는 딸, 헬렌 켈러로부터.


## 수신 : 케이트 애덤스 켈러 부인

(1889년 12월 24일, 매사추세츠 주 남부 보스턴에서)

사랑하는 엄마,

어제 저는 엄마에게 작은 크리스마스 선물상자를 보냈어요. 좀 더 빨리 보내지 못해 엄마가 내일 받을 수 없는 게 매우 안타깝지만 회중시계 케이스를 더 일찍 만들 수는 없었어요. 선물들은 아빠의 손수건을 제외하고는 모두 직접 만들었어요. 아빠의 선물도 제가 만들고 싶었지만 시간이 없었어요. 엄마도 시계 케이스를 좋아하시길 바래요. 엄마를 위해 시계 케이스를 만들면서 제가 아주 행복했거든요. 엄마가 새로 산 사랑스러운 시계를 꼭 이 케이스에 넣으셔야 해요. 터스컴비아의 날씨가 너무 따뜻해서 여동생이 제가 만든 예쁜 벙어리장갑을 낄 수 없다면 그냥 간직하면 되겠죠. 언니가 동생을 위해 직접 만든 거잖아요. 동생이 작은 장난감 인형을 보면 즐거울 거라고 생각해요. 장난감을 흔들어보라고 동생에게 말해 주세요. 그러면 장난감이 트럼펫을 불어요. 친구들 선물을 살 돈을 보내 주신 거 사랑하는 친절한 아빠께 감사드려요. 저는 모든 사람들을 행복하게 만드는 일을 사랑해요. 크리스마스는 집에서 보내고 싶은데 애석해요. 그러면 우리 모두 아주 행복할 텐데요. 매일 아름다운 우리 집을 생각하고 있어요. 제 트리에 매달 예쁜 선물들을 보내 주시는 거 잊지 마세요. 응접실에 크리스마스 트리를 만들려고 해요, 그러면 선생님이 제 모든 선물을 트리에 달아 주실 거예요. 재미있는 트리가 되겠죠? 모든 소녀들이 크리스마스를 지내러 자기들 집으로 돌아갔어요. 선생님과 저만 남아서 홉킨스 사감선생님이 돌보아 줄 아기 처지가 되었어요. 선생님은 여러 날 아팠어요. 목이 아주 따가운데, 의사는 선생님이 병원에 입원해야 한다고 말했어요. 그러나 지금은 많이 좋아졌어요. 저는 아픈 적이 전혀 없어요. 어린 소녀들도 모두 잘 있어요. 금요일에는 제 어린 친구들인 캐리, 에델, 프랭크, 헬렌 프리먼과 함께 보내려고 해요. 모두 아주 재미있게 지낼 거라고 저는 확신해요.

엔디콧 씨 부부가 저를 보러 왔는데요, 함께 나가서 마차를 탔어요. 이 부부가 제게 사랑스러운 선물을 주려고 하는데요, 그게 뭔지 모르겠어요. 새미는 사랑스러운 새 남동생이 생겼어요. 아기는 아직 아주 부드럽고 연약해요. 아나그노스 교장선생님은 지금 아테네에 계셔요. 그는 제가 여기 학교에 다니는 걸 기뻐해요. 이제 작별 인사를 해야 해요. 지금 이 편지가 멋들어지길 바라지만 종이에 글자를 써서 편지를 쓰는 게 어렵구요, 선생님도 여기 없어서 편지를 더 잘 쓰는 데 필요한 도움을 받을 수도 없어요. 어린 여동생에게 많은 키스를, 그리고 모든 사람들에게 많은 사랑을 전해 주세요. 사랑으로.

## 수신 : 에드워드 에버렛 헤일 박사

(1890년 1월 8일, 남부 보스턴에서)

사랑하는 헤일 박사님,

어제 밤에 아름다운 조개껍데기를 받았어요. 박사님께 매우 감사드려요. 조개껍데기를 언제까지나 간직할 거구요, 컬럼버스가 우리의 사랑하는 조국을 발견하기 위해 항해를 떠나 온 저 멀고 먼 섬에서 박사님이 손수 채취한 물건이라는 생각을 하면 매우 행복해요. 제가 11살이 되면 그가 낯설고 거대한 바다를 건너기 위해 세 척의 조그만 배를 타고 출발한 이후로 400년이 되는 거예요. 그는 매우 용감했어요. 어린 소녀들도 사랑스러운 조개껍데기를 보고 기뻐했어요. 저는 소녀들에게 제가 조개껍데기에 대해 알고 있는 모든 지식을 말해 주었어요. 당신도 그렇게 많은 사람들을 행복하게 만들었다는 게 아주 기쁘신가요? 저는 기뻐요. 언젠가 당신을 방문하여 브라유 점자를 가르치면 아주 행복할 거예요. 물론 당신이 배울 시간이 있다면 말입니다. 다만 당신이 너무 바쁜 게 염려가 돼요. 며칠 전에 저는 미드 부인에게서 영국 제비꽃이 든 작은 상자를 받았어요. 시들기는 했지만 꽃에 묻어 온 (그 분의) 친절한 배려만큼은 갓 피어난 제비꽃 못지않게 감미롭고 신선했어요.

어린 사촌들과 헤일 부인에게는 다정한 인사를, 당신에게는 달콤한 키스를 드려요.

당신의 어린 친구, 헬렌 켈러로부터.


이 편지는 헬렌이 홈즈 박사에게 보낸 편지들 중 첫 번째 편지로 박사를 방문한 직후에 쓴 것인데, 박사는 이 편지를 〈차 한잔을 나누며〉라는 작품에 게재했다.


## 수신 : 올리버 웬델 홈즈 박사

(1890년 3월 1일, 매사추세츠 주 남부 보스턴에서)

사랑하는 친절한 시인님, 화창했던 일요일에 당신과 작별한 이후로 당신을 많이 생각했어요. 그리고 지금 편지를 써요. 당신을 사랑하기 때문입니다. 당신이 때때로 같이 놀 어린아이들이 하나도 없다는 게 마음이 아픕니다. 그래도 많은 책과 친구들에 둘러싸여 아주 행복하게 지내실 거라고 생각해요. 워싱턴 탄생 기념일에는 아주 많은 사람들이 여기 맹아 학생들을 보려고 왔어요. 저는 당신이 지은 시에서 발췌한 구절들을 방문객들에게 읽어 주었구요, 팔로스 근처의 작은 섬에서 채취한 아름다운 조개껍데기들도 보여주었어요.

지금 저는 〈어린 제이키〉라는 아주 슬픈 이야기를 읽고 있어요. 제이키는 세상에서 가장 귀여운 아기이지만 앞을 보지 못하는 가엾은 친구입니다. 제가 아직 어려서 책을 읽지 않던 시절에는 모든 사람들이 항상 행복하다고만 생각했었어요. 그런데 이 얘기를 읽었을 때 처음에는 고통과 커다란 슬픔에 대해 알게 되면서 온통 슬픈 마음뿐이었어요. 그러나 지금은 세상에 기쁨만 존재한다면 용감성과 인내심을 절대로 배울 수 없을 거라는 걸 깨닫고 있어요.

저는 지금 동물학 시간에 곤충들을 공부하고 있구요, 나비에 대해 많은 사실을 배웠습니다. 나비는 벌들처럼 꿀을 만들어주지는 않지만 이리저리 날아드는 꽃들 못지 않게 아름다울 뿐만 아니라, 어린아이들의 가슴에 언제나 기쁨을 선사해줘요. 내일은 아예 생각하지 않고 꽃들 사이를 훨훨 날아 꿀물을 맛보면서 즐거운 삶을 살아요. 나비들은 마치 책과 공부는 깡그리 잊어버리고 숲과 들판을 쏘다니면서 야생화들을 꺾거나, 밝은 햇빛 속에서 연못 속을 헤치며 밝고 향기로운 수련을 찾아 다니는 어린 소년소녀들 같아요.

여동생이 다음 6월에 보스턴에 오면 동생을 데리고 당신을 만나러 가도 될까요? 당신도 사랑스러운 아기인 동생을 사랑할 거라고 확신해요.

이제 친절한 시인님에게 작별인사를 해야 해요. 잠들기 전에 우리 집에도 편지를 써야 하거든요.

당신의 다정한 어린 친구, 헬렌 켈러로부터.


## 수신 : 사라 풀러 교장선생님

(1890년 4월 3일, 매사추세츠 주 남부 보스턴에서)

사랑하는 풀러 교장선생님,

오늘 아침 제 마음은 기쁨으로 가득찼어요. 새로운 단어들을 말하는 법을 많이 배웠구요, 문장도 몇 개 만들 수 있거든요. 어제 저녁에 저는 뜰로 나가 달님한테 말했어요. "오, 달님아! 나에게 오렴." 제가 말을 걸어 주니 사랑스러운 달도 기뻤을 거라고 생각하세요? 제가 말하는 것을 보면 엄마는 얼마나 기뻐하실지! 엄마와 제 소중한 여동생에게 너무 너무 말을 건네 보고 싶어서 6월까지 도저히 기다릴 수가 없어요. 밀드레드는 제가 손가락으로 글자를 써주면 알아듣지를 못했어요. 하지만 이제는 동생이 제 무릎 위에 앉으면 기쁜 얘기들을 많이 들려줄 거예요. 둘 다 정말 행복할 거예요. 교장선생님은 아주 많은 사람들을 행복하게 만들어주니 많이 많이 행복하신가요? 당신은 정말 친절하고 참을성이 많은 분이라고 생각하구요, 저는 정말 당신을 끔찍하게 사랑해요. 제가 입으로 말하고 싶은 욕구가 어떻게 생겼던 건지 교장선생님이 알고 싶어한다고 저의 선생님이 화요일에 제게 말해 주었어요. 지금부터 이 얘기를 교장선생님에게 들려줄 거예요. 어떤 생각을 하면서 그런 욕구가 생겼었는지 생생하게 기억나거든요. 아주 어린아이였을 때 저는 종일토록 엄마의 무릎 위에 앉아 있곤 했어요. 아주 겁이 많았을 뿐더러 혼자만 방치되는 게 싫었거든요. 그래서 제 작은 손을 줄곧 엄마의 얼굴 위에 대고 있었어요. 엄마가 사람들하고 얘기할 때 얼굴과 입술이 움직이는 걸 느끼는 게 즐거웠기 때문이에요. 그때는 엄마가 뭘 하고 있는 건지 몰랐어요. 아니, 다른 일들도 하나도 몰랐어요. 그후 자라면서 저는 보모, 그리고 보모의 어린 딸인 흑인애와 노는 걸 배웠는데, 저는 그들도 엄마와 똑같이 계속 입술을 움직인다는 걸 알았어요. 그래서 저도 입술을 움직여보았어요. 하지만 뜻대로 되지 않아 화가 치밀어 올랐고, 그러면 같이 놀던 사람들의 입을 사납게 움켜쥐곤 했어요. 그때는 그게 고약한 행동인 걸 몰랐어요. 오랜 시간이 지난 후에 사랑하는 선생님이 제게 오셔서 손가락을 통해 의사소통하는 걸 배우게 되면서 저는 만족감을 느끼고 행복해졌어요. 그런데 보스턴의 학교에 와서는 귀가 들리지 않으면서도 다른 보통 사람들처럼 입으로 얘기하는 학생들을 만났구요, 어느 날 노르웨이 여행을 갔었던 어떤 부인한테서 그 먼 나라에 사는 어떤 농맹아 소녀에 대한 얘기를 듣게 되었어요. 그 소녀는 말하는 법과 상대방의 말을 이해하는 법을 배웠대요. 이 행복한 희소식을 듣고 저는 뛸 듯이 기뻤어요. 그 순간 저도 그렇게 배울 수 있다는 확신이 들었거든요. 저는 같이 노는 다른 어린아이들처럼 소리를 내보려고 했어요. 하지만 선생님은 성대는 아주 섬세하고 예민한 부위여서 소리를 정확하게 내지 않으면 다칠 수 있다고 말했어요. 그리고는 저를 제대로 가르칠 수 있는 친절하고 현명한 부인에게 데려 가겠다고 약속했어요. 그 부인이 바로 교장선생님인 거예요. 저는 지금 작은 새들만큼 행복해요. 이제 말을 할 수 있고 심지어 노래도 할 수 있기 때문입니다. 제 모든 친구들은 아주 놀라면서 기뻐할 거예요.

　당신의 다정한 어린 학생, 헬렌 켈러.

퍼킨스 학교가 여름 방학을 위해 종강하자 헬렌과 설리번 선생님은 터스컴비아로 돌아갔다. 헬렌이 '입으로 말하는 법'을 배운 후에 처음으로 집에 돌아간 때였다.

## 수신 : 필립스 브룩스 주교님

(1890년 7월 14일, 앨라배마 주 터스컴비아에서)

사랑하는 브룩스 주교님, 이 아름다운 날에 주교님께 편지를 쓰니 정말 기뻐요. 주교님은 제 친절한 친구인데다가 주교님을 사랑하기 때문이에요. 또한 많은 일을 알고 싶어서이기도 해요. 집에 온 지 3주 되었는데요, 오! 사랑하는 엄마 아빠, 소중한 여동생과 함께 있는 게 얼마나 행복한지 몰라요. 보스턴에 있는 모든 친구들과 헤어져서 매우 슬펐지만, 한편으로 여동생이 너무 보고 싶어서 집으로 돌아가는 기차를 기다릴 때 정말 참기 힘들었어요. 그러나 선생님을 위해 꾹꾹 눌러 참았어요. 밀드레드는 제가 보스턴에 갈 때보다도 훨씬 키가 자랐고 힘도 세졌어요. 동생은 이제 세상에서 가장 귀엽고 사랑스러운 아기가 되었어요. 부모님은 제가 말하는 소리를 듣더니 기뻐하셨구요, 저도 부모님들에게 아주 행복한 깜짝 선물을 안겨 주어 엄청 기뻤어요. 하느님 아버지는 우리가 때때로 아주 큰 슬픔도 겪어 내야 하는 게 최선의 삶이라고 여기시는 이유가 과연 뭘까요? 저는 늘 행복하구요, 폰틀로이 경도 역시 행복해요. 하지만 사랑하는 꼬마 제이키는 슬픔으로 가득찬 삶을 살고 있어요. 제이키는 하느님이 눈에 빛을 넣어 주지 않으셔서 맹인이구요, 소년의 아빠도 아들에게 친절하거나 다정하지 않아요. 주교님은 세상의 아빠가 제이키에게 친절하지 않아서 가엾은 소년이 하느님 아버지를 더 사랑했다고 생각하세요? 하느님은 하느님의 집이 하늘에 있다는 걸 사람들에게 어떻게 알려 주었지요? 사람들이 아주 나쁜 짓을 하고 동물을 해치며 아이들을 불친절하게 대하면 하느님은 슬픔에 잠기시지만, 그러면 사람들에게 자비와 사랑을 가르치기 위해 무슨 일을 하실까요? 제 생각으로는 하느님은 자신이 사람들을 끔찍하게 사랑한다는 걸, 그리고 사람들이 착하고 행복하게 살길 바란다는 걸 사람들에게 가르쳐줄 것 같아요. 그러면 사람들이 자신을 아주 많이 사랑하는 아버지를 슬프게 만들고 싶지 않을 것이고, 자신들이 하는 모든 일에서 하느님을 기쁘게 해주고 싶어하겠죠. 그래서 그들은 마침내 서로 사랑하고 다른 모든 사람들에게 선을 베풀며, 동물에게도 친절하게 대할 거예요.

하느님에 대해 알고 계신 얘기들을 제게 들려 주세요. 선하고 지혜로운 사랑의 하느님 아버지에 대해 많이 알게 되면 행복할 거예요. 시간 날 때 당신의 어린 친구에게 편지를 써 주시길 바래요. 오늘은 주교님이 정말 보고 싶어요. 보스턴도 지금 태양이 아주 뜨겁게 내리쬐고 있나요? 오늘 오후에 선선해지면 밀드레드를 데리고 당나귀를 타러 나갈 거예요. 웨이드 씨가 네디를 제게 주었는데요, 네디는 주교님이 상상할 수 있는 가장 예쁜 당나귀입니다. 당나귀를 타러 갈 때는 덩치 큰 애완견인 라이어니스도 우리를 보호하려고 동행할 거예요. 심슨 오빠는 어제 아름다운 수련 몇 송이를 제게 주었어요. 제게 정말 잘해 주는 오빠에요.

선생님이 주교님께 친절한 안부를 전하구요, 엄마 아빠도 역시 안부를 전해요.

당신의 다정한 어린 친구, 헬렌 켈러로부터.


## 브룩스 박사의 답장

(1890년 8월 3일, 런던에서)

사랑하는 헬렌, 편지를 받고 정말 기뻤다. 편지가 큰 바다를 건너 내 뒤를 쫓아와서는, 지금 여기 장엄하고 위대한 도시에 체류하는 내게 잘 배달되었어. 편지를 아주 길게 쓸 수 있는 시간적인 여유가 있다면, 이 도시에 대한 모든 얘기를 들려주고 싶은데 애석하구나. 언젠가 네가 보스턴의 내 서재에 오면 이 도시에 관한 모든 얘기를 기쁘게 들려줄 수 있겠지. 물론 네가 듣고 싶어한다면 말이야.

단지 지금은 네가 아주 행복하고 고향집에 있어서 정말 즐겁다니 나도 얼마나 기쁜지 모르겠다! 주변의 아름다운 시골이 연출하는 화창한 풍경을 배경으로 너와 엄마, 아빠, 여동생이 마치 눈앞에 있는 것처럼 생생하고, 네가 얼마나 기쁜지 알게 되어 나도 정말 기쁘다.

또한 편지에서 내게 던진 질문을 보고 네가 요즘 무슨 생각을 하면서 지내는지 알게 된 것도 기쁘다. 하느님은 늘 우리에게 이렇게 좋은 분인데, 우리가 어떻게 하느님을 생각하지 않을 수 있는 건지 나는 정말 모르겠어. 우리가 하느님 아버지를 안다는 게 내게는 어떤 의미인지 말해 줄 게. 그 의미는 바로 우리 마음 속에서 나오는 사랑의 힘에서 찾을 수 있어. 사랑은 만물의 영혼에 내재되어 있어. 사랑의 힘을 지니지 못한 것은 무엇이든 삭막한 삶을 살 수밖에 없어. 우리는 햇빛과 바람과 나무들도 그들대로의 방식으로 사랑을 베풀 수 있다고 생각하고 싶어하지. 그들도 사랑할 수 있다는 걸 알게 되면 곧 행복한 존재들이라고 여기면서 우리도 더불어 즐거워지잖아. 그래서 모든 존재 중에서 가장 크고 가장 행복한 하느님이 가장 큰 사랑인 것은 당연한 논리이지. 우리 마음 속에 있는 사랑은 모두 하느님으로부터 나오는 거야. 꽃들 속에 있는 모든 빛이 태양에서 나오는 것과 똑같아. 더 많이 사랑할수록 그만큼 우리는 하느님과 하느님의 사랑에 더 가까워지는 거야.

네가 행복하니까 나도 아주 행복하다는 건 이미 말했지? 정말 그래. 네 아빠와 엄마, 선생님 그리고 네 모든 친구들도 네 행복으로 인해 행복하단다. 그런데 네가 행복하다는 바로 그 이유 때문에 하느님 또한 행복하시다는 생각은 안 하는 거야? 나는 하느님 역시 행복하시다고 확신해. 아니, 누구보다도 하느님이 가장 행복하실 거야. 왜냐하면 누구보다도 가장 위대한 분이시잖아. 그리고 우리처럼 네 행복한 모습을 지켜 볼 뿐만 아니라 네 행복을 손수 만들어주는 분이라서 그래. 태양이 장미에게 빛과 색깔을 만들어주는 것처럼 하느님은 네게 행복을 만들어주는 분이셔. 친구들의 즐거움을 지켜 보는 것만 해도 기쁘지만, 나아가서 그 즐거움을 우리가 만들어준 것일 때 가장 기쁜 법이야. 그렇지 않니?

그러나 하느님은 우리의 행복만 원하시지 않아. 우리가 착하게 살 것도 역시 바라셔. 무엇보다도 가장 원하시는 게 바로 이 점이야. 하느님은 우리가 착할 때에만 진정한 행복을 누릴 수 있다는 걸 잘 알고 계셔. 세상에 존재하는 많은 시련은 먹을 때만 고약할 뿐, 병을 낫게 하니까 몸에는 좋은 약과 같은 거야. 인류 역사상 가장 큰 수난을 당한 분이지만 가장 높은 존재, 그래서 세상에서 가장 행복한 존재가 되셨음에 틀림없는 예수님을 묵상해보면, 우리는 착한 사람들도 어떻게 커다란 시련을 당할 수 있는 건지 깨달을 수 있어.

나는 하느님 얘기를 네게 들려주는 게 정말 좋아. 하지만 하느님은 네가 구하면 사랑을 네 마음 속에 넣어 주실 거고, 너는 그 사랑을 통해 하느님의 얘기를 직접 들을 수 있을 거야. 그리고 그의 아들인 동시에 하느님의 다른 어떤 자녀들보다도 하느님에 가까운 존재이신 예수님은 우리에게 하느님 사랑에 대한 모든 얘기를 들려주기 위해 일부러 세상에 오셨어. 예수님의 말씀을 읽어 보면 그 분의 마음이 하느님의 사랑으로 얼마나 충만해 있는지를 알 수 있어. "우리는 하느님이 우리들을 사랑한다는 걸 잘 알고 있어."라고 예수님은 말씀하셔. 예수님은 몸소 사람들을 사랑했고, 사람들이 자신을 모질게 대하다가 마침내 자신을 죽였음에도 사람들을 그토록 사랑하기 때문에, 그들을 위해 기꺼이 죽으시려고 했어. 헬렌, 예수님은 여전히 사람들을 사랑하시고 우리를 사랑하셔. 또한 우리도 예수님 당신을 사랑할 수 있다고 말씀하고 계셔.

그래서 사랑이 전부야. 다른 사람이나 네 자신이 하느님은 어떤 분이냐고 물어 보면 "하느님은 사랑이야."라고 대답하거라. 이것이야말로 성경이 우리에게 알려 주는 아름다운 해답이야.

이 모든 얘기는 물론 네가 앞으로 자라면서 더 많은 생각을 통해 더 잘 이해하게 될 깨달음들이야. 그러나 지금 바로 생각하고 깨달으면 네가 받을 축복은 더 찬란해질 거야. 사랑하는 하느님 아버지가 몸소 그 축복을 선사해 주실 테니까.

내가 보스턴에 귀국하면 너도 곧 보스턴으로 돌아오길 바란다. 9월 중순까지는 거기 있을 거야. 그 동안 있었던 모든 일을 내게 들려주렴. 당나귀 소식도 잊지 말고.

엄마와 아빠, 선생님에게 내 친절한 안부를 전해 주렴. 네 여동생도 볼 수 있다면 얼마나 좋을까.

사랑하는 헬렌, 잘 있어. 곧 다시 편지하렴. 그런데 보스턴으로 보내야 한다.
네 다정한 친구, 필립스 브룩스.


## 홈즈 박사의 답장

홈즈 박사가 아래 답장을 쓰게 된 헬렌의 원 편지는 유실되었다.

(1890년 8월 1일, 매사추세츠 주 비벌리 팜스에서)

사랑하는 어린 친구 헬렌,

반가운 네 편지를 받은 지 벌써 며칠 지났지만, 요새 써야 할 글들이 너무 많아서 편지들의 답장도 한참 미뤄지기 일쑤야. 정말 친절하게도 나를 기억해 주고 있으니 정말 기쁘다. 매력적인 네 편지에 아주 기뻤다. 네가 건강하고 행복하다는 것도 기쁜 소식이고. 네가 손가락뿐만 아니라 '입으로도 말할 수 있는 능력'을 새로 익혔다는 소식에 정말 기뻤어. 말이란 얼마나 신기한 존재인지! 혀는 정말 쓸모가 많은 놈이다(원하는 대로 어떤 형태로도 만들 수 있으니까 말이야). 이빨, 입술, 입 천장 등, 이 모든 부위가 협력하여 목소리를 자음이라는 발음 결정 음소로 바꾸면서도, 모음이라고 불리는 기묘한 모양의 호흡 공간 또한 남겨 두지! 이미 음성으로 말하는 것을 연습했으니까, 이런 지식을 모두 배웠으리라고 믿어 의심하지 않는다.

편지에서 볼 수 있는 네 언어 숙달 수준에 놀랐다. 나는 심지어 시각과 청각이 온전해야 비로소 세상이 잘 굴러간다는 논리 못지 않게, 시각과 청각이 없어져야 오히려 세상이 잘 굴러간다는 논리도 타당한 게 아닌가 하는 생각도 했어. 그러면 사람들은 아주 많은 측면에서 지금보다 더 착해질지도 몰라. 지금처럼 서로 싸우는 일은 없을 거 아닌가. 총과 대포로 무장한 맹인 군대를 상상해 봐! 불쌍한 드럼 연주자들도 생각해 보고! 드럼 연주자와 드럼 북채가 도대체 무슨 소용이야? 너부터도 우선 많은 볼 거리와 들을 거리로 인한 고통을 겪지 않잖아. 고통에서 도망갈 필요가 없이 그저 행복하니까. 그러면 네가 사는 동안 사람들로부터 얼마나 많은 친절을 받게 될지 한 번 생각해 봐. 사람들은 모두 사랑하는 어린 헬렌에게도 관심을 가지면서 뭔가를 해주고 싶어할 거야. 헬렌이 아주 늙어서 백발 할머니가 되어도, 사람들은 그녀를 세심하게 돌볼 게 틀림없어.

부모님과 친구들은 네 말하기 능력이 향상되어 정말 만족하게 여길 게 틀림없어. 이는 네 자신의 공로일 뿐만 아니라, 너를 가두고 있던 장벽들을 허물어버리고 네 앞날의 전망을 눈과 귀가 멀쩡한 아이들보다도 밝고 쾌활하게 만든 네 선생님들의 공로이기도 하다.

사랑하는 어린 헬렌, 안녕!

친절한 소망을 담뿍 담아서 네 친구, 올리버 웬델 홈즈로부터.


아래 편지는 메인 주 가디너에서 영업하는 목재회사에 보낸 것이다. 회사는 새로 건조한 목재 운반선의 이름을 헬렌을 따라 명명했다.


## 수신 : 브래드 스트리트 회사 관계자 제위

(1890년 7월 14일, 앨라배마 주 터스컴비아에서)

친절한 회사 관계자 여러분,

귀사가 새로 만든 아름다운 배의 이름을 제 이름으로 지었다니 정말 감사드려요. 이제 멀리 떨어져 있는 메인 주에도 친절하고 다정한 친구들이 생겼다고 생각하니 정말 행복해요. 메인 주의 숲에 대해 공부할 때는 이 비옥한 삼림지대에서 벌목한 나무들을 힘세고 아름다운 배가 전세계로 운반하여, 멀리 떨어진 다른 나라들이 쾌적한 주택과 학교와 교회들을 지을 수 있게 하리라고는 전혀 생각하지 못했어요. 커다란 바다도 새로 탄생한 헬렌 호를 사랑해 주길,

그리고 배가 푸른 파도를 넘어 평온하게 항해할 수 있도록 도와 주길 바래요. 헬렌 켈러 호를 몰고 다닐 용감한 선원들에게도 집에 있는 어린 헬렌이 사랑의 마음으로 그들을 종종 생각할 거라고 전해 주세요. 언젠가 당신들과 제 이름의 아름다운 배를 보게 되길 바래요.

많은 사랑을 담아 당신들의 어린 친구, 헬렌 켈러로부터.


헬렌과 설리번 선생님은 11월 초에 퍼킨스 학교로 돌아갔다.


## 수신 : 케이트 애덤스 켈러 부인

(1890년 11월 10일, 남부 보스턴에서)

사랑하는 엄마. 수요일 밤에 아주 슬프게 헤어진 이후, 제 마음은 온통 엄마와 우리 아름다운 집 생각뿐이에요. 쾌청한 날씨의 이 아침에 집을 떠난 이후에 있었던 모든 일들을 엄마에게 직접 얘기해 줄 수 있다면 얼마나 좋을까요! 그리고 사랑하는 여동생에게 키스를 백 번 할 수 있다면 얼마나 좋을까요! 또 사랑하는 아빠는 우리 여행에 대해 얼마나 듣고 싶어하실지요! 하지만 엄마와 만나서 얘기할 수 없으니 이렇게 편지로나마 생각나는 대로 모두 말씀드릴 게요.

우리는 토요일 아침까지 보스턴에 도착하지 못했어요. 우리가 탄 기차가 여러 역에서 연착을 하더니 뉴욕에는 늦게 도착했어요. 금요일 저녁 6시에 저지시에 도착해서는, 할렘 강을 페리호로 건너가야 했어요. 배와 환승용 마차는 선생님의 예상보다는 훨씬 쉽게 찾았어요. 역에 도착했을 때 사람들이 보스턴행 기차가 11시까지는 출발하지 않는다면서 9시에 침대차를 탈 수 있다고 했어요. 그래서 결국 그렇게 했어요. 우리는 침대차로 가서는 아침까지 잤어요. 일어나보니 보스턴이었어요. 도착해서 기뻤어요. 아나그노스 교장선생님의 생일 날 도착하지 못해서 많이 실망했지만요. 그렇지만 우리의 사랑하는 친구들은 모두 놀랐어요. 우리가 토요일에 도착할 걸 예상하지 못했거든요. 하지만 현관 초인종을 울렸을 때 마렛 양은 누가 왔는지 대충 짐작했구요, 홉킨스 사감선생님은 아침상에서 펄쩍 뛰어 일어나면서 우리를 마중하러 현관문으로 달려 나왔어요. 사감선생님은 정말 우리를 보고 많이 놀랐어요. 아침을 먹고 우리는 아나그노스 교장선생님을 보러 위층으로 올라갔어요. 가장 사랑하고 가장 친절한 제 친구를 다시 만나고는 뛸 듯이 기뻤어요. 그 분이 제게 아름다운 시계를 주었어요. 시계는 핀으로 드레스에 매달았어요. 이제 누구든 시간을 물어 보면 얘기해줄 수 있어요. 아나그노스 교장선생님은 이제 겨우 두 번 만났어요. 저는 교장선생님에게 외국 여행에 대해 물어볼 얘기가 많았어요. 하지만 교장선생님이 매우 바쁘신 것 같았어요.

버지니아의 동산들은 아주 사랑스러웠어요. 동장군 잭이 동산들을 금색과 진홍색으로 물들여 놓았어요. 경치가 정말 매력적이고 그림 같았어요. 펜실베이니아는 아주 아름다운 주입니다. 잔디는 마치 봄날처럼 푸르렀구요, 커다란 들판들은 여기저기 쌓아 놓은 황금색 옥수수 더미들로 정말 예뻤어요. 해리스버그에서는 네디를 닮은 당나귀도 보았어요. 제 당나귀와 사랑하는 라이어니스를 볼 수 있다면 얼마나 좋을까요? 그들도 여주인을 아주 많이 그리워하고 있나요? 밀드레드에게 제 대신 제 애완동물들에게 친절하게 대해 주라고 전해 주세요.

우리 방은 쾌적하고 편안해요.

타이프라이터가 많이 망가졌어요. 케이스가 부서졌구요, 키보드의 키들도 많이 닳았어요. 선생님이 고칠 수 있는지 알아보려고 해요.

도서관에는 새 책이 아주 많이 들어왔어요. 앞으로 이 책들을 읽으면서 보내는 시간은 또 얼마나 멋질까요! 〈사라 크루〉는 벌써 다 읽었어요. 아주 예쁜 이야기인데요, 언젠가 엄마에게 들려줄 게요. 사랑하는 엄마, 이제 당신의 어린 소녀는 작별인사를 해야 해요.

아빠, 밀드레드, 엄마 그리고 사랑하는 모든 친구들에게 사랑을 담뿍 보내면서…….

당신의 다정한 어린 딸, 헬렌 켈러가.


## 수신 : 존 그린리프 휘티어

(1890년 12월 17일, 남부 보스턴에서)

사랑하는 친절한 시인님,

오늘은 당신의 생일이에요. 아침에 일어났을 때 맨 처음 떠오른 생각이 바로 이거였구요, 당신에게 편지를 써서 당신의 어린 친구들이 매력적인 시인과 그의 생일을 얼마나 끔찍하게 사랑하는지 말해 줄 수 있다고 생각하니 기뻤어요. 오늘 저녁에 제 친구들은 당신의 시와 음악에서 발췌한 구절들로 다른 친구들을 즐겁게 만들어주려고 해요. 날갯짓이 빠른 사랑의 천사들이 여기에 날아와서 이곳의 달콤한 멜로디를 메리맥 강 가의 작은 서재에 있는 당신에게 날라다 주길 바래요. 태양이 빛나는 얼굴을 칙칙한 구름 뒤로 숨긴 광경을 보았을 때 처음에는 안타까웠어요. 하지만 나중에 태양이 왜 그랬을까 생각해보고는 다시 행복해졌어요. 태양은 당신이 아름다운 흰 눈에 덮인 세상 정경을 보고 싶어한다는 걸 알고 있었고, 그래서 자신의 화창한 얼굴을 숨겨서 수정 같은 작은 결정체들이 하늘에서 맺히도록 만들었던 거예요. 눈은 준비가 완료되면 부드럽게 세상으로 내려와서는, 만물을 정겹게 뒤덮을 거예요. 그러면 태양이 다시 나와서는 찬란한 햇살을 한껏 내뿜어 세상을 가득 채우겠죠. 오늘 당신에게 갈 수 있다면 나이만큼의 키스를 모두 83번 해드렸을 텐데요. 83년은 제게는 아주 긴 세월처럼 보여요. 당신도 그런가요? 영원의 세월은 도대체 몇 년일까 궁금해요. 유감스럽게도 그렇게 아득한 세월은 생각할 능력이 없어요. 당신이 지난 여름에 제게 쓴 편지를 잘 받았구요, 감사드려요. 저는 지금 보스턴의 맹아학교에서 지내고 있지만, 공부는 아직 시작하지 않았어요. 정말 사랑하는 제 친구, 아나그노스 교장선생님이 제가 아직은 휴식을 취하면서 많이 놀길 원하시거든요.

저의 선생님은 건강하시구요, 당신에게 친절한 안부를 전해요. 행복한 크리스마스가 눈앞에 다가왔어요! 크리스마스의 즐거움을 도저히 기다릴 수 없을 지경이에요! 당신도 아주 행복한 크리스마스를 맞으시길, 그리고 당신과 모든 사람들이 즐거움과 기쁨이 가득찬 새해를 맞으시길 바래요.

당신의 어린 친구, 헬렌 A. 켈러로부터.


## 휘티어 씨의 답장

사랑하는 어린 친구, 내 생일 날 아주 기분 좋은 네 편지를 받아서 정말 기뻤어. 다른 사람들의 편지도 2~3백 통 받았지만, 네 편지는 내가 가장 환대하는 편지 중 하나야. 오크놀에서 생일을 어떻게 보냈는지 들려줄 게. 물론 해는 비치지 않았어. 그래도 방에 대형의 벽난로가 있었고, 장미와 다른 꽃들과 더불어 아주 즐거웠어. 이 꽃들은 멀리 사는 내 친구들이 보내준 거야. 캘리포니아와 다른 지역으로부터 받은 온갖 종류의 과일도 있었어. 몇몇 친척들과 내 사랑하는 오랜 친구들이 온종일 함께 지냈지. 네가 83살을 긴 세월로 생각한대도 나는 놀라지 않아. 하지만 내겐 헤이버힐의 낡은 농장에서 뛰어 놀던 네 나이 정도의 소년일 때 이후로 정말 짧은 시간이 흘렀다고 느껴질 뿐이야. 나를 위해 빌어준 네 모든 소원에 감사하고, 나도 그만큼 많은 소원을 빌어줄 게. 네가 (퍼킨스) 학교에서 지낸다니 기뻐. 거기는 좋은 학교야. 설리번 선생님에게 안부 전해 줘.

많은 사랑을 담아…….

네 오랜 친구, 존 G. 휘티어가.


아래의 여러 편지에 등장하는 토미 스트링어라는 아이는 4살 때 농맹아가 되었다. 어머니는 죽었고 아버지는 너무 가난해서 아들을 돌볼 수 없었다. 아이는 한 동안 엘러게니에 있는 종합병원에 수용되어 있었다. 그 다음에는 빈민구호센터에 보내질 예정이었다. 당시의 펜실베이니아에는 그를 보살필 곳이 마땅히 없었기 때문이다. 헬렌은 피츠버그의 J. G. 브라운 씨를 통해 토미의 소식을 들었다. 브라운 씨는 토미의 가정교사를 구하지 못했노라는 편지를 헬렌에게 보냈었다. 헬렌은 토미를 보스턴에 데려 오고 싶어했다. 토미에게 선생을 구해 주려면 돈이 필요하다는 말을 들었을 때, 헬렌은 "우리가 돈을 모아 볼 게요."라고 답장했다. 이를 위해 헬렌은 친구들로부터 기부금을 모집하기 시작했고, 자신의 용돈도 아꼈다. 알렉산더 그레이엄 벨 박사는 토미의 친구들에게 그를 보스턴에 보내라고 권고했고, 퍼킨스 학교의 이사진은 토미의 맹아 유치원 입학을 허가했다.

그러는 사이에 헬렌은 토미의 교육을 위해 상당한 기부금을 모을 수 있는 기회가 생겼다. 지난 겨울에 헬렌이 기르던 개 라이어니스가 죽었고, 그래서 친구들은 헬렌에게 다른 개를 사주기 위한 돈을 모으고 있었다. 헬렌은 미국과 영국 전역에 있는 사람들이 성원해 준 이 기부금이야말로 마땅히 토미의 교육에 사용해야 한다고 자청했다. 이렇게 용도를 변경하자 기금은 삽시간에 규모가 커졌고, 결국 토미에게 제공되었다. 토미는 4월 6일에 유치원에 입학했다.

켈러는 최근에 이렇게 글로 소감을 밝혔다. "수많은 아이들이 자신도 가난하여 여유가 없으면서도 어렵사리 모아서 '어린 토미'를 위해 보내준 동전들은 결코 잊을 수 없을 거예요. 막막한 어린 영혼이 도와 달라고 외치는 무언의 아우성을 듣고서는, 한 번도 본 적이 없는 멀고 가까운 곳의 친구들이 신속하게 베풀어준 동정심도 역시 결코 잊을 수 없어요."


## 수신 : 조지 R. 크렐 씨

(1891년 3월 20일, 매사추세츠 주 남부 보스턴 맹아학교에서)

사랑하는 친구인 크렐 씨, 제게 온순한 개를 사주겠다는 친절한 제의를 웨이드 씨를 통해 방금 들었는데요, 친절한 배려에 감사드려요. 다른 나라에도 이렇게 사랑하는 친구들이 있다고 생각하니 아주 행복해요. 사람들은 모두 착하고 다정하다는 생각도 해본답니다. 저는 영국 사람들과 미국 사람들은 사촌

지간이라고 책에서 읽었습니다. 하지만 저는 형제자매 사이라고 말해야 더 진실에 가깝다고 확신해요. 저는 당신이 사는 아름답고 위대한 도시에 대한 얘기를 친구들로부터 들었구요, 현명한 영국인들이 쓴 책도 많이 읽어 보았습니다. '이노크 아든' 시를 읽기 시작했구요, 제가 암송할 수 있는 위대한 시인의 시들도 여러 편 됩니다. 대서양을 건너 여행을 하고 싶어 죽을 지경이에요. 영국의 친구들과 착하고 현명하신 여왕님을 뵙고 싶거든요. 언젠가 미드 백작이 저를 보러 와서는 여왕님은 온화하고 현명하신 분이라서 국민들이 많이 사랑한다고 말해 주었어요. 언젠가 한 번도 보지 못한 어린 소녀가 당신의 사무실에 나타나면 깜짝 놀라시겠죠. 하지만 그 아이가 개와 다른 모든 동물들을 사랑하는 어린 소녀라는 걸 알고서는 웃음을 터뜨리기도 하시겠죠. 당신이 그 아이에게 키스해 주시길 바래요. 웨이드 씨처럼요. 웨이드 씨도 제게 줄 개 한 마리를 마련했는데요, 저는 그 개가 제가 길렀던 아름다운 라이어니스만큼 용감하고 충성스러울 거라고 믿고 있어요. 이제 개를 사랑하는 미국 사람들이 앞으로 하려고 하는 일에 대해 말씀드릴 게요. 이 사람들은 농맹아이면서 벙어리이기도 한 불쌍한 어린애를 위해 돈을 모아 제게 보내려고 해요. 그 아이의 이름은 토미이고 5살이에요. 아이의 부모는 너무 가난하여 아이를 학교에 보낼 돈이 없어요. 그래서 미국의 신사 여러분들이 제게 개를 사주는 대신에 토미의 삶을 제 삶처럼 밝고 즐겁게 만들어줄 수 있는 도움을 주려고 해요. 아름다운 계획이지 않아요? 교육은 토미의 영혼에 빛과 음악을 선사할 것이고, 그렇게 되면 토미는 틀림없이 행복해질 거예요.

당신의 다정한 어린 친구, 헬렌 A. 켈러로부터.


## 수신 : 올리버 웬델 홈즈 박사

(1891년 4월, 매사추세츠 주 남부 보스턴에서)

사랑하는 홈즈 박사님. 화창한 4월 봄날인 이즈음, 봄을 찬미한 당신의 아름다운 언어는 제 마음 속에서 음악을 연주하고 있어요. 〈봄〉과 〈봄이 왔어요〉

1907년 경에 찍은 헬렌 켈러

에 표현된 모든 시어를 사랑해요. 당신이 쓴 두 시가 제게 아름다운 봄날을 즐기고 사랑하라고 가르치고 있다는 게 당신도 기쁘실 거예요. 비록 제가 조심스럽게 만져 달라고 선포하고 있는 아름답고 연약한 꽃들을 보거나, 새들이 둥지로 돌아오면서 지저귀는 즐거운 노랫소리를 듣지는 못하지만 말입니다. 하지만 〈봄이 왔어요〉를 읽을 때는 아, 저는 더 이상 맹아가 아니에요! 당신의 눈을 통해 볼 수 있고, 당신의 귀를 통해 들을 수 있으니까요. 제가 좋아하는 시인이 가까이 있는 한, 감미로운 자연의 어머니도 무슨 비밀이든 제게 감출 수 없어요. 이 편지지는 모퉁이에 그려진 제비꽃 다발을 통해 제 사랑과 감사를 당신에게 전해 주려는 뜻으로 고른 거예요. 우리 학교의 예쁜 유치원에 눈 멀고 귀먹고 벙어리인 토미라는 아기가 방금 들어왔는데, 한 번 만나 보시면 좋겠어요. 토미는 지금은 가난하고 막막하며 외로운 처지이지만, 내년 4월까지는 틀림없이 교육을 통해 빛과 기쁨의 삶을 누리게 될 거예요. 박사님도 여기에 오시면 보스턴의 친절한 사람들에게 토미의 모든 삶을 밝게 만들어줄 수 있게 도와 달라고 간청하고 싶을 거예요.

당신의 다정한 친구, 헬렌 켈러.


## 수신 : 존 에버렛 밀레이 경

(1891년 4월 30일, 매사추세츠 주 남부 보스턴 퍼킨스 맹아학교에서)

사랑하는 밀레이 씨. 당신의 미국인 여동생(헬렌 켈러)은 당신이 우리 불쌍한 아기 토미에 관심을 갖고 그를 교육하는 데 도움이 될 돈을 보내 주신 것을 듣고 얼마나 기뻤는지 알려 드리려고 이 편지를 써요. 멀리 떨어져 있는 영국 사람들이 미국의 무력한 어린아이를 동정하는 일은 정말 아름답습니다. 당신이 살고 있는 위대한 도시를 책에서 읽을 때마다 저는 제가 만약에 그 도시를 방문하게 되면 그곳 사람들이 낯설게 느껴질 거라고 생각하곤 했지만, 그러나 이제는 달라요. 사랑과 연민으로 가득찬 사람들은 서로에게 결코 낯설지 않을 것 같아요. 저는 사랑하는 영국인 친구들과 그들의 모국인 아름다운 섬나라를 보고 싶어 도저히 기다릴 수가 없는 지경이에요. 제가 좋아하는 시인이 영국에 관해 시를 몇 줄 쓴 게 있는데요, 저는 그 시를 정말 사랑해요. 당신도 좋아하리라 믿으면서 여기 적어볼 게요.

'몰아치는 거센 파도의 포옹 속에서
바닷가의 해초와 산속의 헤더 야생화,
뿌리를 내려 땅을 붙드는 영국 오크나무까지,
가냘픈 한 줌의 대지가 똘똘 뭉친 나라.
하얀 자태를 뽐내는 벼랑과 녹음 짙은 나무 그늘,
대양은 몰려들면서 애무를 하고
굽이굽이 동산들과 실개천들이 사이사이를 흐르는
우리의 모국 작은 섬나라에게
하느님, 축복을 내려 주소서!'

토미에게 친절한 여자 선생님이 구해졌다는 소식, 토미가 예쁘고 발랄한 아기라는 소식은 당신에게도 기쁜 뉴스일 거예요. 토미는 지금 글자를 배우는 것보다 어디든 기어 올라가는 걸 훨씬 더 좋아해요. 언어가 얼마나 멋진 도구인지 아직 모르거든요. 토미는 자신의 생각을 다른 사람에게 말할 수 있을 때, 그리고 우리가 그를 아주 오랫동안 어떻게 사랑했는지 사연을 들을 수 있을 때 자신이 얼마나 행복해질지 생각해 볼 능력이 아직 없어요.

내일이면 이제 4월은 눈물과 부끄러운 얼굴빛 홍조를 사랑스러운 5월의 꽃들 뒤로 감출 거예요. 영국의 5월도 여기처럼 아름다운지 궁금해요.

이제 글을 맺어야 해요. 저를 언제나 당신의 다정한 여동생으로 여겨 주세요.

## 수신 : 필립스 브룩스 신부

(1891년 5월 1일, 남부 보스턴에서)

사랑하는 브룩스 신부님,

이 화창한 메이데이에 헬렌이 신부님께 다정한 인사를 드려요. 당신이 주교로 서임되었다는 소식, 도처에 있는 당신 친구들이 자신들이 사랑하는 사람의 큰 영광을 기뻐하고 있다는 소식을 저의 선생님한테서 방금 들었어요. 주교가 어떤 일을 하는 자리인지 잘 알지는 못하지만 틀림없이 착하고 남을 도와주는 일일 거라고 확신하며, 저의 사랑하는 친구가 이 직분을 감당할 만큼 용감하고 현명하며 사랑이 많으신 분이라는 게 기뻐요. 이제 아주 많은 사람들이 하느님 아버지는 자신의 모든 자녀들이 기대한 것만큼 온화하고 고결한 삶을 살지 않더라도 변함없이 자애롭게 사랑을 베풀어주신다는 당신의 설교를 들을 수 있게 되었고, 여기에 생각이 미치면 정말 아름답게 느껴져요. 하느님의 자녀들이 당신이 전하는 복음을 듣고 기쁨과 사랑으로 심장 박동이 빨라지면서 더욱 설레는 행복을 누리길 바래요. 또한 주교님도 꽃과 노래하는 새들로 충만한 5월처럼 평생 풍성한 행복을 누리시길 빌어요.

당신의 다정한 어린 친구, 헬렌 켈러로부터.


토미가 선생님을 아직 구하지 못해서 여전히 헬렌과 설리번 선생님의 보호를 받고 있을 때, 유치원에서 토미를 위한 리셉션 행사가 개최된 적이 있었다. 여기서 브룩스 주교는 헬렌의 요청으로 연설을 했다. 헬렌은 이에 대한 편지를 여러 신문사에 투고했는데, 이를 통해 헬렌은 관대한 사람들로부터 기부금을 많이 모을 수 있었다. 헬렌은 모든 기부금 호응에 대해 직접 답장을 보냈고, 신문사 투고 서신에 공개적인 감사글을 게재하기도 했다. 아래 편지는 보스턴 헤럴드 신문의 편집장에게 보낸 것으로서 기부자 명단이 첨부되어 있다. 기부금은 1,600 달러가 넘었다.

## 수신 : 존 H. 홈즈 박사

(1891년 5월 13일, 남부 보스턴에서)

보스턴 헤럴드 편집장 귀하.

사랑하는 홈즈 박사님, 동봉하는 기부자 명단을 헤럴드 신문에 게재해 주시겠어요? 당신의 신문을 보는 독자들이 사랑하는 어린 토미를 위한 기금이 아주 많이 모아 졌다는 소식을 읽으면 기뻐하면서 토미를 돕는 즐거운 사업에 참여하고 싶을 거라고 생각해요. 토미는 유치원에서 아주 행복하게 지내고 있구요, 매일 뭔가를 조금씩 배우고 있어요. 이 아이는 문에 잠금장치가 있다는 것과 작은 나뭇가지나 종이조각을 열쇠 구멍으로 아주 쉽게 집어넣을 수 있다는 것까지는 드디어 알아냈지만, 열쇠 구멍에 집어넣은 것을 다시 꺼내는 데에는 별로 흥미가 없는 것 같아요. 글자를 배우는 것보다 침대기둥을 기어올라 가거나 증기 밸브를 풀어서 빼내는 걸 더 좋아해요. 하지만 언어가 새롭고 흥미로운 것들을 발견하는 데 도움이 된다는 걸 아직 모르기 때문이에요. 기금이 모두 모아져서 어린 생명이 마침내 교육을 통해 빛과 음악을 누릴 수 있을 때까지, 착한 사람들이 계속 토미를 도와 주시길 바래요.

당신의 어린 친구, 헬렌 켈러로부터.


## 수신 : 올리버 웬델 홈즈 박사

(1891년 5월 27일, 남부 보스턴에서)

사랑하는 친절한 시인님, 너무 자주 편지를 드린다고 매우 성가신 계집아이라고 생각하실까 봐 두려워요. 하지만 당신이 아주 많은 일들을 통해 제게 기쁨을 주시는데 어떻게 애정어린 감사글을 드리지 않을 수 있겠어요? 당신이 '토미 아기'의 교육에 보태라고 돈을 보냈다는 소식을 아나그노스 교장선생님한테 전해 들었을 때 저는 말할 수 없이 기뻤어요. 그러면서 저는 당신이 사랑하는 어린아이를 잊지 않았다는 걸 알았어요. 기부금에 담긴 자애로운 동정심을 느낄 수 있었거든요. 토미가 아직 단어를 하나도 배우지 못했다는 소식을 전하게 되어 정말 유감이에요. 아기는 당신이 보았을 때와 다름없이 여전히 불안해하는 어린 생명이에요. 하지만 그가 쾌적한 새 집에서 행복하고 쾌활하게 지내고 있음을 생각하면 즐거워요. 그리고 선생님이 마음이라고 부르는 저 기이하고 놀라운 존재가 토미한테서도 아름다운 날개를 활짝 펴고 지식의 나라를 찾아 멀리 날아갈 날이 머지 않아 찾아올 거예요. 말이 바로 마음의 날개잖아요?

당신을 만난 이후에 안도버에 갔다 왔는데요, 제 친구들이 들려주는 필립스 아카데미의 모든 얘기가 매우 흥미로웠어요. 당신이 다녔던 학교라는 걸 알고 있었고, 당신에게 소중한 장소라고 느꼈기 때문입니다. 저의 친절한 시인이 남학생이었을 때의 모습을 상상해 보려고 애를 썼구요, 시인이 새들의 노래와 수줍은 숲 속 어린아이들의 비밀을 배운 곳이 바로 안도버이지 않을까라고 생각했습니다. 시인의 심장은 언제나 음악으로 충만해 있었고, 하느님의 아름다운 세상에서 사랑의 달콤한 응답을 들었음에 틀림없다고 저는 확신해요. 집에 돌아와서 선생님은 제게 〈남학생〉을 읽어 주었어요. 점자책에는 이 작품이 없었거든요.

다음 화요일 오후에 트레몬트 사원에서 열리는 맹아 학생들의 졸업식을 알고 계신가요? 당신이 오시길 바라면서 초청장 티켓을 동봉해요. 시인 친구가 참석하면 모두 환영하면서 자랑스럽고 행복해질 거예요. 졸업식에서 저는 화창한 이탈리아의 아름다운 도시들에 대한 글을 낭송할 거예요. 우리의 친절한 친구인 엘리스 박사님도 오셔서 토미를 안아 주시길 바래요.

많은 사랑과 키스와 함께…….

당신의 어린 친구, 헬렌 A. 켈러로부터.


## 수신 : 필립스 브룩스 신부

(1891년 6월 8일, 남부 보스턴에서)

사랑하는 브룩스 신부님,

약속한 대로 제 사진을 보내 드려요. 이번 여름에 이 사진을 보고 당신의 생각들이 날개를 펴서 남쪽에 있는 당신의 행복한 어린 친구에게 날아오시길 바래요. 전에는 사진도 조각상처럼 손으로 만져서 느낄 수 있으면 얼마나 좋을까 하고 생각하곤 했지만, 이제는 그런 생각을 별로 안 해요. 사랑하는 하느님이 아름다운 사진들, 심지어 제가 볼 수 없는 것들의 사진들까지도 제 마음 속에 가득 채워 주셨기 때문이에요. 세상에 존재하는 가장 착하고 아름다운 것들은 볼 수도 없고 만질 수도 없으며 다만 마음으로 느낄 수 있을 뿐이라는 선생님의 설명을 듣고서 당신의 어린 헬렌은 얼마나 행복했는지 몰라요. 사랑하는 브룩스 신부님, 당신의 눈이 혹시 빛을 볼 수 없다면 이런 제 말을 훨씬 쉽게 이해하실 텐데요. 매일 저는 기쁨을 주는 것을 발견하고 있어요. 어제는 동작이란 게 얼마나 아름다운 것인지를 처음 생각했구요, 만물이 하느님에게 가까이 다가가는 몸짓이라고 느꼈어요. 당신도 그런 느낌인가요? 일요일 아침인 지금, 제가 여기 서재에 앉아서 편지를 쓰는 동안 당신은 하느님 아버지에 대한 장엄하고 아름다운 얘기들을 수많은 사람들에게 들려주고 계시겠지요. 아주 아주 행복하지 않아요? 주교님이 되시면 좀 더 많은 사람들에게 설교하실 테고, 이에 따라 기쁨을 얻는 사람들도 점점 많아질 거예요. 선생님이 친절한 안부를 전하구요, 저도 제 사진과 함께 다정한 사랑을 동봉해요.

당신의 어린 친구, 헬렌 켈러로부터.


퍼킨스 학교가 6월에 방학했을 때 헬렌과 선생님은 남쪽 터스컴비아로 가서 12월까지 머물렀다. 헬렌의 편지는 〈서리 왕〉 사건이 헬렌과 설리번 선생님에 미친 우울한 영향으로 인해 몇 달 간격으로 띄엄띄엄 쓰여졌다. 당시에 이 사건은 아주 심각했고, 두 사람에게 많은 불행을 안겨 주었다. 이 사건에 대한 분석과 켈러 자신의 심경은 제 14장에 기술되어 있다.

## 수신 : 앨버트 H. 먼셀 씨

(1892년 3월 10일, 브루스터에서)

사랑하는 먼셀 씨,

당신의 편지가 정말 반가웠다는 건 말씀드릴 필요가 없지요? 저는 편지에 쓰여져 있는 모든 단어들을 낱낱이 즐겼구요, 편지를 더 길게 쓰시지 않은 걸 아쉬워했어요. 당신이 늙은 넵튠(로마 신화에 나오는 바다의 신. 그리스 신화의 포세이돈에 해당)의 격노한 기분을 묘사한 대목을 읽으면서 저는 빙그레 웃었어요. 넵튠의 행패는 실제로 우리가 브루스터에 온 이후로 계속 이상야릇했어요. 위대한 넵튠이 불쾌한 심기에 빠진 게 틀림없지만, 그 원인이 뭔지는 모르겠어요. 해신의 표정이 하도 험악해서 당신의 친절한 안부인사를 전해 줄 때도 두려움이 앞섰어요. 혹시 늙은 해신이 바닷가에 누워서 잠자는 동안 자라나는 만물의 부드러운 음악소리, 대지의 젖가슴에서 꿈틀대는 생명의 약동을 들었기 때문일까요? 그래서 해신의 심장이 자신과 겨울 동장군이 군림했던 시대가 막을 내리고 있는 상황을 탄식하면서 화가 나서 폭풍우를 몰아쳤는지도 몰라요. 불행해진 두 절대군주는 힘을 합해 정말 필사적으로 싸웠어요. 온화한 봄이 자신들의 위력적인 대소동을 보고 겁을 먹은 채 몸을 돌려 멀리 달아날 것을 기대하면서 말이에요. 그러나 보세요! 사랑스러운 봄처녀가 더욱 달콤한 미소를 지으면서 적들이 구축한 얼음 진지 위로 숨을 불어넣으니, 두 폭군이 이내 사라지면서 마침내 기쁜 대지가 왕의 행차와 같은 환대로 봄처녀를 맞이하고 있어요. 그런데 이 한가로운 공상도 우리가 다시 만날 때까지 미뤄 두어야 해요. 사랑하는 당신의 어머니에게 제 사랑의 안부를 전해 주세요. 선생님도 이 사진이 아주 좋았을 뿐만 아니라 돌아가서 다른 사진들도 보고 싶다고 전해 달래요. 사랑하는 친구님, 동봉하는 제 사랑을 눈여겨보시면서 작별인사를 받아 주세요.

사랑으로 당신의 헬렌 켈러가.


아래 편지는 〈세인트 니콜라스〉 잡지 1892년 6월호에 팩시밀리 복사본으로 게재된 것이다. 작성 날짜가 없지만 틀림없이 잡지 간행 2~3개월 전에 쓴 편지일 것이다.


## 수신 : 〈세인트 니콜라스〉 잡지사

사랑하는 〈세인트 니콜라스〉 잡지사 관계자 제위,

제 자필 원고를 보내게 되어 정말 기뻐요. 〈세인트 니콜라스〉 잡지를 읽는 소년소녀들에게 맹아들은 어떻게 글을 쓰는지 알려 주고 싶었거든요. 우리가 글을 일직선으로 쓰는 법이 궁금한 독자들에게 그 방법을 알려 줄 게요. 우리는 글을 쓸 때 홈이 파진 판지를 페이지 밑에 받치고 써요. 평행하게 나란히 파진 홈을 기준으로 뭉툭한 연필심으로 판지 받침대 위의 종이를 누르면서 쓰면 문장을 아주 쉽게 일직선으로 유지할 수 있어요. 물론 작은 글자는 모두 홈 안으로 들어가구요, 큰 글자는 홈 아래 위로 뻗쳐 나가요. 오른손으로는 연필을 끌고 가구요, 왼손은 집게손가락으로 세심하게 만져 보면서 글자의 모양과 위치를 잡아요. 처음에는 문장을 쓰는 게 아주 어렵지만 계속 노력하면 점점 쉬워져요. 많이 연습하면 드디어 우리 친구들이 읽을 수 있는 정도로 글자를 쓸 수 있게 돼요. 우리가 아주 행복해지는 순간입니다. 독자들도 언젠가는 맹아학교를 방문할 기회가 있겠지요. 그러면 학생들이 쓰는 광경을 직접 보고 싶을 거라고 저는 확신해요.

당신의 신실한 어린 친구, 헬렌 켈러.


1892년 5월에 헬렌은 맹아 유치원을 돕기 위해 자선 다과회를 개최했다. 순전히 헬렌의 독창적인 아이디어로 계획된 다과회는 헬렌의 가장 친절하고 개방적인 친구 중 한 명인 존 P. 스폴딩 씨의 여동생, 말론 D. 스폴링 부인의 집에서 개최되었다. 헬렌은 다과회를 통해 맹아들을 위한 기금으로 2,000여 달러를 모았다.

## 수신 : 캐롤라인 더비 양

(1892년 5월 9일, 남부 보스턴에서)

사랑하는 캐리 양, 당신의 친절한 편지를 받고 정말 기뻤어요. 당신이 '다과회'에 아주 관심있어 한다는 소식을 듣고 제가 정말 기뻤다는 건 말씀드릴 필요가 없지요? 물론 우리는 다과회를 포기하면 안 돼요. 곧 저는 화창한 남쪽 지방의 우리 집으로 먼 여행을 떠날 텐데요, 집에 가서도 보스턴에 있는 사랑하는 친구들이 제 기쁨을 위해 마지막으로 많은 맹아들의 삶을 멋지고 행복하게 만들어주는 행사를 열어 주었다고 기억할 수 있다면 저는 늘 행복하게 지낼 수 있을 거예요. 친절한 사람들은 아름다운 빛뿐만 아니라 기쁘고 경이로운 어떤 것도 볼 수 없는 맹아들을 보면 사랑의 동정심을 도저히 숨길 수 없다는 걸 저는 잘 알고 있습니다. 사랑이 넘치는 동정심은 언제나 친절한 행동으로 표현되는 것 같아요. 막막한 맹아들의 친구들은 우리가 맹아들의 행복을 위해 일하고 있다는 소식을 듣고 '다과회'에 와서 성공적인 모임이 될 수 있도록 만들어 줄 거예요. 다과회가 성공을 거둔다면 저는 그날 세상에서 가장 행복한 소녀가 될 거라고 확신해요. 브룩스 주교님에게 다과회 계획을 알려주어 우리와 함께 할 수 있게 해주세요. 엘레너 양이 관심을 보인다니 기뻐요. 제 사랑을 전해 주세요. 나머지 계획은 내일 만나서 정하기로 해요. 당신의 사랑하는 아주머니에게 선생님과 제 사랑의 안부, 그리고 우리의 방문이 짧았지만 정말 즐거웠었다는 말을 전해 주세요.

안녕히 계세요.


## 수신 : 존 P. 스폴딩 씨

(1892년 5월 11일, 남부 보스턴에서)

사랑하는 스폴딩 씨, 이 편지를 읽으면서 당신의 어린 친구 헬렌을 아주 성가신 아이라고 생각할까 봐 두려워요. 그러나 제게 큰 고민거리가 생겼다는 걸 아시면 저를 욕하지 않으시겠죠. 유치원을 돕기 위해 조그마한 다과회를 열고 싶다고 선생님과 제가 일요일 날 말씀드린 거 기억하시지요. 모든 준비가 끝났다고 생각했어요. 그런데 엘리엇 부인은 하우 부인의 집이 아주 작다고 하면서 50명 이상 초대하는 걸 꺼려해요. 다과회에는 아주 많은 사람들이 참석하여 우리가 맹아들의 삶을 밝혀 주기 위해 벌이고 있는 일을 도와주고 싶어할 거라고 확신해요. 그런데 제 친구들 중에는 다른 집을 찾지 못하면 다과회 계획을 취소해야 한다고 말하는 사람들도 있어요. 어제 선생님으로부터 스폴딩 부인이 아름다운 자택을 빌려줄지도 모른다는 귀띔을 듣고서는 이 문제를 당신과 상의해야 하겠다고 마음 먹었어요. 제가 편지로 요청하면 스폴딩 부인이 도와 줄까요? 제 작은 계획이 실패로 끝나면 정말 실망스러울 거예요. 유치원 입학을 고대하는 불쌍한 어린아이들을 위해 뭔가 일을 하는 게 제 오랜 소망이었기 때문이에요. 이 문제에 대해 어떻게 생각하는지 알려 주시구요, 정말 귀찮게 폐를 끼치고 있는 것 용서하세요.

당신의 어린 친구 헬렌 켈러가 사랑으로.


## 수신 : 에드워드 H. 클레멘트 씨

(1892년 5월 18일, 남부 보스턴에서)

사랑하는 클레멘트 씨, 이 아름다운 아침에 제 마음이 행복으로 넘쳐 흘러서 당신에게 편지를 쓰고 있구요, 당신과 '트랜스크립트' 잡지사의 사랑하는 모든 친구들이 저와 함께 환호하시길 바래요. 다과회 준비는 거의 끝났구요, 지금은 행사일을 기쁜 마음으로 손꼽아 기다리고 있어요. 실패하지 않을 거라고 믿어요. 친절한 사람들은 제가 어둠과 무지에 허덕이는 무력한 어린아이들을 위해 애원하고 있다는 걸 알게 되면 절대로 저를 실망시키지 않을 거예요. 모두 다과회에 와서는 빛, 즉 아름다운 지식의 빛과 앞을 보지 못하고 친구도 없는 많은 맹아들을 위한 사랑을 사주실 거예요. 사랑하는 선생님이 제게 오신 때는 지금도 생생하게 기억해요. 당시에 저는 유치원 입학을 앞둔 맹아들 같았어요. 제 영혼에는 물론 빛이 없었어요. 햇빛과 아름다움이 만발한 이 놀라운 세상도 제게는 숨겨진 존재였구요, 세상의 사랑스러움을 꿈에도 생각하지 못했어요. 그러나 선생님이 오셔서 제 작은 손가락에 아름다운 열쇠의 사용법을 가르쳐서 어두운 감옥의 열쇠를 풀게 함으로써 제 영혼을 해방시켰어요.

제가 누린 행복을 다른 아이들과 함께 나누는 게 진정한 제 소원이에요. 보스턴의 친절한 사람들에게 제가 맹아들의 삶을 더 밝고 행복하게 만들어줄 수 있게 도와 달라고 간절히 청합니다.

당신의 어린 친구, 헬렌 켈러가 사랑으로.



6월 말에 설리번 선생님과 헬렌은 터스컴비아의 집으로 돌아갔다.



## 수신 : 캐롤라인 더비 양

(1892년 7월 9일, 앨라배마 주 터스컴비아에서)

사랑하는 캐리 양, 오늘 당신에게 쓰는 이 편지는 제가 당신을 사랑하고 있다는 결정적인 증거로 여겨 주셔야 해요. 터스컴비아는 1주일 내내 '춥고 어둡고 음울' 했구요, 계속 비가 내린 음침한 날씨로 온통 우울한 생각에만 빠지면서 편지나 어떤 즐거운 일도 불가능한 상황이었음을 밝히지 않을 수 없어요. 그럼에도 불구하고 우리가 씩씩하게 살아 있다는 것, 즉 집에 안전하게 도착했고 매일 당신 얘기를 하고 있으며 당신이 보낸 재미있는 편지들을 아주 즐겁게 읽고 있다는 걸 알려 드려야 한다고 생각하면서 지금 이 편지를 쓰고 있는 거예요. 헐튼 방문은 아름다운 여행이었어요. 모든 게 신선하면서 봄날 같았고, 우리는 온종일 밖에서만 지냈어요. 심지어 아침식사도 베란다에서 했어요. 때때로 그물침대에도 걸터앉아 있었는데요, 거기서 선생님은 제게 책을 읽어 주었어요. 저는 거의 매일 저녁 말을 탔구요, 전속력으로 5마일을 달린적도 있어요. 아, 정말 재미있었어요! 말 타는 거 좋아하세요? 저는 아주 예쁜

고 작은 마차를 가지고 있는데요, 비가 그치면 선생님과 저는 매일 저녁 마차로 드라이브하려고 해요. 제게는 아름다운 마스티프 애완견도 있는데요, 저는 이 개보다 덩치가 큰 개를 본 적이 없어요. 드라이브할 때 동행하여 우리를 지켜 줄 거예요. 이름은 유머(Eumer)입니다. 괴상한 이름이지 않아요? 색슨족 계통의 이름 같아요. 다음 주에는 등산을 갈 거예요. 남동생 필립스가 몸이 좋지 않은데요, 산의 맑은 공기가 동생의 건강에 도움이 될 거라고 생각해요. 밀드레드는 예쁜 여동생이구요, 당신도 밀드레드를 사랑하게 될 거라고 확신해요. 사진 정말 감사해요. 비록 볼 수는 없지만 저는 친구들의 사진이 생기면 좋아요. 정사각형 모양의 필체를 써 보자는 당신의 아이디어가 아주 즐거웠어요. 당신이 짐작하는 바와 같이 저는 브라유 점자판으로 글자를 쓰지 않아요. 대신에 동봉하는 홈이 파진 판지 받침대 위에다 종이를 놓고 글자를 써요. 당신은 브라유 점자를 읽을 수 없어요. 브라유 점자는 점으로 글자를 구성하고 따라서 일반 글자와 전혀 다르기 때문입니다. 더비 양에게 제 사랑의 안부와, 루스 아기에게 보내는 저의 가장 달콤한 사랑을 전해 주세요. 제 생일 선물로 보낸 책이 어떤 거예요? 여러 개 받아서 어떤 게 당신 선물인지 모르겠어요. 특히 기뻤던 선물은요, 75살 된 늙은 신사분이 저를 위해 코바늘 뜨개질로 떠서 만든 사랑스러운 망토에요. 그분이 쓴 편지를 보면 한 땀 한 땀, 제 건강과 행복을 비는 자상한 소원을 담았대요. 당신의 어린 사촌들에게 선거 후까지 계속 중립적인 태도를 지켰으면 하는 제 생각을 전해 주세요. 정당과 후보자들이 너무 많아서 그렇게 젊은 정치가들이 과연 우리의 현명한 선택일지 의심스럽거든요. 로지에게 편지를 쓸 때 제 사랑의 안부를 전해 주시구요, 당신의 사랑하는 친구인 저를 믿어 주세요.

**추신**: 타이프라이터로 친 이 편지 어때요?

H. K.

## 수신 : 그로버 클리블랜드 부인

사랑하는 클리블랜드 부인,

이 아름다운 아침에 당신에게 짧은 편지를 쓰고 있어요. 당신과 사랑하는 어린 루스를 정말 사랑하기 때문입니다. 또한 당신이 더비 양을 통해 보내 주신 사랑이 가득한 쪽지에 감사를 드리고 싶어서이기도 해요. 이렇게 친절하고 아름다운 부인이 저를 사랑한다니 정말 기뻐요. 저야 물론 당신을 오랫동안 사랑했지만, 달콤한 그 쪽지를 받기 전에는 당신도 저를 알고 있다고는 미처 생각하지 못했어요. 사랑하는 당신의 아기에게 제 키스를 전해 주시구요, 제게도 16개월 된 남동생이 있다고 전해 주세요. 동생의 이름은 필립스 브룩스입니다. 제 사랑하는 친구인 필립스 브룩스를 따라 제가 직접 이름지었어요. 이 편지와 함께 우리 선생님이 당신도 재미있어 할 거라고 생각하는 예쁜 책, 그리고 제 사진을 동봉해요. 당신의 친구가 보내는 사랑, 착한 소망들과 함께 책과 사진을 받아 주세요.

[1892년] 11월 4일, 앨라배마 주 터스컴비아에서.


지금까지의 편지들은 모두 전문을 실었다. 지금부터는 본문을 일부 생략했는데, 생략한 부분은 기호로 표시했다.


## 수신 : 존 히츠 씨

(1892년 12월 19일, 앨라배마 주 터스컴비아에서)

사랑하는 히츠 씨,

당신에게 편지를 쓰면서 서두를 어떻게 꺼내야 할지 잘 모르겠어요. 당신의 친절한 편지를 받은 후에 오랜 시간이 흘러서 쓰고 싶은 얘기들이 아주 많아졌거든요. 답장이 없어서 당신은 틀림없이 궁금했을 거예요. 아마도 선생님과 제가 아주 고약한 사람들이라고 생각했을지도 모르지요. 만약 그러셨다면 지금 당신에게 전하는 소식을 듣고 매우 민망하실 거예요. 선생님이 눈을 다쳐서 아무에게도 편지를 쓸 수 없었구요, 저도 지난 여름의 약속을 이행하는 일로 지금까지 계속 분주했어요. 보스턴을 떠나기 전에 저는 〈유스 컴패니언〉 잡지사로부터 제 삶의 이야기를 간략하게 써서 기고해달라는 청탁을 받았어요. 저는 방학 중에 이 원고를 끝내려고 했었어요. 그러나 친구들한테 보내는 편지도 쓸 수 없을 정도로 몸이 좋지 않았어요. 그러나 화창하고 쾌적한 가을과 함께 몸이 좋아진 걸 느끼자, 다시 잡지사 원고가 생각났어요. 잠시 지체한 후에 제 형편에 맞게 계획을 짰어요. 아시다시피 제가 살아온 얘기를 모두 털어놓는 작업은 그다지 유쾌한 일이 아니었어요. 그러나 마침내 저는 선생님의 동의를 얻어 적합한 자료를 조금씩 모은 후에 토막자료들을 연결하는 작업에 착수했어요. 쉬운 일이 아니었어요. 매일 매달렸지만 1주일 전인 토요일까지도 끝내지 못했거든요. 원고를 끝내자마자 〈컴패니언〉 잡지사에 보냈지만, 잡지사에서 이 원고를 수락해 줄지는 잘 모르겠어요. 그 이후로 저는 몸이 다시 나빠져서 조용히 지내면서 휴식을 취해야 했어요. 그런데 오늘은 몸이 다시 좋아졌구요, 내일은 정상적으로 회복될 것 같아요.

당신이 저에 대해 읽은 신문 기사는 사실과 전혀 달라요. 당신이 보낸 〈사일런트 워커〉 지를 읽어본 후에 즉시 편집장에게 편지를 써서 오보라고 알려 주었어요. 지금도 때때로 몸이 좋지 않지만 그렇다고 '만신창이'는 아니에요. 어디 특별하게 아픈 부위는 없어요.

당신의 소중한 편지는 정말 즐거웠어요! 영원히 소중하게 간직할 수 있는 아름다운 생각이 담긴 편지를 받으면 언제나 기뻐요. 제가 책들을 끔찍이 사랑하는 이유는 책에는 러스킨 씨가 말하는 풍요로움이 가득 담겨 있기 때문이에요. 〈컴패니언〉사에 기고할 원고를 쓰기 시작하면서 저는 비로소 책들이 제게 얼마나 소중한 벗이었는지, 책을 읽을 수 있었던 게 얼마나 큰 축복이었는지를 깨달았어요. 저를 찾아온 그 행복을 깨달은 지금은 그 어느 때보다도 행복해요. 가능한 한 자주 제게 편지를 보내주시길 바래요. 선생님과 저는 당신의 소식을 들으면 항상 기쁘거든요. 벨 박사님에게도 편지와 함께 제 사진을 보내고 싶어요. 그 분은 너무 바빠서 어린 친구인 제게 편지를 쓸 수 없는 거 겠죠. 가끔은 지난 봄에 보스턴에서 우리가 함께 보냈던 즐거웠던 시간을 생각하곤 해요.

이제 비밀을 하나 털어놓을 게요. 선생님과 아빠, 여동생 그리고 저는 다음 3월에 워싱턴을 방문할 것 같아요. 그때 벨 박사님, 엘시와 데이지를 다시 볼 수 있겠죠! 프랫 부인도 거기서 만나면 멋지지 않겠어요? 그 부인에게도 편지를 써서 비밀을 알려 드려야 하겠어요…….

사랑으로 당신의 어린 친구, 헬렌 켈러가.


**추신** : 당신이 제가 갖고 싶은 애완동물이 뭔지 알고 싶어한다는 얘기를 선생님한테 들었어요. 살아 있는 동물이면 저는 뭐든지 좋아요. 안 그런 사람들이 없겠지만요. 물론 야생동물은 키울 수 없겠지요. 제게는 지금 예쁜 조랑말과 덩치 큰 개가 있어요. 무릎 위에 앉힐 수 있는 작은 개나 큰 고양이(터스컴비아에는 멋진 고양이가 없어요), 또는 앵무새를 갖고 싶어요. 앵무새가 흉내내는 말소리를 느껴 보고 싶어요. 정말 재미있을 거예요! 그렇지만 당신이 보내는 어떤 동물 새끼도 저는 기뻐하고 사랑할 거예요.

H.K.


## 수신 : 캐롤라인 더비 양

(1893년 2월 18일, 앨라배마 주 터스컴비아에서)

…… 세상을 떠난 사랑하는 친구(필립스 브룩스 주교가 1893년 1월 23일에 세상을 떠났음)를 애도하며 슬픈 나날을 보내면서도 저는 가끔은 당신을 생각했구요. 저도 주교님을 사랑하던 지인들과 함께 보스턴에서 지낼 수 있기를 수없이 바랬어요……. 주교님은 제게 정말 소중한 친구였어요! 언제나 정말 자상하고 사랑이 넘쳤거든요! 그러나 주교님의 죽음을 슬퍼하는 감정에만 빠져 있지는 않을 거예요. 그 분은 여전히 가까이, 그것도 아주 가까이 제 곁에 계신다고 생각하려고 해요. 그래도 가끔은 그 분이 이제 여기에 없다는 생각, 보스턴에

가더라도 이제는 만날 수 없다는 생각, 그 분이 세상을 떠났다는 생각이 거센 슬픔의 파도처럼 제 영혼을 덮쳐요. 한편 기분이 좋아지면, 주교님의 아름다운 존재와 그가 다정한 손으로 저를 즐겁게 인도하는 것을 느끼기도 해요. 우리가 지난 6월에 주교님과 보냈던 행복한 시간들, 즉 주교님이 언제나처럼 제 손을 잡고 그의 친구 테니슨 씨와 우리의 사랑하는 시인 홈즈 박사님에 대해 얘기해 주던 일, 제가 주교님에게 손바닥 지문자를 가르칠 때 주교님이 실수할 때마다 쾌활하게 웃음을 터뜨리던 일, 나중에 우리가 세운 다과회 계획을 말씀드렸더니 흔쾌히 오시겠다고 약속했던 일 등을 기억하세요? 다과회의 성공을 바라는 제 소망을 듣고는 명랑하고 단호한 어조로 격려하던 주교님의 말씀이 지금도 귓가에서 맴돌아요. "헬렌, 당연히 성공할 거야. 얘야, 착한 일에 온 정성을 쏟으면 절대로 실패할 수 없단다." 사람들이 주교님을 추억하는 기념비를 세운다는 소식이 기뻤어요……

3월에 헬렌과 설리번 선생님은 북부로 가서 여러 달 동안 여행을 하고 친구들도 만났다.

나이아가라 폭포에 관한 아래 편지를 읽을 때는 켈러 양이 이미 거리와 모양에 대한 지식을 갖고 있다는 사실, 폭포를 탐험하고 다리를 건너고 엘리베이터를 타고 폭포 아래로 내려가 본 체험을 통해 폭포의 크기를 대강 짐작할 수 있다는 사실에 유념해야 한다. 특히 중요한 건, 그녀가 창턱 위에 올려 놓은 손으로 급류의 물살을 어떻게 느꼈는지와 같이 세세하게 묘사한 대목들이다. 헬렌은 벨 박사한테서 거위 털 쿠션을 받았는데, 진동을 더욱 많이 느껴 보려고 쿠션을 꼭 끌어안기도 했다.

## 수신 : 케이트 애덤스 켈러 부인

(4월 13일, 남부 보스턴에서)

…… 선생님과 프랫 부인 그리고 저는 사랑하는 벨 박사님과 함께 여행을 떠나기로 아주 갑작스럽게 결정했어요. 웨스터벨트 씨는 아빠가 워싱턴에서 만났던 신사분인데, 로체스터에서 농아학교를 운영하고 있어요. 우리는 먼저 거기로 갔어요…….

웨스터벨트 씨는 어느 날 오후 우리를 환영하는 리셉션 행사를 열었어요. 아주 많은 사람들이 왔어요. 이상한 질문을 던지는 사람들도 있었어요. 어떤 부인은 제가 꽃의 아름다운 빛깔을 보지 못하면서 어떻게 꽃들을 사랑한다고 말할 수 있는지 놀라는 것 같았어요. 제가 꽃들을 사랑한다고 거듭 장담하니까 부인이 말했어요. "너는 필경 손가락으로 색깔을 느끼는 게로구나." 하지만 우리가 꽃들을 사랑하는 이유는 꽃의 밝은 색깔 때문만은 아니에요…… 어떤 신사분이 아름다움이 제 마음에 어떤 의미인지 물었어요. 순간 당황스러웠음을 고백하지 않을 수 없네요. 하지만 잠시 후에 저는 아름다움은 선(善)의 한 가지 형태라고 대답했어요. 그랬더니 그 신사분이 가버렸어요.

리셉션이 끝난 후에 우리는 다시 호텔로 돌아왔고, 선생님은 자신을 위해 준비한 깜짝 쇼를 전혀 눈치채지도 못한 채 잠이 들었어요. 깜짝 쇼는 벨 박사님과 제가 함께 계획했는데요, 벨 박사님이 모든 준비를 마치자 우리는 선생님에게 귀띔을 해주었어요. 깜짝 쇼는요, 바로 사랑하는 선생님을 모시고 나이아가라 폭포를 즐겁게 구경가기 위한 여행이었어요!……

호텔은 강에 붙어 있다시피 인접해 있어서 손을 창턱 위에 올려 놓으면 빠른 물살의 흐름을 느낄 수 있었어요. 다음 날 아침에 태양은 밝고 따스하게 떠올랐구요, 우리는 재빨리 침대에서 일어났어요. 온통 즐거운 기대감으로 부풀어 올랐거든요……. 제가 나이아가라 앞에 서 있을 때 어떤 느낌이었는지 엄마도 이곳에 와서 똑같이 느껴 보기 전에는 도저히 상상할 수 없을 거예요. 저는 발 밑으로 맹렬하게 곤두박질치면서 빠르게 돌진하고 있다고 느낀 게 바로 물이라고는 생각지도 못했어요. 마치 어떤 생물체가 끔찍한 운명을 향해 격렬하게 달려가는 것 같았어요. 폭포의 실제 모습, 그 아름다움과 엄청난 장관, 물이 절벽 끄트머리 위로 곤두박질치는 두렵고 압도적인 광경을 말로 생생하게 묘사할 수 있다면 얼마나 좋을까요! 그렇게 엄청난 힘 앞에 서면 사람들은 무력감을 느끼면서 그만 압도당하고 말아요. 전에 처음으로 드넓은 바닷가에서 해안을 때리는 파도를 느낄 때도 이와 똑같은 느낌이었어요. 엄마도 고요한 밤하늘에 반짝이는 별들을 쳐다보고 있으면 똑같은 느낌이 들지 않을까요?…… 우리는 폭포 아래 깊은 협곡에서 격렬하게 일렁이는 소용돌이를 보러 엘리베이터를 타고 120피트를 내려가기도 했어요. 폭포에서 2마일도 떨어져 있지 않은 곳에는 멋진 현수교가 걸려 있었어요. 협곡의 수면에서부터 258피트의 높이에 있었구요, 800피트 간격의 양쪽 둑에 설치한 단단한 암석 탑으로 지탱하고 있었어요. 캐나다 쪽으로 건너갔을 때 저는 "여왕 폐하 만세!(영국 국가)"를 외쳤어요. 선생님은 저를 꼬마 반역자라고 힐난했어요. 하지만 제 생각은 그렇지 않아요. 캐나다 영토 안에 있게 되어 캐나다 사람들이 하는 것처럼 행동했을 뿐이에요. 뿐만 아니라 저는 영국의 착한 여왕을 존경하거든요.

사랑하는 엄마, 이름이 후커 양인 친절한 여자분이 제 말하기 능력을 향상시키려고 애쓰고 있다는 소식은 엄마에게도 기쁜 뉴스일 거예요. 아, 저도 언젠가 말을 잘 할 수 있는 날이 오길 바라고 또 기도해요!……

지난 일요일 저녁에는 먼셀 씨가 와서 함께 지냈어요. 엄마도 그의 베니스 얘기를 들으면 정말 좋았을 거예요! 그림을 보듯 생생한 그의 아름다운 화술을 듣고 있으면 마치 산마르코 광장의 그늘 속에 앉아 있거나, 꿈꾸고 있거나, 달빛이 드리운 운하에서 뱃놀이를 하고 있는 것처럼 느껴져요…… 베니스에 여행갈 때는(언젠가는 꼭 갈 거예요) 먼셀 씨가 함께 동행하면 좋겠어요. 베니스는 제가 꿈꾸는 환상이기도 하고, 제 친구 중에 그 분만큼 생생하고 아름답게 사물들을 묘사할 수 있는 사람은 아무도 없잖아요…….


세계 박람회에 갔던 일을 그녀는 존 P. 스폴딩 씨에게 보낸 편지에서 묘사

앉은 자세로 앤 설리번 선생님과 손을 잡고 있는 헬렌 켈러(1909년 경)

했는데, 편지는 〈세인트 니콜라스〉 잡지에 게재되어 출판되었고 내용은 대체로 아래 편지와 같다. 설리번 선생님은 〈세인트 니콜라스〉 잡지에 기고한 서문에서 사람들이 자신에게 빈번하게 이런 말을 건넸다고 쓰고 있다. "헬렌은 우리가 눈으로 보는 것보다도 더 많이 손가락을 통해 보고 있네요." 박람회를 주최한 회장은 선생님에게 아래 편지를 써 주었다.


## 수신 : 박람회 전시관과 전시물을 관리하는 전시관장 제위

전시관장 여러분, 이 편지의 소지자로서 설리번 양과 함께 박람회를 방문하게 될 헬렌 켈러 양은 박람회장의 모든 전시관을 샅샅이 보고 싶어합니다. 그녀는 농맹아이지만 대화가 가능할 뿐만 아니라, 박람회장의 모든 전시물들을 이해할 수 있는 놀라운 능력을 가지고 있고 상당한 수준의 지성과 나이에 어울리지 않게 성숙한 교양을 겸비한 소녀라고 소개받았습니다. 켈러 양이 방문하는 전시관마다 전시물들을 아주 수월하게 살펴볼 수 있게 여러 편의를 제공해 주시고, 필요한 다른 배려도 가능한 한 모두 베풀어주십시오.

미리 감사를 드리며, 언제나 여러분을 존경합니다.

H. N. 히긴보덤 회장 (서명)


## 수신 : 캐롤라인 더비 양

(1893년 8월 17일, 펜실베이니아 주 헐튼에서)

…… 박람회장에서는 모든 사람들이 아주 친절했어요……. 전시물을 관리하는 사람들이 대체로 정말 예민한 전시물들까지 만져 볼 수 있도록 흔쾌히 허락해 주었구요, 모든 전시물들을 정말 친절하게 설명해 주었어요. 이름을 기억할 수 없는 어떤 프랑스인 신사분은 커다란 프랑스 동상들을 안내해 주었어요. 박람회에서 어떤 것보다도 큰 기쁨을 준 건 바로 이 동상들이라고 생각해요. 정말 살아 있는 것 같았고, 감촉이 놀라웠어요. 벨 박사님이 전기

관을 몸소 동행해서는 역사적으로 변천을 겪은 몇 가지 전화기 유형들을 안내해 주었어요. 저는 돔 페드로 황제가 백 주년 기념관에서 "살 것인가, 죽을 것인가"라는 말을 들었던 바로 그 전화기도 보았어요. 일리노이 주의 질레트 박사님은 우리를 교양관과 여성관에 안내해 주었어요. 교양관에서는 티파니의 전시장을 방문했는데, 거기서 10만 달러가 호가하는 아름다운 티파니 다이아몬드를 껴 보았고, 진기하고 비싼 다른 보석들도 많이 만져 보았어요. 루드비히 왕의 안락의자에도 앉아 보았는데요, 질레트 박사님이 충성스러운 신하들이 많이 제 앞에 도열해 있다고 말했을 때는 마치 여왕이 된 기분이었어요. 여성관에서는 러시아의 마리아 샤오프스코이 공주와 아름다운 시리아 부인을 만났어요. 두 분 모두 정말 좋았어요. 일본관에는 유명한 강연가인 모르스 교수와 함께 갔어요. 거기서 일본사람들이 전시한 정말 재미있는 전시물들을 보고 나서 일본 사람들이 얼마나 놀라운 민족인지 비로소 깨달았어요. 일본에서 만든 수많은 장난감을 볼 때 일본은 정말 어린아이의 천국임에 틀림없어요. 요상하게 생긴 일본 악기와 아름다운 미술품들은 정말 흥미로웠어요. 일본 책들도 정말 신기하게 생겼어요. 일본 문자는 47자예요. 모르스 교수는 일본에 대해 많은 걸 알고 있었고, 아주 친절하고 박식한 분이었어요. 다음에 보스턴에 오면 살렘에 있는 자신의 박물관을 방문해달라고 초대했어요. 그러나 박람회에서 무엇보다도 즐거웠던 건 고요한 호수 위에 떠 있는 범선들과 친구들이 묘사해준 사랑스러운 풍경들이었어요. 한 번은 배를 타고 한참 나가서 보니, 태양이 대지의 끄트머리로 지면서 비추는 은은한 장밋빛 석양 속에서 화이트 시티(박람회장의 주요 전시 행사장)는 이전 어느 때보다도 드림랜드 같았어요……

물론 우리는 미드웨이 플레장스도 둘러보았어요. 어리둥절할 정도로 매력이 넘치는 곳이었어요. 카이로의 거리들을 걸었고, 낙타도 탔어요. 정말 재미있었어요. 페리스 휠(대관람차)과 얼음열차도 탔구요, 훼일백에서는 범선을 탔어요……

1893년 봄에 터스컴비아에서는 공공 도서관 창설을 추진하기 위한 클럽(회장 : 켈러의 어머니)이 결성되었다. 이에 대해 켈러 양은 다음과 같이 말하고 있다.

"이 사업을 친구들에게 알려서 도움을 요청했어요. 양서를 포함하여 몇 백 권의 책이 순식간에 모아졌어요. 물론 돈과 격려를 받기도 했어요. 클럽 회원인 부인들은 친구들이 성원해 준 이런 관대한 도움에 용기를 얻어서 그 이후에도 계속 책을 수집하거나 구입하는 사업을 벌였고, 마침내 클럽은 우리 동네에 아주 멋진 공공 도서관을 갖게 되었어요."

## 수신 : 찰스 E. 인치스 부인

(1893년 10월 21일, 펜실베이니아 주 헐튼에서)

…… 9월에 우리는 터스컴비아의 집에서 지냈구요…… 모두 정말 행복했어요……. 산 속에 위치한 고요한 우리 집은 세계 박람회의 방문에 따른 흥분과 피로를 가라앉힐 수 있는 정말 매력적이고 편안한 안식처였어요. 주변 언덕들이 자아내는 아름다움과 고적함을 우리는 그 어느 때보다도 마음껏 즐겼어요.

지금은 다시 펜실베이니아 주 헐튼으로 돌아왔구요, 여기서 저는 이번 겨울 동안 가정교사를 모시고 공부할 거예요. 물론 저의 사랑하는 선생님의 도움을 받아서 말이죠. 저는 지금 산수, 라틴어, 그리고 문학을 공부하고 있어요. 수업들이 정말 즐거워요. 새로운 사실들을 배우는 건 정말 유쾌한 일입니다. 매일 제가 아는 게 얼마나 적은지를 깨닫고 있지만 그래도 실망하지 않아요. 하느님이 제게 더 많이 배울 수 있는 영원의 시간을 허락해 주셨잖아요. 문학 시간에는 롱펠로우의 시들을 공부하고 있어요. 이 시인의 시는 여러 편을 암송할 수 있어요. 은유법과 제유법을 구별하기 오래 전에서부터 애송했던 시들이거든요. 산수는 그다지 좋아하지 않는다고 여러 번 반복해서 말했지만, 그러나 이제는 마음이 바뀌었어요. 이제는 산수가 얼마나 좋고 유용한 학문인지를 깨달았어요. 지금도 공부 중에 때때로 마음이 산만해지는 걸 고백하지 않을 수 없지만 말입니다! 산수가 좋고 유용한 과목이더라도 아름다운 시나 사랑스러운 이야기만큼 재미있는 건 아니잖아요. 어머나, 시간이 어찌나 쏜살같은지! '헬렌 켈러 공공 도서관'에 관한 당신의 질문에 답장할 시간이 조금 밖에 없네요.

1. 앨라배마 주 터스컴비아는 약 3,000명이 살구요, 그중에 절반이 유색인종일 거예요.

2. 현재 이 도시에는 도서관이 하나도 없어요. 이 때문에 저는 도서관 설립을 구상하게 되었어요. 엄마와 엄마의 친구 부인들 몇 명이 저를 도와 줄 거라고 말하면서 터스컴비아에 무료 공공 도서관의 설립을 추진하기 위한 클럽을 결성했어요. 현재 클럽은 100권의 서적과 55달러 정도의 기금을 모았구요, 어떤 친절한 신사분이 도서관 건물을 세울 수 있는 부지도 기부해 주었어요. 그 동안에도 클럽은 도시의 중심가에 작은 방을 빌려서 이미 입수한 서적들을 누구든지 무료로 대여하고 있어요.

3. 보스턴에 있는 제 친절한 친구들은 물론 이 도서관에 대한 모든 사정을 알고 있긴 해요. 그러나 가엾은 어린 토미를 위한 기금을 모으고 있는 상황에서 이 친구들에게 더 이상 폐를 끼치고 싶지 않았어요. 고향의 주민들에게 읽을 책을 제공하는 일보다 토미의 교육이 더 중요한 건 당연하잖아요.

4. 도서관에서 보유하고 있는 책들이 어떤 책들인지 잘 모르겠지만 이것저것 잡동사니(딱 들어맞는 표현 같아요)라고 생각해요⋯⋯.

**추신** : 선생님은 건축기금의 기부자 명단을 작성하여 아빠의 신문 '노스 앨라배미언' 지에 게재할 거라고 말씀드리는 게 더 사업가다운 표현이래요.

H. K.

## 수신 : 캐롤라인 더비 양

(1893년 12월 28일 펜실베이니아 주 힐튼에서)

…… 더비 양이 보내준 예쁜 방패에 대해 고맙다고 전해 주세요. 아주 재미있는 컬럼버스의 기념품, 박람회 화이트 시티의 기념품이군요. 그런데 제가 무슨 발견을 했다는 건지 도저히 납득이 안 가요. 새로운 발견이라니요. 물론 우리는 누구든 어떤 의미에서는 발견자지만요. 태어날 때는 세상 만물에 대해 하나도 모르는 백지 상태잖아요. 그래도 더비 양이 무슨 뜻으로 이렇게 부른 건지 잘 모르겠어요. 저를 발견자라고 부른 이유를 설명해 주어야 한다고 그녀에게 전해 주세요…….


## 수신 : 에드워드 에버렛 헤일 박사

(1894년 1월 14일, 펜실베이니아 주 힐튼에서)

사랑하는 사촌 오빠, 당신의 친절한 편지를 정말 반갑게 받았어요. 당신이 보내준 아름다운 작은 책에 대해 감사를 표시하는 답장을 쓰겠다고 진작에 마음먹었지만, 새해가 시작된 이후로 아주 바빴어요. 제가 살아온 삶을 적은 짧은 이야기를 〈유스 컴패니언〉 지에 게재한 후에 저는 독자들로부터 정말 많은 편지를 받았거든요. 지난 주만 해도 61통이나 받은 걸요! 이 편지들의 답장을 쓰는 일 말고도, 산수와 라틴어 등 공부해야 할 수업도 많았어요. 그리고 아시다시피 시저는 언제나 오만하고 독재적인 시저일 뿐이에요. 어린 소녀가 아주 위대했던 사람, 그리고 그가 아름다운 라틴어로 얘기한 수많은 전쟁과 정복사들을 이해하려면 많이 공부하고 많이 생각해야 하는데, 역시 시간이 걸리는 일이잖아요.

보내 주신 작은 책은 내내 소중하게 간직할 게요. 책 자체의 가치뿐만 아니라 당신과 연결되어 있는 끈이기도 하잖아요. 당신의 생각과 감정들이 고스란히 담겨 있음에 틀림없는 책을 제게 주었다는 걸 생각하면 기쁘구요, 저를 그렇게 예쁜 아이로 기억해 주시다니 정말 감사를 드려요…….

2월에 헬렌과 설리번 선생님은 터스컴비아로 돌아왔다. 두 사람은 봄의 나머지 기간 동안 독서와 공부를 하면서 지냈다. 여름에는 '미국 농아 말하기 교육 진흥 협회'가 셔터쿼에서 개최한 대회에 참석했는데, 대회에서 설리번 선생님은 헬렌 켈러의 교육을 다룬 논문을 발표했다.

가을에 헬렌과 설리번 선생님은 뉴욕 시의 라이트 휴메이슨 학교에 입학했는데, 이 학교는 입술 읽는 능력과 성대의 개발이 전문인 학교였다. '노래 수업'은 헬렌의 성대를 튼튼히 만들어주기 위한 교육이었다. 피아노 수업은 이미 퍼킨스 학교 시절에 여러 번 이수했다. 이 실험은 흥미롭기는 했지만 효과는 없었다.


## 수신: 캐롤라인 더비 양

(1894년 10월 23일, 뉴욕 웨스트 76번 스트리트 42번지 라이트 휴메이슨 학교에서)

…… 학교는 정말 쾌적하구요, 그리고 아, 정말 멋져요!……. 저는 지난 겨울과 다름없이 여전히 수학, 영문학, 미국사를 공부하고 있어요. 또한 일기도 쓰고 있죠. 휴메이슨 박사님에게 배우는 노래 수업이 말할 수 없이 즐거워요. 언젠가 피아노 수업 받는 것도 고대하고 있어요…….

지난 토요일에 우리 학교의 친절한 선생님들은 바르톨디가 만든 작품으로, 세상을 환하게 밝혀 주는 커다란 자유의 여신상을 견학하기 위해 베들로 섬으로 즐거운 여행을 떠났어요……. 바다 쪽을 겨누고 있는 옛날 대포들은 표정이 아주 험악하기는 했지만, 대포의 낡고 녹슨 심장 가운데에 과연 무슨 매정함이 도사리고 있다는 건지 의아했어요.

자유의 여신상은 그리스식 휘장을 두르고 오른손에 횃불을 들고 있는 거대한 여인상입니다……. 여기 동상의 기단부에서부터 나선형 계단을 통해 횃불까지 올라갈 수 있어요. 우리는 409명을 수용할 수 있는 머리 부분으로 올라가서 여신상이 밤낮으로 응시하고 있는 풍경을 내려다보았어요. 아, 얼마나 멋진 경치이던지! 이곳이야말로 자신의 장엄한 이상을 세울 값어치가 있다고 여긴 위대한 프랑스 미술가의 안목을 우리는 금방 수긍할 수 있었어요. 여인 상이 세워진 눈부신 만은 10월의 햇빛을 받으며 평온하고 아름답게 누워 있었고, 배들은 한가한 꿈처럼 왔다 갔다 했어요. 바다 쪽으로 나가는 배들은 구름의 색깔이 금색에서 회색으로 변하는 속도만큼 천천히 사라졌어요. 집으로 돌아오는 배들은 어미새의 둥지를 찾는 새끼 새들처럼 빠른 속도로 들어오고 있었어요…….

## 수신 : 캐롤라인 더비 양

(1895년 3월 15일, 뉴욕 라이트 휴메이슨 학교에서)

…… 제 입술 읽는 능력이 조금 발전한 것 같아요. 빠르게 말할 때의 입술은 여전히 읽기 어렵지만요. 그러나 빠른 말도 참고 계속 노력하면 언젠가는 읽을 수 있으리라고 확신해요. 휴메이슨 박사님은 여전히 제 말하기 능력을 향상시키려고 노력하고 있어요. 오, 캐리 양, 저는 정말로 다른 사람들과 똑같이 말하고 싶어요! 제가 능히 성취할 수 있는 목표라면 낮이든 밤이든 계속 공부할 거예요. 제 모든 친구들이 제가 자연스럽게 말하는 걸 듣게 되면 얼마나 기뻐할지 생각해 보세요!! 정상인들은 말하기를 아주 쉽게 배우는데 왜 농아들은 그토록 어렵고 쩔쩔매는지 모르겠어요. 하지만 참아내기만 하면 언젠가는 완벽하게 말할 수 있게 될 거라고 확신해요…….

정말 바쁜 중에도 책을 많이 읽을 시간은 낼 수 있었어요……. 최근에 읽은 책은 쉴러의 〈빌헬름 텔〉과 〈베스타 신녀의 실종(The Lost Vestal)〉이에요……. 지금은 레싱이 지은 〈지혜로운 나단〉과 뮬록 양이 쓴 〈아더왕〉을 읽고 있어요.

…… 아시다시피 우리 학교의 친절한 선생님들은 학생들을 여기저기 데리고 나가서 흥미로운 것들을 많이 보여주고 있구요, 우리는 이렇듯 즐거운 방식으로 많은 것을 배우고 있어요. 조지 워싱턴 탄생 기념일에는 모두 애완견 품평회를 보러 갔어요. 대회장인 매디슨 스퀘어 가든에는 많은 인파가 들끓었고, 온갖 개들이 한꺼번에 짖어대는 소리가 당황스러웠어요. 귀가 정상적인

사람들은 개들의 합창소리에 혼비백산이었을 거예요. 하지만 우리는 그날 오후가 정말 즐거웠어요. 가장 많은 주목을 받은 개들 중에는 불독도 있었어요. 이 개는 누군가 안아 주기라도 하면 놀랍도록 자유분방하게 행동해요. 그 사람의 품 안으로 뛰어들면서 예의범절 따위는 내팽개치고 다짜고짜 키스를 퍼부어요. 단정치 못한 자신들의 행동을 전혀 의식하지 못하는 것 같았어요. 어이쿠, 정말 못생긴 작은 동물이에요! 그러나 성품은 정말 좋고 친근하여 도저히 좋아하지 않을 수 없는 개입니다.

애완견 품평회를 보고 휴메이슨 박사님과 선생님, 그리고 저는 일행과 헤어져서 '메트로폴리탄 클럽'이 주최한 리셉션 행사에 참석했어요.…… '백만장자 클럽'이라고도 불러요. 건물은 웅장하고 하얀 대리석으로 지었어요. 방은 모두 대형이고 호화로운 가구들이 비치되어 있었어요. 하지만 고백하지 않을 수 없는데요, 그런 호사스러움이 제게는 오히려 숨막히는 압박감으로 다가왔어요. 그 호화로운 환경이 백만장자들에게 선사했을 행복이 전혀 부럽지 않았어요…….

## 수신 : 케이트 애덤스 켈러 부인

(1895년 3월 31일, 뉴욕에서)

…… 오후에 선생님과 저는 허튼 씨 집에서 보냈는데 정말 즐거웠어요!……. 거기서 우리는 클레멘스 씨와 하우얼스 씨를 만났어요! 이 분들에 대해서는 오래 전부터 얘기를 들어서 알고 있었지만 직접 보고 대화를 나누게 될 줄은 상상도 못했어요. 이날 누린 커다란 즐거움은 지금도 잘 실감이 나질 않아요! 그러나 14살의 어린 소녀에 불과한 제가 아주 많은 유명인사들과 교류한다는 게 그저 놀라울 따름이기는 해도, 제가 아주 행복한 아이라는 사실, 제가 누리는 많은 아름다운 특권들에 대해 아주 감사해 하고 있다는 사실만큼은 스스로도 잘 알고 있어요. 유명한 작가 두 분은 모두 아주 온화하고 친절했구요, 두 분 중에서 어느 분을 더 사랑하는지는 도저히 모르겠어요. 클레멘스

씨는 재미있는 얘기를 많이 들려주면서 우리를 눈물이 나올 만큼 웃게 만들었어요. 엄마도 이 분을 직접 만나서 얘기를 들을 수 있다면 얼마나 좋을까요! 그는 부인과 딸 쟌을 다시 미국으로 데려 오기 위해 며칠 후에 유럽에 건너간다고 말했어요. 파리에서 공부하고 있는 쟌이 3년 반 동안 아주 많이 배워서 곧 자신보다 더 많이 알게 될까 봐 미국으로 데려 오지 않을 수 없대요. 저는 마크 트웨인이 클레멘스 씨에게 딱 맞는 필명이라고 생각해요. 우스꽝스럽고 운치 있게 들릴 뿐만 아니라, 그가 쓴 즐거운 작품들과도 잘 어울리기 때문이에요. 또한 필명에 담긴 바다의 이미지가 그가 쓴 심오하고 아름다운 이야기들을 암시해 주기 때문이기도 해요. 그는 정말 잘 생긴 것 같아요……. 선생님은 그가 '파라도프스키'(철자가 맞는지 모르겠어요)를 닮았대요. 하우얼스 씨는 자신이 제일 좋아하는 도시 중 하나인 베니스에 대한 얘기를 조금 해주었구요, 지금은 하느님 품에 안긴 자신의 사랑하는 어린 딸 위니프레드의 얘기도 아주 자상하게 들려주었어요. 그는 또한 캐리를 잘 아는 밀드레드라는 이름의 다른 딸도 있었어요. 〈새들의 크리스마스 캐롤〉을 지은 매력적인 저자, 위긴 부인도 오기로 했지만 심한 기침을 앓고 있어서 올 수 없었어요. 부인을 보지 못해 많이 실망했지만 언젠가는 그 부인과 만나는 즐거움도 누릴 수 있길 바래요. 허튼 씨는 제가 즐거운 방문을 해준 기념으로 엉겅퀴 모양의 귀엽고 앙증맞은 유리잔을 선물로 주었어요. 유리잔은 그의 사랑하는 어머니의 유품이래요. 로저스 씨도 만났어요……. 그는 친절하게도 마차에서 내려서 우리를 집까지 배웅해 주었어요.


라이트 휴메이슨 학교가 여름 방학을 위해 종강을 하자, 설리번 선생님과 헬렌은 남부로 돌아갔다.

## 수신 : 로렌스 허튼 부인

(1895년 7월 29일, 앨라배마 주 터스컴비아에서)

…… 저는 지금 아름답고 화창한 우리 집에서 다정한 부모님, 사랑하는 여동생과 남동생 필립스와 함께 아주 조용하고 즐겁게 여름방학을 보내고 있어요. 소중한 저의 선생님도 함께 있어서 행복해요. 저는 읽기와 산책과 글쓰기는 조금씩만 하면서 아이들과 많이 놀고 있어요. 매일 매일이 아주 유쾌하게 흘러가고 있어요!……

제 친구들은 지난 학년에 제 말하기와 입술 읽는 능력이 향상된 걸 아주 기뻐하면서 다음 학년에도 뉴욕에서 공부하는 게 최선의 방책이라고 의견을 모았어요. 저는 다음 학년에도 당신이 사는 위대한 도시에서 지낼 생활을 예상하면서 기뻐하고 있어요. 뉴욕에서는 절대로 '편안한' 기분이 들지 않을 거라고 생각한 적도 있어요. 하지만 거기서 아주 많은 사람들을 사귀었고 정말 밝고 성공적인 겨울을 보낸 지금, 저는 다음 학년의 생활도 간절히 고대하면서 이전보다 훨씬 더 밝고 훌륭한 시간을 다시 이 거대한 도시에서 보내게 되리라 예상하고 있어요.

제 가장 친절한 사랑을 허튼 씨, 릭스 부인 그리고 워너 씨에게도 전해 주세요. 워너 씨하고는 아직 개인적으로 친분을 맺는 즐거움을 누리진 못했지만 말이에요. 베니스 쪽으로 귀를 기울이면, 허튼 씨가 지금 쓰고 있는 책의 페이지 위에서 춤추듯 펜대를 굴리고 있는 소리가 들려요. 많은 약속들이 넘쳐흘러서 듣기에 즐거운 소리에요. 허튼 씨의 새 책을 읽게 되는 날은 얼마나 즐거울까요!

사랑하는 허튼 부인, 편지를 타이프라이터로 쳐서 바다 건너 당신에게 보내는 걸 용서하세요. 집에 온 이후로 연필과 제 조그마한 작문 도구를 이용하여 편지를 쓰려고 여러 차례 시도했지만 더위 때문에 정말 힘들었어요. 땀에 젖은 손의 물기가 편지지를 심하게 더럽히거나 글자를 흐릿하게 뭉개기 때문에, 전적으로 타이프라이터에 의존하지 않을 수 없었어요. 그리고 툭하면 고장을 일으켜 구두점을 찍도록 조작할 수 없었던 것도 '레밍턴' 타이프라이터가 아니라, 장난꾸러기 어린애인 바로 접니다……

## 수신 : 윌리엄 쏘오 부인

(1895년 10월 16일, 뉴욕에서)

마침내 우리는 여기 위대한 대도시에 다시 들어왔어요! 우리는 금요일 밤에 헐튼을 출발하여 토요일 아침에 이곳에 도착했어요. 친구들은 우리를 보고 깜짝 놀랐어요. 다들 이번 달 말일 전에는 우리를 보게 되리라 예상하지 못했거든요. 토요일 오후에는 아주 피곤해서 휴식을 취했어요. 일요일에는 학교 친구들을 만났어요. 충분한 휴식을 취했다고 느껴지는 지금, 당신에게 편지를 쓰고 있어요. 우리가 뉴욕에 안전하게 도착했다는 소식을 고대할 거라는 생각이 들었거든요. 우리는 필라델피아에서 차를 갈아타야 했지만 크게 신경쓰지 않았어요. 아침을 먹은 후에 선생님은 뉴욕행 기차가 대기 상태인지 역무원에게 물었어요. 역무원은 아니라면서 약 15분 동안은 기차 안내방송이 없을 거라고 말했어요. 그래서 우리는 앉아서 기다렸어요. 그러나 이내 그 역무원은 다시 오더니 선생님에게 지금 당장 기차에 승차할 건지 물었어요. 선생님이 그렇다고 말하자 우리를 데리고 선로 위로 빠져 나가서 기차에 태웠어요. 이렇게 해서 우리는 혼잡을 피하면서 기차가 출발하기 전에 좌석에 평온하게 앉을 수 있었어요. 아주 친절한 행동이지 않아요? 맞아요. 언제나 그래요. 길을 가다 보면 언제나 친절한 작은 행동을 흩뿌려서 우리 길을 평탄하고 쾌적하게 만들어주는 사람이 꼭 있기 마련이에요……

헐튼에서는 조용하지만 아주 유쾌한 시간을 보냈어요. 웨이드 씨는 그 어느 때보다도 친절하고 좋았어요! 최근에 그는 몇 권의 책, 〈묘지기 노인〉, 〈오트란토의 성〉, 〈유토피아의 왕(King of No-land)〉 등을 저를 위해 영국에서 점자책으로 인쇄해 주었어요……

# 수신 : 캐롤라인 더비 양

(1895년 12월 29일, 뉴욕에서)

…… 선생님과 저는 최근에 정말 기뻤어요. 우리의 친절한 친구들인 도지 부인, 허튼 씨 부부, 릭스 부인과 그녀의 남편을 보았구요, 다른 유명인사들도 많이 만났거든요. 유명인사 중에는 엘렌 테리 양, 헨리 어빙 경 그리고 스톡턴 씨도 있었어요! 정말 행운아이지 않아요? 테리 양은 사랑스러운 분이었어요. 그녀는 선생님에게 키스하면서 "선생님을 만난 제 느낌이 과연 반가움뿐인 건지 잘 모르겠어요. 선생님이 어린 소녀를 위해 얼마나 많은 일을 했는지 생각하면 제 자신이 너무 부끄럽거든요."라고 말했어요. 우리는 또한 테리 양의 부모인 테리 씨 부부, 오빠와 그의 부인도 만났어요. 테리 양은 천사같이 아름답다고 생각했어요. 아, 목소리는 또 얼마나 낭랑하고 아름다운지요! 우리는 1주일 전인 지난 금요일에 〈찰스 1세 왕〉 연극에서 테리 양을 헨리 경과 함께 다시 보았어요. 연극이 끝난 후에 그들은 친절하게도 자신들의 모습이 어떤지 만져서 느껴 보라고 허락해 주었어요. 왕의 모습에서는 얼마나 고귀한 제왕의 위엄이 느껴졌는지요! 불행한 장면에서 특히 그랬어요! 가엾은 왕비는 또 얼마나 예쁘고 충직한 모습이었는지요! 연극은 정말 박진감이 넘쳐흘러서 우리는 지금 어디에 있는지도 잊어버리고 마치 아주 오래 전에 벌어진 현실을 진짜 목격하고 있는 것 같은 생각조차 들었어요. 마지막 막의 장면들이 제일 감명 깊었는데요, 우리는 모두 사형 집행인이 어떻게 왕을 사랑하는 아내의 품에서 강제로 탈취할 만큼 잔인할 수 있는지 놀라면서 울었어요.

〈아이반호〉는 이제 전부 읽었어요. 아주 짜릿했지만, 고백하건대 그다지 즐거운 이야기는 아니었어요. 등장인물 중에서 제가 최고의 찬탄을 보낸 사람은 강하고 용감한 정신, 순수하고 관대한 성격을 지닌 매력적인 레베카뿐이었어요. 지금은 〈스코틀랜드 역사 이야기〉를 읽고 있는데요, 아주 스릴 넘치고 흡인력이 강한 책이에요!……

아래 두 편지는 존 P. 스폴딩 씨가 세상을 떠난 직후에 쓴 것이다.


## 수신 : 조지 H. 브래드퍼드 부인

(1896년 2월 4일, 뉴욕에서)

친절하게도 당신은 우리가 가장 착하고 친절한 친구를 처음 만났던 소중한 방의 작은 기념품들을 보내 주셨어요. 선생님과 제가 당신의 사려 깊은 친절에 정말 감사해하고 있다는 걸 어떻게 표현해야 이해하실 수 있을까요? 정말로 우리에게 얼마나 큰 위로를 베풀어주신 건지 당신은 짐작도 못할 거예요. 우리는 소중한 사진을 매일 볼 수 있도록 방 안 벽난로 위 선반에 걸어 두었어요. 때때로 가서 만져 보기도 하는데요, 그때는 우리의 사랑하는 친구가 지금도 아주 가까이 있는 것처럼 느끼지 않을 수 없어요……. 아무 일도 없었던 것처럼 다시 학교 수업을 듣기가 정말 힘들어요. 하지만 해야 할 공부가 있어서 적어도 잠시 동안만이라도 슬픔을 잊을 수 있다는 건 다행인 것 같습니다…….


## 수신 : 캐롤라인 더비 양

(1896년 3월 2일, 뉴욕에서)

…… 우리는 사랑하는 존 왕을 그리워하면서 슬픔에 잠겨 있어요. 그를 잃어버린 건 아주 견디기 힘들었어요. 우리 친구들 중에서 누구보다도 착하고 친절한 친구였거든요. 저는 그가 없는 상황에서 우리가 과연 무슨 일을 해야 하는 건지 모르겠어요.

우리는 가끔 품평회에 갔었는데요……. 진행요원은 친절하게도 우리에게 새들을 만져 볼 수 있도록 허락해 주었어요. 새들은 잘 길들여져 있었구요, 만져도 가만히 있었어요. 저는 커다란 칠면조, 거위, 뿔닭, 오리 그리고 다른 많은 조류들을 보았어요.

2주 전쯤에 우리는 허튼 씨 집을 방문하여 즐거운 시간을 보냈어요. 맞아요, 우리는 항상 즐거워요! 우리는 작가인 워너 씨, 〈아웃룩〉의 편집자인 마비씨를 만났구요, 다른 유쾌한 사람들도 많이 만났어요. 저는 당신도 허튼 씨 부부를 알고 싶을 거라고 확신해요. 아주 친절하고 재미있는 분들이거든요. 이분들은 정말 우리에게 말할 수 없는 기쁨을 주었어요.

며칠 후에는 워너 씨와 위대한 자연 예찬론자인 버로스 씨가 우리를 보러와서 즐거운 대화를 나누었어요. 두 분 모두 정말 자상한 사람들이에요! 버로스 씨는 허드슨 강 근처에 있는 자택 얘기를 들려주었는데요, 정말 행복한 곳임에 틀림없어요! 언젠가 그의 집을 방문할 수 있길 바래요. 선생님이 그 분의 소년시절에 관한 생생한 이야기책을 읽어 주어서 정말 즐거웠어요. 당신은 아름다운 시 〈기다림〉을 읽어본 적이 있나요? 저는 그 시를 알아요. 담긴 시상들이 달콤해서 읽으면 아주 행복해요. 워너 씨는 딱정벌레가 앉아 있는 형상의 스카프 핀을 보여 주었는데요, BC 1,500년에 이집트에서 만들어진 거래요. 딱정벌레는 이집트인들에게는 영생을 의미한다고 말해 주었어요. 딱정벌레는 껍질을 뒤집어쓴 채로 겨울잠을 잔 후에 다시 껍질을 깨고 나올 때는 새로운 생명체로 부활하는 곤충이래요.


## 수신 : 캐롤라인 더비 양

(1896년 4월 25일, 뉴욕에서)

…… 지금 공부하는 수업들은 당신을 만났을 당시와 똑같아요. 달라진 건 1주일에 세 번 오시는 프랑스어 선생님과 함께 프랑스어를 공부하는 수업뿐입니다. 거의 프랑스어 선생님의 입술을 읽는 방식으로만 수업을 받고 있지만 (선생님은 손바닥 지문자를 몰라요), 아주 순조롭게 진행되고 있어요. 몰리에르가 지은 훌륭한 프랑스 희곡, 〈억지 의사〉를 즐겁게 읽었어요. 사람들은 제가 프랑스어를 아주 잘 말한대요. 독일어도요. 어쨌든 프랑스와 독일 사람들이 제 말을 잘 알아들어요. 아주 고무적인 사실입니다. 성대를 훈련시키는 공부는

1926년 1월 11일 캘빈 쿨리지 대통령과 함께 찍은 헬렌 켈러

여전히 해묵은 난제들과 씨름하고 있어요. 아아, 그래서 말을 잘 하고 싶은 제 소망을 이루려면 아직도 갈 길이 먼 것 같아요! 지금 열심히 찾아가고 있는 목표를 언뜻 본 것 같은 확신이 때때로 들기도 하지만 그러나 어느 순간에 굽은 길이 등장하고 목표가 시야에서 사라지면서 저는 다시 어둠 속을 헤매요! 그러나 낙담하지 않으려고 애쓰고 있어요. 우리가 찾고 있는 이상에 마침내 도달하는 날은 반드시 오고 말 거예요…….

## 수신 : 존 히츠 씨

(1896년 7월 15일, 매사추세츠 주 브루스터에서)

…… 먼저 그 책에 대해 말해 볼 게요. 저는 선생님의 사랑스러운 손가락이 부리는 마술에 힘입어 '영생 불멸의 옹달샘'에 도착한 두 자매가 우정을 나누는 대목을 이르게 되면 정말 즐거울 거라고 확신해요.

창가에 앉아서 당신에게 편지를 쓰고 있는 지금, 부드럽고 시원한 산들바람을 뺨에 느끼며 지난 학년의 어려운 공부가 모두 끝났다는 걸 실감하니 정말 멋진 기분이 들어요! 선생님도 이처럼 바뀐 상황의 혜택을 만끽하고 있는 것 같아요. 벌써 예전의 상냥한 모습으로 돌아가고 있거든요. 지금 이 순간 우리 행복을 완성하는 데 필요한 건 오직 당신, 사랑하는 히츠 씨뿐입니다. 저의 선생님과 홉킨스 사감선생님도 당신이 가능한 한 빨리 이곳으로 오셔야 한대요! 당신이 편안히 지낼 수 있도록 애쓸 게요.

선생님과 저는 필라델피아에서 9일 동안 있었어요. 크루터 박사의 학교에 가보신 적 있어요? 우리가 지금 하고 있는 일에 대해서는 아마도 하우즈 씨가 당신에게 모두 설명했을 거예요. 우리는 내내 바빴어요. 회의에 참석하고 수많은 사람들과 대화도 나누었어요. 그중에는 사랑하는 벨 박사님, 캘커타의 바너지 씨, 프랑스어로만 대화를 나누었던 파리의 마그나 씨, 그리고 다른 유명인사들도 많았어요. 하지만 만나리라 고대했던 당신이 거기에 오시지 않아서 크게 낙심했어요. 우리는 정말 자주 당신을 생각하고 있어요! 우리의 마음은 애정어린 동류의식을 느끼면서 당신에게 빠져 있어요. 우리가 당신과 함께 할 수 있어서 늘 얼마나 행복한지는 이미 이 편지의 옹색한 표현 이상으로 잘 알고 계시지요?! 7월 8일에 협회 회원들에게 들려준 강연에서는 말하기 능력이 제게는 말할 수 없이 지극한 축복이었다고 지적하면서, 모든 농아들에게 말하기를 배울 수 있는 기회를 베풀어 달라고 촉구했어요. 회원들은 모두 제 강연이 아주 훌륭하고 잘 알아들을 수 있었대요. 짧은 '강연'을 마치고 우리는 600여 명의 사람들이 모인 리셉션 행사에 참석했어요. 고백하건대 저는 이런 대규모 리셉션 행사를 좋아하지 않아요. 많은 사람들이 득시글거려서 말을 아주 많이 해야 하거든요. 하긴 결국 우리에게 사랑을 가르쳐줄 친구들을 만날 수 있는 장소가 이런 리셉션 행사들이긴 해요. 우리는 지난 목요일 밤에 이 도시를 떠나서 금요일 오후에 브루스터에 도착했어요. 금요일 아침에 케이프 코드행 기차를 놓쳐서 증기선 '롱펠로우' 호를 타고 프로빈스타운으로 내려갔어요. 이 여행 코스가 저는 즐거웠어요. 바다 위에서는 근사하고 상쾌한 기분이 들구요, 보스턴 항은 언제나 재미있는 곳이거든요.

뉴욕을 떠난 후에 보스턴에서는 약 3주 동안 있었구요, 우리가 정말 즐거운 시간을 보냈다는 건 말할 필요가 없겠죠? 다음에는 벽지의 렌섬으로 가서 우리의 착한 친구인 체임벌린 부부의 멋진 자택을 방문했어요. 이 집은 매력적인 호수 근처에 있었는데요, 호수에서 탔던 보트와 카누 놀이는 정말 재미있었어요. 수영도 몇 번 했어요. 체임벌린 씨 부부는 문인 친구들에게 야외 연회를 베풀어서 6월 17일을 축하했어요. 약 40명이 참석했는데요, 모두 작가나 출판업자들이었어요. 우리의 친구인 〈하퍼즈〉 지의 알덴 편집장도 참석했어요. 물론 우리는 그의 사교술이 정말 즐거웠어요……

## 수신 : 찰스 더들리 워너

(1896년 9월 3일, 매사추세츠 주 브루스터에서)

…… 여름 내내 당신에게 편지를 쓰려고 했었어요. 당신에게 말해 주고 싶은 일들이 많았고, 당신이 해변에서 지낸 우리 방학 얘기와 다음 학년 계획의 소식을 고대할 거라고 생각했거든요. 하지만 행복하고 한가한 나날들이 정말 순식간에 흘러갔고 매 순간 즐거운 일들이 정말 많아서, 생각을 말로 옮겨서 당신에게 보낼 시간이 없었어요. 잃어버린 기회는 추후에 어떻게 되는지 궁금해요. 우리가 기회를 잃어버리면 아마도 우리의 수호천사가 다시 모아 두었다가, 장차 우리가 자라서 더 현명해지고 기회를 올바르게 사용하는 법을 익힌 아름다운 때가 오면 다시 돌려주는 것이겠죠? 하지만 이게 사실이든 아니든, 지금 당장은 그렇게 오랫동안 당신에게 보내리라 마음먹었던 편지인데도 쓸 수가 없네요. 제 마음이 올 여름의 행복을 낱낱이 전해 줄 수가 없을 정도로 슬픔으로 가득차 있거든요. 아빠가 돌아가셨어요. 지난 토요일에 터스컴비아의 우리 집에서 세상을 떠나셨는데요, 저는 임종을 지키지 못했어요. 제 사랑하는 아빠! 오 사랑하는 친구여, 제가 이 슬픔을 어떻게 이겨낼 수 있을까요!……


10월 1일에 켈러 양은 아더 길먼 씨가 교장인 케임브리지 여학교에 입학했다. 아래 편지에서 언급하고 있는 '시험'은 학교에서 실시한 교내 테스트일 뿐이었지만 하버드 대 기출문제가 출제된 걸 보면 켈러 양이 몇 과목에서는 이미 래드클리프 대학의 진학 준비가 상당히 잘 되어 있다는 걸 알 수 있다.


## 수신 : 로렌스 허튼 부인

(1896년 10월 8일, 매사추세츠 주 케임브리지 콩코드 애비뉴 37번지에서)

…… 오늘 아침에는 당신에게 편지를 쓰기 위해 일찍 일어났어요. 제가 우리 학교를 얼마나 좋아하는지 듣고 싶어하리라고 생각했거든요. 당신도 직접

와서 우리 학교가 얼마나 아름다운지 보시면 좋겠어요! 약 100명의 여학생이 있구요, 모두 총명하고 행복한 아이들이에요. 이 학생들과 함께 지내는 건 기쁜 일입니다.

제가 시험에 통과했다는 소식을 들으면 기쁘실 거예요. 영어, 독일어, 프랑스어 그리고 그리스 및 로마 역사에 대해 시험을 쳤어요. 이 과목들은 하버드 대학의 입학시험 과목들이기도 해요. 입학시험에서 그 과목들에 합격할 수 있다는 예상이 들면서 마음이 즐거워져요. 올해는 선생님이나 저나 아주 바쁜 한 해가 될 것 같아요. 저는 지금 수학, 영문학, 영어, 역사, 독일어, 라틴어, 고급 지리학 등을 공부하고 있어요. 그런데 미리 읽어 가야 하는 교재가 굉장히 많아요. 하지만 점자로 인쇄된 책이 거의 없어서 가엾은 선생님이 교재의 모든 내용을 제 손에 써 주어야 해요. 힘든 작업이에요.

하우얼스 씨를 만나면 우리가 그의 집에 살고 있다는 걸 알려 주세요…….


## 수신 : 윌리엄 쏘오 부인

(1896년 12월 2일, 매사추세츠 주 케임브리지 콩코드 애비뉴 37번지에서)

…… 수업을 준비하는 데 시간이 오래 걸려요. 수업의 모든 내용을 제 손 안에 써야 하거든요. 제가 공부해야 할 교재 중 점자로 인쇄된 게 하나도 없어요. 당연히 수업 교재를 혼자 읽는 때보다 어렵게 공부하고 있어요. 하지만 선생님은 가엾은 눈에 얹는 부담이 아주 많아서 저보다도 더 힘들어요. 선생님의 눈을 걱정하지 않을 수 없어요. 때때로 우리가 달성할 수 있는 능력에 비해 너무 높은 목표를 설정한 게 아닌가 싶기도 해요. 하지만 공부가 말할 수 없이 즐거운 때도 적지 않아요.

다른 여학생들과 어울리는 것, 그리고 그들이 하는 것을 모두 저도 할 수 있다는 게 정말 큰 즐거움이에요. 저는 지금 라틴어, 독일어, 수학과 영국사를 공부하고 있는데요, 수학 말고는 모두 즐거워요. 말하기 민망하지만 저는 수학적인 마인드가 없어요. 어렵사리 숫자를 계산해내도 항상 틀리거든요!……

## 수신 : 로렌스 허튼 부인

(1897년 5월 3일, 매사추세츠 주 케임브리지에서)

…… 아시다시피 저는 6월의 시험에 대비하여 독서 과제를 끝내려고 열심히 노력하고 있는데요, 이 독서 과제물과 학교의 정규 수업 때문에 엄청 바쁘게 지내고 있어요. 그러나 존슨과 〈페스트〉도, 그리고 다른 모든 독서물들도 오늘 오후에는 제가 사랑하는 허튼 부인에게 감사의 인사를 전하는 동안 잠깐 대기해야 해요…….

…… 우리는 '플레이어 클럽'에서 정말 멋진 시간을 보냈어요. 클럽은 으레 재미없고 담배연기가 자욱하며, 사람들이 정치 얘기를 나누고 신변이나 놀라운 무용담에 대해 끝없이 얘기를 늘어놓는 곳이라고만 생각했었어요. 하지만 지금은 제 판단이 아주 틀렸다고 생각해요…….

## 수신 : 존 히츠 씨

(1897년 7월 9일, 매사추세츠 주 렌섬에서)

…… 선생님과 저는 여름에는 우리 친구인 체임벌린 씨 가족들과 매사추세츠 주 렌섬에서 지내려고 해요. 당신은 '보스턴 트랜스크립트' 잡지사의 '리스너(Listener)'인 체임벌린 씨를 기억하실 거예요. 이 가족은 자상하고 친절한 사람들이에요…….

하지만 당신이 듣고 싶은 건 제 시험 얘기겠죠. 제가 모든 시험 과목에 통과했다는 소식에 당신도 기쁘리라고 생각해요. 제가 신청한 과목은 독일어, 프랑스어, 라틴어와 영어 각각의 초급 및 고급 과정, 그리고 그리스·로마 역사였어요. 너무 좋아서 실감이 안 나요. 그렇지 않아요? 시험이라는 호된 시련을 준비할 때는 불합격할까 봐 두려움과 떨림을 억제할 수 없었어요. 하지만 시험 과목을 통과하여 이수 증명을 취득한 지금, 말할 수 없는 안도감을 느끼고 있어요. 그러나 제가 압권이라고 여기는 건 바로 제 승리로 인해 사랑하는 선생님에게 선사할 수 있었던 행복과 기쁨입니다. 실제로 저는 제가 성취한 성공이라기보다는 선생님의 공로라고 느끼고 있어요. 선생님이야말로 저를 끊임없이 격려한 힘의 원천이거든요…….


9월 말에 설리번 선생님과 켈러 양은 케임브리지 학교로 돌아와서 12월 초까지 머물렀다. 다음에 길먼 교장선생님의 개입이 벌어졌고, 그 결과 어머니인 켈러 부인은 딸들인 켈러 양과 밀드레드 양을 학교에서 자퇴시켰다. 그후 설리번 선생님과 켈러 양은 렌섬으로 가서 열정적이고 능숙한 교사인 머튼 S. 키스 선생님의 개인지도 아래 공부를 계속했다.


## 수신 : 로렌스 허튼 부인

(1898년 2월 20일, 매사추세츠 주 렌섬에서)

…… 당신이 떠난 직후에 저는 공부를 다시 시작했구요, 한동안은 한 달 전의 끔찍했던 일을 한낱 악몽이었던 것처럼 잊어버린 채 즐겁게 공부했어요. 시골 생활은 정말 말할 수 없이 즐거웠어요. 정말 상쾌하고 평화로우며 자유로웠어요! 사람들이 말리지만 않는다면 온종일 계속 공부하면서도 전혀 피곤함을 느끼지 않을 만큼 공부가 즐거웠어요. 공부할 때 즐겁게 배울 수 있는 것들이 너무 많았어요. 물론 항상 쉬웠던 건 아니지만요. 대수학과 기하학이 많은 부분에서 어려웠어요. 하지만 모든 수업을 사랑해요. 특히 그리스어가 그렇습니다. 제가 그리스 문법을 순식간에 끝냈다고 가정해 보세요. 다음에는 〈일리아드〉에요. 아킬레스와 율리시즈, 안드로마케와 아테네 그리고 나머지 모든 옛 친구들을 그들의 영예로운 모국어로 읽어 보는 건 말할 수 없이 큰 기쁨이겠지요! 그리스어는 제가 아는 언어 중에서 가장 근사한 말이라고 생각해요. 바이올린이 가장 완벽한 악기라는 게 사실이라면, 그리스어는 사람이 하는 생각의 바이올린이라고 할 수 있어요.

이번 달에 우리는 멋진 터보건 썰매타기 놀이를 즐겼어요. 매일 아침 수업

시간 전에 우리는 모두 집 근처 호수의 북쪽 가장자리에 있는 가파른 언덕으로 올라가서 1시간 정도 썰매를 탔어요. 언덕의 꼭대기에서 한 사람이 썰매의 중심을 잡아 주면 우리 모두가 올라 탄 후에 언덕의 비탈을 쏜살처럼 내려가요. 이윽고 호숫가 돌출부를 뛰어올라서 눈더미로 곤두박질치거나 엄청난 속도로 호수 건너 저 멀리까지 미끄러져 가요!

## 수신 : 로렌스 허튼 부인

(1898년 4월 12일 렌섬에서)

…… 키스 선생님이 제 공부 성과에 뿌듯해 하신다니 정말 기뻐요. 대수학과 기하학이 쉬워진 건 사실이에요, 특히 대수학이 그래요. 그리고 점자 교재를 받았기 때문에 앞으로는 공부가 훨씬 수월할 거예요…….

키스 선생님과 공부하면 케임브리지 학교 클래스보다도 공부가 잘 되고 실력도 빨리 늘어요. 그런 식의 학교 공부를 그만둔 건 잘했다고 생각해요. 어쨌든 저는 학교를 자퇴한 이후로 게으르게 지내지 않았고, 학교에 있을 때보다 공부도 더 많이 하고 더 행복하게 지내고 있어요…….

## 수신 : 로렌스 허튼 부인

(1898년 5월 29일 렌섬에서)

…… 저는 씩씩하게 공부하고 있어요. 하루 하루를 열심히 공부하는 일로 빼곡히 채우고 있어요. 여름방학이 되어 책을 뒷전으로 미루기 전에 공부를 가능한 한 많이 해 놓고 싶기 때문이에요. 어제 기하학 세 문제를 혼자 힘으로 풀었다는 말을 들으면 기쁘시겠죠. 이를 두고 키스 선생님과 저의 선생님도 아주 열광적인 반응을 보였음을 고백하지 않을 수 없네요. 기분이 우쭐해졌어요. 이제 수학 과목에서 뭔가를 해낼 수 있을 것 같은 기분이 들어요. 이등변 삼각형 밑변의 양 꼭지점에서 반대쪽 중앙 지점까지 연결한 선이 길이가 똑같

다는 걸 배우는 게 왜 그리 중요한지는 여전히 모르지만 말이에요. 그걸 안다고 인생이 더 달콤하거나 행복해지는 건 아니잖아요? 반면에 새로 배우는 단어는 엄청난 보물을 찾을 수 있는 열쇠라고 생각해요…….

## 수신 : 찰스 더들리 워너

(1898년 6월 7일, 매사추세츠 주 렌섬에서)

어떤 종류의 자전거를 좋아하는지 물어 본 당신의 편지에 거의 1주일이 넘도록 답장을 못해서 제가 결국 탠덤 자전거(2인승)에 그다지 관심이 없는 걸로 판단하셨을까 봐 걱정스러워요. 그렇지만 사실은, 뉴욕에서 돌아온 후에 계속 공부에 파묻혀 있어서 자전거가 생기는 즐거움을 생각해 볼 겨를조차 없었어요! 긴 여름방학이 시작되기 전에 공부를 가능한 한 많이 해치우고 싶었거든요. 그래도 책을 뒷전으로 밀어 둘 날이 다가오는 건 기뻐요. 햇살과 꽃들, 집 앞의 아름다운 호수가 그리스어와 수학을 공부하고 있는 저를 지독하게 유혹하고 있거든요. 특히 수학을 공부할 때 그래요! 데이지와 미나리아재비들도 저만큼 기하학에 쓸모가 없어요. 기하학의 여러 원칙들이 꽃들 속에 정말 아름답게 구현되어 있는 건 사실이지만 말이에요.

어머나, 탠덤 자전거는 절대로 잊어버리지 않겠어요! 사실은 제가 자전거에 대해 아는 게 별로 없어요. 탠덤 자전거와는 판이하게 생긴 '소셔블 자전거(3륜)' 밖에 타보질 못했어요. 소셔블이 아마 탠덤보다 안전하기는 하지만, 아주 무겁고 불편해요. 도로에서 주행할 때도 더 많은 공간이 필요해요. 게다가 소셔블은 다른 종류의 자전거들보다 비싸다고 들었어요. 선생님과 친구들은 제가 시골길에서는 컬럼비아 탠덤을 100% 안전하게 탈 수 있대요. 또한 당신이 제안한 고정식 핸들도 좋대요. 저는 치마바지 차림으로 자전거를 타요. 선생님도 차림은 같지만 앞의 남자용 바퀴 쪽에 저보다 쉽게 올라탈 수 있으니까 여자석을 뒤에 만들면 좋을 것 같아요…….

## 수신 : 캐롤라인 더비 양

(1898년 9월 11일, 렌섬에서)

…… 저는 늘 집 밖에 나가서 노를 젓거나, 수영하거나, 자전거를 타거나, 다른 즐거운 놀이들을 많이 하면서 지내고 있어요. 오늘 아침에는 탠덤을 타고 12마일 넘게 돌아다녔어요. 험한 길을 타다가 서너 번 넘어져서 지금 다리를 엄청 절뚝거리고 있어요! 하지만 날씨랑 경치가 너무 아름다웠고, 도로의 푹신한 노면을 질주하는 게 정말 재미있어서 경미한 사고 정도는 아예 신경쓰지 않았어요.

수영과 다이빙은 남들 따라 할 정도는 배웠어요! 잠수도 조금은 할 수 있고, 다른 물놀이도 못하는 게 거의 없어요! 물에 빠질지 모른다는 두려움은 전혀 없어요. 근사하지 않아요? 노를 저어 호수를 일주하는 뱃놀이도 짐을 아무리 무겁게 싣고도 수고를 별반 들이지 않고 해낼 수 있어요. 그래서 당신은 제가 얼마나 힘이 세지고 갈색 피부로 변했는지 쉽게 상상할 수 있을 거예요…….

## 수신 : 로렌스 허튼 부인

(1898년 10월 23일, 보스턴 뉴베리 스트리트 12번지에서)

지난 월요일 여기 온 이후에 처음으로 편지를 씁니다. 보스턴에 이사하기로 결정하고 준비하면서 엄청난 소동을 겪었거든요. 영영 진정될 것 같지 않은 소동이었어요. 불쌍한 선생님은 두 손에 물건을 가득 들고서는, 이사업체 사람들과 지급화물 트럭 운전사들, 그리고 온갖 종류의 사람들과 씨름해야 했어요. 이사가 이렇게 성가신 일이 아니면 좋겠어요. 특히 우리처럼 자주 이사해야 하는 사람들에게는 말이에요…….

…… 키스 선생님은 토요일만 빼고 매일 3시 반에 여기에 들러요. 지금으로서는 여기에 오시는 게 더 좋대요. 저는 기하학과 대수학 공부를 많이 하는 것 말고도 〈일리아드〉, 〈아에네이드〉, 그리고 키케로의 책들을 읽고 있어요. 〈일리아드〉는 놀랍도록 아이 같은 순진한 사람들의 진솔함이나 우아함, 질박

함이 담긴 아름다운 책인 반면, 〈아에네이드〉는 이보다는 더 근엄하고 감정도 절제되어 있어요. 마치 웅장한 궁정건물로 둘러싸인 내전에서만 살아온 아름다운 공주 같아요. 반면에 〈일리아드〉는 광활한 대지를 놀이터 삼아 뛰어 노는 멋진 젊은이 같은데 말이죠.

날씨가 한 주 내내 지독히도 음산하더니, 오늘은 화창하고 방 마루에도 햇살이 가득 들어왔어요. 지금 우리는 퍼블릭 가든으로 가벼운 산책을 나가려고 해요. 렌섬 숲이 근처에 있다면 얼마나 좋을까요! 어이쿠, 그렇지 못하니 그냥 가든 산책으로 만족할래요. 커다란 들판과 초원, 시골풍의 높은 소나무 숲을 보고 나서도, 정원은 왠지 갇혀 있는 공간, 틀에 박힌 뜰처럼 보여요. 나무들도 도회지형이고 자의식이 강한 것 같아요. 정말로 이 나무들이 과연 시골서 자라는 그들 사촌 나무들과는 얘기라도 나누는 사이일까 의심스러워요! 나무들은 멋들어진 거드름을 한껏 뽐내고 있었지만, 오히려 안타까운 마음을 금할 수 없었다는 거 아세요? 나무들은 매일 얼굴을 맞대는 도시 사람들, 시골의 정적과 자유보다 혼잡하고 시끄러운 도시를 좋아하는 사람들을 닮았어요. 이 나무들은 도대체 자신들이 한정된 테두리 안에 갇혀 있어서 얼마나 답답한 삶을 살고 있는지 의심조차 안 해요. 오히려 '큰 세상'을 볼 기회가 한 번도 없었던 시골 나무들을 가여운 듯 깔보고 있어요. 아아! 이 도시의 나무들이 자신들의 한계를 자각하기만 하더라도 즉시 자유로운 삶을 찾아 숲이나 들판으로 대탈출을 감행할 텐데 말이에요. 그런데 이건 또 무슨 난센스일까요! 당신은 제가 렌섬을 몸이 야윌 정도로 사무치게 그리워하고 있다고 생각하실지도 모르겠지만, 그러나 그건 절반은 사실이고 절반은 사실이 아니에요. 레드 팜과 그곳의 사랑하는 사람들이 몹시 그리운 건 사실이지만, 여기가 온통 불행한 것만은 아니에요. 선생님과 책들이 제 곁에 있을 뿐만 아니라, 사람들이 혹독한 상황에서도 행복을 쥐어짜내기 위해 혼신의 힘을 기울여 용감무쌍하게 분투하고 있는 이 거대한 도시에서 제게도 뭔가 근사하고 좋은 일들이 반드시 생길 거라는 확신이 들거든요. 어쨌든 살아야 할 제 몫의 삶이 있다는 게 기뻐요. 그게 밝은 삶이든 슬픈 삶이든 상관없어요.……

## 수신 : 윌리엄 쏘 부인

(1898년 12월 6일, 보스턴에서)

선생님과 저는 여자애들이 벌이는 유쾌한 놀이에 폭소를 터뜨렸어요. '말 조련사'의 복장으로 사나운 말을 타고 있는 소녀들의 모습이 얼마나 웃겼는지요! 만약 제가 전에 본 적이 있는 (말 모양의) 톱질 받침대 같은 거라면 '날렵하다'는 표현이 어울릴 거예요. ○○○에서 소녀들은 얼마나 유쾌한 시간을 보내고 있는지! 가끔은 저도 다른 소녀들처럼 재미있게 놀 수 있으면 좋겠다는 소망을 억누를 수가 없어요. 지금으로서는 제 유일한 친구나 다름없는 모든 힘센 전사들, 백발이 성성한 현인들, 현실적으로 존재할 수 없는 영웅들을 재빨리 한데 가두어 놓고, 다른 소녀들처럼 춤추고 노래하고 유쾌한 놀이에 푹 빠지고 싶은 소망이 정말 간절해요! 그렇지만 한가한 소원 따위나 빌면서 시간을 낭비하면 안 되겠죠. 결국 저는 옛날 옛적의 제 친구들이 매우 현명하고 재미있어서 이들과 노는 게 정말 좋다는 쪽으로 결론을 내려요. 불만이 생기면서 제 삶에서 바랄 수 없는 것들을 꿈꾸는 건 아주 이따금씩만 그래요. 아시다시피 제 마음은 대체로 행복으로 가득해요. 사랑하는 하느님 아버지가 항상 제 곁에서 모든 것들을 풍성하게 채워 주시면서 제 삶을 진정으로 풍요롭고 달콤하게 그리고 아름답게 만들어주고 있다는 데 생각이 미치면, 어떤 신체 장애도 제가 누리는 무한한 축복에 비해 아주 하찮게 느껴지거든요.

## 수신 : 윌리엄 쏘 부인

(1898년 12월 19일, 보스턴 뉴베리 스트리트 12번지에서)

…… 제가 얼마나 이기적이고 탐욕스러운 계집아이였는지 이제 깨달았어요. 얼마나 많은 사람들이 텅텅 비어 있는 행복의 잔을 움켜쥐고 있는지는 한 번도 진지하게 생각해 본 적이 없으면서 제 행복의 잔만큼은 가득 넘쳐흘러야 한다고 생떼를 썼거든요. 저의 생각 없는 행동이 진심으로 부끄러웠어요. 제가 가진 유치한 환상 중에서 버리기 정말 힘들었던 건 소원이 뭔지 빌기만 하

면 즉시 이루어진다는 것이었어요. 행복은 세상의 모든 사람들이 원하는 것을 모두 얻을 수 있을 만큼 충분히 존재하지 않는다는 걸 저는 지금 천천히나마 배우고 있어요. 제 자신이 이미 정해진 몫보다 더 많은 걸 누리고 있음을 잠시라도 망각하면서, 가엾은 꼬마 올리버 트위스트처럼 '더 많이' 달라고만 떼를 썼다는 걸 생각하면 슬퍼져요…….

## 수신 : 로렌스 허튼 부인

(1898년 12월 22일, 보스턴 뉴베리 스트리트 12번지에서)

…… 키스 선생님이 제 공부 소식을 당신에게 편지로 알려 드리고 있다고 생각해요. 그렇다면 당신도 아시다시피 저는 하버드 대학의 입학시험에 필요한 대수학의 모든 범위와 기하학의 거의 모든 범위의 공부를 끝냈구요, 크리스마스 후에는 이 두 과목을 자세하게 복습할 거예요. 제가 이제 수학이 좋아졌다는 소식은 당신도 기쁘시겠죠. 아, 길고 복잡한 2차 방정식도 이제는 암산으로 정말 쉽게 풀 수 있어요. 진짜 재미있어요! 키스 선생님은 굉장한 선생님이구요, 제가 수학의 아름다움에 눈을 뜰 수 있게 만들어주셔서 정말 감사해요. 사랑하는 설리번 선생님을 빼고는, 제 마음을 넓혀 주고 풍성하게 만들어주는 일을 누구보다도 많이 하셨어요.

## 수신 : 로렌스 허튼 부인

(1899년 1월 17일, 보스턴 뉴베리 스트리트 12번지에서)

…… 키플링 시인의 시 〈진실한 꿈〉이나 〈요리사 학교〉를 읽어 보셨나요? 아주 감명 깊은 작품들이에요. 이 시들을 읽고 있으면 꿈을 꾸게 돼요. 당신은 물론 영국 사람들이 하르툼에 세운다는 '고든 기념대학'에 대한 글을 읽어 보셨겠지요. 이 대학의 설립을 통해 이집트 사람들이 누리게 될 축복, 나아가서 영국에 다시 되돌아올 축복을 생각하면서, 저는 사랑하는 우리 조국도 '메인

호'에 탔던 용감한 미국의 아들들을 잃어버린 안타까운 사건을 이와 유사한 방식으로 승화시켜서, 쿠바 사람들이 이와 유사한 축복을 누릴 수 있게 했으면 좋겠다는 강력한 소망이 가슴 속에서 일었어요. 아바나에 대학을 세우면 '메인 호'의 용감한 군인들에게 바치는 지극히 고귀하고 영원한 기념비일 뿐만 아니라 관련된 모든 사람들에게 무한한 선(善)을 일깨우는 원천이 되어 주지 않을까요? 한 번 아바나에 여행갔다고 상상해 보세요. 항구에 입항할 때 일행 중 누군가가 메인 호가 그 무서운 밤에 닻을 내렸다가 원인 불명으로 파괴되었던 부두를 당신에게 가리켜 주면서 "파괴 현장을 내려다보는 저 커다랗고 아름다운 건물이 바로 미국인들이 쿠바인들과 스페인 사람들을 교육할 목적으로 설립한 '메인 호 기념 대학'이야."라고 말해 주는 거예요. 기독교 국가가 발휘할 수 있는 지고지선한 품성이 구현된 이런 기념물이 생긴다면 얼마나 영광스런 승리일까요! 그 안에는 어떤 증오나 복수도 숨어 있지 않고 힘이 정의라는 구시대적인 독선의 흔적도 없겠죠. 대학의 설립은 또한 우리의 선전포고를 굳게 고수하면서도 쿠바인들이 대학을 통해 독립국가 국민으로서의 의무와 책임을 이행할 수 있는 능력을 갖추는 즉시로 쿠바를 쿠바인들에게 돌려주겠다는 서약을 세상에 선언하는 방식이기도 해요…….


## 수신 : 존 히츠 씨

(1899년 2월 3일, 보스턴 뉴베리 스트리트 12번지에서)

…… 지난 월요일에는 엄청 재미있는 일이 있었어요. 아침에 어떤 친절한 친구가 저를 보스턴 미술관에 데려 갔어요. 그 친구는 이미 제가 조각상들, 특히 〈일리아드〉와 〈아에네이드〉에 등장하는 제 오랜 친구들을 새긴 조각상들을 만져도 좋다는 허락을 제너럴 로링 미술관장에게 받아 두었어요. 멋지지 않아요? 제너럴 로링 관장은 미술관 안의 정말 아름다운 조각상들을 직접 안내해 주었어요. 메디치의 비너스, 파르테논의 미네르바, 손을 화살통 위에 얹고 곁에 암사슴을 거느린 사냥복 차림의 다이아나, 두 마리의 커다란 뱀에

워싱턴 D.C.의 백악관 집무실에서 헬렌 켈러를 만난 존 F. 케네디 대통령.

게 무섭게 칭칭 감겨서 몸부림치면서 하늘로 팔을 뻗고는 비통하게 울부짖고 있는 불쌍한 라오콘과 두 어린 아들 등을 보았어요. 아폴로 벨베데레도 보았어요. 비단뱀 파이돈을 죽인 직후에 거대한 바위 기둥 옆에 서서 승리감에 도취한 손을 끔찍한 뱀 위로 우아하게 뻗고 있는 형상이었어요. 아, 정말 멋졌어요! 비너스 상은 황홀했어요. 그녀는 파도의 물거품을 막 솟구쳐 나오는 것처럼 보였고 천상의 음악처럼 사랑스러웠어요. 가엾은 니오베가 막내아들을 곁에 바짝 매달고는 잔인한 여신에게 이 아들만큼은 죽지 말아 달라고 애원하는 조각상도 보았어요. 저는 하마터면 울 뻔했어요. 너무 사실적이고 비극적인 광경이었거든요. 제너럴 로링 관장은 친절하게도 피렌체 세례당의 경이로운 청동문을 흉내낸 복제품도 보여 주었는데요, 거기서 저는 사나운 사자 등을 타고 있는 우아한 기둥들을 감상했어요. 언젠가 피렌체를 방문하여 만끽하고 싶었던 즐거움을 미리 맛본 셈이에요. 제 친구는 다음에 언젠가 엘진 경이 파르테논에서 약탈해 간 대리석들의 복제품도 보여 주겠다고 말했어요. 그렇지만 저는 천재적인 작가들이 신들에게 바치는 찬송가이자 그리스 영광의 기념물로 만든 진짜 작품들을 작가가 의도했던 원래의 장소에서 보고 싶어요. 이런 성스러운 작품들을 원래 속해 있던 성소에서 약탈해 간 건 정말 나쁜 일 같아요…….


## 수신 : 윌리엄 웨이드 씨

(1899년 2월 19일, 보스턴에서)

어이쿠, 책 〈시선(Eclogues)〉을 받은 다음 날에 편지를 써서 이 책을 받아서 얼마나 기쁜지 당신에게 알려드린 줄 알았어요! 아마 받으신 편지가 없지요? 어쨌든 제게 이런 수고를 아끼지 않은 사랑하는 친구인 당신에게 감사를 드려요. 영국에서 보낸 책들이 지금 오고 있다는 소식은 당신도 기쁘실 거예요. 〈아에네이드〉의 제 7권과 8권, 〈일리아드〉 중의 한 권은 이미 받았는데요, 이 놈들은 정말 운이 좋은 거예요. 가지고 있는 점자 교재들을 거의 다 읽은 상황이거든요.

농맹아동들을 위한 왕성한 활동의 근황을 듣는 건 커다란 기쁨입니다. 더 많은 소식을 들을수록 사람들이 베푸는 친절도 더욱 많이 느끼게 돼요. 어휴, 불과 얼마 전만 하더라도 농맹아동들에게는 아무것도 가르칠 수 없다는 게 사람들의 생각이었어요. 그러나 교육이 가능하다는 게 밝혀지자마자 친절하고 자애로운 수많은 사람들이 장애아동들을 돕기 위한 열정으로 불타올랐구요, 이에 따라 우리는 가엾고 불행한 수많은 장애아동들도 삶의 아름다움과 현실을 볼 수 있도록 교육을 받고 있는 광경을 목격하고 있어요. 감옥에 갇힌 영혼들을 기필코 찾아가서는 자유와 지식의 세상으로 인도해 주는 건 언제나 사랑이에요!

양 손 지문자에 대해 말해 보면, 눈이 보이는 사람들은 물론 양 손 지문자가 손바닥 지문자보다 쉽다고 생각해요. 양 손 지문자로는 대부분의 글자를 책에 나오는 큰 대문자처럼 쓸 수 있기 때문이에요. 그러나 농맹아에게 철자를 가르칠 때는 손바닥 지문자가 훨씬 더 편리하면서 덜 요란스러워요⋯⋯.

## 수신 : 로렌스 허튼 부인

(1899년 3월 5일, 보스턴 뉴베리 스트리트 12번지에서)

⋯⋯ 이제 6월의 시험을 잘 준비할 수 있다는 확신이 들어요. 현재 제 하늘은 구름은 한 점 밖에 없는 청명한 날씨에요. 하지만 그 구름 한 점이 제 삶에 드리운 어두운 그림자 때문에 때때로 저는 심한 불안감에 빠지고 있어요. 선생님의 눈이 좋아지지 않아요. 선생님은 변함없이 아주 씩씩하고 참을성 많고 집요하지만 눈만은 더 악화되고 있는 것 같아요. 선생님의 눈이 저 때문에 희생되고 있다고 생각하면 정말 괴로워요. 대학을 간다는 생각을 모조리 포기해야 하는 건가 생각도 들어요. 세상의 모든 지식을 얻은들 그렇게 값비싼 희생을 치러야 한다면 절대로 행복할 수 없기 때문이에요. 허튼 부인, 선생님에게 휴식을 갖고 눈을 치료하라고 설득해 주시겠어요? 제 말은 들으려고 하질 않아요.

사진을 몇 장 찍었는데 잘 나왔어요. 로저스 씨도 이 사진을 좋아할 거라고 당신이 동의해 주시면 사진을 한 장 보내고 싶어요. 그가 베풀어주는 모든 일에 대해 얼마나 깊이 감사하고 있는지 어떤 식으로든 표현하고 싶은 마음이 간절하지만 이것보다 좋은 방법을 찾지 못하겠어요.

여기의 모든 사람들은 사전트의 그림 작품들에 대해 얘기하고 있어요. 놀라운 초상화 전시회라고 말이죠. 저도 눈이 있어 그림들을 볼 수 있다면! 그림의 아름다움과 색감을 볼 수 있다면 얼마나 기쁠까! 그러나 그림이 주는 모든 즐거움이 완전히 봉쇄되지 않은 것만으로도 기뻐요. 적어도 제 친구들의 눈을 통해 작품을 감상하는 만족은 누리고 있잖아요. 정말 기쁜 일이에요. 친구들이 모아서 제 손 안에 써 준 아름다움에 기뻐할 수 있으니 정말 감사할 따름이죠!

키플링 씨가 세상을 떠나지 않아 우린 모두 정말 기쁘고 감사했어요! 그가 쓴 〈정글북〉을 점자로 만든 책을 가지고 있는데요, 얼마나 멋지고 유쾌한 책인지! 책을 읽으면 재능 있는 이 저자가 이미 알고 있는 사람인 것 같은 느낌이 저절로 들어요. 얼마나 진실하고 남자다우며 사랑스러운 성품을 지닌 분인지요!……


## 수신 : 데이비드 H. 그리어 박사

(1899년 5월 8일, 보스턴 뉴베리 스트리트 12번지에서)

…… 날마다 낮은 제가 해낼 수 있는 일을 맡기구요, 밤은 휴식과 함께 목표에 조금씩 가까이 다가가고 있다는 달콤한 생각을 안겨 주고 있어요. 그리스어 진도는 잘 나가고 있어요. 〈일리아드〉 제 9권을 끝냈구요, 〈오딧세이〉를 막 시작했어요. 〈아에네이드〉와 〈시선(Eclogues)〉도 읽고 있어요.

제 친구들 중에는 그리스어와 라틴어에 너무 많은 시간을 들이는 건 아주 바보 같은 짓이라고 비웃는 사람들도 있어요. 그렇지만 호메로스와 베르길리우스가 제게 얼마나 멋진 체험과 생각의 세상을 활짝 열어 주었는지 깨닫는다면, 틀림없이 그렇게 생각하진 않을 거예요. 무엇보다도 〈오딧세이〉는 즐겁게 읽을 수 있을 것 같아요. 〈일리아드〉는 거의 전쟁 얘기뿐이니까 창들이 부딪치는 소리와 전쟁의 소란스러움이 지겨울 수도 있지만, 〈오딧세이〉는 그런 것보다 고귀한 용기에 대해 말하고 있어요. 쓰라린 시련을 당하지만 끝까지 꿋꿋하게 버티어내는 용기 말이에요. 이 멋진 시들을 읽을 때, 저는 호메로스의 노래들 중에서 전쟁을 그린 대목은 그리스 사람들에게 용기를 불타오르게 했지만, 남자의 덕목을 읊은 대목은 왜 그 사람들의 정신적 생활에 그다지 강한 영향을 미치지 못했는지 가끔은 의아스러워요. 아마도 진실로 위대한 생각은 인간의 마음밭에 일단 파종된 후로 내내 무관심 속에서 방치되거나 장난감처럼 희롱을 당하고 이리저리 굴러다니다가, 시련과 세상 경험을 통해 지혜롭게 장성한 어떤 민족이 드디어 발견하고는 비로소 제대로 키워내는 씨앗과 같기 때문일 거예요. 이렇게 되면 세상은 천국으로 가는 행진에서 한 걸음 더 내딛게 되는 거죠.

저는 지금 정말 열심히 공부하고 있어요. 6월에 시험을 치를 생각이므로 그 시련을 넘어서기 위한 만반의 준비로 많은 공부를 해치워야 해요.

올 여름에 엄마와 여동생 그리고 남동생이 북부로 와서 저와 함께 보낼 거라는 소식은 당신도 기쁘실 거예요. 사랑하는 저의 선생님이 정말 간절했던 휴식을 취하는 동안, 우리 가족은 모두 렌섬의 호숫가에 있는 작은 별장에서 함께 지낼 거예요. 생각해 보니 선생님은 12년 동안 휴가를 한 번도 갖지 않고 그 긴 세월 내내 제 삶의 햇살이 되어 주었어요. 지금 선생님은 눈이 많이 아파서 잠깐이라도 아이를 교육하는 모든 임무와 책임에서 해방시켜 드려야 한다고 생각해요. 그러나 영영 헤어지는 건 아니에요. 다시 매일 볼 수 있길 저는 희망해요. 7월이 되면 제가 당신이 선사한 작은 배에 사랑하는 사람들을 태우고 멋진 호수를 돌면서 노를 젓고 있는 광경을 상상하셔도 좋아요! 그 배를 선물받을 때 저는 세상에서 가장 행복한 소녀였어요……

## 수신 : 로렌스 허튼 부인

(1899년 5월 28일 보스턴에서)

…… 오늘은 힘든 하루였어요. 키스 선생님은 여기에 와서 오후 3시간 동안 쩔쩔매는 가엾은 제 머리 속에 라틴어와 그리스어를 급류처럼 쏟아 부었어요. 키스 선생님은 라틴어와 그리스어 문법을 키케로나 호메로스보다도 많이 알고 있다고 저는 진짜로 믿어요. 키케로는 멋진 분이지만, 그의 연설문들은 번역하기가 아주 어려워요. 가끔 그 유창한 사람(키케로)의 말을 터무니없거나 재미없는 표현으로 번역할 때면 스스로가 부끄러워져요. 하지만 어린 여학생이 그런 천재의 말을 어떻게 잘 번역할 수 있겠어요? 키케로처럼 말하려면 키케로가 되어야 가능한 거겠죠…….

리니 헤이그우드는 농맹아 소녀로서 윌리엄 웨이드 씨의 도움을 받았다. 이 소녀는 현재 도라 도널드 선생님이 교육하고 있는데, 볼타 사무국(Volta Bureau)의 히츠 국장은 도라 선생님이 리니 학생을 가르치기 시작한 초창기에 설리번 선생님의 켈러 교육에 관한 자료를 모두 제공해 주었다.

## 수신 : 윌리엄 웨이드 씨

(1899년 6월 5일, 매사추세츠 주 렌섬에서)

…… 몇 주 전에 보내 주신 리니 헤이그우드의 편지가 정말 흥미로웠어요. 적극적이고 아주 달콤한 성격을 가지고 있는 아이 같아요. 이 소녀가 역사에 대해 언급한 얘기가 아주 즐거웠어요. 역사 공부를 재미없어 하니 안타깝지만, 실제로 저 역시도 옛날 사람들의 역사와 종교, 통치형태들이 정말 우울하고 불가사의하며 심지어 두렵게 느껴질 때가 종종 있어요.

음, 저는 수화를 좋아하지 않는다는 것과, 수화가 농맹아동들에게는 그다지 유용하지 않을 거라는 생각을 말씀드리지 않을 수 없네요. 농아들의 빠른 동작을 좇아가는 게 정말 어렵구요, 농맹아동들에게 수화는 오히려 언어를 쉽고 자유롭게 사용하는 능력을 습득하는 데 커다란 걸림돌이 된다고 봐요. 아! 저도 물론 농맹아동들의 손바닥 지문자를 이해하기 힘들 때가 종종 있긴 해요. 결론적으로 분절(Articulation)을 배울 수 없다면, 손바닥 지문자가 가장 좋고 편리한 의사소통 수단인 것 같아요. 어쨌든 농맹아는 아무리 능력이 뛰어나도 수화를 배울 수 없다고 확신해요.

며칠 전에는 라근힐드 카타와 그녀의 선생님을 잘 아는 노르웨이의 청각 장애자 신사분을 만나서 라근힐드에 대해 아주 흥미있는 대화를 나눴어요. 라근힐드는 아주 부지런하고 밝은 아이래요. 털실을 자아서 수공예품을 아주 많이 만들기도 하고, 책도 읽으면서 즐겁고 생산적인 삶을 살고 있대요. 생각해 보니 그 소녀는 손바닥 지문자를 사용할 수 없어요! 입술 모양을 잘 읽어내구요, 그래도 이해하지 못하는 말이 있으면 친구들이 그녀의 손 안에 진짜 글자를 써 줘요. 그 아이는 이렇게 해서 낯선 사람들과도 대화할 수 있어요. 전 손바닥에 써 주는 진짜 글자는 이해하지 못하니까, 라근힐드가 어떤 점에서는 저보다 뛰어난 거예요. 언젠가 그 소녀를 만났으면 좋겠어요…….

## 수신 : 로렌스 허튼 부인

(1899년 7월 29일, 렌섬에서)

…… 신청했던 모든 과목에서 합격했구요, 고급 라틴어 시험은 이수 증명을 취득했어요. 그렇지만 고백하건대 시험 둘째 날은 힘들었어요. 감독관들은 선생님이 시험지를 제게 읽어 주는 걸 허용하지 않았어요. 대신에 제게는 점자로 복사한 시험지가 배포되었어요. 점자 시험지 방식은 여러 언어학 시험에는 아주 좋았지만 수학에는 별로였어요. 그래서 대수학과 기하학 시험은 선생님이 읽어 준 경우보다 못 봤어요. 그렇지만 누굴 원망하는 건 아니에요. 그런 방식의 시험이 제게 얼마나 어렵고 당황스러웠는지 그들이 깨닫지 못한 건 당연하니까요. 감독관들은 정상적으로 보고 들을 수 있는데 그걸 어떻게 알 수

있었겠어요? 단지 제 관점으로 상황을 이해할 수 없었을 뿐이라고 생각해
요…….

지금까지 보낸 여름은 제가 기억할 수 있는 어떤 것보다도 달콤한 시간이었
어요. 엄마와 여동생 그리고 남동생이 5주 동안 함께 있었구요, 우리의 행복
은 끝이 없었어요. 함께 지내는 게 즐거웠을 뿐만 아니라, 우리가 묵은 작은
별장도 정말 쾌적했어요. 호수는 작은 섬들이 황금빛 햇살을 맞으며 에메랄드
빛의 산봉우리들처럼 빛나고, 카누들이 온화한 산들바람에 흩날리는 가을 낙
엽처럼 여기저기 떠다녔어요. 이 아름다운 호수의 풍광을 당신도 함께 베란다
에서 쳐다보면서, 알 수 없는 나라의 속삭임처럼 다가오는 맛깔스런 숲의 내
음을 들이마실 수 있다면 얼마나 좋을까요? 이 숲 냄새는 오래 전에 우리 나
라 해안을 방문했다고 전해지는 북유럽의 바이킹 해적들을 맞이했던 바로 그
향기, 즉 꽃과 나무 속에서 장구한 세월 동안 소리 없이 진행된 성장과 부패가
메아리처럼 발산하는 내음이 아닐까 하는 생각이 저절로 들어요…….


## 수신 : 사무엘 리처드 풀러 부인

(1899년 10월 20일, 렌섬에서)

…… 다가오는 겨울을 어떻게 보낼 건지 그 계획을 알려드릴 때가 된 것 같
아요. 아시다시피 저도 래드클리프 대학에 들어가서 지금까지 다른 많은 소녀
들이 해온 것처럼 학위를 취득하는 게 오랜 소망이었어요. 그런데 래드클리프
대학의 어원 학장님이 지금 제게 특별과정을 이수하는 게 좋겠다고 설득하고
있어요. 학장님은 제가 수많은 장애물들을 극복하고 모든 시험에 합격했기 때
문에 대학에서의 학습능력을 이미 세상에 보여준 거나 마찬가지래요. 제 글쓰
기 능력이 현재 어느 정도이든 그 능력을 개발하는 게 더 낳은 선택인데도, 단
지 다른 소녀들과 똑같이 되기 위해 래드클리프의 4년 과정을 이수하는 건 얼
마나 어리석은 일이냐고 덧붙였어요. 학위 자체가 진정한 가치가 있는 건 아
니라고 생각한다면서, 학위 취득만을 위해 정력을 낭비하는 것보다 창의적인

일을 하는 게 훨씬 바람직하다는 것이었어요. 아주 현명하고 실용적인 조언 같아서 승복하지 않을 수 없었어요. 대학 진학의 꿈을 포기하는 건 진짜 진짜 힘들었어요. 소녀 때부터 품어 온 꿈이잖아요. 그러나 오랜 소원이라고 해서 어리석은 일을 계속하는 건 부질없는 일이에요. 맞죠?

그런데 우리가 겨울 동안의 공부 계획을 상의하고 있을 때, 선생님은 갑자기 헤일 박사님이 오래 전에 했던 제안이 떠올랐어요. 그건 래드클리프 대학의 교육과정과 비슷한 교육과정을 짠 후에 래드클리프 대학의 교수들에게서 따로 강의를 듣는 방안이었어요. 어윈 학장님도 이 방안에 반대하지 않는 것 같았고, 오히려 담당 교수들을 만나서 수업이 가능할지 알아보라고 친절하게 귀띔해 주었어요. 교수들이 좋은 분들이어서 저만 따로 수업하는 개인지도를 승낙하고 필요한 수강료가 충분히 확보된다면, 올해는 영어, 엘리자베스 여왕 시대의 영문학, 라틴어 그리고 독일어 수업을 듣게 될 거예요…….


## 수신 : 존 히츠 씨

(1899년 11월 11일, 케임브리지 브래틀 스트리트 138번지에서)

…… 브라유 점자 문제 말인데요, 입학시험에 관한 제 설명을 의심하고 있다는 소식이 말할 수 없이 괴로웠어요. 제게 쏟아지는 이 모든 반박은 몰라서 생긴 오해 같아요. 아, 당신마저도 미국식 브라유 시스템의 글자를 하나도 모르는 상태에서 제게 배운 게 미국식 브라유라고 생각하시는 것 같네요! 당신이 미국식 브라유로 제게 편지를 쓰고 있다고 말했을 때 저는 웃음이 터졌어요. 영국식 브라유로 쓰고 있었거든요!

브라유 점자로 치른 시험을 둘러싼 사실들은 다음과 같아요.


래드클리프 대학의 입학시험에 합격한 과정


래드클리프 대학의 입학시험은 1899년 6월 29일과 30일에 있었어요. 첫 날은 초급 그리스어와 고급 라틴어, 둘째 날은 기하학과 대수학, 고급 그리스어였어요.

대학당국은 설리번 선생님이 제게 시험지를 읽어 주는 걸 허용하지 않았어요. 대신에 퍼킨스 맹아학교 교사인 유진 C. 바이닝 선생님을 시켜서 제 시험지를 점자로 복사하게 했어요. 바이닝 선생님은 처음 보는 분이었고 브라유 점자 이외에는 저와 의사소통하는 방법을 몰랐어요. 시험 감독관도 역시 초면으로 저와 어떻게든 대화해 보고자 하는 시도를 아예 하지 않았구요. 두 명 모두 제 말에는 익숙하지 않아서 제가 그들에게 무슨 말을 해도 쉽게 알아듣지 못했어요.

그런데 브라유 점자 시험지가 언어 시험에서는 괜찮았지만, 기하학과 대수학에서는 사정이 판이했어요. 저는 몹시 당황했고, 귀중한 시간을 많이 허비하면서 낙담했어요. 특히 대수학 시험이 그랬어요. 정말이지 영국식, 미국식, 뉴욕포인트 식 등 모든 점자에 완벽하게 익숙하지만, 기하학과 대수학에서 사용하는 다양한 기호를 작성하는 방식은 세 시스템이 저마다 아주 다르구요, 시험 이틀 전에 영국식 표기 방법만 겨우 익혔을 뿐이에요. 학교 공부를 할 때는 줄곧 영국식 방법을 사용했구요, 다른 두 가지 방식은 전혀 사용해 보질 못했어요.

기하학 시험에서 겪은 가장 큰 어려움은 제가 지금까지 줄곧 명제들을 줄인쇄(Line Print)로 읽거나 손 안에 글자로 써 주는 방식에만 익숙해져 있다는 사실이었어요. 그래서 명제를 바로 앞에 두고도 왠지 점자가 혼동되었고, 그래서 읽으면서 무슨 뜻인지 분명히 이해할 수 없었어요. 그런데 대수학 시험은 더 힘들었어요. 기호 표시법을 완전히 알지 못해서 엄청 불리했어요. 하루 전에 배워서 완전히 익혔다고 생각한 여러 기호들이 혼란스러웠어요. 결과적으로 답안 작성이 극도로 더뎠고, 문제를 반복해서 읽어본 뒤에야 비로소 제가 무엇을 해야 하는지 분명하게 이해할 수 있었어요. 사실, 많이 괴로운 나머지 집중력을 유지하기가 정말 힘들어서 모든 기호를 정확하게 읽기나 했었는지 모르겠어요……

아주 분명하게 확인하고 싶은 사실이 하나 더 있어요. 길먼 교장선생님이 당신에게 편지 쓴 내용 말이에요. 길먼 학교에서는 과목 선생님한테 직접 강의를 받은 적이 없어요. 설리번 선생님이 항상 제 옆에 앉아서 학교 선생님들의 강의 내용을 제게 써 주었어요. 제가 미국식 점자를 가르쳐준 물리학의 홀 선생님도 점자를 사용하여 강의를 해준 적은 없어요. 귀중한 시간을 많이 허비해서 겨우 읽을 수 있었던 점자 연습문제 몇 개를 강의로 볼 수 없다면 말입니다. 사랑하는 그뢰테 독일어 선생님은 손바닥 지문자를 배워서 제게 직접 강의해 주시곤 했지만, 그건 어디까지나 제 친구들이 수강료를 지불해 준 개인 레슨이었어요. 독일어 시간에는 또한 전심전력을 기울여 독일어 선생님의 말을 통역해 주는 설리번 선생님도 있었어요.

이 편지의 사본을 케임브리지 학교 교장선생님에게 보내면, 교장선생님이 읽어 보시고 지금 어리둥절해 하고 있는 몇 가지 문제를 환히 이해할 수 있을 것 같아요…….


## 수신 : 밀드레드 켈러 양

(1899년 11월 26일, 케임브리지 브래틀 스트리트 138에서)

…… 마침내 우리는 겨울 동안의 공부계획을 모두 세웠고, 공부도 순조롭게 진행되고 있어. 키스 선생님이 매일 오후 4시에 와서는, 학생이면 누구든 걸어가야 할 멀고 거친 공부길에서 내게 '차 태워주는 친절'을 베풀어주고 계셔. 지금 나는 영국사, 영문학, 프랑스어와 라틴어를 공부하고 있고, 머지 않아 독일어와 영작문도 배울 거야. 으, 신음소리! 알다시피 나도 문법을 너만큼 싫어하잖아. 그렇지만 앞으로 글을 쓰려면 문법을 익혀야 한다고 생각해. 마치 호수에서 수백 번 빠져 보아야만 비로소 수영을 할 수 있는 것처럼 말이야. 프랑스어 시간에 선생님은 내게 〈컬럼바〉를 읽어 주고 있어. 짜릿한 표현들과 스릴 넘치는 모험으로 가득찬 재미있는 소설이야(허풍이 심하다고 욕하면 안 돼. 너도 똑같잖아). 너도 한 번 읽어 봐. 엄청 좋을 거야. 너도 영국사 공부하고 있지

않니? 아, 정말 흥미로운 과목이야! 나는 지금 엘리자베스 1세 시대를 꼼꼼히 공부하고 있어. 종교개혁, 수장령 및 국교신봉법, 해상 발견, 그리고 '악마'가 너 같은 순진한 아이들을 괴롭히려고 꾸며낸 것 같은 모든 대형 사건들을 배우고 있어……

지금 우리는 코트와 모자, 가운 그리고 플란넬 바지 등 멋진 겨울용 의복을 모두 갖추었어. 프랑스인 재단사가 만든 4벌의 멋진 드레스도 생겼어. 내 꺼는 두 벌이야. 한 벌은 검정색 레이스 네트를 두른 검정색 실크 스커트랑, 청록색 벨벳과 시폰을 갖춘 흰색 포플린 허리춤이랑, 새틴 요크 위의 크림색 레이스로 구성되어 있어. 다른 한 벌은 아주 예쁜 초록색의 모직 드레스야. 허리춤은 분홍색과 녹색 양단 벨벳 그리고 흰색 레이스 같은 천으로 장식했고, 앞쪽에는 접어 넣어서 벨벳으로 장식한 이중 리퍼가 있고 작은 흰색 단추가 줄줄이 늘어서 있어. 선생님 옷 한 벌은 실크 드레스야. 스커트는 검정색이고, 허리춤은 대부분 노란색이고 우아한 라벤더 시폰이랑 까만 벨벳의 나비 모양 리본과 레이스로 장식했어. 다른 한 벌은 보라색 드레스로 보라색 벨벳으로 장식했고, 허리춤에는 크림색 레이스 칼라(깃)가 달려 있어. 이 드레스들을 입으면 바닥에 끌리는 옷자락이 없는 걸 빼고는 영락없이 공작새 같은 모습인 걸 상상할 수 있겠지……

8일 전에는 하버드 대학과 예일 대학이 멋진 미식축구 시합을 벌였는데, 아주 흥분의 도가니였어. 우리 방에서도 남자 선수들의 고함소리와 관중들의 환호성을 똑똑히 들을 수 있어서 마치 축구장에서 경기를 지켜 보는 것 같았어. 루스벨트 대령도 하버드 대학 쪽의 자리에 앉아 있었어. 그런데 이런, 우리가 알고 있는 진홍색이 아닌 흰색 스웨터를 입고 있었어! 경기장에는 약 25,000명의 사람들이 있었는데, 밖으로 나가 보니 소음이 너무 심해서 축구경기가 아니라 전쟁이 벌어진 줄 알고 놀라서 길길이 뛰어오를 지경이었어. 그런데 격렬한 경기에도 불구하고 어느 쪽도 골을 기록하지 못하자, 사람들은 모두 웃음을 터뜨리며 말했어. "하하하, 도토리 키 재기로구먼!"……

## 수신 : 로렌스 허튼 부인

(1900년 1월 2일, 뉴욕 주 매디슨 애비뉴 559번지에서)

…… 우리는 지금 1주일 째 여기에 있구요, 로즈 양과 함께 토요일까지 지낼 예정이에요. 여기서 지내는 순간 순간이 즐겁구요, 사람들도 모두 정말 잘 해줘요. 옛 친구들을 많이 만났구요, 새로 사귄 친구들도 좀 있어요. 지난 금요일에는 로저 씨 가족들과 식사했어요. 아, 너무도 친절한 분들이었어요! 그들이 보여준 부드러운 예의와 진심어린 친절을 생각하면, 제 마음은 기쁨과 감사의 불빛으로 따스해져요. 그리어 박사님도 만났어요. 아주 친절하신 분입니다! 그를 사랑하는 마음이 어느 때보다도 크게 부풀어올랐어요. 성 바르돌로뮤 교회의 주일 미사에 갔었는데요, 교회에서는 사랑하는 브룩스 주교님이 돌아가신 일 때문에 맘이 그다지 편하지는 않았어요. 그리어 박사님은 선생님이 제게 모든 말을 빠짐 없이 중계할 수 있도록 아주 천천히 읽었어요. 신자들은 틀림없이 박사님이 보통 때와는 달리 뜸을 들이시는 걸 보고 어리둥절했을 거예요. 미사 후에 박사님은 오르간 연주자인 워렌 씨에게 저를 위한 연주를 부탁했어요. 저는 커다란 오르간의 진동음을 가장 강렬하게 느낄 수 있는 교회의 중앙에 서서 강력한 음의 파동들이 저를 향해 돌진해오는 걸 느꼈어요. 마치 바다 위에서 거센 파도가 작은 배를 두드리는 것 같았어요.

## 수신 : 존 히츠 씨

(1900년 2월 3일, 케임브리지 브래틀 스트리트 138번지에서)

…… 제 공부는 그 어느 때보다도 재미있어요. 라틴어 수업에서는 호라티우스의 송시들을 읽고 있어요. 번역하는 게 어렵기는 하지만 제가 지금까지 읽었거나 앞으로 읽게 될 라틴어 시 중에서 가장 매력 넘치는 작품일 거라고 생각해요. 프랑스어 시간에서는 〈컬럼바〉를 다 끝냈구요, 지금은 코르네이유가 쓴 〈호라티우스〉와 라 퐁테뉴의 우화들을 읽고 있어요. 물론 두 작품 모두 브라유 점자책이에요. 둘 다 진도가 많이 나가진 않았어요. 우화들은 재미있

게 읽을 것 같구요, 아주 유쾌한 작품들로서 훌륭한 교훈들을 간단하지만 매력적인 방식으로 전달하고 있어요. 저의 선생님이 지금 〈페어리 퀸〉을 읽어 주고 있다는 걸 말씀드리지 않은 것 같네요. 유감스럽게도 이 시는 제가 즐기는 것만큼이나 결점도 많이 느껴져요. 시에 표현된 우화들이 별로에요. 사실 종종 짜증스러웠구요, 기사나 이교도들이랑, 요정과 용, 그리고 별별 요상한 생물체들이 다 등장하는 스펜서의 세상이 다소 기괴하고 장난스럽다는 생각이 저절로 들어요. 그렇지만 시 자체는 사랑스럽구요, 졸졸 흐르는 시냇물 같은 음악적인 운율을 느낄 수 있어요.

저는 지금 15권 정도의 책이 새로 생겨서 우쭐거리고 있어요. 모두 루이스빌에서 주문한 것들이에요. 이들 중에는 〈헨리 에스먼드〉, 〈베이컨의 에세이집〉, 〈영문학〉의 발췌본도 있어요. 다음 주에는 책이 몇 권 더 생겨요. 〈템페스트〉, 〈한여름밤의 꿈〉, 그리고 그린이 지은 〈영국사〉의 발췌본 등이에요. 아주 행운아이지 않아요?

편지에 너무 책 얘기만 써서 죄송해요. 그렇지만 요즘 제 삶이 온통 책뿐이구요, 다른 것은 아무것도 보이거나 들리지 않아요! 매일 밤 책을 보다가 잠이 들어요! 아시다시피 학생의 생활이란 으레 어느 정도 한정적이고 좁을 뿐만 아니라 책에 없는 것들은 거의 내팽개치고 살잖아요…….


## 수신 : 래드크리프 대학 교무위원회 위원장

(1900년 5월 5일, 매사추세츠 주 케임브리지 브래틀 스트리트 138번지에서)

안녕하세요? 내년 제 학습계획을 세우는데 도움이 되는 정보여서 그러는데요, 제가 래드클리프 대학의 정규 교육과정을 이수할 수 있는지의 여부를 알려 주세요.

지난 7월에 래드클리프 대학의 입학 허가서를 받은 이후에 저는 줄곧 개인 과외 선생님과 함께 호라티우스, 아이스킬로스, 프랑스어, 독일어, 수사학, 영국사, 영문학과 평론, 영작문 등을 공부해 왔어요.

대학에서도 이 과목들의 전부는 아니더라도 대부분을 계속 공부하고 싶어요. 제가 수업을 들을 때는 언제나 과목 담당 선생님의 구두 강의를 통역해 주고 시험지를 읽어 주기 위해 13년 동안 저를 가르친 분이자 동반자였던 설리번 선생님이 함께 동석해야 합니다. 따라서 대학에서도 저의 선생님(다른 사람이 해도 되는 과목들도 있겠지요)이 강의실과 낭송회에 함께 동석했으면 해요. 작문은 모두 타이프라이터를 사용하여 작성할 것이구요, 교수님이 제 말을 알아듣지 못하면 교수님의 질문에 대한 대답을 작성하여 강의 후에 제출하려고 합니다.

제가 래드클리프에서 공부할 수 있도록 이런 전례 없는 조건들을 대학당국이 수용해 줄 수 있는지요? 저의 대학 교육에는 장애물들이 너무 엄청나서 도저히 극복할 수 없다고 여기는 사람들도 있다는 걸 물론 잘 알고 있습니다. 하지만 사랑하는 위원장님, 진정한 군인은 전투를 벌이기도 전에 지레 겁먹고 패배를 인정하지는 않잖아요.


## 수신 : 로렌스 허튼 부인

(1900년 6월 9일, 케임브리지 브래틀 스트리트 138번지에서)

…… 아직 제 편지에 대한 교무위원회의 답장을 받지는 못했지만 그러나 저는 위원회가 호의적인 답변을 해주시길 진심으로 바라고 있어요. 제 친구들은 위원회가 이토록 오래 결정을 주저하는 걸 두고 고개를 갸우뚱거리고 있어요. 특히 제 요구사항이 공부량을 최소로 줄여 달라는 게 아니라 제가 공부를 해 오던 상황에 맞도록 방식을 수정해 달라는 것이라서 그래요. 코넬 대학은 제가 자기네 대학에 진학하기로 결정해 주면 제 수업 환경에 맞도록 적절하게 조정해 주겠다고 제의했구요, 시카고 대학도 비슷했어요. 그러나 다른 대학에 진학하면 사람들이 제가 래드클리프 입학 시험에 불합격했기 때문일 거라고 생각할까 봐 그렇게는 못하겠어요……

가을에 켈러 양은 래드클리프 대학에 입학했다.


## 수신 : 존 히츠 씨

(1900년 11월 26일, 케임브리지 쿨리지 애비뉴 14번지에서)

…… 농맹아 학교를 설립하려는 A씨와 저의 계획에 대해서는 A씨가 이미 당신에게 얘기했지요. 처음에는 저도 이 계획을 열렬히 지지했었고, 선생님에게 적대적인 일부 사람들을 제외하고는 어떤 심각한 반대가 있으리라고는 꿈에도 생각하지 못했어요. 그러나 정말 신중하게 재고해 보고 제 친구들과 상의한 결과, 지금은 A씨의 계획이 전혀 현실성이 없다고 결론을 내렸어요. 제가 누린 혜택들을 농맹아동들도 똑같이 누릴 수 있게 만들어주고 싶은 열정에만 빠져서 A씨가 제안한 계획을 달성하는 데 많은 장애물들이 도사리고 있다는 걸 그만 까마득히 잊었던 거예요.

제 친구들의 생각은 우리가 한 두 명의 학생을 집에 데리고 있는 방안을 선택하면 큰 학교의 설립에 따른 단점은 모두 피하면서도 그 학생들을 적극 도울 수 있는 이점이 있다는 것이었어요. 이 친구들은 아주 친절한 사람들이기는 하지만 인간적인 관점보다는 사업적 측면에서 말한다는 느낌을 지울 수 없었어요. 제가 저와 같은 고통을 받는 모든 사람들이 생각과 지식, 사랑이라는 응분의 유산을 누릴 수 있길 얼마나 열렬하게 소망하고 있었는지를 그 사람들은 조금도 이해하지 못했다고 확신해요. 그럼에도 그들 주장의 위력과 무게감을 외면할 수 없었구요, A씨의 계획을 현실성 없는 것으로 포기해야 한다는 확신이 섰어요. 이 친구들은 또한 제가 래드클리프 대학에 다니면서 부딪힐 여러 문제를 상의할 수 있는 자문단을 구성해야 한다는 제안도 했어요. 이 제안을 신중하게 검토한 후에 저는 모든 중요한 문제가 발생할 때마다 자문을 구할 수 있는 현명한 친구들이 제 곁에 있으면 자랑스럽고 기쁘겠다고 로즈 씨에게 말씀드렸어요. 그러면서 엄마, 제게는 엄마 같은 존재인 선생님, 허튼 부인, 로즈 씨, 그리어 박사님, 로저스 씨 등, 모두 6명을 자문단 조언자로 선택했어요. 모두 오랫동안 저를 도와주면서 대학에 들어갈 수 있게 만들어준 분들이거든요. 허튼 부인은 벌써 엄마에게 편지를 써서 자신과 선생님 외에 다른 조언자들을 추천해도 되는지 전보로 알려 달라는 말까지 했대요. 오늘 아침 엄마한테서 제 조언자 구성안에 동의한다는 전갈을 들었어요. 이제 그리어 박사님과 로저스 씨에게 편지쓰는 일만 남았어요…….

우리는 벨 박사님과 오랫동안 얘기를 나누었어요. 벨 박사님은 마침내 우리 모두가 너무도 기쁜 나머지 말문을 잃어버린 계획을 제안했어요. 그는 농맹아 학교를 설립하려는 시도는 엄청난 실수라고 평가했어요. 학교를 만들면 농맹 아동들이 정상적인 보통 아이들의 더 충만하고 풍성하며 자유로운 삶으로 진입할 수 있는 기회를 영영 잃어버리게 된대요. 그 동안 저도 이 점이 내내 불안했지만 그런 단점을 피할 수 있는 방도는 정작 몰랐었어요. 그런데 벨 박사님은 A씨와 그녀의 계획에 관심이 있는 그녀의 모든 친구들이 힘을 합해 농맹아 교육의 진흥을 위한 협회를 만드는 방안을 내놓았어요. 물론 선생님과 저는 당연히 협회 회원으로 포함되어야 한대요. 벨 박사님의 계획에 따르면 저의 선생님이 저를 가르친 방식과 똑같이 농맹아동들의 집에서 기거하면서 아이를 가르칠 교사를 양성하는 임무를 바로 선생님에게 부여하게 됩니다. 교사들의 숙식과 급여를 위한 기금도 물론 조성하구요. 벨 박사님은 또한 이 방안대로 하면 제 마음 속의 원대한 숙원을 달성하면서도, 동시에 시각과 청각이 정상인 다른 여학생들과 만족스럽고 씩씩하게 경쟁하는 래드클리프 대학생활도 양립 가능하다고 덧붙였어요. 우리는 박수를 치면서 환호했어요. A씨도 기쁨에 찬 밝은 표정으로 떠났고, 선생님과 저도 마음이 가벼워졌어요. 물론 지금 당장 할 수 있는 일은 하나도 없었지만, 제 대학생활과 농맹아동들이 장래에 누려야 할 복지로 인한 고뇌가 한꺼번에 마음 속에서 사라졌거든요. 벨 박사님의 제안에 대해 어떻게 생각하는지 말해 주세요. 제게는 정말 현실적이고 현명한 방안처럼 보이지만, 이 방안에 관련하여 어떤 말이나 행동을 하더라도 모든 의견을 들어본 다음에 하고 싶거든요. …….

# 수신 : 존 D. 라이트 씨

(1900년 12월 9일, 케임브리지에서)

저를 악당이라고 생각하시나요? 말 도둑놈이란 표현을 빼고는, 당신이 품을 수 있는 제 이미지를 잘 표현해낼 고약한 단어가 달리 떠오르질 않네요. 말해 주세요. 정말로 저를 악당이라고 생각하세요? 아니길 바래요. 편지를 많이 쓰려고 했지만 종이에 옮기지 못하고 있는 중에 당신이 보내준 멋진 편지를 받으니 기뻤어요. 맞아요. 정말로 기뻤구요, 바로 답장을 하려고 했어요. 하지만 사람이 바쁠 때는 세월이 의식할 새도 없이 휙휙 지나가요. 이번 가을에 저는 정말 바빴어요. 믿어 주세요. 래드클리프 여학생들은 늘 공부에 파묻혀 옴 짝달싹도 못해요. 미심쩍으면 직접 와서 확인해 보세요.

맞아요, 저는 지금 대학의 정규 학위과정을 밟고 있어요. 제가 학사학위를 취득하면 그때는 당신도 저를 악당이라고는 부르지 못하시겠죠! 저는 영어(그것도 대학영어에요. 일반 영어와 뭐가 다른지 모르겠지만요), 독일어, 프랑스어, 역사를 공부하고 있어요. 대학공부는 일찍이 예상했던 것보다 훨씬 더 즐거워요. 대학에 온 게 기쁘다는 걸 이렇게 돌려 말하고 있는 거예요. 가끔은 정말 어려울 때도 있지만 어려움에 압도당해 허우적거린 적은 없어요. 아니에요, 수학, 그리스어, 라틴어는 배우고 있지 않아요. 래드클리프의 수강과목은 영어의 몇 개 과정만 필수일 뿐, 나머지는 자유롭게 선택할 수 있어요. 영어와 고급 프랑스어는 대학에 들어오기 전에 이미 통과했구요, 그래서 가장 좋아하는 과목들만 고른 거예요. 그렇지만 라틴어와 그리스어를 완전히 도외시하고 싶지는 않아요. 아마 나중에 수업을 들을 때가 오겠죠. 그러나 수학과는 영원히 작별했구요, 정말이지 그 진저리나는 마귀들의 최후를 보게 되어 기뻤어요! 학위는 물론 4년 만에 따고 싶지만 학위 취득에 그다지 연연하지는 않아요. 그리 서두를 일도 없구요, 대학공부에서 가능한 한 많은 지식을 배우는 게 제 진정한 소망이거든요. 많은 친구들은 제가 1년에 두 과목, 심지어 한 과목만 끝내더라도 아주 기뻐하겠지만, 그렇다고 여생을 내내 대학에서 보내는 것도 역시 싫어요……

# 수신 : 윌리엄 웨이드 씨

(1900년 12월 9일, 케임브리지 쿨리지 애비뉴 14번지에서)

······ 당신이 농맹아동들에게 관심이 정말 많으시니 제가 최근에 알게 된 몇 가지 사례부터 말씀드리겠어요. 지난 10월에 저는 유달리 총명한 텍사스의 어린 소녀 얘기를 들었어요. 아이의 이름은 루비 라이스이구요, 13살이라고 기억해요. 교육은 전혀 받지 못했으면서도 바느질을 할 줄 알고, 이 솜씨로 다른 사람들을 돕는 걸 좋아한대요. 놀라운 후각을 가지고 있대요. 음, 상점에 가면 매대로 곧장 걸어가서 필요한 물건들을 찾아낼 수 있는 정도래요. 그런데 그 아이의 부모는 지금 딸을 가르칠 선생님을 간절히 찾고 있어요. 또한 딸아이에 관해 히츠 씨에게도 편지를 썼어요.

미시시피 주의 농아학교에 다니는 여자애도 알게 되었어요. 아이의 이름은 모드 스캇이구요, 6살이에요. 아이를 돌보고 있는 왓킨스 선생님이 아주 흥미로운 편지를 제게 보냈어요. 왓킨스 선생님은 모드가 귀머거리로 태어나서 시각도 불과 3개월 만에 잃었고, 몇 주 전에 학교에 왔을 때는 정말 어찌해야 할지 막막했대요. 아이는 심지어 걷지 못하고 손도 거의 쓸모가 없대요. 구슬을 실에 꿰는 걸 가르치면 아이의 작은 두 손이 힘을 잃고 밑으로 털썩 떨어진대요. 아이의 촉각은 분명 발달되지 않았구요, 걷는 것도 다른 사람의 손을 의지해야 겨우 가능하대요. 하지만 정말 총명한 아이 같대요. 선생님은 아주 예쁘게 생겼다는 말도 덧붙였어요. 저는 왓킨스 선생님에게 보낸 편지에서 모드가 읽기를 배우면 이야기 책을 많이 보내 주겠노라고 약속했어요. 사랑스럽고 귀여운 어린 소녀가 삶에서 벌어지는 좋고 바람직한 모든 일들에서 철저하게 차단되어 있다는 걸 생각하면 가슴이 아파요. 그런데 왓킨스 선생님이야말로 그 아이에게 꼭 필요한 유형의 선생님인 것 같아요.

얼마 전에 뉴욕에 있을 때 로즈 양을 만났는데요, 케이티 맥기어를 만났대요. 그녀는 이 가엾은 소녀가 꼭 아기처럼 말하고 행동한다고 말했어요. 케이티는 로즈 양의 반지들을 갖고 놀다가 "이제 내 꺼야!"라는 말과 함께 깔깔대면서 그냥 가져간 대요. 로즈 양의 얘기도 정말 간단한 것만 알아듣는 대요.

1898년에 찍은 헬렌 켈러(왼쪽)와 앤 설리번(오른쪽).

로즈 양은 아이에게 책을 몇 권 보내고 싶지만 아이가 충분히 읽을 수 있는 간단한 내용의 책을 찾을 수 없다고 했어요! 케이티가 정말 귀여운 아이인데 슬프게도 적절한 교육이 필요하다는 말도 덧붙였어요. 이 모든 말을 듣고 저는 정말 놀랐어요. 당신의 여러 편지를 읽을 때는 케이티가 아주 조숙한 소녀인 줄 알았거든요……

며칠 전에 렌섬의 기차역에서 토미 스트링어를 만났어요. 몸집이 크고 힘센 소년으로 변해 있어서, 이제 남자 선생님이 그 아이를 맡아야 할 것 같아요. 정말 너무 자라서 여자 선생님은 이제 돌볼 수 없어요. 공립학교에 다니고 있고 놀라운 학습성과를 거두고 있대요. 하지만 대화 능력에서는 아직 아니에요. '예'와 '아니오'를 벗어나지 못하거든요……

## 수신 : 찰스 T. 코플런드 교수님

(1900년 12월 20일)

사랑하는 코플런드 교수님,

용기를 내서 편지를 써요. '작문 리포트' 수업을 중단한 이유를 설명드리지 않으면 제가 낙담하고 있거나 비난을 회피하기 위해 교수님의 수업에서 비겁하게 도망가는 걸로 생각하실까 봐 두렵기 때문이에요. 어느 쪽이든 간에, 이와 같이 아주 고약한 생각들을 하지 않으시길 바래요. 저는 낙담하지도 두려워하지도 않았어요. 지금까지 해 왔던 작문 리포트 수업은 필요하면 앞으로도 얼마든지 할 수 있구요, 만약 계속하는 경우에는 상당히 우수한 성적으로 이수할 수 있는 자신도 있어요. 다만 이런 종류의 짜깁기 문예수업에 흥미를 완전히 잃었을 뿐이에요. 물론 제 자신도 제가 쓰는 글에 만족스러웠던 적이 한 번도 없었어요. 하지만 교수님이 제가 안고 있는 문제점을 지적해 주시기 전에는 그게 뭐였는지 정말 몰랐어요. 지난 10월 교수님의 수업에 처음 출석했을 때 저는 다른 학생들과 똑같이 되기 위해, 그리고 제 신체장애와 특수한 환경을 가능한 한 모두 잊어버리기 위해 최선을 다했어요. 그렇지만 원래 제 짝이 아닌 마구를 잘 나가는 남의 마차 위에 채우고 얻어 타려는 건 어리석은 행위라는 걸 이제야 알게 된 거예요.

지금까지 저는 언제나 다른 사람들의 경험과 관찰을 지당한 것으로 받아들였어요. 독자적으로 관찰하고 저만의 독특한 경험을 묘사해야 한다는 생각을 해본 적이 없어요. 그러나 이제부터는 제 자신을 드러내고, 제 삶을 살며, 제 자신의 생각을 쓰기로 결심했어요. 신선하고 독창적이며 교수님의 비평을 들어 볼 만한 글을 쓰게 되면 선생님께 가져갈 게요. 선생님이 좋은 평을 내려 주시면 물론 행복할 거예요. 그러나 그렇지 않더라도 교수님이 결국 기뻐하실 때까지 계속해서 보여드리겠습니다…….

## 수신 : 로렌스 허튼 부인

(1900년 12월 27일, 케임브리지 쿨리지 애비뉴 14번지에서)

…… 신문에서 우리 클래스 오찬 행사에 대한 기사를 읽으셨지요? 신문은 도대체 어떻게 세상에서 벌어지는 모든 일을 찾아내는 건지 궁금해요. 단언컨대, 현장에 기자는 한 명도 없었거든요. 멋진 시간이었어요. 축배와 학생들의 스피치 순서가 굉장히 재미있었어요. 저는 몇 마디밖에 하지 않았어요. 호명되기 몇 분 전까지도 스피치를 하게 되리라는 걸 몰랐거든요. 제가 래드클리프 대학 신입생 클래스의 부회장에 선출되었다는 건 이미 편지로 말씀드렸지요?

새로운 드레스, 즉 목이 낮고 소매가 짧으며 옷자락이 치렁치렁 바닥에 끌리는 진짜 파티복이 생겼다고 지난 편지에서 말씀드렸나요? 옥색 드레스로 가장자리는 같은 색깔의 시폰으로 장식되어 있어요. 딱 한 번 입었는데요, 파티복을 입었을 때 저는 전성기 시절의 솔로몬 왕마저도 감히 저와 비교할 수 없다고 느꼈어요! 솔로몬 왕은 적어도 제 드레스 같은 옷을 입어본 적이 없다는 건 확실해요!……

필라델피아에 사는 한 신사분이 파리에 사는 농맹아에 대한 편지를 저의 선생님에게 보냈어요. 뽈 씨 부부의 아들이에요. 엄마는 의사이고 총명한 분이래요. 이 어린 소년은 병으로 청각을 잃기 전에는 표현을 두세 가지 말할 수 있었구요, 이제 겨우 5살이래요. 가엾은 어린아이, 이 아이를 위해 제가 뭔가를 할 수 있으면 좋겠는데요, 저의 선생님은 아이가 너무 어려서 엄마에게서 떼어놓는 게 아주 나쁜 처사 같다고 말해요. 쏘 부인은 이런 아이들을 위해 무엇을 할 수 있는지를 두고 제게 편지를 보냈어요. 벨 박사님은 현재의 인구통계를 볼 때 이런 아이들이 미국만 따져도 1천 명이 넘는다고 판단하고 있구요, 쏘 부인은 제 모든 친구들이 힘을 합친다면 "새로운 금세기가 펼쳐지고 있는 벽두에 자애심이 자유롭게 왕래할 수 있는 새로운 여행로를 개설하는 일이 훨씬 쉬워질 것"이고 마침내 이 불행한 아이들의 구제에 성공할 수 있을 거라고 생각하고 있어요…….

## 수신 : 윌리엄 웨이드 씨

(1901년 2월 2일, 케임브리지에서)

…… 그런데 당신은 혹시 나이가 들어서 시각을 잃었거나, 오랜 노동으로 손가락이 딱딱해져서 촉각이 보통의 맹인들보다 무딘 사람들도 읽을 수 있는 영국식 브라유 점자의 견본을 가지고 계신가요? 제가 보는 영국 잡지에서 그런 게 있다는 기사를 읽은 적이 있는데요, 이 점자 시스템에 대해 자세히 알고 싶어요. 그 시스템이 과연 제가 기사에서 읽은 대로 효율적이라면 모든 국가의 맹인들이 영국식 브라유 시스템을 채택하지 않을 이유가 없어요. 음……이 시스템은 다른 나라의 언어로도 정말 손쉽게 바꿀 수 있는 방식이니까요. 아시다시피 그리스어도 이 방식으로 점자화할 수 있잖아요. 또한 '인터포인트(Interpointing) 시스템을 채용하면 공간과 종이를 상당히 절약할 수 있어서 그 효율성은 훨씬 더 높아져요. 맹인용의 점자가 5~6가지의 다른 방식으로 인쇄되는 것보다 어처구니없는 일은 정말 없어요…….

이 편지는 〈더 그레이트 라운드 월드〉 잡지의 편집장이 충분한 구독자 확보를 조건으로 맹인들도 잡지를 읽을 수 있도록 점자판도 동시에 간행하는 방안을 제의한 것에 대해 답장으로 쓴 것이다. 맹인들도 훌륭한 잡지를 즐길 수 있어야 하는 건 자명한 사실이다. 맹인들만 보는 잡지가 아닌, 다만 일반인 대상으로 간행되는 훌륭한 월간 잡지의 점자판 말이다. 물론 맹인들의 지원만으로 가능한 일은 아니다. 그러나 추가 비용이 그렇게 많이 드는 일도 아닐 것이다.

## 수신 : 그레이트 라운드 월드 잡지사

(1901년 2월 16일, 케임브리지에서)

뉴욕 시 〈더 그레이트 라운드 월드〉 잡지사 관계자 제위,

오늘에야 비로소 귀사의 흥미로운 편지에 답장을 쓸 시간을 낼 수 있었어요. 이 희소식은 작은 새 한 마리가 날아와 제 귀에 지저귀는 노랫소리를 통해 이미 알았지만, 귀사로부터 직접 들으니 기쁨이 두 배입니다.

〈그레이트 라운드 월드〉 잡지를 '만져서 알 수 있는 언어' 인 점자로 인쇄하면 정말 멋질 거예요. 정상적인 시각의 놀라운 특권을 누리는 사람들 중에는 귀사가 계획하는 간행물이 앞을 못 보는 사람들에게 얼마나 긴요한지를 이해하는 사람들이 과연 얼마나 있을지 의심스러워요. 사람이라면 누구든 지대한 흥미를 느낄 기쁨과 슬픔, 성공과 실패 등, 갖가지 사연들이 펼쳐지는 이 세상에서, 사람들이 의도하고 생각하고 행하는 것들을 혼자 힘으로 읽을 수 있으면, 그 행복감은 이루 말할 수가 없을 거예요. 〈더 그레이트 라운드 월드〉 잡지사가 암흑 속에 놓여 있는 사람들에게 빛을 주고자 기울이는 노고는 많은 격려와 지원을 받으리라고 저는 믿어요. 또한 격려와 지원을 받아야 마땅해요.

그런데 잡지 점자판의 구독자 수가 많을는지는 회의적이에요. 맹인들은 대체로 가난하다고 들었거든요. 그러나 맹인들의 친구들이 필요한 일이라면 왜 〈더 그레이트 라운드 월드〉 잡지사를 발벗고 돕지 않겠어요? 이 관대한 선의

를 고상한 선행으로 승화시킬 수 있는 많은 마음과 손길들이 분명히 힘을 합할 거라고 생각해요.

　제 마음에 아주 소중하게 다가오는 이 사업에서 부디 성공을 거두시길 바라는 기원과 함께 열렬한 성원을 보냅니다.


## 수신 : 니나 로즈 양

(1901년 9월 25일, 케임브리지에서)

……　핼리팩스에는 대략 8월 중순까지 머물렀어요……. 매일 우리는 항구와 전함들과 공원들을 돌아보면서 생각하고 느끼고 즐기느라 분주했어요……. 인디애나 호가 핼리팩스에 입항했을 때 승선을 초대 받았는데요, 배는 우리를 태우고 바다로 나가기도 했어요. 거대한 대포를 만져 보고 산티아고에서 나포한 스페인 배의 몇몇 이름도 손가락으로 더듬어 읽어 보았구요, 인디애나 호의 선체에서 대포알 구멍이 뚫린 지점들도 만져 보았어요. 인디애나 호는 항구에서 가장 크고 멋진 배여서 아주 자랑스러웠어요.

　핼리팩스를 떠난 후에는 케이프 브레튼에 있는 벨 박사님을 방문했어요. 박사님은 브라도 호수가 내려다보이는 밴브리 산 위에 낭만적이고 매력 넘치는 집을 소유하고 있어요…….

　벨 박사님은 지금 추진하고 있는 작업에 대해 재미있는 얘기들을 많이 들려주었어요. 그는 바람에 날리는 연의 추진력으로 움직이는 배 한 척을 막 건조했어요. 하루는 배를 바람의 반대 방향으로 진행시킬 수 있는지 시험하기 위해 여러 실험을 했어요. 저도 거기서 박사님이 연날리는 일을 열심히 도왔어요. 실험 중에 줄이 철사인 걸 알았고, 전에 구슬 꿰는 경험을 해본 저는 줄이 끊어질 것 같다고 말했어요. 벨 박사님은 넘치는 자신감으로 "아냐!"라고 말하면서 연을 띄웠어요. 연은 줄이 팽팽해지면서 하늘로 떠오르기 시작했어요. 하지만 철사가 끊어지면서 붉고 커다란 용 형상의 연은 그만 날아갔어요. 가없은 벨 박사님은 연을 쳐다보며 쓸쓸히 서 있었어요. 다음에 박사님은 줄 상

태가 괜찮은지 제게 물었어요. 아니라고 하니까, 줄을 이내 교체했어요. 우리
는 내내 정말 재미있었어요…….


## 수신 : 에드워드 에버렛 헤일

이 편지는 헤일 박사가 1901년 11월 11일 트레몬트 사원에서 개최된 새뮤얼 그리들리 하우
박사의 탄생 백 주년 기념식에서 낭독했음.

(1901년 11월 10일, 케임브리지에서)

선생님과 저는 내일 하우 박사의 탄생 백주년 기념식에 참석할 예정이에요.
그런데 헤일 박사님과 얘기할 기회나 있을지 걱정스러워요. 그래서 박사님이
기념식에서 연설을 하는 게 얼마나 기쁜지 이렇게 편지로라도 말씀드리고 싶
어요. 박사님이야말로 맹아들의 눈을 열어주고 벙어리들에게 입술 언어를 개
발해준 하우 박사 덕분에 교육과 기회, 행복을 누리게 된 사람들의 진심어린
감사를 제가 아는 누구보다도 잘 대변해 줄 수 있는 적임자라고 생각하기 때
문입니다.

여기 제 서재에서 책들에 둘러싸여 위인이나 현인들과 감미롭고 친밀한 우
정을 나누면서, 저는 만약에 하우 박사가 하느님이 명하신 이 위대한 사업에
실패했다면 제 삶이 과연 어떠했을까를 생각하고 있어요. 그가 로라 브리지먼
의 교육을 몸소 맡아서 그 소녀를 아케론 강의 컴컴한 구덩이에서 탈출시켜서
타고난 인간의 성품으로 인도해내지 않았더라면, 제가 어떻게 오늘 래드클리
프 대학 2학년 학생이 될 수 있었겠어요? 그렇게 말할 수 있는 사람은 아무도
없어요. 하지만 제 삶 중에서 어떤 부분이 하우 박사의 위대한 업적에 기인하
는지 생각에 잠기는 건 한가로운 공상일 뿐입니다.

로라 브리지먼이 구조되어 탈출했던, 죽은 거나 다름없는 삶을 벗어나 보지
않은 사람들은 생각이나 믿음, 희망이 없는 영혼이 얼마나 외로운 존재이고
암흑 속에 갇혀 있는 느낌이 얼마나 막막한지, 그리고 스스로 느끼는 무력감
으로 얼마나 암울한지를 절대로 깨달을 수 없다고 생각해요. 언어는 저 감옥

메사추세츠 주 턱스베리에 있는 앤 설리번과 헬렌 켈러 동상

의 황량함이나, 감옥의 억류에서 구조되어 탈출한 영혼의 기쁨을 묘사하기에는 한낱 무력할 뿐입니다. 하우 박사가 그 사업을 시작하기 전에 맹아들이 느꼈던 박탈감 및 무력감과 그들이 현재 느끼고 있는 자신들의 유용성 및 자립성을 비교해 보면 우리 가운데에서 위대한 쾌거가 성취되었음을 알 수 있어요. 만약 우리가 신체 장애로 인해 가로막힌 높은 장벽 안에 갇혀 살 수밖에 없었다면 어땠을까요? 그러나 우리 세상은 우리의 친구이자 도우미 덕분에 공중으로 들려지면서 천국도 송두리째 우리 차지가 되었어요!

그날, 하우 박사의 고귀한 업적이 바로 그의 위대한 노력과 인도주의를 향한 찬란한 승리의 무대였던 도시에서 그에 합당한 사랑과 감사의 찬사를 받을 거라는 생각을 하면 즐겁습니다.

저의 선생님과 함께 친절한 인사를 전합니다.

사랑을 담아서 당신의 친구, 헬렌 켈러가.


## 수신 : 조지 프리스비 호어 상원의원님

(1901년 11월 25일, 매사추세츠 주 케임브리지에서)

사랑하는 호어 상원의원님,

하우 박사에 관한 제 편지를 듣고 좋으셨다니 저도 기뻐요. 진심을 담은 편지였구요, 그래서 다른 사람들의 마음에 공감을 불러 일으켰나 봐요. 편지를 한 부 의원님에게 복사해 드리기 위해 헤일 박사님에게 원본을 잠시 빌려 달라고 요청할 게요.

아시다시피 저는 타이프라이터를 사용해요. 말하자면 제 오른팔인 셈이죠. 이게 없었다면 제가 어떻게 대학에 들어갔을지 모르겠어요. 저는 모든 리포트 과제물과 시험 답안지, 심지어 그리스어까지 타이프라이터로 작성해요. 사실 딱 한 가지 단점은 있는데요, 교수님들은 그걸 장점이라고 여기고 있는 것 같아요. 바로 실수를 한 눈에 알아차릴 수 있다는 점이에요. 읽을 수 없을 정도로 마구 휘갈겨 쓰면서 실수를 교묘히 감출 수 있는 기회가 제게는 없으니까요.

제가 정치에 깊은 관심이 있다는 말씀을 드리면 기뻐하실 거라고 생각해요. 저는 다른 사람이 제게 신문을 읽어 주는 걸 좋아하구요, 그래서 신문을 통해 오늘날 벌어지고 있는 중대한 문제들을 이해하려고 노력하고 있어요. 하지만 유감스럽게도 갖고 있는 지식이 아주 불안불안해요. 매번 새로운 책을 읽을 때마다 의견이 바뀌거든요. 시민정부론과 경제학을 공부할 때는 제가 그때까지 겪어 온 모든 어려움과 몰이해가 마침내 아름다운 확실성으로 꽃을 피우리라고 생각하곤 했어요. 하지만 아아, 이 비옥한 지식의 밭에는 곡물보다 잡초가 더 무성해요…….

# 도움말

## 요약

이 책에서 헬렌 켈러는 말을 거의 할 줄 몰랐던 아이에서부터 미국 명문대학의 졸업을 앞둔 교양 있는 젊은 여성으로 성장해 간 과정을 기술하고 있다. 켈러는 질병을 앓아서 농맹아가 되기 전에 경험했던 세상의 단편적인 모습들을 애써 기억해내는 한편, 질병 이후에 집에서 지내는 생활이 어땠었는지도 들려주고 있다. 당시에 그녀는 가장 기본적인 욕구를 제외하고는 보거나 듣거나 말하거나 의사소통하는 게 일체 불가능했고, 켈러 자신의 표현을 빌리면 암흑의 감옥에서 살고 있었다.

켈러 인생의 전환점은 앤 설리번 선생님과의 만남이었다. 선생님은 켈러의 정서적 지적 능력을 개발하고 언어를 가르치려고 했다. 이렇게 시작된 학습과정을 켈러 자신은 자아의식이 비로소 싹튼 시기라고 규정한다. 그때 이후로 켈러는 배움에 허겁지겁 목말라했고, 읽기와 쓰기 심지어 말하기를 힘들었지만 꾸준히 배웠던 과정, 농아학교에서부터 시작하여 대학 진학을 준비하는 고등학교(CPS)를 거쳐 래드클리프 대학까지의 과정을 지면의 상당 부분을 할애하여 기술하고 있다. 물론 이 과정 내내 설리번 선생님의 도움과 격려를 받았다. 〈내 삶의 이야기〉를 마칠 즈음에 켈러는 이미 성인의 문턱에 서서 '평온과 행복'을 만끽하면서 고독의 그림자들을 벗어나 더 넓은 세상의 빛으로 도약할 준비가 되어 있었다.

## 주요 인물

**헬렌 켈러** : 아이 때 켈러는 고집불통이고 참을성 없고 늘 화가 나 있었으며, 이해하거나 의사 소통할 수 없었던 세상과 단절되어 있었다. 그러나 결단력 있고 호기심을 끝없이 발동하며 낙천적인 어른, 자신의 '신체 장애'에 구속되는 걸 단호히 거부하는 사람으로 성장해 간다.

**앤 설리번** : 설리번은 어린 헬렌만큼 옹고집이고 완고했지만, 헌신적이고 집요하며 훌륭한 창의력을 가진 선생님으로서 학생인 켈러를 끔찍하게 사랑했으며 마침내 켈러에게서도 똑같은 사랑을 받았다.

**아더 켈러 대위와 케이트 애덤스 켈러** : 켈러의 부모는 자상한 성품이었지만 딸을 도울 수 없다는 사실에 깊은 절망감을 느낀다. 그러나 두 내외의 역할은 책 앞부분의 처음 몇 장(章) 이후에는 그렇게 크지 않다.

**밀드레드 켈러** : 헬렌의 쾌활한 여동생. 켈러는 처음에 동생을 '침입자'로 여겼지만 나중에는 결국 친구이자 놀이동무 사이가 된다.

**아나그노스 씨** : 의심이 많고 다소 편협적인 성격의 퍼킨스 맹아학교 교장. 처음에는 켈러를 도와 주지만, 나중에는 켈러를 사기꾼이라고 확신하면서 표절 사건을 일으킨다.

**알렉산더 그레이엄 벨** : 기발하고 독창적인 천재인 벨은 전화기를 발명했고, 농아들의 교사이기도 했다. 벨은 켈러 가족이 헬렌의 선생님을 찾는 일을 도왔고, 켈러에게도 좋은 친구였다. 이 책은 그에게 헌정되었다.

**사라 풀러** : 사랑스럽고 매력적인 성격을 가진, 보스턴 호러스만 농아학교

의 여교장이다. 켈러가 말하기를 배우는 걸 도와준다.

**길먼 씨** : 아더 길먼은 케임브리지 여학교 교장이다. 켈러의 대학 준비를 돕는다.


## 주제와 상징

### 언어의 위력

많은 철학자들은 언어야말로 인간의 독특한 특징을 이루는 요소라고 주장했다. 헬렌 켈러의 경우에도 언어는 말 그대로 그녀를 인간으로 만들어준 요소였다. 앤 설리번 선생님이 오기 전에 켈러는 '짙은 안개'가 드리운 고립 상태로 살고 있었다. 켈러는 이 책에서 "선생님이 오시기 전에 나는 내가 누구인지 몰랐다. 내가 살고 있던 세상은 진짜 세상이 아니었다."라고 고백하고 있다. 한편, 물(WATER)이라는 단어를 배웠을 때도 "살아 있는 세상이 내 영혼을 깨웠다."라고 하였다. 처음으로 그녀는 다른 사람들과의 연대감을, 심지어 자신이 잘못한 일에 대한 죄책감도 느끼게 되면서 세상과 자신에 대해 가능한 한 많은 것을 배우기로 결심한다. 책 전체에 걸쳐서 켈러는 언어와 그 위력을 거의 영혼 차원의 절규로 표현하고 있다. 말하기를 배웠을 때 그녀는 "마치 내 영혼이……. 굴레를 벗어나서는, 툭툭 잘린 음절 발음의 수준을 넘어서서 벌써 모든 지식과 신념의 단계로까지 줄달음치고 있는 것 같았다."라고 말한다. 물론 촉각이나 후각, 미각이 모두 그녀에게 중요했고 세상을 이해하는 수단이었지만, 언어야말로 다른 사람들과 소통하거나 이들로부터 배움을 얻을 수 있는 수단이었다. 언어를 습득함으로써 켈러는 자신과 세상을 발견하게 되었으며, 이렇게 발견한 것들을 독자들에게 전달할 수 있었던 것도 바로 언어를 통해서였다. 언어에 대한 켈러의 신념은 더러 흔들리기는 했지만(예를 들어, 〈서리 왕) 사건, 또는 중년 시절에 아주 많은 사람들이 굶주리고 있는 상황에서 문학을 공부하는 가치가 과연 무엇인지 회의했던 일) 깨진 적은 한 번도 없었다.

## 용기와 결단력

많은 독자들은 이 책을 용기와 결단력, 엄청난 역경을 극복하는 집요함, 절대로 포기하지 않고 상황이 어떻든지 간에 명랑하고 낙천적인 태도를 잃지 않는 정신을 그린 이야기로 읽는다. 켈러는 용기와 결단력이 대단했던 소녀였다. 장애를 가져온 질병을 앓기 전에도 그녀는 "열정적이고 당돌한 성격"의 소유자였다. 설리번 선생님이 오기 전 아이 시절에 보였던 그녀의 전설적인 고집불통 성격이 나중에 엄청난 위업을 달성하는 데 일정 부분 기여했다는 건 의심할 여지가 없는 사실이다. 전 생애에 걸쳐서 그녀의 의지력은 그녀가 달성한 위업만큼이나 놀라운 것이었다. 보고 들을 수 없었던 장애, 켈러 자신의 표현을 빌리면 자신의 '신체 기능의 박탈'에도 불구하고 켈러는 명랑한 태도를 잃은 적이 없었다. 켈러는 자신의 상황, 자신에게 닥친 나쁜 사건으로 인해 다른 사람을 욕하는 걸 단호히 거부했다. 이렇듯 켈러는 희망의 상징이 되었고, 이에 따라 많은 사람들이 이 책을 감명 깊은 문학 작품으로 읽었다. 실제로 이 책을 본받아 수많은 동화들이 동일한 주제를 재탕 반복하면서 양산되기도 했다.

그러나 켈러와 똑같은 장애를 가진 다른 농맹아동들을 포함한 일부 독자들은 어떤 상황에서도 명랑함을 잃지 않는 아이콘으로서의 켈러의 위상으로 인해 오히려 심기가 불편해지기도 했다. 이들은 켈러의 공적인 얼굴 이면에는 무엇이 존재할까를 두고 툴툴거리곤 했다. "헬렌, 화날 때는 도대체 어떻게 했어요?"라고 물어 본 어떤 맹인 독자의 질문처럼 말이다. 물론 켈러가 불평 불만을 연대순으로 잔뜩 늘어놓으려고 했어도 당시의 사회적 문학적 관습이 이를 허용하지 않았을 것이다. 켈러의 목표는 단지 자신도 정상적인 인간, 사회의 엄연한 구성원이라는 걸 보여 주는 것이었다. 농맹아로서 그녀는 다른 사람들에게 많이 의존해야 했다. 따라서 명랑한 태도는 분명히 타고난 성격이나 덕목이었을 테지만 어쩌면 이에 못지 않게 다른 사람들을 곁에 묶어 두기 위한 일종의 전략이었을지도 모른다.

실제로 켈러는 낙천적인 성격이었지만, 성인군자도 아니고 그렇게 되길 바란 적도 없었다. 〈내 삶의 이야기〉 전체에 걸쳐서 켈러는 여러 번 자신을 지극히 인간적인 사람으로 묘사하고 있다. 예를 들어 〈서리 왕〉 사건이 벌어졌을 때 켈러는 이 일 때문에 아나그노스 교장선생님을 비난하는 건 단호하게 거부했지만, 대신에 자신이 편지들을 통해 들려준 고대 그리스의 여러 도시 이야기를 두고 교장선생님이 어떻게 겨우 11살인 농맹아가 이 이야기를 창작했다고 생각할 수 있었던 건지 물어 보고 싶어했다. 켈러는 또한 자신의 실제 경험이나 이를 묘사하는 표현을 사람들이 의문시하는 것에 대해 반복해서 좌절감을 털어놓기도 했다. "'이 아름다움이나 저 음악소리가 네게 무슨 의미야? 너는 해변에 밀려오는 파도를 볼 수 없고, 파도가 울부짖는 소리도 들을 수 없잖아. 이것들이 도대체 네게 뭐지?' 그것들이 내게 전부를 다가온다는 건 더 이상 명료할 수 없는 사실이다." 켈러는 또한 자기불신의 감정도 토로하고 있다. 특히 〈서리 왕〉 사건 이후에는 표절로 고발당하는 두려움에 오랫동안 시달렸다. 이런 소동들은 그러나 켈러의 용기를 떨어뜨리기는커녕 오히려 더욱 맹렬하게 불타오르게 만들었다.


## 자연 사랑

켈러의 자연 사랑은 엄청났다. 자연 사랑은 미국 남부의 시골에서 성장한 배경에 일정 부분 기인한다. 켈러에게 자연은 언제나 마술에서 펑 하고 불러내는 집과 같았다. 그런데 켈러가 자신의 감각을 최대한 활용했던 것도 역시 자연 속에서였다. 그녀는 도시에서는 기계장치들의 진동, 먼지와 오물 냄새, 혼잡한 행인들의 통행에 압도당하면서 길을 잃어버리기 일쑤였지만, 시골에서는 평화를 느꼈다. 꽃향기, 산들바람의 부드러운 감촉, 발 아래에 밟히는 풀은 켈러에게 커다란 위안과 기쁨을 안겨 주었다. 시골에서는 또한 자유롭게 걷거나 달릴 수 있고, 심지어 말이나 배도 탈 수 있었다. 켈러의 자연 사랑은 또한 책들을 읽으면서 개발되기도 했다. 그녀는 윌리엄 워즈워스 같은 낭만파 시인들의 열광적인 팬이었다. 워즈워스는 전원의 아름다움, 인간과 자연의 영적인 교감을 찬양한 시인이었다. 설리번 선생님은 켈러의 자연 사랑을 알고 많은 수업을 옥외에서 진행했다. 이와 같이 자연은 진정으로 켈러 자신의 일부였고, 단어들을 배운 기억은 자연 속에서 지냈던 기억 속에 싸여 있다. 〈내 삶의 이야기〉 전체에 걸쳐서 켈러는 자연 속에서 겪었던 여러 경험들을 모든 감각의 언어를 구사하여 정교하고 섬세하게 묘사하고 있는데, 바로 이런 묘사야말로 켈러가 세상을 어떻게 경험했는지를 우리가 가장 잘 이해할 수 있는 창구라고 할 수 있다.

## 교육의 가치

〈내 삶의 이야기〉는 교육의 가치를 입증해 주는 훌륭한 증거이다. 책은 어떤 측면에서 보면 켈러 얘기인 것 못지않게 설리번 선생님의 얘기이기도 하다. 그래서 이 책을 읽은 많은 독자들은 설리번의 천재성을 지적하기도 했다. 켈러의 경우에 교육은 영혼을 해방시킨 수단이었다. 교육을 통해 켈러는 자신의 존재를 세상에 드러내보였을 뿐만 아니라, 세상과 연결될 수 있었다. 켈러는 배움의 과정에서 기쁨을 느꼈다. 왜 배우는지 그 가치를 의심했던 과목들도 있었지만 말이다. 켈러는 자신이 읽은 책들을 아주 섬세하고 애정어린 필치로 묘사하고 있고, 인기 높은 고전 작품들을 자주 언급하거나 인용하면서 글을 전개하고 있다. 켈러 자신의 표현을 빌리면 문학은 그녀의 '유토피아'이며, 다른 방법으로는 결코 보거나 심지어 상상도 하지 못했을 여러 세상들을 탐험할 수 있었던 것도 바로 책들을 통해서였다.

## 비유법 및 묘사어

비유법은 단어가 가진 문자 자체의 의미 이상으로 뜻을 풍부하게 전달하는 화술이다. 예를 들어 '가까운 친구'는 사전적 의미인 공간적 근접 관계를 말하는 게 아니다. 친구가 정신이나 기질에서 나와 '가깝다'는 뜻이다. 은유법이나 직유법, 기타 상징법과 같은 비유적인 언어를 사용하면 독자들은 전달되는 뜻을 훨씬 더 쉽게 이해하거나 시각화할 수 있다. 헬렌 켈러는 무엇보다도 독자들에게 자신의 독특한 경험을 느낀 그대로 이해시키고 싶은 절실한 욕구가 있었고, 그래서 자주 비유나 상징어를 사용하여 뜻을 전달하고 있다.

켈러에게 빛은 곧 선(善)으로서 사랑과 지혜, 다른 사람들과의 접촉 등과 같은 의미인 반면, 어두움은 고립, 무지 그리고 절망을 상징한다. 선생님을 만나기 전에 켈러는 '소리가 들리지 않는 적막한 암흑의 세계'에서 살았다. 설리번 선생님이 온 사건은 그녀의 영혼을 밝게 비추는 '사랑의 빛'을 의미한다. 〈서리 왕〉 사건이 있은 후에 켈러는 시간이 흘러야 서서히 벗어날 수 있는 그림자(일식 때의 '반그림자')속에 파묻혀 있었다. 이외에도 켈러는 더위와 추위, 감옥과 자유, 겨울과 여름, 불모와 꽃피움 등과 같은 상징을 흔히 사용하고 있다.

켈러는 자신의 경험을 기술할 때, 풍성하고 암시적이며 묘사적이고 섬세한 언어를 사용했다. 특히 자연을 언급할 때 그랬다. 예를 들어, 제12장에는 어느 겨울에 뉴잉글랜드 마을을 방문했던 경험을 매력적인 표현으로 묘사한 대목이 나온다. '나무들은 대리석 프리즈의 조각상들처럼 미동도 않고 하얗게 서 있었다. 솔잎향도 나지 않았다. 나뭇가지들은 쏟아지는 햇볕을 받아 다이아몬드처럼 반짝였고, 툭 건드리면 쌓였던 눈들이 우수수 떨어졌다. 햇빛이 얼마나 눈부신지 내 눈에 드리워진 암흑의 베일도 그냥 뚫고 들어왔다.'

켈러의 묘사어 구사는 당시의 문학적 전통과 그녀가 읽은 작가들 특히 낭만파 시인들의 영향을 받은 것이었다. 켈러와 마찬가지로 이 작가들도 풍성하고 섬세하며 우아한 언어, 확장된 은유(Extended Metaphor), 성경과 기타 유명한 작가들을 인용하는 수법을 구사했다. 물론 켈러가 최초로 '날개 달린(Wingèd)'과 같은 단어를 사용하거나 나무를 영혼을 가진 존재로 묘사한 작가는 아니었

다. 그런데 켈러는 자신이 느낀 독특한 세상을 느낀 그대로 독자들에게 이해
시키고자 하는 욕구가 아주 강했기 때문에, 눈으로 보거나 듣지 못하는 사물
들도 실제로 보거나 들은 것처럼 자주 묘사어를 사용하여 표현했다. 어떤 평
론가들은 켈러가 이런 종류의 비유어를 사용한 걸 두고 그녀가 하는 얘기의
진실성을 의심하기도 했다. 또한 켈러가 자신의 경험, 자신만의 독특한 세상
에 사는 게 과연 어떤 것인지를 있는 그대로 정확하게 그리고 있지 않다고 비
난하는 평론가들도 있었다. 그러나 켈러는 단순히 자신이 알고 있는 언어를
사용했을 뿐이며, 그건 우리들도 누구나 마찬가지다. 시각적인 은유법은 영어
에서 아주 흔히 사용되는 표현법인데, 켈러도 단지 이를 통해 자신의 실제 경
험을 독자들에게 훨씬 더 쉽게 이해시키려고 했을 뿐이다. 오히려 켈러는 시
각과 청각이 정상인 사람들이 흔히 놓치는 측면들도 감지할 수 있는 능력이
있었다. "인간은 눈과 귀를 통해서만 지각한다고 믿는 사람들은 내가 도시 거
리와 시골길 산책을 비교할 때 도로포장의 유무를 제외한 나머지 차이도 알아
챈다는 사실에 놀라워했다. 이 사람들은 내 몸 전체의 감각이 주변의 모든 상
황에 생생히 반응한다는 사실을 잊고 있다." 자신이 겪은 일에 늘 생생한 감각
을 유지함으로써 켈러는 이런 독특한 경험들을 세상에 말해 줄 수 있었다.

# 평론 초록

## 전기 및 전기 평론

Brooks, Van Wyck. *Helen Keller : Sketch for a Portrait*. New York : E. P. Dutton, 1956.

유명한 문학 평론가이자 헬렌 켈러의 친구인 브룩스는 켈러의 '모험심과 용감성' 뿐만 아니라 열성적인 정치운동 및 사회운동에 대해서도 찬양했다.

앤 설리번 선생님과 함께 그녀는 사회의 약자들이 살고 있는 가난한 동네, 햇볕도 들지 않는 끔찍한 환경에서 아이들이 헐벗고 굶주리면서 자라고 있는 다세대 주택들을 방문하면서, 아주 많은 사람들이 기약 없는 생존 투쟁, 격렬한 전투와 비참함 그리고 좌절로 점철된 삶을 살 수 밖에 없다는 사실에 분노했다. 켈러는 가난과 불결한 환경이 으레 사회악을 낳고, 그 사회악이 이번에는 시각 장애를 낳기도 하는 인과 관계를 깨달았고, 다수당들이야말로 지배계급이 자신들의 특권과 이익을 지키기 위해 관리하는 조직이라고 확신했다.

Lash, Joseph P. *Helen and Teacher : The Story of Helen Keller and Anne Sullivan Macy*. New York : Delacorte Press/Seymour Lawrence, 1980.

저널리스트이자 퓰리처 상 수상자인 저자 래시는 켈러와 설리번의 관계를 연대순으로 기록하고 있다. 그는 두 사람의 삶을 보다 넓은 지평인 당시 사회

상황의 맥락 속에서 고찰하면서, 설리번의 교육철학, 켈러의 정치적 견해와 활동, 두 여성이 함께 생계를 유지하면서 세상 가운데로 진입하기 위해 벌였던 투쟁을 다루고 있다.

한 사람은 단단한 적의로 무장하고 세상에 접근했다. 그러나 다른 사람은 사랑과 친절이 가득찬 마음으로 세상에 나아가면서 세상도 자기와 똑같이 화답해 올 거라고 믿었다. 이는 턱스베리(설리번이 유년 시절에 여러 해 동안 수용되었던 매사추세츠 주의 빈민구호소)와 터스컴비아의 차이, 혹독한 빈민구호소와 사랑이 넘치고 따스한 남부 중상류 가정의 환경상의 차이, 그리고 암울한 비관주의와 거만한 지배자들에 대한 격렬한 증오라는 아일랜드의 문화적 유산과 남북전쟁의 패배에도 불구하고 여전히 지배적인 위치를 점유했던 계층의 온유하고 자신감 넘치는 인생관의 차이였다.


Herrman, Dorothy, *Helen Keller : A Life*. New York : Alfred A. Knoph, 1998.

허먼은 켈러의 삶과 이를 둘러싼 논쟁들을 자세히 기술하면서 헬렌 켈러의 '진짜 모습' 을 찾으려고 한다. 그녀는 켈러의 심리구조, 지금까지 거의 논의된 적이 없는 성적 취향, 가족 및 설리번 선생님과의 관계, 켈러의 정치운동, 농맹아 옹호자로서의 복잡한 유산 등을 탐구하고 있다.

가족들에게는 성전을 치르는 것 같은 생소한 모습의 헬렌이 기어이 피를 볼 때까지 집요하게 살을 꼬집어대는 야만족의 꼬마애만큼이나 아득하고 납득할 수 없는 존재로 느껴졌다. 최근에 그녀는 앞을 못 보는 푸른 눈에 의기양양한 표정을 담고 어떤 기자에게 "스스로가 가끔은 잔다르크처럼 느껴진다."라고 고백했다……. 가족들은 켈러가 어릴 때 느꼈던 엄청난 분노가 해소되지 않았다는 걸 깨닫지 못했다. 아니, 진정된 것이 아니라 자신들이 이해할 수 없다고 느낀 정치적 사회적 운동으로 방향을 틀었을 뿐이었다. 가족들이 느낀 당혹스러움을 볼 때, 정통에서 벗어난 켈러의 사회적 견해는 적어도 가족들에게는 영예이기는커녕 가문의 수치였다.


## 초창기의 서평 및 해설서

"Helen Keller." *The New York Times*, March 21, 1903.
켈러와 같은 시대를 산 많은 독자들처럼 〈뉴욕 타임스〉 서평자도 켈러의 책에서 다루고 있는, 인간의 능력 개발을 관찰 탐구할 수 있는 창구에 매혹되었다.

아주 어릴 때 또래들과 얘기할 수 있는 정상적인 의사소통 수단이 모두 상실된 인간의 지적 능력을 개발하는 과정을 구성하는 지루한 여러 단계들⋯⋯. 이게 바로 헬렌 켈러의 삶을 다룬 이 책의 소재이다⋯⋯ 능력개발 과정이 던져 주는 과학적인 흥미는 굉장하다. 즉, 켈러의 지적 능력을 개발하는 과정은 물론 그 자체로 흥미롭다. 나아가서 2살이 되기 전에 시각과 청각을 상실한 이 소녀가 힘겹게 획득할 수 밖에 없었던 지식의 습득과정은 모든 감각이 정상적인 아이들이 같은 지식을 무의식적이고 은밀하게 익히는 학습과정을 연구하는 데 참조할 수 있는 한 줄기 조명이기도 하다는 점에서도 흥미롭다.


"A Remarkable Autobiography." *Los Angeles Times*, Apri 14, 1903.
이 서평자는 당시로서는 다소 이례적인 접근법을 구사하여 켈러의 위업을 개인적인 차원과 작가로서의 차원으로 나누어 분석한다.

켈러가 갇혀 있던 적막과 암흑의 감옥을 어떻게 깨뜨렸는지를 그린 이 책은 어떤 연애소설보다도 매력적인 인간 드라마로서, 훨씬 더 깊은 공감을 불러일으킨다. 독자들은 켈러의 기질이 지니고 있는 정상적이고 건강한 성격과 현대의 여러 문제를 바라보는 그녀의 폭넓은 시각에 접할 때마다 계속 놀라움이 넘쳐 흐른다. 물론 켈러의 이 작품을 현재 문단의 높은 척도로 공정하게 평가해보면 아주 유망하다는 수준 이상은 분명 아니다. 그러나 켈러가 어린 나이에 지독한 신체적 장애와 좌절에도 불구하고 그렇게 잘 해낼 수 있었다면, 세월이 흘러 생각과 정서적 체험이 깊어지고 이에 상응하여 표현력도 한층 향상되었을 때 어떤 작품을 쓰게 될지 과연 누가 알 수 있겠는가?

Review of *The Story of My Life*. *The Nation*, April 30, 1903.

감동 받은 서평자들만 있었던 건 아니었다. 〈네이션〉 지의 서평자는 그녀의 시각적인 은유법 구사를 진짜가 아닌 모조품으로, 그녀의 철학적인 사물 관찰을 진부한 것으로 평가했다.

눈과 귀가 막힌 사람은 과연 삶에 대한 태도가 어떠한지, 그 자연스러운 태도를 진술하게 듣고 싶었던 사람은 자연계의 사물들을 한 다리 건너 제 3자의 시각을 빌려 묘사한 이 책의 페이지들을 읽으면서 차라리 분노의 감정을 느낀다……. 켈러는 위트 있는 사람이라지만, 그러나 몇 가지 샘플들을 읽어 보면 오히려 그 반대인 것 같다……. 켈러가 아름다움을 선의 한 가지 형태라고 정의할 때도 그녀는 그저 독자적인 생각을 할 줄 모르는 사람들만이 진리로 떠받드는 저 불가사의한 격언들 중 하나를 반복하고 있을 뿐이다.

"Helen Keller's *Story of My Life.*" *The Atlantic Monthly*, June 1903.

〈어틀랜틱〉 지의 서평자는 켈러의 글쓰기 능력, '용기'와 '목표의 집요한 추구'도 칭찬하지만, 한편으로 설리번 선생님의 놀라운 업적에도 주목했다.

이 지면이 천재를 논하는 자리라면 우리는 이 책의 다른 영웅, 설리번 선생님에게
도 주목해야 한다……. 선생님은 언어가 존재한다는 것도 전혀 모르고 마음이나 애
정도 일체 발달되지 않은 7살짜리 아이를 떠맡게 되었다……. 선생님이 교육한 지
처음 1년이 지났을 때 또래 소녀들을 따라잡은 켈러의 글쓰기 표현력은 이내 이들
을 능가했다……. 설리번 선생님이 켈러에게 적용했던 교육 시스템은 스스로 관찰
과 사유를 통해 정립한 결과물이었다.


## 현대의 비평서

켈러의 활동은 전기 평론과 동화 쪽을 제외하고는 20세기의 상당 기간 동
안 비평계의 폭넓은 주목을 받지는 못했다. 그런데 최근에 그녀에 대한 관심
이 다시 제기되고 있다. 켈러에 대한 현대의 비평서들은 〈내 삶의 이야기〉를
넘어서서 켈러의 삶과 활동 전체를 조명하는 경향을 보이고 있다. 그러나 현
대의 평론가들도 초창기 서평자들처럼 켈러의 사례가 자신들과 그리고 사회
에 던지는 의미가 무엇인지 분석하려는 시도도 여전히 계속하고 있다.

Clark, Brett, and John Bellamy Foster. "Helen Keller and the Touch of
Nature : An Introduction to Keller's *The World I Live In.*" *Organization &
Environment* 15. 3 (September 2002).
　　클라크와 포스터는 환경 친화적인 사고에 대한 켈러의 기여가 그 동안 간과
되었으며, 그녀는 인간과 자연계의 상호작용을 이해하는 데 필요한 교훈을 제
공해 주고 있다고 주장한다.

켈러는 감각기관들이 어떻게 자연과 연결하는지 보여 줌으로써 생명과 세상을 이
해할 수 있는 기초를 제공하고 있다……. 그녀는 지식은 감각기관들과 물질계의 상

호작용에 기초하여 구축된 구조물이라고 강조했다. 자연은 죽은 게 아니라 오히려 생명이 넘쳐흐르고 수많은 변화들로 가득차 있다는 것이다. 이렇듯 생명은 어떤 형태이든 자연에 의존하고 있으며 따라서 지식은 결코 완전할 수가 없다……. 자연의 변화와 운동 과정에 대한 켈러의 인식은 그녀가 사용하는 어휘에 반영되어 있다. 켈러는 "우리는 모두 종종 숲 속으로 혼자 들어가서는 침묵 속에서 자연의 발치에 앉아 있어야 한다."라고 주장했다……. 그녀에게 감각기관들은 자연계를 섭취할 수 있는 수단이었다.


Hubbard, Ruth Shagoury. "The Truth About Helen Keller," *Rethinking Schools* 17. 1 (Fall 2002).

허버드는 헬렌 켈러의 삶을 다룬 많은 동화들이 켈러가 거둔 '개인적 차원의' 승리담을 부각시키기 위해 가끔은 과격하기도 하면서 많은 논쟁을 불러일으켰던 그녀의 정치운동을 의도적으로 외면하고 있으며, 이런 접근법은 그녀의 삶을 왜곡시키고 품격을 떨어뜨릴 뿐이라고 주장한다.

헬렌 켈러를 신화적인 시각에서 바라보면 정치적으로 보수적인 도덕적 교훈을 낳게 된다. 즉, 공정한 세상에서 개인적인 역경을 극복해가는 개인의 능력을 강조하는 교훈이다. "사회는 지금 이대로가 좋다. 헬렌 켈러를 보라! 그녀는 눈멀고 귀먹었지만 미소를 잃지 않고 열심히 노력하더니 마침내 장애를 극복했다……. 그런데 위대한 우리나라에서 무슨 불평거리가 있을 수 있단 말인가?" 라는 식이다…… 이제 아이들에게 더 이상 거짓말하지 말고 켈러가 보여준 어린 시절의 극적인 드라마를 넘어서서 어른이 된 켈러의 삶과 활동에 대한 놀라운 얘기를 들려주어야 할 때가 되었다. 아이들에게 가르쳐줄 교훈으로, 켈러가 보다 정의로운 세상이라는 비전을 향해 다른 사람들과 함께 분투했던 삶을 영위한 결과 얻게 된 보상보다 더 좋은 게 또 어디 있단 말인가?

Ozick, Cynthia. "What Helen Keller Saw." *The New Yorker*, June 16 and 23, 2003.

소설가이자 수필가인 오지크는 켈러의 진정한 유산인 작가 및 예술가로서의 유산이 그 동안 간과되었다고 믿는다.

그때 그녀는 자신이 소망하는 것을 보았고(또는 볼 수 있는 축복을 받았다고 말할 수도 있겠다), 이게 바로 상상력이라고 올바른 이름을 붙였다. 이 점에서 그녀는 분류 체계로 표현하면 시청각 장애자 목(目)의 위 단계인 강(綱)에 속한다. 그녀가 속하는 강(綱) 또는 그녀의 종족은 건강한 귀가 들을 수 없는 것을 들을 줄 알고 시력 검사표의 범위를 벗어나는 시야까지 볼 줄 안다……. 그녀는 시인의 족속, 몽상가 부류에 속했다. 즉, 알지 못하는 것뿐만 아니라 도저히 알 수 없는 것도 글로 표현하는 소설가들의 사촌이었다. 그러나 그녀의 삶 이야기에서 읽어야 할 초점은 그녀의 선행도 아니고, 감동을 주는 그녀의 말도 아니며, 그녀를 둘러싸고 벌어졌던 논쟁(진짜냐, 가짜냐? 피해자냐, 가해자냐?)도 아니다. 헬렌 켈러의 삶 이야기 중에서 가장 설득력이 있는 대목은 그녀가 밝힌 대로 "나는 관찰하고, 느끼고, 생각하고, 상상한다."이다. 그녀는 예술가였다. 그녀는 상상했다.

Bérubé, Michael. "Written in Memory." Review of *The Story of My Life, The Nation*, August 4-11, 2003.

문학 평론가인 베르베(Bérubé)는 이 책을 언어, 독창성 및 정체성의 정의에 대해 중요한 문제를 제기하는 작품이라고 평가한다.

켈러의 지적인 유산은 너무도 빈번히 대변/차변의 차원에서만 다루어져 왔다. 즉, 사회주의의 옹호, 용기와 감동을 주는 능력은 대변의 가점(加点), 우생학의 옹호, 농아의 수화교육을 반대한 사실은 차변의 감점(減点)이라는 식이다. 그러나 켈러의 삶은 평생의 글쓰기 작업과 함께 세상에서 가장 매력적인 작가들의 작품 읽기에 집중한 교육이 얼마나 강력하고 유용한지를 증언하고 있다는 사실도 지적해야 한다.

# 토론 주제 모음

헬렌 켈러는 자신이 만지고(촉각) 맛보고(미각) 냄새 맡을(후각) 수 있는 것들을 묘사하는 데 달인이었다. 정상적으로 보고 들을 수 있는 사람들은 흔히 어떤 장소나 경험을 묘사할 때 이와 같은 촉각, 미각 및 후각을 소홀히 한다. 독자 여러분도 한 번 자신에게 특별한 의미가 있는 장소를 켈러의 세 가지 감각만을 사용하여 묘사하는 광경을 상상해 보자. 그 장소에 대한 자신의 감정을 그 글을 읽는 사람에게 어떻게 생생하게 전달하겠는가?

〈내 삶의 이야기〉는 독창성의 정의에 대해 여러 문제를 제기한다. 독창적인 생각이란 게 진정으로 가능한가, 아니면 이미 보고 듣고 읽은 것의 총체에 불과한가? 헬렌 켈러에게 〈서리 왕〉 사건은 정신적으로 엄청난 상처였다. 표절로 고발을 당했을 뿐만 아니라 독창적이라고 여겨지는 자신의 생각에 대해서도 회의하게 되었기 때문이다. 독자 여러분도 일부 사람들의 생각처럼 켈러가 주목을 끌기 위해 고의적으로 표절했다고 생각하는가? 왜 그런가, 또는 그렇지 않은가? 켈러가 고작 아이인데도 아나그노스 교장선생님은 왜 그 문제를 그렇게 크게 확대했는가? 그의 행동은 옳은가, 그른가? 내 독창적인 생각이 아닌 다른 사람의 생각을 고의로 베꼈던 적이 있는가? 어떻게 되었는가?

많은 독자들에게 헬렌 켈러의 자서전은 역경을 극복한 감동적인 얘기이다. 물론 켈러의 경우처럼 숨막히는 거대한 장애물에 부딪힌 사람은 흔치 않겠지만 그래도 대부분은 살면서 한 번쯤은 어려움에 직면했을 것이다. 살면서 도저히 극복할 수 없을 것 같은 장애물에 부딪혔던 때를 한 번 생각해 보라. 장애물을 극복하기 위해 어떻게 했는가? 자신이 직면했던 어려움은? 친구들과 가족들은 어떤 반응이었는가? 혼자 힘으로 문제에 맞섰는가, 아니면 도움을 받았는가? 켈러는 어떠했는가? 그녀의 얘기는 자력에 의한 승리담인가, 아니면 타인의 도움을 받은 것인가?

〈내 삶의 이야기〉가 출간되었을 때 많은 사람들이 앤 설리번 선생님의 역할을 궁금해 했다. 헬렌 켈러 얘기의 각주 정도로만 여기는 사람들도 있었고, 설리번 선생님이야말로 얘기의 주인공이라고 여긴 사람들도 있었다. 독자 여러분은 어떻게 생각하는가? 켈러가 달성한 위업에서 설리번 선생님이 차지하는 비중은 어느 정도인가? 일부 사람들의 생각처럼 설리번 선생님이 켈러를 '창조'했는가, 아니면 켈러는 스스로 창조한 결과물인가? 설리번 선생님을 만나지 않았다면 켈러는 어떻게 되었을까? 〈내 삶의 이야기〉를 설리번 선생님의 관점에서 쓰고 있다고 상상해 보자. 이 책과는 어떻게 다르겠는가? 설리번 선생님은 켈러와는 달리 어떤 사건을 강조했을까?

헬렌 켈러의 실제 삶은 이 책에서 그리고 있는 것보다 훨씬 더 복잡했다. 책에서 그녀는 가족이나 앤 설리번 선생님과 겪은 갈등 부분은 대충 얼버무리고 자신의 상황에 대해 전혀 불평하는 법이 없었다. 왜 자신이나 자신의 삶을 이렇게 묘사했다고 생각하는가? 켈러가 이와 다르게 선택해야 했던 태도가 있다면 무엇인가? 독자 여러분은 자신의 삶에 대해 실제 그대로 말할 수 있겠는가?

# 옮긴이의 글

"아이들에게 영어란?" 이 시대의 화두로 군림한 지 오래지만 그 무거운 느낌은 영어를 가르치는 우리 선생님들에게는 특히 그렇다.

치열한 입시 경쟁 환경은 영어를 커뮤니케이션 기술이 아닌, 마치 언어학이나 철학처럼 여기게 했다. 결승 테이프를 끊은 사람들마저도 일상 영어를 자유자재로 구사하지 못한다면 그건 진정한 승리자가 아닌데도, 오히려 우리는 의사 소통의 훈련보다는 영어를 사유하고 분석하는 데 더욱 익숙하다. 그러나 이 어긋난 초점은 한 시대가 빚어낸 풍토의 산물이어서 제 길을 찾아가는 데 또한 장구한 세월과 고통이 필요할 것이다.

제자들에게 팀을 짜서 양서 한 권 번역해 보자는 제의도 영어는 커뮤니케이션 스킬 이상도 이하도 아님을 실감케 하기 위한 시도였다. 메마르고 진부한 공부 방식은 잠시 대열에서 물러나서 관찰해야 객관적으로 보이는 법이다. 그래도 문제의식이라도 부단히 쌓이고 숙성되어야 해탈의 길도 열리지 않겠는가. 경마장의 살벌한 경주로에서 잠시나마 쳐다본 푸른 하늘이었다고 표현하면 너무 거창하고 오만한 비유일지라도, 아이들에게 재미 넘치고 실전적인 영어 교육을 해야 할 교육자라면 늘 아프게 응시해야 할 일종의 채무 의식의 산물이었다. 아이들에게 현란하게 포장되었을 뿐인 또 하나의 짐에 불과했을까, 아닐 거라고 자위하면서 살아 있는 지식으로 영어를 접근하는 작은 계기가 되었기 바란다.

또한 시청각 장애자 헬렌 켈러의 기적 같은 생애가 우리 아이들의 혹독한 담금질 과정에 한 점의 휴식과 위안이 되기를 바란 것도 이 책을 선정한 이유이다. 헬렌 켈러의 완고한 고집은 어쩌면 삶에 대한 처절한 열정과 정직성의 다른 표현인지도 모른다. 굽힐 줄 모르는 불퇴전의 의지나 삶의 진실에 대한 격렬하고 양보 없는 포옹과 사랑, 이 또한 만고 불변의 진리가 아니겠는가?

　그래, 우리 아이들도 작은 기적들을 한줌 한줌 모아서 급기야 호탕하게 내달리는 대하의 삶을 이루기를 진심으로 바란다. 그렇게 바쁜 학교 생활 중에도 내 제의에 흔쾌히 응하여 성실을 배우며 끝까지 완주해 준 아이들에게 대견한 치하를 돌리고 힘찬 격려의 박수를 보낸다.

2014년 6월 18일

WELCOME ENGLISH 원장
김인혜

작년 5월에 시작하여 다시 5월에 끝난 헬렌켈러 번역은 힘들었지만 나에게 있어 뜻 깊고 즐거웠던 일이다. 종종 내 머릿속 사전에 없는 단어와 실제 사전에도 없는 단어들이 나와 말을 어떻게 만들어야 하는지, 이게 말이 되는 건지 많이 당황스러웠다. 그래서 그런지 번역하다 가끔 헛웃음이 나오기도 했다. '아, 이건 말도 안 되는데.' 라는 어이없는 생각과 함께. 그러나 몇 번 하다 보니 사전에 없는 단어는 의외로 그리 큰 부분을 차지한 단어가 아니어서 전보다는 수월하게 번역할 수가 있었다. 스케줄을 쓸 때 '번역하기'가 종종 큰 부분을 차지했었다. 그만큼 시간이 오래 걸렸다. (물론 이는 나만 해당할 수도 있다.) 생각처럼 번역이 잘 되지 않아 속상하기도 하고 힘들기도 했다. 하지만 내가 번역한 책이 나온다고 생각하니까 신나고 설렌다. 한번쯤 이런 일을 해보는 게 좋다는 것을 새삼 다시 깨달았다. 좋은 작업이었다.

강유정(배화여고)

Helen Keller ··· ···

처음에 번역한다고 했을 때는 호기심도 있고, 영어를 좋아해서 기꺼이 받아들였다. 그러나 시간이 가면서 부담감과 영어 번역이 쉽지만은 않다는 생각에 힘든 시간을 겪기도 하였다. 번역을 처음 시작했을 때는 문장 길이도 길고 단어도 어려워서 번역을 하는 데에 어려움을 많이 겪었지만 3개월 정도 지난 뒤에는 어느 정도 익숙해져서 수월하게 번역을 할 수 있었다. 영어에 어느 정도 관심을 가지고 시작했지만 번역을 끝마치고 나니까 영어 지식의 폭이 더욱 넓어진 걸 느낄 수 있었다. 상상할 수도 없는 엄청난 고통을 겪으면서도 굴하지 않고 용기내어 삶을 극복해 가는 헬렌 켈러를 보면서 다시 한 번 더 생각하게 되었고, 번역하는 동안 새로운 친구들도 사귈 수 있어서 큰 보람을 느꼈다. 앞으로도 이런 기회가 온다면 다시 한 번 도전해 보고 싶다.

김민준(한성고)

영어로만 되어 있었던 책을 번역해서 내보낸다는 사실이 처음에는 와 닿지 않았다. 그러나 수차례 번역을 해보고, 첨삭도 받아보고, 어투를 고치며 여러 가지 표현을 배우다 보니, 내가 하고 있는 일이 결코 가벼운 일이 아니라는 생각이 들었고 더욱 책임감을 가지게 되었다. 꾸준히 번역을 해 나가다 보니 영어 실력을 발휘하기보다는 훨씬 많이 배웠다고 느끼게 되었다. 또한, 위인전만 읽어 봤던 나에게 헬렌 켈러의 일대기를 엮은 책을 번역하게 된 것은 정말 큰 의미가 되었다. 책을 통해 그녀의 인생을 간접경험 해보며, 헬렌 켈러의 삶에 병 이외에도 여러 가지 고난과 위험이 있었다는 것을 알게 되었다. 처음에는 그 고통으로 인하여, 모든 사람과 같이 고통스러워하였으나 강인한 정신력으로 이를 극복해낸 헬렌 켈러를 보며 그녀의 굳건한 마음가짐을 배워야겠다고 생각했다. 번역 작업 과정 내내 첨삭에 도움을 주시고 이끌어 주신 선생님께 감사드린다.

김유빈(명덕외고)

이 책을 공동 번역하는 내내, 미국의 작가이자 사회운동가였던 그녀가 시각과 청각의 중복 장애를 극복해 나가는 과정으로부터 왜곡된 세상에 던진 메시지는 후세에 남긴 아름다운 유산이라는 생각을 떨칠 수가 없었다. 그녀의 도전의식과 세상을 보는 시각에서 보이지 않는 세상을 향한 외침과 권위주의적 세상으로부터의 변화를 원하는 그녀의 리더십이 나를 감동시켰다. 개인적으로 가장 좋았던 부분은, 헬렌 켈러가 시청각 장애로 인해 무모해 보이던 학업을 멈추지 않으면서도 도움을 줄 수 있는 다양한 주변인들에게 지원요청을 하여 결국 래드클리프 대학 입학허가를 받아낸 그녀의 노력이다. 이것이 훗날 그녀가 사회의 모순과 편견을 딛고 사회운동가로 성공할 수 있었던 밑거름이 되었기 때문이다. 고교생으로서 이렇게 생동감 넘치는 헬렌 켈러의 자서전과도 같은 그녀의 편지들을 번역할 수 있어서 행복했다. 많은 분들, 특히 나와 같은 청소년들과 장애우들에게 헬렌 켈러의 편지들을 꼭 한번 읽어보라고 권하고 싶다. 세상은 균형 잡힌 의식을 지니고 끊임없이 노력하며 도전하는 사람들을 중심으로 발전되어 왔으며, 앞으로도 그럴 것이라는 것을 확신하게 해준 귀한 시간이었다.

김채원(하나고)

의지와 노력으로 장애를 극복한 헬렌 켈러의 삶을 한 자 한 자 번역하면서, 학교에서의 내 삶을 다시 돌아볼 수 있는 계기가 되었다. 사소한 일 하나에 슬퍼하고 좌절했던 나의 모습을 성찰하며 부끄러움을 느꼈고, 감정에 치우쳐 성적이나 다툼 등 사소한 일에 너무 연연하지 않고, 의지를 가지고 이겨내고자 노력한다면 충분히 어려움을 헤쳐 나갈 수 있다는 가르침을 얻게 되었다. 또한, 앞으로 살아가는데 있어 헬렌 켈러처럼 도전하는 자세의 중요성을 깨달을 수 있었다. 힘든 부분도 있었지만, 신체적 장애를 가지고 있더라도 주위의 시선에 크게 신경쓰지 않고 자신의 신념에 따라 삶을 살았던 헬렌 켈러의 삶을 접하면서 나는 도전하는 삶을 살아가겠다는 다짐을 할 수 있었다. 이 책을 번역하면서, 단순한 이야기 이상의 깨달음을 얻을 수 있어 너무나도 행복했다.

박경호 (하나고)

The story of my life......

이번 번역 작업을 통해 잘 할 수 있게 된 두 가지는 시간 관리와 직독 직해이다. 처음 번역을 시작할 땐 한 페이지를 하는데 두 시간이 걸렸다. 다른 과목의 공부도 해야 되고 학원시간에도 지장이 있어서 계획을 세우고 번역도 하고 공부도 했다. 처음에는 밤을 새기도 하고 그만둘 생각도 하고 힘들었지만 시간이 지날수록 번역의 속도도 빨라지고 시간도 효율적으로 사용하게 되었다. 시간을 단축하기 위해 나는 일단 빨리 하고보자는 생각으로 한 번 읽고 바로 한국어로 옮겨버리는 방법을 썼다. 물론 처음에는 정확성이 매우 떨어져서 감수해 주시는 선생님에게 꾸중도 들었지만 나중에는 속도도 빨라졌고 정확성도 차츰 높아졌다. 이번 번역작업을 통해 내가 쓴 내용이 담긴 책이 출판된다는 생각에 많은 보람을 느꼈고 많은 것을 얻을 수 있었다.

박정훈 (중앙고)

지난 1년간 나는 그 어떤 것과도 바꿀 수 없는 아주 값진 경험을 했다. 그 경험은 바로 번역이다. 영어 문제를 풀 때나 영어를 접할 일이 있었지 평소에는 영어를 많이 접할 기회가 없었다. 하지만 내가 번역을 하는 지난 1년 동안은 그 누구보다 영어를 더 많이 접하게 되었고 실력도 많이 향상된 듯하다. 물론 영어로 된 책을 스스로 번역하는 일은 너무 힘든 일이었다. 하지만 내가 번역한 책이 나온다고 생각하니 지난 힘든 일들이 값진 보상으로 돌아오는 것 같다. 특별할 것 없었던 내 10대 인생에서 번역은 나에게 남들과는 조금 색다른 경험을 안겨 주었다. 색다른 경험과 동시에 번역은 나에게 큰 도전이었다. 내년이면 대학생이 되는 나에게 이 번역 작업은 어떤 일도 주저하지 않고 도전하면 이룰 수 있다는 것을 보여주었다. 앞으로 이 경험을 바탕으로 내가 가고자 하는 길에 무슨 일이 있든 시청각 장애를 극복한 헬렌 켈러의 도전과 용기처럼 굴하지 않고 나아갈 수 있을 것 같다.

정유찬(중앙고)

가장 자신 없었던 영어를 번역해서 한 권의 책으로 만들어내는 것이 내겐 어려우면서도 소중한 기회였다. 처음엔 어떻게 할까 머리를 굴리면서 번역기도 돌려보고 미루기도 해서 유난히 내 진도가 느렸던 것 같다. 하지만 시간이 갈수록 조금씩 자신감이 붙으면서 스스로 단어를 찾으며 번역하는 속도를 늘려가게 되었다. 영어실력이 향상 되었을 뿐만 아니라 내가 책을 펴내는 데 도움이 되었다는 생각을 하니 큰 경험이 되었다. 뒤늦게 합류하고 제일 늦게 끝마쳐서 다른 언니, 오빠들에게 폐를 끼친 것 같아 불안했지만 늘 선생님께서 응원해 주시고 도와주셔서 그나마 편안한 마음으로 마치게 된 것 같아 너무 감사드린다. 그리고 번역을 하면서 이것저것 궁금한 것도 많고 걱정되는데도 간섭하지 않고 믿고 지켜봐주신 부모님께도 감사드린다. 앞으로 이런 기회가 또 올진 모르겠지만 '헬렌 켈러'를 번역하면서 느낀 것과 내적으로 성장하는데 도움 주었던 것은 영원히 잊지 못할 것 같다.

진정민(이대부고)

아이를 교실로 끌고 가는 건 선생님이라면 누구든지 할 수 있지만,
아이가 자발적으로 배울 수 있게 이끌어주는 일은 누구나 할 수 있는 게 아니다.
아이는 바쁜 때든 쉬고 있을 때든, 자유를 느끼지 못하면 즐겁게 공부하지 않는다.
자유로운 가운데 치솟는 승리감과 가슴이 무너지는 실망감을 맛본 다음에야
비로소 하기 싫은 일도 해치울 의지를 불태우고, 단조롭고 재미없는 교재 공부도
춤추듯 씩씩하게 헤쳐 갈 결심을 하게 되는 것이다.